Gloria

NoViolet Bulawayo

GLORIA

Traducido del inglés por Sonia Tapia Sánchez

AdN Alianza de Novelas

Título original: *Glory*

Diseño de colección: Estudio Pep Carrió

PAPEL DE FIBRA
CERTIFICADA

Madrid, 2023
Calle Valentín Beato, 21
28037 Madrid
www.AdNovelas.com

ISBN: 978-84-1148-405-3
Depósito legal: M. 17.011-2023
Printed in Spain

Para todas las Jidadas, en todas partes

Y en memoria del camarada
Pier Paolo Frassinelli

Independencia

REUNIDOS

Cuando el Padre de la Nación llegó por fin a las celebraciones del Día de la Independencia, no antes de las 3:28 de la tarde, los ciudadanos congregados en la plaza Jidada desde buena mañana estaban hartos de esperar. Podrían haber arrasado toda la plaza solo con su exasperación si Jidada hubiera sido cualquier otro sitio, claro está. Pero esa tierra de animales de granja no era cualquier otro sitio, era Jidada; sí, tholukuthi Jidada, con un «da» y otro «da». Solo recordar algo tan sencillo era suficiente para que los animales se guardaran dentro los sentimientos, como los intestinos. El sol inclemente, que según dicen los que saben formaba parte por decreto del equipo de animadores de Su Excelencia, llevaba resplandeciendo desde media mañana. Lanzaba rayos tan fieros como correspondía a un gobernante cuyo mandato se extendía ya cerca de un total de no una ni dos ni tres, sino cuatro décadas enteras.

Las galas del Partido de Jidada que la mayoría de los animales se había puesto para la ocasión —chaquetas y camisas y faldas y sombreros y bufandas en los diversos colores de la bandera de la nación, muchas de las prendas bordadas con el rostro de Su Excelencia— atrapaban el terrible calor del sol y hacían la espera todavía más inaguantable. Pero no todos los animales estaban dispuestos a soportar aquella tortura. De hecho, algunos comenzaron a marcharse, mascullando que tenían trabajo y cosas que hacer, lu-

gares a donde ir, murmurando sobre los líderes de otras tierras que llegaban a los sitios bien puntuales como el infalible machete de Dios. Estos animales contrariados eran al principio unos pocos —dos cerdos, un gato y un ganso—, pero la facción no tardó en convertirse en una masa respetable. Y, envalentonados por su creciente número y por el ruido de sus propias voces, los disidentes se dirigieron hacia la salida.

En la puerta, el grupo se dio de narices con los defensores de Jidada, tholukuthi los perros adecuadamente provistos con palos, cuerdas, porras, latas de gas lacrimógeno, escudos, pistolas y demás armas típicas de defensa. Era un hecho bien sabido en toda la nación, y más allá de sus fronteras, que los defensores de Jidada eran por naturaleza bestias violentas y dañinas. Sin embargo, fue sobre todo la presencia del famoso comandante Jambanja, reconocible por su típica bandana blanca, lo que impulsó a los disidentes a dar media vuelta de golpe y a retroceder alicaídos sobre sus pasos con el rabo bien metido entre las patas.

ENTRA EL PADRE DE LA NACIÓN: EL GOBERNANTE CUYO MANDATO ES MÁS LARGO QUE LAS SIETE VIDAS SEGUIDAS DE CIEN GATOS. Y TAMBIÉN EL LÍDER DE MÁS PROLONGADO SERVICIO EN EL CARGO, EN UN CONTINENTE DE LÍDERES DE PROLONGADO SERVICIO, Y NO SOLO EN EL CONTINENTE, SINO EN TODO EL MUNDO ENTERO.

El vehículo de Su Excelencia se abría paso ya entre el gentío con la lentitud de un coche fúnebre, y los animales se desvivían y brincaban como ranas borrachas por vislumbrar un instante al legendario Padre de la Nación. Llegados a este punto, el sol, al ver llegar al líder elegido por designio del mismísimo Dios para gobernar y gobernar y seguir gobernando, un líder que a su vez había ordenado por designio al mismísimo sol encabezar su equipo de animadores, respiró bien hondo y resplandeció a conciencia. Un selecto grupo de dignatarios —todos machos, la mayoría viejos— acompañaba a Su Excelencia sobre sus patas traseras. Acompañando a estos dignatarios acom-

pañantes, iban varios líderes defensores engalanados con uniforme militar, coloridos cordones bordados ceñidos a la cintura, boinas bien caladas, relucientes constelaciones de medallas resplandeciendo en sólidos pechos, insignias estrelladas rebotando en los hombros, guantes blancos en patas delanteras. Eran los generales, tholukuthi la auténtica base del gobierno de Su Excelencia. Por toda la plaza, los animales sacaban los móviles y artilugios para obtener fotografías y vídeos del desfile de poder.

CONTEMPLADLO. SÍ, ÉL. THOLUKUTHI ÉL Y SOLO ÉL. EL ELEGIDO. EL ÚNICO. EL SUPREMO. EL MAGNÍFICO.

Con la llegada de Su Excelencia, la plaza Jidada cobró vida. Tholukuthi que el Padre de la Nación despedía tal aura que su mera presencia en cualquier espacio redistribuía automáticamente los átomos en el aire y convertía cualquier ambiente dado, por muy hostil, lúgubre o nefasto que fuera, en algo positivo y electrizante. Los que saben dicen que esta capacidad había sido diez veces más potente hace mucho mucho tiempo, durante los primeros años del gobierno de Su Excelencia. Entonces, su mera aparición hacía que la fruta verde madurase al instante hasta el punto de pudrirse, curaba a los enfermos de cualquier mal que los aquejara, hacía papilla las piedras, apaciguaba tormentas y olas de calor, redirigía inundaciones, incendios y plagas de langostas, mataba virus mortales incluso antes de que se les ocurriera siquiera atacar, hacía que los ríos secos rebosaran de agua. Sí, tholukuthi que la aparición del Padre de la Nación, en otros tiempos, había puesto motores en marcha, había doblado vigas de acero y, en distintas ocasiones documentadas, había dejado preñadas a montones y montones de vírgenes. De manera que, mucho antes de que se casara con la burra y engendrara hijos con ella, por toda Jidada fluían ya riadas de la sangre de Su Excelencia. Y ahí estaba el Padre de la Nación en ese momento, iluminando la plaza Jidada solo con su presencia, solo por existir. La plaza estalló en ensordecedores aplausos.

Incluso los animales que no hacía mucho pretendían marcharse formaban parte del clamor y, alzados sobre sus patas traseras, vitoreaban a Su Excelencia no solo con sus voces y sus cuerpos, qué va, también con sus corazones y sus mentes y sus almas. Las vacas mugían, los gatos maullaban, las ovejas balaban, los bueyes berreaban, los patos y los gansos graznaban, los cerdos gruñían, las gallinas cloqueaban y los pavos voceaban en una cacofonía que alcanzó niveles ensordecedores cuando el séquito de poder llegó a una última parada delante de la tarima elevada.

LOS POBRES Y LOS RICOS NO JUEGAN JUNTOS

Bajo una amplia carpa blanca, se sentaba el Círculo Interno del Órgano del Poder del Partido Jidada, que por supuesto era el partido del gobierno, también conocido como Partido del Poder, del cual Su Excelencia era presidente. Los acompañaban algunos miembros de la familia de Su Excelencia, amigos y honorables invitados. Tholukuthi que el grupo de élite, con toda honestidad y sin envidias, componía una magnífica visión: la ropa más exquisita, joyas caras y preciosos accesorios de adorno, junto con unos cuerpos hermosos, bien sanos y acicalados, la viva imagen de la salud y la buena vida. Estos animales representaban a algunos de los elegidos de Jidada y eran, ciertamente, prueba de la benevolencia del Padre de la Nación. Había sido Su Excelencia quien había hecho ricos a muchos de ellos, si no directamente, sí a través de alguna clase de conexión con él. Eran orgullosos receptores de concesiones de tierras, negocios, licitaciones, préstamos gubernamentales que no necesitaban devolver, herederos de granjas confiscadas, cesionarios de minas, industrias y toda suerte de riquezas.

Como no tenían mucho de lo que ocuparse, pues las celebraciones no habían comenzado, los desdichados animales al sol se deleitaban en el Elegido con ojos codiciosos. Por momentos, hasta olvidaban el calor que les cocía el cuerpo, el hambre que les arañaba las tripas, la sed que les resecaba las gargantas. Sí, tholukuthi

que estaban embelesados con la bonita imagen de sus superiores, que sentados a la sombra en cómodas butacas tomaban bebidas frescas. Los animales, acalorados y salivando, lamían con los ojos la imagen como si fuera un vaso helado de hidromiel, y cuando se pasaban la lengua por los labios secos y cuarteados, se llevaban la agradable sorpresa de captar un leve atisbo de dulzor.

THOLUKUTHI ¿¿¿EH???

Las puertas del coche se abrieron ante una alfombra rojo sangre y emergió el Padre de la Nación. Como respondiendo a una señal, la plaza Jidada estalló en una colectiva expresión de asombro. Tholukuthi que la plaza Jidada estalló en una expresión de asombro, pues habían visto salir del coche a un caballo largo, tan frágil que parecía que el más ligero soplo de brisa pudiera tirarlo de golpe al suelo. Era, por tanto, una suerte que hiciera solo calor y no soplara la brisa. Los animales se quedaron mirando boquiabiertos al Padre de la Nación; estaba más viejo que la última vez que lo vieron, cuando de hecho entonces ya era más viejo que la vez anterior que lo habían visto. Caminaba hacia el escenario, poniendo una pezuña detrás de otra con cuidado, con mucho cuidado. Tenía el cuerpo hundido bajo la carga de una enorme camisa verde en la que se veían numerosas impresiones en blanco y negro de su propia cara, aunque en una versión mucho más joven y hermosa. El Viejo Caballo caminó despacio, muy despacio, sobre los mismísimos cascos con los que en otros tiempos había galopado de aquí para allá, por todo lo largo y ancho de Jidada, a la velocidad de la luz. Cuando por fin logró llegar a la tarima, tras lo que a los animales al sol les pareció dos años y medio, se apoyó contra un atril. Dejó caer su cabeza oblonga y ahí se quedó meneando la cola como si estuviera contando los minutos con ella.

—¿Qué sitio es este? ¿Quiénes son todos esos animales? ¿Y por qué me miran como si tal vez me conocieran? —preguntó el Viejo Caballo sin dirigirse a nadie en particular.

—¡Pero bueno! ¿Qué clase de pregunta es esa, Su Excelencia? Son tus súbditos ka, ¡todos y cada uno de ellos! ¿No sabes que gobiernas esta tierra, toda esta Jidada, y que lo que tus súbditos quieren es oírte hablar? Hoy es el día de la Independencia, Baba. Estamos aquí todos para celebrar nuestra libertad, la libertad por la que sacrificaste tu vida en la larga Guerra de Liberación que tú mismo lideraste y en la que batallaste hasta su victoria final hace ya tantos años. Lo cual significa, en esencia, ¡que estamos aquí para homenajearte a ti! —exclamó la burra con gran alborozo. Tendió la pata para ajustarle la camisa al caballo y alisarle la crin, negra como el carbón pero ya rala.

Tholukuthi que la burra no era una borrica cualquiera, sino la esposa de Su Excelencia. Podría haber sido evidente por su aspecto, por cómo se movía y hablaba, por cómo se comportaba en general, con el incuestionable pavoneo del poder. El Viejo Caballo dejó que lo llevara a su asiento. Los animales más cercanos al grupo se apresuraron a levantarse para dejar paso; algunos enderezaron la silla de Su Excelencia, otros le besaron la cara, unos le acariciaron la cola, otros le acariciaron el culo, unos le ajustaron la ropa y hubo quien espantó moscas que no existían.

—Pues yo lo que quiero es dormir —se quejó el Viejo Caballo, aposentándose con mucho cuidado, como si su grupa estuviera hecha de costosa porcelana. El Padre de la Nación no mentía. Tenía una edad en la que lo más importante para él era que lo dejaran en paz. Además, los que saben decían que el estado de las cosas en su cabeza no era muy diferente al de un país tumultuoso sin un líder claro.

THOLUKUTHI ¡AJÁ!

Resulta que en torno al perímetro del escenario habían montado unos postes con la bandera de la nación. Los vistosos colores negro, rojo, verde, amarillo y blanco llamaron la atención del Viejo Caballo, que se concentró en las banderas hasta que los colores lo

arrancaron por arte de magia de la bruma que le nublaba la mente. Tholukuthi que empezó a recuperar la memoria. Reconoció la bandera: ondeaba en su corazón, en su cabeza y en sus sueños. En ese momento, no entendía lo que significaban los colores, pero se suponía que representaban algo, eso seguro. Se centró en ellos y pensó y pensó: ¿no representaría el blanco, a lo mejor, los dientes de sus perros feroces, los defensores? ¿Y el rojo sería por la sangre que con tanta facilidad podían derramar? «A lo mejor», se dijo y apartó la vista.

Reconoció a la alta y hermosa burra que tenía al lado, que olía a flores frescas y se engalanaba con vistosos colores y relumbrantes joyas. Era Maravillosa, la mismísima primera hembra de Jidada, también llamada Dulce Madre por ser su esposa y por ser dulce, y ahora generalmente conocida como la doctora Dulce Madre, tras obtener su famoso doctorado. Vio también a sus queridos amigos y familiares, y su presencia lo llenó de alegría. Reconoció asimismo a sus camaradas y meneó la cabeza a un lado y a otro con mucha atención para asegurarse de que aquellos que tenían que estar allí estaban allí. Y tholukuthi que estaban. Algunos hicieron un gesto con la cabeza, otros saludaron con las patas, algunos estiraron los miembros en el saludo del Partido del Poder.

A continuación, el Viejo Caballo inspeccionó a la muchedumbre de la plaza. No eran tan solo sus súbditos, sino genuinos seguidores que habían estado a su lado apoyándolo durante décadas, algunos incluso desde los antiguos días de la lucha por la independencia de Jidada. Habían sido leales entonces, habían seguido siéndolo y todavía lo eran y lo serían por siempre jamás. Murieron leales y se llevaron esa lealtad a la tumba, de manera que hasta sus fantasmas eran también leales. Dejaron atrás descendencia que había nacido ya siendo leal. Por un instante, el Padre de la Nación se vio entonces reflejado en un panel y no se llevó un sobresalto porque en ese momento resultaba que sabía exactamente quién era, y eso sin que se lo tuviera que recordar la doctora Dulce Madre ni nada. De nuevo totalmente al mando de su memoria, se reclinó en el asiento, estiró las patas y alzó la ca-

beza al sol, que se encontraba justo encima de él. Se colocó bien las gafas, se puso cómodo y, tholukuthi que con la experimentada serenidad de un bebé muy anciano, se quedó dormido al momento.

TIERRA DE LECHE Y MIEL

Soñó con los días de gloria, cuando Jidada era tal paraíso que los animales abandonaban sus propias tierras míseras y acudían en manadas en busca de una vida mejor. La encontraban, y no solo la encontraban, qué va, sino que la encontraban en la mayor de las abundancias y mandaban noticias a la familia y a los amigos para que acudieran a verlo por sí mismos. Esta tierra prometida, este impresionante El Dorado llamado Jidada, era una auténtica joya de África. Sí, tholukuthi una tierra no solo indescriptiblemente rica, sino encima más pacífica que si se la hubieran inventado. Su Excelencia se vio también a sí mismo en el sueño tal como era entonces: hermoso y rebosante de incuestionable majestad, un caballo que pisaba la tierra, y la tierra lo aceptaba, y los cielos lo aceptaban, y hasta el mismísimo infierno lo aceptaba, porque ¿cómo podrían no aceptarlo? Tholukuthi perdido en la pasada gloria de Jidada, el Viejo Caballo se acurrucó más en su asiento y se puso a roncar una sonora melodía que los camaradas a su alrededor identificaron como el antiguo himno revolucionario de Jidada, de los días de la Guerra de Liberación.

DEFENSORES, DEFENSORES, DEFENSORES

Como Su Excelencia ya había llegado, la banda militar de Jidada comenzó a tocar. Una música palpitante acompañó al desfile que se iba acercando a la parte principal de la plaza. El ejército de Jidada, igual que el resto de las fuerzas de seguridad, estaba formado enteramente de perros. Y en ese momento, perros, perros, pe-

rros y más perros marchaban hacia la carpa. Sus relucientes botas negras se alzaban y aterrizaban una y otra vez a un impresionante unísono. Eran tholukuthi puras razas y mestizos y cruces y razas misteriosas de incierta clasificación. Eran tholukuthi perros con túnicas verdes, perros con túnicas caquis, perros con túnicas azules. Eran tholukuthi perros tocando instrumentos musicales, perros ondeando la bandera de Jidada, perros ondeando las banderas militares y perros armados con largos y relucientes fusiles.

A menudo, es fácil olvidar la belleza y la elegancia de un perro. Es una criatura capaz de hacer jirones la carne, derramar sangre por puro impulso, aplastar huesos como frágil porcelana. Capaz de montar cualquier cosa, desde una pierna humana a la rueda de un coche, desde el tronco de un árbol a un sofá, todo sin el más mínimo atisbo de pudor. Capaz de cagarse por todas partes como si excretara oro puro. Capaz de ser fiel a su amo incluso si todos saben que es una bestia, un asesino, un hechicero, un tirano o un diablo. Capaz de atacar brutalmente sin aparente provocación, capaz de devorar excremento humano por muy bien alimentado que esté. Pero en ese momento, en la plaza Jidada, con ocasión de la celebración de la independencia nacional, tholukuthi que los perros eran sencillamente magníficos. Nadie habría imaginado que en realidad sudaban y se asfixiaban con el calor, que sus pesados ropajes también cubrían harapientos calzoncillos que apenas sujetaban lo que hay que tener sujeto. Nadie habría imaginado lo gastadas que estaban las suelas de sus botas ni que la mayoría andaban muertos de hambre, puesto que no habían cobrado su salario desde hacía por lo menos tres meses.

CREARÉ PARA ELLOS A UN PROFETA COMO TÚ ENTRE TUS HERMANOS. Y PONDRÉ MIS PALABRAS EN SU BOCA, Y ÉL HABLARÁ PARA DECIRLES TODO LO QUE YO LE ORDENE.

Mucho más tarde, después de que los perros terminaran su exhibición y se marcharan fuera de la vista, y después de los discursos

del ministro de la Revolución, el ministro de la Corrupción, el ministro del Orden, el ministro de Cosas, el ministro de Nada, el ministro de Propaganda, el ministro de Asuntos Homofóbicos, el ministro de Desinformación y el ministro de Saqueo, y después de la actuación de diversos artistas, la burra despertó suavemente a Su Excelencia. El Padre de la Nación abrió los ojos y emergió de su sueño de los días de gloria de Jidada, pero resultó que no se acordaba de nada. Estaba así, batallando con su memoria, cuando sus ojos se posaron sobre un cerdo de elegante aspecto que subía a la tarima sobre sus patas traseras con el paso de un avestruz. El Viejo Caballo no lo reconoció y se preguntó quién sería. Volvió a quedarse dormido analizando las largas patas del cerdo.

El cerdo largo y delgado no era otro que el único e inigualable profeta doctor O. G. Moses, líder fundador de la famosa Profética Iglesia de las Iglesias de los Soldados de Cristo. Como es natural, casi todas las cosas en Jidada incluían una oración, y es por ello que el carismático profeta, que era además el consejero espiritual de la doctora Dulce Madre, estaba en el programa. Los que saben contaban que la iglesia del cerdo era la mayor secta evangélica de Jidada y ostentaba el mayor número de fieles, no solo en la nación, sino en toda la región entera. Sí, tholukuthi una congregación que, según los que saben, no solo estaba inspirada por la palabra de Dios, sino también por la desesperación, la desilusión, la idiotez, la frustración y la búsqueda de un salvavidas, la búsqueda de algo, de cualquier cosa que ayudara a los animales en el negocio de sobrevivir a una vida que diariamente se tornaba invivible a medida que la economía de Jidada se hundía.

El profeta doctor O. G. Moses sí que ofrecía ese algo, esa cosa cualquiera. Lo hacía a través de su evangelio de esperanza y prosperidad, a través de su famosa línea de productos milagrosos que incluían aceite bendito y agua bendita, bolsos benditos, carteras benditas, calzoncillos benditos, ladrillos benditos, tholukuthi a través de la oración, a través del increíble poder que se rumoreaba que alejaba al diablo de la pobreza, a través de su bendito toque sanador. Solo con la pura fuerza de Jehová, el profeta prometía

transformar las miserables vidas de los jidadanos olvidados por el gobierno. Así las masas desesperadas acudieron en tropel a la Profética Iglesia de las Iglesias de los Soldados de Cristo como moscas a la mierda. Cuando los que saben contaban que los seguidores del profeta amaban al cerdo de aquí al infierno y de vuelta, tholukuthi que los seguidores del profeta amaban al cerdo de aquí al infierno y de vuelta. Y resulta que había acudido a las celebraciones en un jet privado comprado con los diezmos de su rebaño, así que sería perdonable creer que la suya era una iglesia llena de ricos en una tierra donde las calles estaban pavimentadas con oro, y las casas, atestadas de papel de váter salpicado con polvo de diamante.

DIOS HABLA

El profeta doctor O. G Moses se inclinó sobre el micrófono y carraspeó. Teniendo en cuenta su popularidad, se daba por sentado que cualquier reunión en suelo jidadano iba a contar con la asistencia de un número significativo de sus seguidores, de manera que no fue de extrañar que la multitud se volviera loca al verlo. Ya no eran patriotas de la nación en una celebración patriótica, qué va, sino creyentes en la redentora y sanadora presencia del amado hijo de Dios. El cerdo, desde luego, estaba acostumbrado a los aplausos, pero jamás había oído nada como el aplauso de ese momento fuera de su iglesia. Tholukuthi que sobrepasó el aplauso que había recibido Su Mismísima Excelencia hacía no mucho. Un aplauso que resonó y resonó y habría seguido resonando si el cerdo no hubiera alzado un pañuelo blanco para pedir una pausa.

—Antes de rezar, permitidme aprovechar esta magnífica oportunidad para dar las gracias a la hembra más temerosa de Dios que conozco, nuestra muy querida doctora Dulce Madre, por concederme el honor de dirigir en oración a esta nuestra gran nación en una ocasión de tal trascendencia. Lo he dicho antes y lo volveré a decir: los buenos líderes no nacen. Los buenos líderes no se hacen. Los buenos líderes, como el Padre de la Nación, como nuestra ho-

norable primera hembra y doctora Dulce Madre, no provienen sino del mismísimo Dios. Este también nos dice en sus propias palabras, en la Carta a los Romanos trece, versículo uno, y necesito que me oigáis bien, oh, valiosísimos jidadanos; Dios, mi padre, dice: «Que todo el mundo se someta a las autoridades del gobierno, porque no hay más autoridad que la que Dios ha establecido. Las autoridades que existen han sido establecidas por Dios.

»En consecuencia, aquel que se rebele contra la autoridad se está rebelando contra lo que Dios ha instituido, y aquellos que lo hagan serán juzgados en consecuencia. Porque los gobernantes no provocan terror en los que hacen el bien, sino en los que hacen el mal. ¿Queréis ser libres del miedo a la autoridad? Entonces, haced lo correcto y seréis alabados. Porque quien ostenta la autoridad es el siervo de Dios por vuestro bien. Pero si hacéis el mal, temed, pues los gobernantes no blanden la espada sin razón. Son siervos de Dios, agentes de su ira para infligir su castigo al malhechor. Así pues, es necesario someterse a las autoridades, no solo por el posible castigo, sino también por la propia conciencia.

»Ahora, tras estas preciosas palabras de Dios, mi amadísima Jidada, agachemos la cabeza en nombre de Jesús. Demos gracias al Todopoderoso por el incomparable don de la libertad por el que hoy estamos aquí reunidos. Demos gracias por los libertadores que nos libraron de los diablos colonizadores, así como por los líderes que Dios nos ha dado y que son los que garantizan que sigamos viviendo en libertad todos los días y por los siglos de los siglos. ¡Oremos!»

EL INMORTAL

Tholukuthi que en el mismo instante en que el profeta concluyó su oración con un «amén», el Viejo Caballo despertó de nuevo. Siguiendo las instrucciones de la doctora Dulce Madre, se levantó y con cuidado se acercó al podio. Todavía intentaba acordarse del sueño, pero en vano.

—¡Arriba el Partido del Poder! —exclamó Su Excelencia.

—¡¡¡Arriba!!! —gritaron los animales.

—¡Arriba la victoria en las elecciones!

—¡¡¡Arriba!!!

—¡Arriba el Estado de un solo partido!

—¡¡¡Arriba!!!

—¡Arriba la doctora Dulce Madre!

—¡¡¡Arriba!!!

—¡Abajo la oposición!

—¡¡¡Abajo!!!

—¡Abajo Occidente!

—¡¡¡Abajo!!!

—Para empezar, ya sé que algunos de vosotros os habéis quedado totalmente pasmados una vez más al verme, y os estaréis preguntando qué estoy haciendo aquí porque, como todos oísteis, ¡la semana pasada morí una vez más! —Su Excelencia alzó la cabeza, dio un coletazo al sol y soltó una risotada.

Tholukuthi que el sol pegó un meneo de lo más lascivo y lanzó un resplandor tan épico que unos cuantos animales se desmayaron en distintos puntos de la explanada, mientras que una gallina, medio asfixiada por el calor, ponía un huevo frito. La multitud siguió el ejemplo del líder y estalló en carcajadas: pezuñas y patas y garras se agitaron al aire, se ondearon banderas y símbolos de Su Excelencia, entre gritos de «¡¡¡Larga vida!!!».

Justo la semana anterior, los medios sociales de Jidada ardían con el rumor de que el Viejo Caballo había muerto de un ataque al corazón en un hospital de Dubái. Por supuesto, no era el primer rumor de esa clase. A medida que avanzaba la edad de Su Excelencia con el paso de las estaciones, Jidada convivía con las periódicas noticias de su muerte, que resultaban ser lo que el Círculo Interno llamaba «noticias falsas», por descontado. El último de los rumores, no obstante, fue el primero en avivarse de tal manera que empezó a sonar a verdad.

—Como bien sabéis, ya me he muerto muchas veces. En eso supero a Cristo. Murió una vez y resucitó solo una vez. Pero ¿yo?

Yo ya no sé la de veces que he muerto y he resucitado, y no sé la de veces que moriré y resucitaré, pero lo que sí sé es que seguiré resucitando y resucitando y venga a resucitar. De hecho, os prometo, mis queridísimos jidadanos, que asistiré a todos y cada uno de vuestros funerales, ¡porque vosotros os vais a morir todos y me dejaréis aquí gobernando esta hermosa tierra de nuestros padres! —Y el Viejo Caballo calló un momento para disfrutar de los aplausos.

RETRATO DE UNA PROTESTA: LAS HERMANAS DE LOS DESAPARECIDOS

Quienes estuvieron allí contaban que, justo cuando el Padre de la Nación empezaba a entrar en calor con su discurso, una manada de unas doce hembras totalmente desnudas irrumpió en la tarima como salida de la nada. Tholukuthi que todo eran ubres y pechos y tetas y muslos y barrigas y grupas y culos y caderas y flancos, desagradable vello púbico por todas partes, por todas partes innombrables partes femeninas de todas las formas y tamaños. Y mientras los de la plaza Jidada —sobresaltados por aquella maldición nunca vista, por aquel tabú de desenfrenada desnudez femenina— miraban la escena boquiabiertos sin dar crédito, preguntándose si lo que estaban viendo era de verdad lo que estaban viendo, dos burras alzaron una pancarta blanca que, en letras del vivo color de la sangre, rezaba: «HERMANAS DE LOS DESAPARECIDOS». El resto del escuadrón blandía carteles con fotografías y nombres —según cuentan los que saben— de jidadanos que habían desaparecido durante el gobierno del Padre de la Nación y el Partido del Poder.

Las hembras desnudas andaban por la tarima de un lado a otro sobre las patas traseras, con las espaldas rectas, caras tholukuthi duras y desafiantes, ojos tholukuthi ardientes, gargantas rugiendo con voces tholukuthi iracundas y beligerantes:

—¡Devolvednos a los desaparecidos de Jidada! ¡Devolvednos a los desaparecidos de Jidada! ¡Devolvednos a los desaparecidos de Jidada!

A pesar de su evidente incomodidad ante la desnudez femenina, los animales de la plaza oyeron los bramidos justo en sus tripas, donde vivían los recuerdos de amigos y parientes y parientes de amigos desaparecidos, y jidadanos desaparecidos, conocidos y desconocidos, sobre los que habían leído en los periódicos y en las redes sociales. Sí, tholukuthi que oyeron los cánticos en lo más hondo de sus corazones, donde también vivían las oraciones que no obtuvieron respuesta, las heridas sangrantes, las pesadillas, la incesante angustia, las preguntas sobre seres queridos, sobre jidadanos conocidos y desconocidos que habían osado disentir del Partido del Poder solo para desvanecerse como el humo y no volver a ser vistos jamás. De manera que hubo entre los animales de la plaza quienes de hecho se vieron también coreando —«¡Devolvednos a los desaparecidos de Jidada! ¡Devolvednos a los desaparecidos de Jidada! ¡Devolvednos a los desaparecidos de Jidada!»—, pero bajito, muy bajito, tan bajito que el sonido no salía más allá de sus dientes, porque su miedo era más fuerte que su voz.

Tholukuthi que las Hermanas no dejaron de bramar ni siquiera cuando los defensores, habiéndose recuperado de su momentánea estupefacción ante el tabú, habiendo recordado que eran de hecho afamados perros con una revolución que defender, se lanzaron debidamente al ataque con porras y dientes y látigos y volvieron a ser defensores. Y las Hermanas de los Desaparecidos no dejaron de bramar ni siquiera cuando sintieron en la carne la enloquecida danza de porras y látigos y dientes. Y las Hermanas de los Desaparecidos no dejaron de bramar ni siquiera cuando las sacaron de allí a rastras. Y las Hermanas de los Desaparecidos no dejaron de bramar ni siquiera cuando las apelotonaron en los jeeps y se las llevaron a la cárcel.

UNA AUTÉNTICA VERGÜENZA

—Hijos míos, mis queridos hijos de la nación. ¡Yo, como todos y cada uno de vosotros, me siento absolutamente abrumado por la

terrible terrible desvergüenza de lo que acaba de suceder en este respetado escenario! No hay otra palabra para describirlo, ¡ni siquiera el sol en el cielo sabía dónde mirar! —exclamó el Padre de la Nación, meneando la cabeza hacia el sol. Y este, complacido de que volvieran a señalarlo, sonrió con sus mil dientes.

»Es una vergüenza cualquier día, pero es doblemente peor en esta honorable ocasión de la celebración de nuestra independencia. Es una afrenta hacia mí y un insulto a los libertadores, algunos de los cuales, como bien sabemos, pagaron con sus preciosas vidas esa misma libertad que las desvergonzadas hembras han vilipendiado con su fea desnudez —afirmó el Viejo Caballo. Los animales de la carpa respaldaron sus palabras con un aplauso.

»Y con ese fin, deseo recordarles a todas y a cada una de las hembras con orejas para oír que una verdadera hembra jidadana, la clase de hembra que todos amamos y honramos y celebramos, es la que se respeta a sí misma y respeta su cuerpo. Que es por lo que la Biblia nos dice que nuestro cuerpo es un templo. Yo no sé a vosotros, pero a mí desde luego no me han parecido templos los que había en el escenario hace un momento, ¡sino urinarios públicos! —declaró el Padre de la Nación, entre las risas y los silbidos del público.

»Pero no os dejéis engañar, mis queridos hijos. No penséis ni por un momento que esas hembras feas y desvergonzadas que acabáis de ver han venido por su cuenta. Están siendo utilizadas. Son una parte integral de las interminables maniobras de Occidente, cuyo principal objetivo, como no dejo de deciros, es desestabilizarnos, entre otras cosas, atacando el núcleo de nuestros valores, nuestras creencias, nuestro modo de vida, nuestra cultura. Pero, por descontado, vosotros y yo sabemos que eso no es todo. Que ese mismo Occidente, junto con la Oposición, desean librarse de mí, ¡quieren deponerme en un ilegal cambio de régimen! —Tholukuthi que toda la plaza rugió.

»¡Pero yo no me voy a ninguna parte! Porque yo, yo era el líder de Jidada hace casi cuarenta años, y era el líder de Jidada hace treinta años, y hace veinte años y hace diez años. Porque yo era el

líder de Jidada ayer, y soy el líder de Jidada hoy, y seré el líder de Jidada ¿cuándo? —invitó el Padre de la Nación a contestar, con las orejas ladeadas hacia la plaza.

—¡¡¡Mañana y siempre!!! —atronó la plaza Jidada, celebrando el infinito liderazgo del Viejo Caballo.

Los animales patearon con patas y pezuñas hasta que ya ni se veían los unos a los otros entre el polvo. Los animales brincaron por los aires. Los animales se dieron palmadas y se abrazaron. Los animales entrechocaron sus culos. Los animales saltaron y lloraron y chillaron y cantaron. Y el Viejo Caballo se sintió renacer en el corazón del tumulto. Sí, tholukuthi que se sintió como se había sentido el día de su nombramiento, hacía ya tantos tantos tantos tantos años.

EL CRUZADO ANTIIMPERIALISTA

—Sí, esa es la situación, mis queridos hijos de la nación. Y aun es más, solo Dios, que fue quien me designó, puede derrocarme, y no Occidente, que no tiene la más mínima autoridad moral para abrir la boca y decir que en Jidada hace falta un cambio de régimen. ¿Por qué, a ver? ¿Quiénes son ellos comparados siquiera con una brizna de hierba? ¿Dónde estarían y quiénes serían ahora mismo de no haber cometido el odioso pecado de colonizarnos? ¿Qué serían los Estados Unidos sin la tierra robada que ahora tienen la osadía de acordonar con una frontera violenta? ¡Sí! ¿Qué sería ese país sin los hijos e hijas de África saqueados, a quienes ahora mantiene en abyecta pobreza cuando fueron ellos los que parieron la riqueza del país? ¿Y qué sería Occidente sin los recursos de África? El oro de África, los diamantes de África, el platino de África, el cobre de África, el estaño de África, el aceite de África, el marfil de África, el caucho de África, la madera de África, el cacao de África, el té de África, el café de África, el azúcar de África, el tabaco de África. ¿Qué serían sin tener en sus museos los artefactos que saquearon de África? ¿Sabéis, mis queridos hijos, que a

día de hoy, décadas después de su monstruoso saqueo, después de su vorágine de pillajes, violaciones, secuestros, asesinatos y opresión, Gran Bretaña todavía no ha devuelto la cabeza de Mbuya Nehanda? Sí, tras sentenciar a la médium espiritual, a nuestra antecesora, Mbuya Nehanda Nyakasikana, quien como ya sabéis es la madre de la lucha por la liberación de Jidada, después de sentenciarla a la muerte en la horca, como si con eso no bastara, ¡decapitaron su sagrada cabeza y la enviaron a Gran Bretaña como un trofeo para la corona! Y allí es donde todavía está, ¡junto con otras dos docenas de luchadores por la resistencia jidadana! A lo mejor la reina nos puede decir lo que está haciendo con nuestros muertos encarcelados, pues yo no puedo decíroslo porque no lo sé. Pero lo que sí puedo deciros es que, antes de que Occidente pueda darnos órdenes sobre cambio y democracia, tendrá que devolver todas y cada una de las cosas que nos robaron. ¡Quiero que nos las devuelvan! ¡Necesito que nos las devuelvan! África quiere y necesita que se las devuelvan. ¡Todas y cada una de ellas! ¡Devolvedlas! —chilló el Padre de la Nación, con tal ardor que la plaza se incendió en un resonante coro: «¡Devolvedlas! ¡Devolvedlas! ¡Devolvedlas!».

Sí, tholukuthi que los hijos de la nación, recordando entonces los pecados de sus previos opresores, repetían el cántico y llenaban la plaza con toda clase de furias, incluidas las furias heredadas de los antepasados que habían vivido en aquella época terrible. El Padre de la Nación, como era típico en él, siguió denunciando a Occidente, en mordaz y punzante diatriba, por su neocolonialismo, por su capitalismo, su racismo, por sus sanciones económicas, por sus terribles prácticas comerciales, por la adicción a las ayudas, por el cierre de fábricas y negocios en Jidada, por la falta de trabajo, por la mala producción de las fábricas, por la fuga de cerebros, por los homosexuales, por los cortes eléctricos y los cortes de agua, por el deplorable estado de las escuelas públicas y de los hospitales públicos y de los puentes y de los urinarios públicos de Jidada, por la laxa moral de la juventud, por los baches en las carreteras y la basura tirada en las calles, por el mercado negro, por los

fluctuantes índices de criminalidad, por el atroz porcentaje de aprobados en los exámenes nacionales, por la derrota del equipo jidadano de fútbol en las recientes finales continentales, por la sequía, por el extraño fenómeno de que algunos hombres casados tuvieran una segunda familia aparte llamada «casa pequeña», por el aumento de la hechicería, así como por la escasa producción de obras interesantes de poetas y escritores nacionales.

EL LIBERTADOR

—Pero en fin, hoy, como todos sabéis, es un día muy importante. Un día tan importante que no se me ocurre ningún otro día más importante, excepto tal vez el día de mi cumpleaños. Para aquellos que no lo sepan, es el día en que nací, y sin él no estaríamos aquí celebrando nada, ¡porque yo no habría estado ahí para dirigir la lucha de la Liberación, para que Jidada no volviera a ser una colonia nunca más! —exclamó el Padre de la Nación, pateando al aire con todas sus fuerzas al decir «¡nunca más!».

En ese preciso momento, le vino a la mente el sueño olvidado, claro como el agua. Sintió tal excitación que dejó la tarima e hizo lo que sus médicos del extranjero no le recomendaban ya hacer, que era alzarse sobre sus cuartos traseros. La Jidada de los días de gloria cobró vida de pronto, tan real en su cabeza que podía olerla y percibir en la lengua el sabor de su rica leche y su densa miel.

—Mis queridos, mis muy fieles jidadanos, no importa lo que puedan desearnos nuestros taimados enemigos, desde la oposición a Occidente a esas hembras desvergonzadas que acabáis de ver con vuestros propios ojos... A mí me llena de orgullo y satisfacción decir que estos son los días de gloria, los días en los que nuestro destino está totalmente en nuestras manos. ¿Acaso no poseemos hasta el último centímetro de esta rica tierra? ¿No disfrutamos de los valiosos frutos que produce esta bendita tierra, tanto encima como debajo? ¿No vivimos con prosperidad? ¿No somos acaso la envidia de naciones menos afortunadas? ¿Alguno de en-

tre vosotros pasa hambre? ¿Alguno no es libre? ¿Alguno sufre? ¿Alguien está oprimido o insatisfecho o es pobre? ¿Acaso no vamos a dejar a las generaciones futuras un esplendoroso legado que las hará destacar bien alto entre las naciones del mundo? —Los animales cuadrúpedos, al oír estas palabras, habían vuelto a apoyar todas sus patas y cavilaban bajo el sol abrasador.

THOLUKUTHI REFLEXIÓN SOBRE UN LEGADO

—Amamos al Padre de la Nación, nadie lo ama como nosotros, ¡lo llevamos en la sangre! ¿Y acaso hay un mayor legado que el amor? Pues no señor, no lo hay. Pero voy a decir una cosa, lo único que me haría amarlo todavía más sería un trabajo. Un trabajito cualquiera me vale, no tiene que ser algo gordo ni nada, porque ¿quién soy yo para desear grandes cosas? Así podría pagar la habitación que alquilo y a lo mejor comprarme ropa como es debido en lugar de estos harapos. Comprar comida buena para mis hijos de vez en cuando para que ellos también puedan tener un poco de dignidad... No es tanto pedir. A lo mejor también mandarlos al colegio. Cosas así, pequeñas, básicas.

—¡Ja! No. ¡Es un legado excelente al cien por cien! Casi cuesta explicar, teniendo en cuenta de dónde viene este país, la pura alegría de ver a un presidente negro ahí gobernando y gobernando y gobernando, con todo un gobierno negro. En lugar de ¿qué? En lugar de ver un gobierno colonialista racista como antes de la independencia. Lo único es que ojalá pudieran hacer funcionar el país exactamente igual que cuando los racistas gobernaban. Entonces, ¡ja!, ya te digo. Si dieran con la forma de hacerlo, entonces sin duda íbamos a tener un legado mayúsculo, ¡al cien por cien!

—La lealtad es un legado, debo decir, y esa es la verdad verdadera. Hoy en día algunos idiotas se reirían de ti por llevar la parafernalia del Padre de la Nación, se burlarían de ti diciendo: «Tantos

años de independencia, ¿y tú qué es lo que tienes, además de la parafernalia? ¿No ha llegado la hora de un verdadero cambio?». Intentan manipular a cualquiera para que cambie de bando. Y yo me limito a batir las alas y a chasquear la lengua. Porque ¿acaso te levantas un día, miras a tu padre y le dices: «Eres viejo, eres inútil, eres esto y lo otro, así que me voy a buscar otro padre, que es hora de un cambio»? ¡Pues no! ¡Nunca! ¡Es el Padre de la Nación para toda la vida! ¡El Partido del Poder para toda la vida!

—Bueno, en lo que a mí respecta, no me importa que la doctora Dulce Madre nos echara de nuestra tierra para hacer sitio a su granja. No me importa nada de nada, ni un poco, kana, ngitsho, o sea, que nos ha dejado en la calle, pero es que si no, ¿dónde iba a poner su granja? ¿En el aire? ¿En un árbol? ¿Dentro de su mansión? ¡Y futhi no es para nada como si un colono blanco te echara de tu tierra! Porque eso, eso es una cosa totalmente distinta. Eso es un asunto de guerra, que es exactamente lo que hicimos para liberar nuestra tierra. Pero ¿cómo se me iba a mí a pasar por la cabeza hacer la guerra contra la doctora Dulce Madre?

—Hasta los escarabajos peloteros saben que no hay un Padre de la Nación, ni uno solo en toda África entera, con los huevos para mandar al carajo a Occidente, para ponerle a Occidente las peras al cuarto. Ninguno salvo el nuestro. Nadie más puede arrogarse eso como legado. Y por eso exactamente es por lo que necesitamos que nos gobierne. Porque si no, ¿quién les iba a cantar las cuarenta?

—¡Jidada es de hecho una de las naciones mejor educadas de África! ¡Eso sí que es un legado! Eso lo sabe todo el mundo, en todas partes. Y nuestra constitución es también una de las mejores del mundo. Me da igual lo que opinen los detractores, que dicen que ni siquiera obedecemos nuestra propia constitución. Bueno, ¡por lo menos es nuestra constitución la que desobedecemos! Y el día en que de verdad decidamos cumplir con ella, todo el mundo verá

por qué se dice que es una de las mejores del mundo. ¡Todo eso es un legado!

—¿Quién olvidará en la vida el momento en que echamos a los granjeros blancos de nuestra tierra? ¡Ja! Solo con pensarlo me parece estar levitando. ¡Les demostramos a quién pertenece África de verdad! Vosotros no vinisteis con tierra en el barco cuando nos colonizasteis, ¡y os atrevéis a haceros llamar granjeros kukuru-kukuru! ¡Ja! Y ahora hemos recuperado nuestra tierra. Bueno, cuando digo «hemos» no es que necesariamente me incluya yo, que personalmente no tengo ninguna tierra. Casi toda es de esos que están bajo la carpa de ahí, pero bueno, son negros como yo, así que... Claro que los enemigos del régimen vendrán con su propaganda, diciendo que los elegidos en realidad no saben cultivar nada, y que el sector de la agricultura, y por lo tanto la economía, se ha resentido de la incautación de tierras. Bueno, ¿y qué? ¡Aquí lo importante es que los negros son dueños de la tierra! ¡Y eso es un legado! ¡Nunca más seremos una colonia!

—No es por nada que nos llaman la joya de África, no señor. Aquí en Jidada es que tenemos de todo. Tierra, minerales, agua, buen clima, de todo. ¿Y por qué andan los chinos y todas esas multinacionales revoloteando por todo el país como moscas? ¡Pues porque saben reconocer una joya! Que no os engañe lo que puedan parecer ahora las cosas. Me refiero a las terribles carreteras donde se mata la gente, los baches, los sistemas de alcantarillado rotos, los hospitales decrépitos, las escuelas decrépitas, el decrépito sector industrial, el decrépito sistema ferroviario, o más bien debería decir una infraestructura, así en general, decrépita. Y luego, claro, está el pésimo nivel de vida, la pobreza y esas cosas que pueden parecer deprimentes así a primera vista, que igual te hacen pensar que lo que estás viendo es una ruina. Todas estas cosas pasan en los países, es algo inherente a los países, pero tened por seguro que una vez estuvimos en plena forma. Además, no se trata de juzgar las cosas por sus apariencias. Porque lo que sí es cierto es que Ji-

dada sigue siendo una joya, la joya de África. Y eso es el divino legado del Padre de la Nación, que gobierna una auténtica gema. Y lo que es más, ¡ha liberado y ha protegido esa joya para que Jidada no vuelva a ser una colonia nunca más!

UN DISCURSO ENARDECEDOR

—Y la respuesta a mi propia pregunta, mis queridos hijos, es que estamos en el camino de dejar un ilustre legado a las generaciones venideras. De otro modo, si ese legado fuera menos, ¿sabéis qué significaría? —Su Excelencia guardó silencio para observar con atención a la muchedumbre—. ¡Significaría que la revolución ha sido traicionada! Significaría que hace falta otra guerra de independencia, sí, una nueva guerra de liberación, porque eso es lo que habrían hecho vuestros antepasados y lo que querrían que hicierais porque... ¿Quién fue el que dijo que toda generación debe descubrir su misión y cumplirla o traicionarla? —El Viejo Caballo escudriñó la plaza en busca de una respuesta. Y entonces—: ¡Ajá! Yo sé quién lo dijo. Creo que fui yo mismo el que lo dijo, por eso me acuerdo, y habiendo dicho eso cuando lo dijera, hoy añadiré que, como líder vuestro que soy, no me interpondré en vuestro camino ni os impediré que cumpláis vuestra misión. ¡Tenéis mis bendiciones! Y os voy a decir ahora mismo que lo que he aprendido, si es que he aprendido algo útil gobernando y gobernando y gobernando, es que el poder de cualquier régimen, por tiránico que sea, ¡solo se sustenta en el miedo de las muchedumbres! Os prometo que, en cuanto los gobernados pierden el miedo, ¡al régimen se le acaba el cuento! Si queréis comprobarlo vosotros mismos, intentadlo. No mañana, sino hoy mismo, ahora, ¡y luego venid a darme las gracias! ¡Abajo el miedo! —arengó el Viejo Caballo, con el inconfundible fuego de la resistencia en los ojos.

El Órgano de Poder y los elegidos intercambiaron miradas de desconcierto, preguntándose si lo que estaban oyendo era de verdad lo que estaban oyendo. Tholukuthi que el hondo silencio que

en esos momentos se había apoderado de la plaza era tan absoluto, tan real, que se podía pellizcar como una garrapata gorda. En cuanto a los animales al sol, se removían y se miraban los unos a los otros sin dar crédito. Claro está que entonces era muy habitual que el Viejo Caballo soltara alguna indiscreción. Pero a veces esos errores, como en este mismo momento, eran en realidad honestas y astutas verdades. Tholukuthi verdades que compartían la mayoría de los jidadanos, aunque por supuesto jamás soñarían con decirlas en voz alta o mostrar su acuerdo en público.

Más o menos entonces, el vicepresidente Tuvius Delicia Shasha, más conocido por todos los jidadanos por el diminutivo de Tuvy, se puso a aplaudir, un acto que no tardaron en imitar todos los de la carpa y luego el resto de los animales, de mala gana al principio porque no parecían entender por qué aplaudían dada la naturaleza del controvertido e incluso peligroso mensaje del Viejo Caballo.

—¿Qué demonios ha pasado con su maldito discurso? ¿No tenía que escribir alguien el discurso de Su Excelencia? —gruñó con desdén el vicepresidente, pivotando su cabeza grande como un autobús hacia la vaca que estaba sentada justo detrás de él.

—Y lo hicimos, camarada vicepresidente, señor. Pero ya sabes que a Su Excelencia le gusta decir lo que le viene a la cabeza, señor.

—Pues por lo visto esa cabeza no funciona muy bien hoy, ¿no? Esto no puede seguir pasando, camarada. ¡Que alguien lo saque del maldito estrado antes de que diga algo de lo que nos arrepintamos!

Una oveja y un pavo se apresuraron a levantarse y a correr hacia el podio. Pero la burra, acostumbrada a los malabarismos oratorios de su esposo, ya se lo estaba llevando.

EL CAMARADA VICEPRESIDENTE HABLA

Tuvius Delicia Shasha era un caballo viejo, aunque no tan viejo como el Padre de la Nación. De hecho, algunos insistían en que,

comparado con Su Excelencia, era tholukuthi un jovenzuelo. Fuerte y macizo, se encaminó hacia el estrado con unos pesados movimientos más propios de un hipopótamo. A pesar del calor achicharrante, llevaba un chaquetón rojo decorado, como el resto de su atuendo, con impresiones de la cara de Su Excelencia. Ya en el podio, se alzó, meneó la cola y consideró cuidadosamente la mejor manera de retomar la cosa allí donde la había dejado su superior.

Tener que aparecer a continuación de un orador con la naturalidad y el talento del Viejo Caballo, y además mientras el humo de su poética elocuencia todavía flotaba en el aire, no le iba a poner precisamente las cosas fáciles a Tuvy. Pero el vicepresidente se lanzó. Recordó que había luchado y derramado sangre de verdad en la Guerra de Liberación de Jidada, que al final acabó en victoria. No iba a flaquear ahora en un simple escenario.

—¡Arriba Jidada, camaradas! —comenzó el vicepresidente, alzando una pezuña. Se cuidó de emplear ese tono de exagerada modestia que jamás abandonaba, sobre todo en presencia de la primera hembra.

—¡Arriba! —resonó la plaza.

Como correspondía a la ocasión, y porque el Partido del Poder lo había convertido en un tema importante y siempre relevante en Jidada, el vicepresidente habló de la Guerra de Liberación. Dio las gracias a los veteranos de guerra, sí señor, a los valientes y altruistas animales que se habían levantado en armas para liberar a la nación hacía ya tantos años, lo cual, claro está, no podía decirse de todo el mundo en Jidada. Habló de la paz y la libertad de las que todos disfrutaban, dio las gracias a los perros de la nación por proteger, siempre vigilantes, esas preciosas paz y libertad. Y como no tenía preparado un discurso y en general le ponía nervioso hablar inglés sin leer un papel, se apresuró a concluir, consciente, con razón, de que a las muchedumbres no les había impresionado nada su actuación, que estaban en ese mismo momento comparándolo con el Padre de la Nación.

EL ICONO VIVIENTE

—Y, por último, estamos aquí en Jidada como Jidada por el liderazgo y la sabiduría y la dedicación de nuestro incomparable Padre Fundador, Su Excelencia, que nos fue otorgado nada menos que por el mismo Dios, como ha dicho el buen profeta con su propia boca. Su Excelencia, que, como todos sabéis y todos debéis estar de acuerdo, durante casi cuatro décadas ahora, que es también casi medio siglo, ha gobernado Jidada con pezuña de hierro y un corazón lleno de amor y el cerebro de mil genios y la visión del mismísimo Dios. Su Excelencia, nuestro libertador y gobernante, que nos ha guiado a todos, a su rebaño, con firmeza y compasión y valor y talento y justicia y férrea oposición a la oposición, cuyos miembros, no debemos olvidar nunca, nunca jamás, son despreciables agentes criminales del cambio de régimen, junto con su aliado, Occidente. Nuestro futuro es más brillante que el más brillante fuego de mortero, además de seguro, gracias al liderazgo y la resistencia, tan ejemplares como visionarios, de nuestro Padre Fundador, y nosotros aguardamos con ilusión ese futuro y estamos deseando que llegue. Le damos las gracias por dedicar su vida a esta gran tierra y le deseamos más años llenos de bendiciones en todos y cada uno de sus días. ¡Arriba Jidada, con un «da» y otro «da», camaradas! ¡Gracias!

THOLUKUTHI QUE NO HAY HUMO SIN FUEGO

Tuvy se pavoneó feliz hasta su asiento, sacudiendo la cola con la debida pomposidad de un héroe que acabara de salvar el mundo. Por el camino, saludó a Su Excelencia, que se apresuró a apartar la cara, pero no tan deprisa como para que Tuvy se perdiera la expresión del Viejo Caballo. El desconcertado vicepresidente sufrió un vahído al ver su marcado desprecio. Junto a Su Excelencia, la doctora Dulce Madre lo miraba con la cara como el culo de un babuino, mientras que, un par de asientos más allá, el general Judas Bondad Reza sonreía compasivo. Tuvius, confuso y herido, se

dejó caer en su silla y se puso a tragar bilis —y no por primera vez— cavilando sobre el abracadabrante abismo que se había abierto entre él mismo y el Padre de la Nación. Un abismo que parecía ensancharse con cada nuevo encuentro.

Una cosa sería tener que lidiar solamente con el Viejo Caballo, al fin y al cabo llevaba manejándolo muchísimos años, desde los días de la guerra. Pero es que ahora, y para complicar el asunto, se había metido por medio la maldita burra, un animal salvaje, una colasucia sin ninguna clase de moral, y por supuesto, su pequeña facción de esbirros, un pretencioso grupo que se hacía llamar el Círculo Futuro y se creían, los muy ilusos, que serían los siguientes líderes del Órgano de Poder. Se figuraban que sus inútiles papelitos de inútiles universidades, junto con sus disparatadas divagaciones y sus estrafalarias ideas, contaban como credenciales de partido, lo cual por supuesto no era el caso, puesto que aquello ni contaba ni contaría nunca jamás, ni en un millón de años. Porque el Partido Jidada no era un partido cualquiera, era un Partido de Poder, un Partido Revolucionario. Hasta los palos y las piedras sabían que la única credencial que contaría siempre por y para el partido eran las armas. No una estúpida pluma, no un libro inútil, no un miserable certificado de educación, ni ninguna rimbombante y grotesca teoría. Nada de eso, sino las armas, solo las armas y nada más que las armas, y siempre las armas y por siempre las armas. Sí señor, armas, armas, armas, armas, armas, armas. Tholukuthi las armas. Y, en segundo lugar, la burra y sus inútiles seguidores no habían luchado en la Guerra de Liberación. De hecho, no habían hecho nada por Jidada en la lucha, ni siquiera llevar agua a los libertadores, y eso los convertía en unos donnadies, en ceros a la izquierda, en insignificancias.

NO DIGAS QUE SOLO ERES UN NIÑO, PORQUE IRÁS ADONDE YO TE ENVÍE Y DIRÁS TODO LO QUE YO TE ORDENE.

Y entonces la doctora Dulce Madre ocupó su lugar en el podio y se quedó mirando al gentío. Tuvy la vio agarrar el micrófono

como si quisiera masticarlo con sus dientes de piedra y se imaginó incrustándoselo en esa garganta de jirafa que tenía para luego arrearle una buena coz que la lanzara volando hasta la otra punta del recinto.

—En primer lugar, mi conciencia no me permite estar aquí ante vosotros como hembra, como vuestra Madre, como la doctora Dulce Madre y como cristiana, sin referirme a la depravación que acabamos de ver por parte de las llamadas Hermanas de los Desaparecidos en esta tan respetable ocasión. La cuestión más obvia, por supuesto, es que nadie quiere ver esos feos cuerpos blandengues, esas tetas caídas, ese vello púbico gris y blanco a plena luz del día —comenzó la burra, apostillando su introducción con estentóreas carcajadas que fueron espontáneamente imitadas por el resto de la plaza, y tholukuthi que los agudos aullidos de los machos eran los más sonoros.

»De manera que debo pedir disculpas al Padre de la Nación y a todos los libertadores, los machos ancianos, el honorable profeta, los dignatarios visitantes y los invitados por lo que, desdichadamente, han tenido que contemplar, aunque cuando se tiene una democracia plena, como tenemos aquí en Jidada, sucede que a veces a algunos se les sube a la cabeza, como todos habéis visto. Y a estas patéticas Hermanas de los Desaparecidos me gustaría decirles en primer lugar: ¿de qué desgraciadas ancas habéis salido para tener la moral de una hiena? ¿No sabéis que en esta audiencia hay jóvenes inocentes? ¿Qué lección intentáis enseñarles? Si no tenéis interés en respetar vuestros cuerpos, como ha dicho el Padre de la Nación, entonces marchaos a un burdel y sed unas colasucias de verdad ¡y dejadnos en paz! —exclamó la burra, provocando una estrepitosa ronda de risas burlonas. Tholukuthi que la primera hembra se estaba poniendo en forma: conocía a su audiencia y su audiencia la conocía a ella.

»Ahora, y por hablar con toda sinceridad... Todos sabéis que a mí me gusta decir las cosas como son... Esa clase de comportamiento... Eso es ir pidiendo a gritos que las violen, ¿no es así? —La muchedumbre enloqueció.

»A ver, Jidada, óyeme bien. Un día, sin falta, esas mismas Hermanas de lo que sea vendrán llorando porque las han violado en uno de esos desfiles de desnudos. ¡Y os aseguro que entonces se esperará que empaticemos con ellas! Y Al Jazeera y la CNN y la BBC y el *New York Times* y todas esas organizaciones que van de defender los derechos de quien sea vendrán aquí a quejarse. ¡Solo porque una caterva de hembras desorientadas se olvidó de cuál es su lugar! ¡Vergüenza, vergüenza, vergüenza! —chilló la primera hembra.

—¡Vergüenza, vergüenza, vergüenza! —coreó la multitud, como si fuera un eslogan bien conocido.

—¡Vergüenza, sí! Pero basta ya de hablar de colasucias, no es por ellas por lo que estoy aquí. Hoy tengo en la cabeza cosas mucho más apremiantes. —La burra carraspeó y se alzó sobre los cuartos traseros en toda su altura, que no era poca, sin atisbo ya de risa en la cara.

Los animales que conocían bien a la doctora Dulce Madre —que eran, por supuesto, la mayoría de los animales de Jidada— supieron que aquel particular carraspeo no tenía en realidad nada que ver con que necesitara carraspear y supieron leer en su cara —ahora un bloque de granito— y en su postura —tholukuthi las patas bien abiertas, la cola en el aire, el pecho hinchado y jadeante, la cabeza alta—; supieron leer en aquella particular frase tan suya —«Hoy tengo en la cabeza cosas mucho más apremiantes»— una inconfundible declaración de guerra. Tholukuthi que tal vez la burra no hubiera luchado en la famosa y definitoria Guerra de Liberación, pero los palos y las piedras de Jidada te dirán que solo con su boca podría presentar seria batalla y ejecutar a cualquiera. La cuestión principal en toda la plaza era: «¿A quién va a ejecutar hoy?».

Los animales al sol se congregaron mansamente, con el orden y la disciplina de un campo de coles. Se deleitaban en la certeza de que eran chusma, tholukuthi muy por debajo de la burra como para significar amenaza alguna para ella, sí, tholukuthi eran demasiado insignificantes para desatar sus iras. Su papel en esta par-

te del programa era el de meros testigos, lo único que se requería de ellos era servir de coro a las risas y burlas de la doctora Dulce Madre. Los animales que se encontraban bajo el palio, sin embargo, a pesar de su posición de elegidos, tenían preocupaciones muy pero que muy distintas. La boca de la burra, además de su tendencia a vomitar en lugar de hablar, se había convertido últimamente en una lanza tan impredecible como mortal, tholukuthi que podía ser arrojada en cualquier momento y no había forma de saber sobre quién caería ni cómo. Si arañaría, si apuñalaría, si lisiaría, si aniquilaría.

—Jamás pensé que llegaría el día en que vería y oiría a un animal osar presentarse ante toda esta multitud con la audacia de un escorpión en un testículo y ensalzar a Su Excelencia, cuando en realidad no alberga en su interior sino una fealdad extrema. ¡Muy mal, muy mal! —resopló la burra con su típica altanería.

En ese momento, alzó la cabeza de sopetón, se quedó quieta como una estatua, fijó la vista en el sol y trazó con un casco una especie de garabato en el aire. Y tholukuthi que, para pasmo y estupefacción de todo el mundo, el sol dio un brinco, luego realizó una especie de bailecito y finalmente se puso firme, ante lo cual las esponjosas nubes a su alrededor se apresuraron a dispersarse y a desaparecer. Y entonces sucedió: los rayos del sol se tornaron de un dorado profundo, visiblemente ensanchados, y se extendieron a lo largo y ancho en una cegadora exhibición, cuya intensidad forzó a entornar todos y cada uno de los pares de ojos. Si antes hacía calor, la plaza Jidada se parecía ahora a las profundidades del infierno, pero los animales estaban demasiado conmocionados y demasiado desconcertados para preocuparse por el calor. Se miraban los unos a los otros con una sola pregunta en el gesto: «¿Cómo?». Incapaces de ofrecerse los unos a los otros una respuesta medio satisfactoria, se volvieron a mirar de nuevo a la doctora Dulce Madre, como si jamás la hubieran visto antes.

Lo cierto es que la burra estaba tan pasmada como su audiencia, pero su euforia era mucho mayor que su desconcierto. Solo había intentado aquel número en un impulso caprichoso, sin espe-

rar de ningún modo que ella, Maravillosa, hija de Agnes, a su vez hija de Chiriga, a su vez hija de Tembewa, pudiera mandar sobre el sol, igualito que el Padre de la Nación. Disfrutaba de su momento, exaltada y nerviosa, de manera que no fue del todo voluntario lo de rodear el podio una vez, rodear el podio dos veces, rodear el podio tres y cuatro veces antes de lograr dominarse por fin. Cuando abrió la boca para proseguir, su voz, sin duda fortalecida, salió cargada de un tono lacerante.

—De manera que sé de buena tinta que él, el animal del que os hablaba, está aquí homenajeando falsamente a Su Excelencia, cuando en realidad anda diciéndoles a sus esbirros que el Padre de la Nación está viejo y senil, que es incapaz de gobernar; estas son sus palabras, no las mías. Anda confabulando, planeando el día en que derrocará a nuestro amado gobernante, elegido por el mismísimo Dios en su infinita sabiduría, para ocupar su lugar. Y yo estoy ante vosotros para poner fin a esta idiotez aquí y ahora, con toda Jidada y con este sol por testigo, y lo que digo es que ¡esto no es una granja de animales, sino Jidada, con un «da» y otro «da»! Así que te voy a dar un consejo: ¡desiste! ¡Y desiste ahora mismo! ¡De inmediato! ¡En este momento! Y si tienes oídos, escucharás mi consejo, porque lo que estás haciendo es tragar toda clase de pedruscos, y muy pronto se verá lo grande que tienes el ojete cuando tengas que cagar esos mismos pedruscos —resopló la burra.

Una vez lanzada su advertencia, apuntó con el morro hacia la plaza, jadeando de tanto hablar sin pausa, pero triunfal. Sobre ella, el sol se superó a sí mismo, brillando como no lo había hecho nunca.

UNA TERMITA NO SE AGARRA POR LA CABEZA

Cualquier otro animal se habría alzado sobre los cuartos traseros y habría relinchado y resoplado y rugido y replicado vomitando insultos. Y si no, entonces tal vez habría temblado de miedo y tal vez habría suplicado el perdón. Pero no Tuvius Delicia Shasha,

que de hecho no hizo nada. Se quedó sentadito en su asiento, más quieto que un cocodrilo debajo del agua, observando a la burra por el rabillo del ojo derecho. Nadie habría imaginado, viéndolo ahí como si lo hubieran embalsamado, que una terrible tempestad rugía dentro del caballo. Pero el vicepresidente no mostró signo alguno de irritación. Tholukuthi que ni un gesto de alarma. Ni de contrariedad, ni de vergüenza, ni de indignación, ni de enfado. Nada de nada. Para concentrarse en algo durante la diatriba de la burra, se puso a contar sus respiraciones, como un monje meditando, y todavía seguía contándolas cuando ella terminó su vomitera y dejó el escenario, pavoneándose sin disimular su triunfo. Y seguía contándolas cuando concluyó la última de las festividades, y cuando Su Excelencia y la burra y todo el mundo que se encontraba bajo la carpa blanca se levantó para marcharse. Y seguía contándolas cuando el último animal abandonó la plaza Jidada. Tuvy incluso se durmió esa noche contando.

Un líder que cree liderar y no tiene poder se está yendo a paseo

THOLUKUTHI EN TODAS PARTES

Pasadas ya tres o cuatro horas de su habitual hora de dormir, la doctora Dulce Madre no puede dejar de ver y volver a ver en YouTube el vídeo de sí misma soltando unas cuantas frescas. Sí, tholukuthi diciendo las cosas como son delante de toda la nación en las celebraciones de la Independencia unos días atrás. Hoy en día es prácticamente imposible para ella hablar en ningún lado, ir a ningún lado o hacer cualquier cosa sin terminar en las redes sociales. Como debe ser, porque ella no es, de ninguna de las maneras, una primera hembra cualquiera. La doctora Dulce Madre, Maravillosa, hija de Agnes, a su vez hija de Chiriga, a su vez hija de Tembewa, no tiene ningún miedo a nada. Cualquier día, en cualquier momento, en cualquier parte, de cualquier forma, es capaz de reducir a cualquier animal, hacerlo pedazos, aplastarlo bajo sus tacones de Gucci. Ahí está todo, en YouTube, a la vista de todo el mundo porque se ha hecho viral: en Twitter, en Facebook, en Instagram, en donde quieras. Está tholukuthi en todas partes. Ahí está Maravillosa en todas partes, es tendencia en todas partes, es la reina.

En la pantalla, los animales, tanto los de la carpa como los que están al sol, siguen cada uno de sus movimientos, fascinados, cautivados. La doctora Dulce Madre es que no se cansa de verlo: la inalterable atención, las expresiones maravilladas, la reverencia, la admiración... Todo ello le provoca tal entusiasmo que le resulta

imposible calmarse, por muchos días que hayan pasado, por muchas veces que haya visto el vídeo. Ahora la doctora Dulce Madre está de nuevo en pie, paseando y recitando, junto con el vídeo, sus famosas frases, tantas veces pronunciadas en sus discursos que han llegado a ser reconocidas como eslóganes por derecho propio: «¡Esto no es una granja de animales, sino Jidada, con un "da" y otro "da"! Y si tienes oídos, escucharás mi consejo, porque lo que estás haciendo es tragar toda clase de pedruscos, y muy pronto se verá lo grande que tienes el ojete cuando tengas que cagar esos mismos pedruscos». Y aquí la burra suelta delirantes alaridos de risa, convulsiona de tal forma que tiene que sentarse en la cama jadeando, porque la imagen conjurada resulta que también es la cosa más graciosa bajo el sol.

LENGUAS DE PODER

La doctora Dulce Madre sabe que parte de la genialidad de sus discursos proviene de la elección de su lenguaje: ciertamente, ha descubierto que alcanza su cima más aplastante, más potente, más lacerante, cuando se expresa en su lengua materna. Es una diferencia entre ella y Su Excelencia, que es ciertamente famoso en toda Jidada y más allá, incluida la mismísima Gran Bretaña —tholukuthi los propios ingleses—, por su elegante inglés. Habla su primer idioma, como es natural, pero es que en el idioma de sus propias madres, el Padre de la Nación es un emperador con ropajes prestados, una miserable cucaracha en un limpísimo armario blanco. Sí, tholukuthi que está tan incómodo con ese idioma como el idioma lo está con él: él se resiste y el idioma se le resiste, cuando él se levanta, el idioma se sienta, cuando él empuja, el idioma tira, cuando se lanza a por él, el idioma se le escurre, pasa zumbando entre sus patas y desaparece. Y de hecho, incluso cuando habla en sueños, lo cual sucede muy a menudo últimamente, el Padre de la Nación habla en un inglés que es más inglés que el de los mismísimos ingleses.

Pero la burra... La burra brilla, vuela, planea, brinca, baila, se contonea, nada, hace piruetas, se desliza, perrea y da saltos mortales... La burra puede con cualquier movimiento, puede hacer cualquier cosa, lo que sea. En su lengua materna puede hacer de todo menos resucitar a los muertos. Muchas veces ha lamentado no haber tenido la opción de contar con su lengua materna como lengua vehicular en sus estudios... Quién sabe, hasta podría haber tenido una experiencia de aprendizaje positiva. Sí, tholukuthi que en su propia lengua podría haber apreciado mejor aquellas asignaturas tan difíciles, aquellas asignaturas que no había logrado entender, no digamos ya disfrutar, y que tan sistemática, tan inevitablemente había suspendido. Por supuesto, a consecuencia de ello, había sufrido una humillante reputación de lerda en toda su educación primaria y secundaria, lo cual le había granjeado toda clase de vergonzosos apodos junto con una experiencia que no solo le provocó inseguridad y le dejó la autoestima hecha un asco, sino que siguió atormentándola mucho después de haber dejado la escuela.

Vuelve a pulsar el botón rojo de play y ve el vídeo de principio a fin, sin interrupciones. No está en la naturaleza de la doctora Dulce Madre echarse flores a sí misma, pero tiene que admitir que está más que espléndida en esta última grabación, sin duda alguna es su mejor actuación hasta el momento desde que empezó a hablar en los mítines, hace tres o cuatro años. Sencillamente, se ha superado a sí misma, es lo que hay. El aplauso al final del discurso le resuena en el corazón una y otra vez. Si sube el volumen, el sonido le llega hasta los huesos, le bate y le agita la sangre antes de elevar los intestinos, el páncreas, el hígado..., tholukuthi en general todas las tripas. Y, casi levitando ya, menea la cola, alza los cascos delanteros, los sacude con fuerza y vitorea junto con sus admiradores en la pantalla.

—¡Viva la doctora Dulce Madre! ¡¡¡Viva!!!

Sobresaltada, la burra se gira y se encuentra a un animado Padre de la Nación vitoreándola también, con su pijama favorito, azul con las rayas blancas. No lo había oído llegar y por un mo-

mento se avergüenza de que la encuentre entregada a lo que sin duda parece una actividad ridícula.

—¡Baba! ¿Todo bien? Pero ¿cuánto tiempo llevas ahí? ¡Deberías estar durmiendo! —La burra escudriña con la frente arrugada la cara del Viejo Caballo. El reloj de la pared marca las 2:13.

—Todo va bien, doctora Dulce Madre. Sí que estaba durmiendo, como tú has dicho que debería estar. Pero entonces me han despertado. Los camaradas.

LOS ESQUELETOS EN EL ARMARIO DE JIDADA

Se refiere a los famosos libertadores: Humphrey Shumba, Eliot Nzira, el general Makhalisa Langa y el general Samson Chigaro. Según los que saben de verdad, este último, un alto mando de los libertadores de Jidada durante la guerra, fue el artífice del ascenso a la gloria del Padre de la Nación en los últimos años de la lucha. Después de la independencia, se fue a servir como general del Ejército Nacional de Jidada, además de formar parte del Círculo Interno del Órgano de Poder. La doctora Dulce Madre no llegó a conocer a los otros camaradas, salvo al general. Todos murieron en torno a la época de la independencia de Jidada, todos murieron jóvenes.

Tholukuthi que a la burra le llevó toda una década de casada, a base de ir uniendo pacientemente fragmentos de las pesadillas y las palabras en sueños del Padre de la Nación —que a veces incluían conversaciones enteras, charlas, debates, discusiones, súplicas, confesiones y cavilaciones—, a base de prestar especial atención a la charla íntima del Órgano de Poder y el Círculo Interno, comprender que eran ciertos los rumores que había oído en su juventud: según los que sabían de verdad, el Padre de la Nación vivía con fantasmas, que el Padre de la Nación, y por extensión el Órgano de Poder, el Partido de Poder y por consiguiente la mismísima Jidada con un «da» y otro «da», tenían todos una historia complicada que no necesariamente era gloriosa en su totalidad.

EL LIBERTADOR CONTRA EL TIEMPO: UNA BATALLA DE DOS CAUDILLOS

Para que la doctora Dulce Madre comprendiera totalmente el alcance del pasado ignominioso de Jidada, el Tiempo, gobernante de todos los gobernantes, tuvo que comenzar su inevitable asedio contra el Padre de la Nación. Tholukuthi que justo cuando disfrutaba del punto álgido de su gobierno, el Tiempo descargó sobre su leal soldado de a pie el golpe de la Edad, que emprendió con diligencia su lento pero implacable ataque contra el cuerpo y la mente del caudillo. El Padre de la Nación se encontró arrinconado por un enemigo contra el que no podía lanzar a sus famosos defensores. Sí, tholukuthi un enemigo al que no se podía torturar, no se podía violar, no se podía hacer desaparecer, no se podía asesinar. Y así fue como se enfrentó a la senectud sin nada más que su rabia y su inglés, lamentando no poder eliminar de su vida a ese despreciable enemigo a pesar de todo su poder y su gloria.

¡Mira la de estúpidos achaques con los que tenía que lidiar! —rabiaba—. ¡Y cómo le hacían perder su precioso tiempo! Porque ahora, en lugar de gobernar, estaba siempre en las nubes como un pájaro sin casa, abandonado de la mano de Dios —despotricaba—, que se pasaba la vida volando distancias imposibles para recibir tratamientos en tierras lejanas donde ni siquiera pronunciaban bien su apellido, donde ni siquiera lo saludaban adecuadamente y ni se les pasaba por la cabeza elogiarlo porque no sabían exactamente lo que era y hasta qué punto lo era en su país, un país que era suyo —se sulfuraba—. Sí, siempre en el aire porque Jidada —se lamentaba— era tan pobre que los hospitales eran el sitio al que iban los animales a morir. Despotricaba contra la Vejez, que le había robado la fuerza, la energía, la libido, maldita sea casi todo su cuerpo, porque mira lo que había sido en sus tiempos, un semental invencible —bufaba—. ¡Y mira ahora! La Vejez lo había reducido, sin respeto alguno, a una cosa decrépita, por mucha diligencia que hubiera puesto él en combatirla, que había hecho que le sacaran el corazón para ponerle otro, y había hecho que le pu-

sieran otro hígado, y que le pusieran otros pulmones, y otro páncreas, y otros riñones, y había mandado que le quitaran las córneas para ponerle otras, y que le cambiaran también la tráquea, y que le sacaran la sangre para reemplazarla. Sí, tholukuthi que básicamente hasta el último órgano reemplazable había sido reemplazado por órganos de sementales jóvenes y sanos. Y ni por esas la Vejez lo dejó en paz.

Estos días no era raro que la doctora Dulce Madre encontrara al Padre de la Nación sumido en tristes rabietas de proporciones épicas, despatarrado en el suelo como un mapa arrugado. El animal más poderoso de Jidada reducido a llantos de ira e impotencia ante lo que no podía derrotar, ante lo que no podía controlar ni siquiera por decreto. Y así hundido, el Padre de la Nación sucumbió a un ataque leve de demencia que rompió el cerrojo de su enorme arcón de secretos y le soltó la lengua, de manera que era de lo más natural que se despertara por pesadillas y brotes de sonambulismo e interacciones soñadas con sus camaradas muertos. Entonces se apresuraba a contarle cosas a la doctora Dulce Madre en sinceras conversaciones en las que no solo nombraba a sus fantasmas, sino que relataba también sus destinos. Así es como la burra llegó a saber que todos y cada uno de los camaradas muertos que acechaban al Padre de la Nación habían sido, de una forma u otra, una amenaza para su gloria, y que ninguno de ellos había fallecido de muerte natural.

LA MALA EDUCACIÓN DE UNA BURRA: ¿QUIERE POR FAVOR PONERSE EN PIE EL VERDADERO PADRE DE LA NACIÓN?

Fue otra clase de educación para la doctora Dulce Madre, que en aquel entonces era sencillamente Dulce Madre porque todavía no había obtenido su doctorado. Tholukuthi que llegó a saber que sí, que tal vez el Padre de la Nación fuera vitoreado y honrado por sus credenciales de la Guerra de Liberación, por su resistencia antiimperialista, por sus políticas panafricanas, por su famoso inte-

lectualismo, por su dogma de la autodeterminación, por su compromiso con políticas progresistas y emancipadoras, por el apoyo que recibía de Dios para gobernar y gobernar y seguir gobernando, por su prodigiosa capacidad para salir vencedor en todas las elecciones independientemente de cómo votara el electorado, por su carisma y todo eso. Sí, tholukuthi que la Dulce Madre no tardó en saber que el Padre de la Nación podía ser venerado por todas esas cosas y más, pero la simple verdad era que llegado el momento de poner en práctica todas esas cosas, el momento de ser todas esas cosas, el Padre de la Nación no era ninguna de ellas.

La burra supo que el Padre de la Nación emergió de la Guerra de Liberación marcado con sangre, y no solo sangre del enemigo, sino también de sus propios camaradas, sus hermanos. Supo que sencillamente carecía de la capacidad para afrontar la tarea de ser líder de toda una nación, y lo mismo podía decirse de sus desgraciados camaradas del Órgano de Poder, quienes a pesar de sus supuestas credenciales, a pesar de las historias que ellos contaban de sí mismos, según descubrió la burra, eran padres como puede ser padre un mojón de mierda seca. Supo también que no solo eran fiascos con patas, sin amor ni respeto alguno por la nación a la que pretendían servir, sí, eran tholukuthi sapos sin liderazgo, sin ética, sin principios, sin sentido de la justicia, sin compasión, sin disciplina, sin honestidad, sin idea alguna de lo que podía ser un verdadero servicio a la nación, pero es que además no eran mejores que los mismos opresores a los que habían reemplazado.

Aun así, sabiendo todas estas cosas sobre el Viejo Caballo y el Órgano de Poder, ¿estaba la primera hembra preocupada? ¿Decepcionada? ¿Afligida? Tholukuthi que no: Maravillosa no había nacido precisamente en una cuna de oro, de hecho había nacido más bien en un jergón, de forma que lo único que había deseado en la vida era por lo menos una cuna de verdad; no tenía que ser de oro, ni siquiera nada especial, siempre que fuera una cuna. Su matrimonio con el Padre de la Nación no solo le dio una cuna, qué va, lo que le dio fue una tholukuthi cama tamaño *king size,* de

la que no pensaba apearse quienquiera que fuese y como quiera que fuese el Padre de la Nación y su miserable Órgano de Poder. Al fin y al cabo, no se había casado para tener que decirle a un animal adulto, y para colmo unas cuantas décadas mayor que ella, cómo y quién tenía que ser en su propio país, que era obviamente suyo, donde le obedecía hasta el sol.

LA ESCUELA DE GOBIERNO Y GOBIERNO Y MÁS GOBIERNO DEL ÓRGANO DE PODER, Y UNA GRADUADA DE MATRÍCULA DE HONOR

En aquellos días de serio estudio, Dulce Madre observaba muy de cerca al Padre de la Nación y el Círculo Interno, con una diligencia y una atención que jamás había empleado en nada. Acceder al funcionamiento interno del Órgano de Poder supuso un súbito cambio de vida, era parecido a haberse matriculado en una prestigiosa institución. Allí fue donde recibió la educación de toda una vida. La burra agradecía la orientación tan práctica del currículo, que era riguroso pero altamente relevante, así como el excepcional claustro, formado por los celebrados miembros del Círculo Interno y los elegidos, por descontado, que contaban con soberbias credenciales, además de con años y años de experiencia. Todavía atormentada por la aleccionadora y nada exitosa carrera educativa de su juventud, Dulce Madre estaba decidida a dejar atrás como un rabo aquella vergonzante reputación e iniciar un nuevo capítulo, por así decirlo. Tholukuthi que les daría una lección a cada uno de sus antiguos compañeros y profesores, unos esnobs que se habían burlado de ella, que la habían acosado, que se habían reído de ella, que la habían despreciado. Ella destacaría. Los dejaría impresionados. Sería la primera de la clase. Recibiría premios. Sería una fuera de serie. Sería ~~sur super superflora~~ supercalifragilisticoespialidosa.

Tholukuthi como pretendía, Dulce Madre impresionó y destacó. Venció y se graduó con matrícula de honor: una excepcional autoridad brillantemente versada en el funcionamiento del Órga-

no de Poder y el régimen. Hasta el mismísimo Padre de la Nación se quedó de piedra. No había esperado mucho de su esposa, no porque tuviera nada en contra de las hembras —al fin y al cabo, estaba casado con una, y lo que es más, su difunta madre, a quien había querido muchísimo, era una hembra, y su hermana era una hembra, y su abuela era una hembra, y su hija era una hembra y su nieta era una hembra—. No, era sencillamente que no había pensado que su joven esposa, una novata ajena a la política, fuera capaz de manejarse bien en el contexto de las complejas maquinaciones del Órgano de Poder.

Pero, además de destacar en su educación, había más, algo que ni siquiera los que saben de verdad vieron venir. La burra, durante el transcurso de sus estudios, se había radicalizado. Sí, tholukuthi convencida de que, si bestias de tan degenerada calaña como las que ocupaban el Órgano de Poder podían gobernar, entonces no existía ni la más mínima razón bajo el cielo de Jidada por la que ella, Maravillosa, hija de Agnes, a su vez hija de Chiriga, a su vez hija de Tembewa, no pudiera gobernar. Esta profunda revelación le vino un día, estando tumbada a la sombra de un manzano repasando sus matemáticas por el método de contar manzanas —treinta y dos ya maduras, doce casi maduras, veintiuna medio maduras y doce verdes, que hacían un total de treinta y dos manzanas maduras en el árbol y cuarenta y cinco manzanas verdes en el árbol, contando aquellas que podían considerarse comestibles—. Sí, tholukuthi que de pronto se le ocurrió a la burra que en realidad no había nada de especial, por sí mismo, en estar casada con Su Excelencia y que cualquier hembra que no estuviera muerta habría logrado la misma hazaña con los ojos cerrados. Era una hazaña que no requería inteligencia alguna, mientras que, por el contrario, ella sí era inteligente, y no solo era inteligente a secas, sino inteligentísima, y con esa preclara inteligencia ella podía hacer más, ofrecer más, ser más.

Tholukuthi que lo primero que hizo la burra nada más tomar su decisión fue coger el teléfono y llamar a la más prestigiosa universidad de Jidada y decir: «Hola, quiero hablar con el director.

Vale, pues si no hay director, pásame con el presidente. Vale, pues si no hay director y no hay presidente, pásame con quien sea que mande en la universidad. ¿Hola? ¿Eres el que manda? Sí, bueno, me dicen los que saben que ahí dais títulos y me sorprende que no se os haya ocurrido todavía darme uno, como si no supierais quién soy, cuando aquí está todo el mundo venga a darme toda clase de cosas: tierras, minas, negocios, lo que yo quiera. Y el título que quiero es el más gordo que haya. Bueno, gordo... Quiero decir como el presidente de los títulos, el más importante. ¿Y cuánto tiempo voy a tardar en tenerlo colgado en la pared?». Y así, Maravillosa recibió un doctorado en Sociología de la Universidad de Jidada antes de que diera tiempo a decir «te» de «tesis». Tholukuthi que fue tan fácil como pedir en un KFC o más fácil todavía, puesto que fue más barato que un KFC. De hecho, no le costó nada, y el doctorado llegó con una Coca-Cola Zero y una pajita morada. Y así sin más, como por arte de magia, Dulce Madre dejó de ser Dulce Madre para convertirse en la doctora Dulce Madre.

MBUYA NEHANDA Y LAS MARIPOSAS

—¿Sabes con quién han venido hoy los camaradas, doctora Dulce Madre? Han venido con ella. —El Viejo Caballo señala hacia el retrato de Mbuya Nehanda, que está justo al lado del enorme cuadro de las madres de la burra, Agnes, Chiriga y Tembewa—. Pero no tenía cabeza y en el cuello, donde debería haber estado la cabeza, había un agujero, y por el agujero salían mariposas, un auténtico montón de mariposas, doctora Dulce Madre. Yo no había visto nunca tantas mariposas. Deberías haber estado ahí, ¡era algo increíble! —exclama entusiasmado el Viejo Caballo, meneando la cola. La burra asiente con la cabeza, benévola. Obviamente es otra de esas noches, piensa—. Y las mariposas eran rojas, pero de un rojo escarlata, ¿eh? Rojas-rojas-rojas.

La doctora Dulce Madre le endereza el pijama.

—¡Qué bonito! —responde, con la dramática alegría con la que uno se dirige a un bebé melindroso, mientras empieza a llevar de vuelta al Viejo Caballo al dormitorio principal.

—Sí, eran muy bonitas, doctora Dulce Madre. ¡Eran preciosas! Cuando salieron ya todas de Mbuya Nehanda, se pusieron a volar por todas partes, como banderas, banderitas pequeñitas-pequeñitas. Solo que eran rojas y era como... como ver sangre danzando. Y yo las seguía por todas partes. Pero ¡es que eran muchísimas y yo era uno solo! —El Viejo Caballo se ríe con desenfrenado regocijo.

En el pasillo se encuentran con su enfermera interna, Zazu, que claramente anda buscando a su paciente perdido. Al verlos se detiene, frotándose nerviosa las patas delanteras, tal vez porque, como dicen por ahí los que saben, la doctora Dulce Madre tiene peor genio que una mamba negra.

—Lo siento, había ido al servicio —comienza a disculparse Zazu.

—No pasa nada, gata. Dale al Padre de la Nación algo para dormir. ¿Ha tomado ya algo?

—Un Xanax, cuando se metió en la cama —contesta la gata.

La burra chasquea la lengua.

—Estará desarrollando tolerancia. Dale algo más fuerte. —Y se queda mirando con ojos llorosos mientras la gata se lleva al Padre de la Nación. La doctora Dulce Madre los acompaña con la vista hasta que desaparecen por una puerta abierta al final del pasillo.

DETRÁS DE CADA GRAN HEMBRA

De nuevo en su propio dormitorio, la doctora Dulce Madre reanuda su vídeo. La visita del Padre de la Nación la ha dejado meditabunda. Quita el sonido y se arrellana en su asiento. Se sorprende al descubrir que ver el vídeo sin sonido le permite vivir de nuevo la experiencia. El Viejo Caballo destaca con su camisa verde, emparedado entre la silla vacía de la burra y Patson, el sobrino del Padre

de la Nación. Durante todo el vídeo, la doctora Dulce Madre se maravilla al ver que los cálidos ojos del Padre de la Nación no se apartan de ella ni un momento. La mira fijamente, sin parpadear, como desesperado por grabársela en la memoria en ese momento para siempre. Tiene una expresión de tal devoción que la burra se siente embargada por una oleada de amor y ternura, y se inclina para lamer la pantalla con el morro. Los que saben de verdad dicen que fue esta devoción lo que venció la creciente aprensión de la burra cuando la Vejez llegó a por el Padre de la Nación, lo que conquistó sus malos sentimientos cuando de pronto se encontró atada a un octogenario en el atardecer de su juventud. Decían también los que saben de verdad que el Viejo Caballo se superó a sí mismo con esa devoción cuando decidió dejar abiertas las puertas del destino en el momento crítico en el que la doctora Dulce Madre vino a darse cuenta de que quería algo más que ser una esposa, que ella también quería su propia gloria.

La burra había esperado encontrar resistencia, porque no era posible que alguien nacido para gobernar estuviera tan dispuesto a ceder su sillón sin ceremonia, pero no, ahí estaba el Padre de la Nación, la viva imagen de la devoción con cola. Y la burra no tuvo que recurrir a las tácticas que tenía ya preparadas en caso de resistencia.

—Adelante, doctora Dulce Madre, mientras yo me echo una siesta. Mientras cierro un momento los ojos. Mientras me peino la cola. Mientras cuento estas hormigas. Mientras repaso estos álbumes de los primeros días de gloria. Mientras me pruebo todos mis trajes favoritos a ver cómo me quedan ahora, ¡tengo tantos! Mientras orino esta orina que se me sale a gotitas por culpa de esa maldita hechicera que es la Vejez. Mientras veo vídeos en YouTube de mí mismo durante mis ya pasados días de gloria, para estar mejor preparado para los que vendrán. Mientras sigo escribiendo mis memorias en mi cabeza para que mis enemigos no puedan mancillar en ningún momento mi legado. Lleva tú las riendas, querida y sabia doctora Dulce Madre, porque ¿quién puede realmente llevar las riendas en esta Jidada de salvajes inep-

tos y corruptos que no son capaces de hacer nada con cabeza? —decía el Viejo Caballo. Y allá que se lanzaba la doctora Dulce Madre como un babuino que hubiera encontrado un silbato.

LOS CRITERIOS DEL PODER Y EL ORGANISMO PATRIARCAL

Aun así, al entrar en la luz de su propia gloria, incluso con el apoyo del Padre de la Nación, la doctora Dulce Madre bien podía haber entrado en un nido de escorpiones, pues la resistencia y el resentimiento surgieron de inmediato, pero eso por supuesto no sorprendió a la burra. Al fin y al cabo, había dedicado todos aquellos años de riguroso estudio a comprender que todos y cada uno de los asuntos que tuvieran algo que ver con el Órgano de Poder estaban regidos por lo que ella llamaba «el organismo patriarcal de Jidada». Sabía mejor que nadie que el Órgano de Poder se componía de bestias —con el vicepresidente Tuvius Delicia Shasha a la cabeza— que literalmente habían esperado todas sus miserables vidas, que ayunaban y rezaban a Dios todos los días sin falta, que consultaban a hechiceros y hacían sacrificios a toda clase de deidades, que dedicaban todas sus energías única y exclusivamente a un solo objetivo: suceder algún día al Padre de la Nación.

Sí, tholukuthi que la doctora Dulce Madre sabía también que, según ese organismo patriarcal, un auténtico gobernante, un auténtico Padre de la Nación, como sugería el propio título, solo podía ser un animal nacido en posesión de un buen par de testículos, y no solo el animal tenía que poseer un buen par de testículos, sino que además debía mostrar la tendencia a usar esos testículos para ser, en sentido literal, padre de la nación. Comprendía también que el organismo patriarcal decretaba que un animal era digno de gobernar Jidada única y exclusivamente si había luchado en la famosa Guerra de Liberación, como si la presidencia fuera una especie de proeza bélica, y que nunca jamás ni en un millón de años un animal no-libertador, como ella misma, gobernaría la tierra surgida de lo que se entendía que era la sangre de los Padres.

La burra sabía, asimismo, que el hecho de haber luchado en la Guerra de Liberación significaba que el animal en cuestión tenía que ser un anciano, sí, tholukuthi un auténtico viejo chocho capaz de recitar de memoria los cumpleaños de todos los ancianos árboles de Jidada. Era también consciente de que el organismo patriarcal exigía que el animal en el Órgano de Poder fuera de determinada etnia, y no solo de determinada etnia, sino además de un cierto clan, porque Jidada era una nación en la que, más que el cerebro, más que las cualificaciones o la experiencia o la pericia o el talento o cualquier otro criterio, la sangre lo era todo.

De manera que la burra, que no en vano había dedicado tantos años al estudio riguroso, no necesitaba que vinieran a decirle que no solo no cumplía con todos los criterios, sino que al atreverse a soñar más allá de lo que se suponía que tenía que soñar, se había convertido en una enemiga del propio organismo patriarcal. Aun así, las tripas le decían que no desesperase porque, a pesar de tenerlo todo en contra, tenía a su favor un arma definitiva: el mismísimo Padre de la Nación. En otras palabras, que la burra estaba más allá de todas esas deplorables imposiciones de los criterios. Sí, tholukuthi que no había ido a la guerra, ni había sostenido un arma en su vida, pero gobernaría. No poseía ni un solo testículo y gobernaría. Era joven y gobernaría. Pertenecía a una etnia sin importancia y gobernaría. Sí, tholukuthi que se encaramaría y se aposentaría en la poltrona del Órgano de Poder, con ambos pares de patas cruzados, hasta que le diera la gana, hasta que pareciera que había nacido para sentarse en ella. Decían también los que saben que los sentimientos de la doctora Dulce Madre hacia el Padre de la Nación estaban exacerbados por el néctar del poder, de manera que aquella llegó a ser, sin lugar a dudas, la época más dulce de su matrimonio.

LUCHA DE PODER

Contaban los que saben que el tema de las ansias de gloria de la doctora Dulce Madre no solo sumió al Órgano de Poder en un es-

tado general de desorden, sino que además dividió al propio Partido del Poder en numerosas facciones. Una de ellas, por supuesto, era el propio Círculo Interno de la burra: jóvenes camaradas que, como ella, no habían luchado en la Guerra de Liberación, pero que carecían de paciencia para esperar a que murieran los viejos libertadores antes de que les llegara a ellos el turno de gobernar. Otra facción incluía a los que apoyaban a la doctora Dulce Madre porque hasta las piedras y los palos saben que es de sentido común, puro instinto de conservación, aliarse con el poder bajo cualquier circunstancia. Sí, tholukuthi que esta facción también apoyaba a la burra por deber, por miedo, siendo así que le debían lo que eran y lo que tenían al Órgano de Poder. Eran también ciudadanos normales, sí, tholukuthi los que se cocían al sol en los mítines, ataviados con la parafernalia del gobierno, y vitoreaban llevados por lo que, según los que saben, podía fácilmente ser un complejo sentido de lealtad, o tal vez incluso imbecilidad. Por último estaban los pocos valientes libertadores, que se consideraban los verdaderos y auténticos Patriotas de la Nación y que se atrevían a correr el riesgo de resistirse a la doctora Dulce Madre. Tholukuthi que se resistían porque sabían, porque sentían en los testículos lo que cualquier patriota que se respetara debía sentir, es decir, que por derecho el futuro líder de Jidada, con un «da» y otro «da», una tierra nacida de la sangre de los Padres, tenía que cumplir con los adecuados criterios sin la más mínima excepción.

Contaban, los que saben, que la doctora Dulce Madre ni se inmutó por este último grupo, contaban que lidió con los llamados Verdaderos Patriotas de la Nación tal como el Órgano de Poder había lidiado siempre con sus enemigos: declarando la guerra. La burra estaba en muy buena forma cuando se lanzó contra sus enemigos: los reales, los imaginados y cualquiera que diera la impresión de interponerse entre ella y su destino. Su método resultó para muchos extraño y desconcertante a la vez, pues la doctora Dulce Madre no empleó las habituales y predecibles tácticas brutales, sangrientas y asesinas que siempre había practicado el Órgano de Poder. Qué va, la burra se limitó a usar la boca. Sí, su

sencilla boca sin otra cosa dentro que sus treinta y seis dientes y una lengua de tamaño medio inspirada por Dios, que con la fuerza de la mera palabra dicen que en un tiempo dijo: «Hágase la luz», y la luz se hizo; que dicen que dijo: «Hágase una bóveda que separe la luz del agua», y ajá, tholukuthi que se hizo una bóveda para separar la luz del agua; que dicen que dijo: «Hágase esto y lo otro», y allá que se hizo esto y lo otro.

Sí, con la mera fuerza de su voz, la doctora Dulce Madre se enfrentó a sus enemigos en mítines públicos y los redujo a fosfatina. Tholukuthi que su maestría se manifestaba mayormente en el acto de humillar con su afiladísima lengua, en el arte de lanzarse sobre jactanciosas bestias y arrojarlas desde la cima de la grandeza hasta el nivel del suelo. «Levantaos», ordenaba a poderosos animales durante los mítines, y sí, allá que se ponían todos apresuradamente en pie como si un rayo hubiera estado a punto de alcanzarlos. Jidada observaba incrédula cómo la burra les vomitaba encima a placer, porque eso eran sus peroratas: absoluto vómito, sí señor. Y tholukuthi que los animales allí se quedaban de pie, humillados, amilanados, acobardados, sin pronunciar ni una palabra ni media.

CÓMO CAEN LOS VALIENTES

Y así es como Tuvy aparece en este último vídeo. La doctora Dulce Madre presiona el play y se arrellana en el asiento. En realidad, es interesante, piensa, que la fea bestia parece encogerse en el mismo instante en que ella salta al escenario, como si algo en la sangre ya le hubiera dicho qué hora era. La burra no recuerda haberlo visto nunca tan pequeño, tan humillado, tan patético, y disfruta de esta humillación. Para cada animal hay una primera vez, y la burra está segura de que esta es la primera vez para el llamado vicepresidente. Sí, tholukuthi que jamás en su vida —una vida que habría sido mediocre de no haber mediado el patrocinio del Padre de la Nación— ha sufrido tal deshonra, además en presencia de su

estúpida y santurrona esposa, que se comporta como si ya le hubieran dado el premio de Nuera del Año; delante de sus inútiles camaradas libertadores, unos viejos chochos todavía estancados en una desgraciada guerra que terminó hace ya casi cuatro décadas —una guerra, la doctora Dulce Madre lo sabe, que no se habría ganado sin la superior fuerza militar del primer Partido Revolucionario de Jidada—. ¿Y qué hizo el Órgano de Poder en cuanto se consiguió la independencia? Volverse cruelmente en su contra. Los declaró disidentes, arrestó a los líderes y arrasó sus estructuras de poder antes de declarar la guerra a sus seguidores, para al final llegar casi a borrar al partido de la supuesta historia de la liberación de Jidada. La burra ahora ve satisfecha que los supuestos camaradas se encogen también en sus asientos, que los valientes ponen todo su esfuerzo en hacerse pequeñitos antes de que ella los ponga en su lugar. Cosa que hará a su debido tiempo. A todos y cada uno de ellos.

THOLUKUTHI PROFECÍA

Suena su móvil. Es el profeta doctor O. G. Moisés, con su lectura motivacional diaria personalizada. Ella la abre y lee: «No temas, porque estoy contigo; no desesperes, porque soy tu Dios. Yo te daré fuerzas, sí, yo te ayudaré, yo te sostendré con Mi mano justiciera. Isaías 41, 10». Y sigue leyendo el texto que lo acompaña: «Inspiradoras y valientes palabras en el último mitin, doctora Dulce Madre. Tu voz es cierta y definitivamente la voz del mismísimo Dios, y para nosotros ¡¡¡es una auténtica bendición!!!». La doctora Dulce Madre se encuentra junto a la ventana, mirando los enormes y cuidados jardines. Es muy consciente de que no se ha movido por voluntad propia, de que algo la ha puesto en pie, no sabe muy bien qué, una especie de fuerza. Y la fuerza ha imprimido también en su corazón, en su cabeza, en su sangre y en sus tripas una certeza que había estado esperando: tholukuthi que ha llegado el momento de su propia gloria.

Levanta los ojos al cielo de la mañana, vacío porque todavía es demasiado temprano para el amanecer. Se concentra en la despejada expansión hasta que se siente una con la enormidad. Y entonces… alza una pezuña, le da la vuelta muy muy despacio y ve, con las estatuas y hierbas y jacarandas y rocas y flores y saltamontes del jardín como testigos, que el sol sale de entre los brazos de su madre tres horas antes de que le toque salir y barre el cielo hasta quedar directamente frente a su ventana. La doctora Dulce Madre, alzada ahora sobre sus cuartos traseros, incrédula y abrumada, tiene que emplear todas sus fuerzas para mantener sus temblorosas patas traseras firmemente plantadas en la mullida alfombra y las delanteras bien pegadas al cristal, sí, tholukuthi para no levitar y elevarse a abrazar el sol.

La batalla por Jidada

CUANDO LLEGA LA MUERTE, EL ANIMAL RICO NO TIENE DINERO Y EL ANIMAL POBRE NO TIENE DEUDAS, PERO ALGUNOS ANIMALES TIENEN LO QUE TIENEN

Cuando los que saben lo contaban, decían que una mañana normal y corriente, después de un mitin del Partido del Poder que duró toda la noche, Jidada despertó con la noticia de que Tuvy había sufrido un fatal accidente de coche. Según dicha noticia, el vicepresidente volvía a su casa del mitin, donde por desgracia, pero no por sorpresa, había sido objeto de lo que ya eran rutinarios ataques de vómito de la doctora Dulce Madre. Según la noticia, el vehículo del vicepresidente casi había salido ya del puente sobre el gran río Dula, justo después de pasar por la escuela elemental de Santa María, cuando chocó de frente con un objeto no identificado. Tholukuthi que la fuerza del impacto fue tal que el coche dio varias vueltas de campana hacia atrás antes de caer al Dula, que iba muy crecido tras una semana de lluvias torrenciales. Según la noticia, el coche estuvo hundido en el agua toda la noche antes de que nadie advirtiera el accidente. Por último, la noticia concluía diciendo que llegados a ese punto probablemente todos los pasajeros habrían muerto a menos que se hubiera producido un milagro, lo cual era tholukuthi un evento altamente improbable teniendo en cuenta que Jidada no era un país de milagros, mucho menos para aquellos que estaban en conflicto con el Órgano de Poder.

Efectivamente, cuando el equipo de rescate sacó el coche del Dula, encontraron muertos a todos los pasajeros —un toro, una cabra y un gallo—, los cuerpos todavía atados con los cinturones de seguridad. Pero del vicepresidente no había ni rastro. Y mientras el equipo de rescate lo buscaba concienzudamente, los que saben de verdad se aventuraron a declarar que era una pérdida de tiempo, que el caballo probablemente se había salvado gracias a sus talismanes y había escapado. Y lo cierto es que no estaban muy lejos de la verdad. Para cuando el coche aterrizó en el fondo del Dula, los cascos de Tuvy ya estaban batiendo la carretera, tholukuthi para llevar al vicepresidente a un lugar seguro, en concreto a la hacienda de su hechicero.

UN NIÑO PUEDE LLORAR, PERO UN HOMBRE DEBE OCULTAR SUS LÁGRIMAS

Encontró a Jolijo paseando fuera de su consulta, esperándolo. El hechicero vestía, como correspondía a su vocación, una flameante capa de piel de guepardo forrada con paño de terciopelo negro. En torno al cuello del gato, un collar de cuentas rojas y negras alternadas con los dientes de un cachorro de león medio ocultaba una cadena de Versace. En cuanto Tuvy vio de lejos a Jolijo, perdió los papeles. Sí, tholukuthi que pateó y se encabritó y brincó y corcoveó. Pegó más saltos que un conejo, dio vueltas y vueltas y más vueltas con la cola girando como una especie de hélice. A esas alturas, el gato, que jamás había visto un berrinche de tal magnitud, ya había trepado a un melocotonero y luego al tejado de su consulta, donde se santiguaba vigorosamente (sí, sería un hechicero, pero su abuela era una devota católica y en momentos desesperados hacían falta medidas desesperadas).

Jolijo estaba pensando qué hacer cuando, de pronto y sin previo aviso, el vicepresidente frenó en seco, como si se hubiera presionado el botón de pausa en un mando a distancia. El caballo se quedó inmóvil, con su enorme cabeza descansando sobre el pe-

cho. Y entonces, ante el más absoluto pasmo de Jolijo, se echó a llorar: era un sonido quedo pero espantoso que lanzó al estupefacto gato de vuelta al melocotonero y luego tronco abajo. Se deslizó con elegancia dentro del campo de visión del caballo, aunque sin atreverse a acercarse mucho, y entró en su consulta, donde se puso a trastear con los mutis y el equipo que ya tenía preparado para la siguiente sesión: agitó el agua color tierra de la gran bañera, toqueteó los distintos montones de raíces, las hojas secas y los polvos dispersos por el suelo. Había echado un muti blanco al fuego, provocando de inmediato una densa nube de humo que inundó la sala de una aromática niebla, cuando el vicepresidente entró abatido y se sentó en su lugar habitual, frente a la puerta.

—¿Ha pasado algo, jefe? —Jolijo habló como el que da un golpecito a una cobra dormida.

—¡Esa colasucia no va a parar! Pensé que no iría más allá de vomitar, pero ¡es que ahora lo que intenta es matarme! ¡Esa colasucia está desbocada! —El caballo se estremecía de rabia.

—Pero has sobrevivido, jefe. Otra vez.

—No quiero pasarme la vida sobreviviendo. ¡Estoy harto! ¡Yo solo quiero vivir en paz, como todo el mundo! ¡Ni siquiera la oposición se comporta como esa colasucia!

Jolijo, que había temido una auténtica crisis —Dios no lo quisiera, pues era algo para lo que no estaba ni preparado ni cualificado—, cogió tranquilamente su pipa, la encendió y le dio una larga calada de alivio.

—Nuestros padres y los padres de nuestros padres, al igual que sus padres antes que ellos, vivieron según el sabio adagio de que las lágrimas de un macho que se precie fluyen por dentro, como la sangre. Un macho como es debido puede llorar todo lo que quiera, siempre que su cara y sus ojos permanezcan secos, porque lo contrario es tabú. —El gato echó atrás la cabeza para soltar una gruesa voluta de humo. Colgados del techo y por toda la habitación había cráneos blanqueados de ratones. El gato entornó los ojos mirando el humo flotar hacia los huesos.

—Pero ¿y si esa burra loca triunfa algún día? ¿Y si de alguna manera acaba en el Órgano de Poder ahora que, de hecho, la obedece hasta el mismo sol? —exclamó Tuvy.

—Un macho como es debido no lloriquea, jefe, por mala que sea su situación, por mucho que lo acosen toda clase de monstruos, y más siendo un macho de tu posición. Pero como ya he dicho, esto era muy de esperar, dadas las circunstancias y lo que está en juego. Hasta los palos y las piedras saben que la vocación de gobernar es una danza con el diablo. Y por lo que me dicen mis sueños y espejos, la danza todavía será más cruenta, jefe. De hecho, esto es una picadura de mosca en comparación con la que se avecina. —Y el gato se puso en pie y se ajustó la capa.

CUBIERTO POR ~~LA SANGRE DE CRISTO~~ EL MUTI

El resto de la mañana, el vicepresidente se sometió a ritos de purificación y fortificación adecuados para quien no solo había vencido a la muerte, sino que se enfrentaba a más de lo mismo. Fue inmerso en baños purificadores de flores sagradas y mutis hechos con los huesos triturados de esquivas y temibles bestias. Masticó sus hígados secos y se bebió su orina. Fumó mierda seca de sirenas. Bebió zumos de hojas y corteza hervida del rarísimo árbol de la vida. Se pringó todo el cuerpo de pociones mágicas. Jolijo le ensartó talismanes en la cola y en la crin. Se realizaron sacrificios y sacrificios y venga sacrificios para su protección.

Hasta llegada la tarde, no quedó el hechicero satisfecho, pues estaba convencido de que, sí señor, el proceso no solo había levantado la oscura sombra del reciente ataque contra el vicepresidente, sino que además lo había dejado listo para resistir cualquier arma, material o espiritual, cualquier cosa que, en nombre del diablo blanco, la muerte quisiera emplear para lograr lo que no había logrado el accidente de coche. Había sido toda una producción a lo grande que no solo restauró la confianza de Tuvy, sino que ade-

más lo avergonzó, pues ahora sabía que su reacción había sido exagerada. Porque lo cierto era que no debería haber sentido el más mínimo temor sencillamente porque tenía al mejor hechicero de toda Jidada.

—¿Qué día es hoy, camarada Jolijo? —El vicepresidente sentía su cuerpo inmensamente revitalizado, renovado e invencible, como le pasaba siempre después de estas sesiones.

—Hoy es el día que sigue al lunes. Un día que no estarías viviendo si hubieras muerto como se suponía que tenía que pasar. —El gato esperó a que Tuvy se riera. Al ver que no se reía, tal vez porque aquella frase era verdad, el gato se encogió de hombros, fue al diminuto armario donde guardaba unas cuantas prendas de ropa del caballo para emergencias como aquella y sacó un traje negro y una camisa blanca planchada y almidonada. Tuvy se vistió delante del gato y, en un abrir y cerrar de ojos, tenía todo el aspecto del vicepresidente que tenía que ser.

THOLUKUTHI QUE NINGÚN ARMA FORJADA CONTRA TI PROSPERARÁ

Cuando Jolijo dijo que la vocación de gobernar era una danza con el diablo, tholukuthi que quería decir que la vocación de gobernar era una danza con el diablo. En el transcurso de una semana, Tuvy sobreviviría a una pedrisca, a otros tres accidentes de coche, a cuatro intentos de secuestro y a cuatro tiroteos desde un vehículo. De todo ello, como si fuera primo hermano de Jesús por parte de madre, y a diferencia de la mayoría de los enemigos señalados por el Órgano de Poder, el vicepresidente salió incólume, para estupefacción de toda Jidada, para decepción de los que le deseaban la muerte —que no eran pocos, porque el caballo distaba mucho, muchísimo, de ser un animal querido—, para desconcierto de los comentaristas que habían profetizado su inevitable final, para tristeza de muchas de las víctimas del propio vicepresidente —quienes habían esperado que al menos se cum-

pliera el karma allí donde la justicia les había fallado— y, en última instancia, para desazón de los seguidores de la doctora Dulce Madre.

Pero el caballo no recibió ninguna felicitación ni alabanza por sus triunfos sobre la muerte. Al fin y al cabo, hasta los palos y las piedras sabían que desde el principio de los tiempos el propio Tuvy había sido una herramienta activa en el peligroso brazo del poder que entonces se cernía sobre él y del que muchos, muchísimos, no habían tenido la suerte de escapar. Todo lo que los jidadanos de la calle estaban dispuestos a hacer, teniendo en cuenta que aquel no era un fuego que les correspondiera apagar, era sentarse cómodamente a observar, convencidos de que la supervivencia del vicepresidente no era sino una cuestión de suerte, que su perdición acabaría al final por alcanzarlo como había alcanzado a tantos otros antes que a él y seguiría alcanzando a muchos más después de él.

NO HAY NOCHE TAN LARGA QUE NO ACABE CON EL AMANECER

Y efectivamente, la perdición alcanzó a Tuvy Delicia Shasha un lunes normal y corriente que era como todos los lunes, cuando el Padre de la Nación, con el inquebrantable amor y lealtad del marido del siglo, expulsó sin ceremonias al vicepresidente del Órgano de Poder, y por lo tanto del Partido de Jidada, y por lo tanto de la poltrona de los libertadores. Sí, supuestamente era el siguiente en la línea de sucesión al mando; sí, había luchado en la Guerra de Liberación y se consideraba un Auténtico Patriota hasta los huesos; sí, había dedicado toda su vida a Jidada sin vacilación y de hecho volvería a hacerlo una y otra y otra vez; sí, había recorrido con el Padre de la Nación todos y cada uno de los pasos del largo y pedregoso camino a la liberación y la gloria; sí, tenía de su parte a un poderosísimo hechicero... Pero al final nada bastó para proteger a Tuvy del evento que no se podría calificar más que como demoledor.

PENSAMIENTOS Y SENTIMIENTOS

Contaban los que de verdad saben que fue como si el Padre de la Nación le hubiera clavado una lanza en el corazón. El vicepresidente jamás había sentido tal dolor. Tholukuthi que, por primera vez en su vida, Tuvius Delicia Shasha quedó destrozado de verdad. No sabía ni qué hacer ni adónde ir ni dónde agarrarse. Porque sin el Órgano de Poder no era nada, fuera del Órgano de Poder no era nada. Día y noche lo atormentaban los pensamientos de su trayectoria y de su relación con el Padre de la Nación, por supuesto, porque, qué demonios, si lo suyo podría haber sido un matrimonio —¿acaso hay otra forma de llamar a esa clase de íntima unión?—. ¿Qué les había pasado? ¿Qué había hecho él, bajo los inmensos cielos de Jidada, para merecer tal destino? ¿Acaso había tenido el Viejo Caballo soldado más leal, compañero más leal, confidente más leal, arma más leal, cualquier cosa, de todo más leal en cualquier momento de su liderazgo? ¿Quién había estado ahí desde el principio? ¿Quién se había hecho cargo de todos y cada uno de los problemas, sin importar qué problema fuera, tanto si era más pequeño que una hormiga como si era más grande que el monte Kilimanjaro? ¿Quién apagaba los fuegos que amenazaban al Órgano de Poder? ¿Quién los encendía si había que encenderlos? ¿Y cómo demonios era posible que él, sí, tholukuthi él, que había amado a su país más y mejor que el mejor de los patriotas, más que Dios amaba el mundo, porque él no es que hubiera entregado a un hijo —porque, con toda sinceridad, ¿qué es un mero hijo comparado con la propia vida?—, no señor, él había sacrificado altruistamente su única vida en aquella larga y terrible Guerra de Liberación para que Jidada, incluida la propia colasucia de la burra, pudiera ser libre. Y no solo eso, es que había sacrificado su vida de manera altruista una y otra vez todos y cada uno de los días en que Jidada fue libre, y todo para acabar en esta deplorable posición. ¿Cómo y dónde, bajo los cielos, era posible que se tratara a un libertador y defensor de la nación, a un legítimo futuro líder de su calibre, con tal indignidad, con tal falta de respeto, con

tal desdén, con tal ingratitud? Y todo se derivaba de las despreciables artimañas de una hembra vil, que encima era una colasucia. ¿Por qué no se había levantado un clamor de protesta? ¿Por qué los animales no se habían alzado en su defensa? ¿Acaso no veían lo que estaba pasando y lo que iba a pasar? ¿Dónde diablos estaban los jidadanos respetables, los ciudadanos honorables, los auténticos y verdaderos patriotas de la nación cuando cargaban contra él con esta infamia, con esta farsa? ¿Acaso no sabían que si no detenían hoy esta injusticia, mañana les tocaría a ellos, que ninguno estaba a salvo hasta que estuvieran todos a salvo?

PORQUE HE AQUÍ QUE YO ENVÍO SOBRE VOSOTROS SERPIENTES Y ÁSPIDES CONTRA LOS CUALES NO HAY ENCANTAMIENTO, Y OS MORDERÁN

Sí, tholukuthi que la desgracia del atribulado exvicepresidente era tan devastadora que ni siquiera los mutis de Jolijo le ofrecían alivio. No comía, convencido de que cada vaso de agua, cada bebida, cada plato de comida, sin importar quién lo preparase, era un veneno para acabar con él. Apenas dormía, apenas hablaba, apenas reía, apenas cagaba, apenas nada de nada. Se volvió paranoico, miraba con suspicacia todo y a todos, incluida su propia sombra, incluido su propio reflejo en el espejo. Veía ojos y armas y asesinos y trampas y maldad en todas partes. Y lo cierto es que los temores del exvicepresidente demostraron no ser infundados cuando, a su vuelta de un largo paseo durante una noche de insomnio, creyó ver un delatador movimiento al sur del patio, cerca del garaje del coche. Se ocultó entre las sombras, preguntándose si lo que estaba viendo era de verdad lo que estaba viendo: una pitón blanca con una cabeza megagigante, una pitón como ninguna que hubiera visto jamás, andaba-reptaba decididamente hacia sus dependencias.

—¡Maldición maldición maldición! —le dijo el conmocionado caballo al chorro de pis que se le había escapado sin permiso. Y,

sin esperar el retorno de la criatura, dio media vuelta y se internó en la noche.

Muchas veces durante su huida pensó —basándose en lo que sabía con certeza del Órgano de Poder— que probablemente no estaba solo en la ceñuda oscuridad de Jidada, que otros monstruos acechaban en las sombras. Y si no eran monstruos, probablemente lo vigilarían animales como el comandante Jambanja, el más terrible exterminador, que llevaba ya casi dos décadas haciendo desaparecer sin dejar rastro a los enemigos del Órgano de Poder. No obstante, el caballo siguió adelante, siendo así que no había nada que hacer más que seguir adelante. De vez en cuando, oía la risa desquiciada de la colasucia resonar en sus orejas, y oía también sus palabras, la oía insultarlo, burlarse de él, denigrarlo, amenazarlo, y la rabia enroscada en sus tripas se desenroscaba y forzaba a sus pezuñas a batir con más fuerza la oscuridad. Solo tenía un nombre en la cabeza: el general Judas Bondad Reza. Tuvy no necesitaba que le dijeran que sus amigos eran pocos y sus protectores todavía menos en este su mayor momento de necesidad. Pero sabía que podía confiar en el pitbull.

REFUGIO

El general Judas Bondad Reza lo recibió a la entrada de su casa como si lo hubiera estado esperando. Una vez dentro, Tuvy se sorprendió al encontrar a un grupito de generales apiñados en una esquina del salón tenuemente iluminado. Hablaban en los clandestinos murmullos típicos de unas viejas en el súbito funeral de una contemporánea por quien compartieran un colectivo desprecio. Tholukuthi que el aire estaba impregnado del inconfundible olor a perro. El caballo comprobó aliviado que los conocía a todos. El general Talento Ndiza, un crestado rodesiano de extraordinaria belleza y rostro amable cuyo famoso aspecto contradecía su salvaje crueldad. A su lado, el general Musa Moya, un fornido boerboel con unos ojos enormes que le daban el aspecto de ha-

berse atragantado con un hueso, el cual también era famoso por su agudeza para los negocios y poseía una cadena de minas por toda Jidada y, además, hablaba chino con fluidez. El general Santo Zhou era un arrogante y recio pastor alemán de abultado morro que, igual que el general Judas Bondad Reza y el general Musa Moya, era un veterano condecorado de la Guerra de Liberación. Por último, estaba el general Muchoamor Shava, un pitbull de expresión serena, bien conocido por su sensatez y su capacidad de ganar cualquier discusión contra cualquiera hasta durmiendo y sin despeinarse.

Todos los perros iban de uniforme y el exvicepresidente, que vestía unos informales pantalones caqui y una camiseta amarilla del Partido del Poder engalanada con la cara del Padre de la Nación, incluso dada la fealdad de su relación, sintió una punzada de vergüenza. Aunque tholukuthi que tenía menos que ver con su propio atuendo que con la innegable autoridad de un perro vestido de uniforme, y más aún de toda una jauría. El caballo no pudo evitar sentirse pequeño. De haber sabido que aquel día terminaría en aquel lugar, con aquella compañía en particular y en aquellas particulares circunstancias, al menos se habría vestido para la ocasión. Un alto espejo cubría toda una pared, y el desaliñado reflejo de Tuvy le recordó a un lunático.

Pero el vicepresidente no tenía de qué preocuparse: los perros lo recibieron con una adecuada bienvenida perruna. Gruñeron de buen talante, dieron vueltas a su alrededor meneando el rabo y sacando la lengua, le olisquearon los cascos, la cola, el culo. El general Santo Zhou llegó a montarle la pata con entusiasmo. Y, a la vista de tanto amor perruno, Tuvy se quedó allí un poco achantado, sonriendo como un imbécil y sin saber muy bien qué hacer.

—Bienvenido, bienvenido, camarada —dijo el general Talento Ndiza tras la danza, mirando a Tuvy con ojos fervorosos.

A juzgar por la pila de cigarrillos aplastados, por el denso humo que flotaba en el aire y por las botellas vacías, Tuvy, sintiéndose algo más aligerado tras la tranquilizadora recepción, dedujo que acababa de entrar en una reunión que posiblemente lle-

vaba en marcha un buen rato. Esta idea lo inquietó un poco y de inmediato empezó a comerse la cabeza pensando: «¿De qué va exactamente esta reunión que tiene toda la pinta de ser la bisabuela de todas las reuniones?». Pensando: «¿Qué clase de reunión es esta que transcurre en la hora de las brujas y los monstruos extraños?». Pensando: «¿Me habrán metido mis cascos por accidente en medio de algo gordo?». Pensando: «¿Por qué aquí solo hay perros, como si fueran los únicos animales del Órgano de Poder?».

—Ah, viejo amigo, tienes el impecable don de la oportunidad de los grandes reyes, no podías haber llegado en mejor momento. Por favor, toma asiento. —El general Judas Bondad Reza hizo un gesto, dejando sitio entre él mismo y el boerboel.

—Caballeros —saludó Tuvy, dirigiéndose a todos con una sonrisa valiente y una alegría falsa que no concordaba con sus lúgubres sentimientos.

Cuando sentó las posaderas en el lujoso sofá, sintió que el peso de su lamentable situación se hundía con él. Y poco después de que se sentara, los generales, que habían permanecido en pie, hicieron un saludo militar y se sentaron también. El caballo miró de un perro a otro y a otro y a otro y a otro, tholukuthi tan conmovido como estupefacto, porque ni el más despreciable de los chuchos le había hecho un saludo desde que comenzara aquella crisis, y no eran muchos los que se dignarían siquiera a mirarlo.

—¿Una copa, camarada? —le ofreció el general Muchoamor, sirviéndole ya un vodka.

Tuvy bebió, con el vaso temblándole entre las pezuñas. Odiaba el vodka y, de hecho, llevaba décadas sin probarlo porque su primer amor, Netsai, lo había abandonado por un pavo real que no bebía nada más que vodka, de forma que para Tuvy aquel licor en concreto era como saborear su humillación otra vez. Pero hoy, tholukuthi que bajo aquellas circunstancias, la bebida jamás le había sabido tan divina.

—¿Camarada? Parece que vinieras del infierno —comentó el general Santo Zhou.

«Estoy en el infierno, ¿qué demonios te crees que es esto?», pensó el vicepresidente, pero no se expresó en voz alta, sino que meneó la enorme cabezota y soltó un hondo suspiro. Cuando se cruzó un instante con los danzantes ojos del perro, rezumaban bondadosa preocupación.

—Oye, que tienes algunos enemigos de verdad en Jidada, pero aquí estás entre aliados, viejo amigo —quiso tranquilizarlo el general Judas Bondad Reza, poniéndole una pata sobre el hombro y sonriendo con una sonrisa que eclipsaba su rollizo rostro.

El caballo sintió el amable gesto justo en las tripas y casi deseó pedirle al perro que dejara la pata ahí mismo. De hecho, nada de patas, lo que deseaba era pedirle al perro un abrazo, que lo estrechara bien fuerte y que no lo soltara y que le dijera que todo iría bien. Dejó que las lágrimas le sangraran por dentro, como Jolijo le había aconsejado, apretó la mandíbula y, evitando la mirada de los perros, se limitó a decir:

—Yaaaaa, camarada.

—Te entiendo. Pero todo va a salir bien, viejo amigo, confía. —El general Judas Bondad Reza se sirvió otra copa.

De alguna forma, en la bruma de la habitación en penumbra y por primera vez desde que su mundo se empezó a desmoronar, el caballo pensó que sí, que tal vez al final todo iba a salir bien.

EN DEFENSA DE LA REVOLUCIÓN

—Eh, camaradas. Estoy seguro de que todos somos conscientes de la situación en la que estamos. No hay necesidad de entrar en detalles de lo que todos conocemos tan bien. En este mismo momento, los huesos de los libertadores crujen bajo esta misma tierra, lo que nos dice qué hora es. Y son las Defender la Revolución en punto, por supuesto, en nombre de Jidada, y con Jidada quiero decir la auténtica, la misma Jidada con un «da» y otro «da» por la que los camaradas libertadores se sacrificaron y murieron, y no esta Jidada de un miserable Organito cobarde que ya no hay animal que lo re-

conozca —comenzó el general Judas Bondad Reza, tomándose su tiempo para clavar la vista en cada uno de los camaradas.

Tuvy estuvo a punto de soltar un «amén» al final del corto discurso. Tholukuthi que había oído al general como si oyera una oración. Pero, a ver, ¿había oído bien o eran imaginaciones suyas? No necesitaba mover la cabeza para saber que los perros lo observaban con atención.

—Sí, te entiendo, camarada, pero el problema, con toda franqueza, es que no veo cómo se puede defender la Revolución de... ¿Cómo decirlo? De la Revolución —opinó Tuvy.

No es que no supiera cómo podría funcionar aquello; de hecho, ya lo había considerado, lo había considerado tholukuthi todos los días desde su excomunión. Pero sus décadas de experiencia en el Órgano de Poder le habían enseñado a ser precavido en asuntos tan delicados. Estaba claro que los generales, reunidos en plena noche como hechiceros, se traían algo entre patas.

—Hoy el presidente no ve cómo puede lograrse, camaradas —dijo el general Musa Myoa, levantándose para encaminarse hacia la puerta con el balanceo de un avezado borracho. A Tuvy no se le pasó por alto que el perro se había referido a él como «presidente». ¡Tholukuthi presidente!

—La Revolución se defenderá como siempre se ha defendido, camarada. Con las armas y por las armas. Y lo haremos con confianza, sabiendo que la colasucia no está sola, sino con su incauta faccioncita que no ha visto nunca un combate ni de lejos. ¡La Revolución no será usurpada por mediocres! ¡Adelante con las armas! —exclamó el general Muchoamor Shava.

—¡¡¡Adelante!!! —ladraron los perros.

Tuvy apuró su copa de un trago.

—Has hablado como un auténtico y verdadero patriota, como un auténtico y verdadero patriota. —El general Musa Moya se levantó y alzó su propia copa hacia el general Muchoamor Shava. Brindaron y todos los demás hicieron lo mismo.

Tuvy, a pesar de saber, igual que saben hasta los palos y las piedras, que no solo había un desacuerdo general sobre quién iba a

suceder al Padre de la Nación, sino que además existía descontento dentro del Círculo Interno debido a la creciente y peligrosa y poco femenina influencia de la colasucia, no había contado con esa clase de solidaridad por parte de los generales. Por primera vez desde que había entrado, el caballo sintió que se le relajaba el hígado. Y el estómago. Y los intestinos y los pulmones y el esófago y todas las demás entrañas. Y sintió que su sangre, que sin duda había estado corriendo en dirección contraria desde el comienzo de todo aquello, cambiaba de sentido y se reorientaba para fluir en la dirección que tenía que fluir.

—En este momento, y a la luz de las tropelías que sufre la nación, todos los ojos, vivos o muertos, solo nos miran a nosotros en busca de liderazgo, y debemos liderar y lideraremos. Y como tales líderes, emprenderemos las acciones que demuestren que, en primer lugar, la Revolución no puede ser secuestrada y, en segundo lugar, que a los libertadores de Jidada no se les puede expulsar a tontas y a locas del Partido del Poder, y menos por órdenes de enloquecidas colasucias que no saben cuál es su sitio, que dan por sentado que el liderazgo es una cosa de transmisión sexual, que creen que el país es su cocina y su dormitorio y su jardín y su salón todo junto, y que, para colmo, ni siquiera saben a qué olía el aire en el frente de batalla. Si permitimos que eso ocurra, ¿en qué se convertirá Jidada? ¿En qué se convertirá el Órgano de Poder? ¿Qué será de la Revolución? —exclamó el general Judas Bondad Reza, en pie.

Todos los perros coincidieron en ello, ladrando y meneando el rabo. Tholukuthi que Tuvy tuvo que hacer ímprobos esfuerzos para dominarse y no alzarse sobre sus patas traseras y ponerse a lanzar alaridos como una hembra enardecida.

—Así pues, camarada, como preparación para la tarea que tenemos por delante, aquí el inteligente general ha dispuesto unos archivos para que los examines en las próximas semanas. —El general Judas Bondad Reza hizo un gesto y el general Muchoamor Shava le pasó a Tuvy un grueso cartapacio. El caballo lo aceptó con solemnidad y lo empezó a examinar.

—¡Ah, ah, ah, ah, ah! ¡General! Pero ¡esto son un montón de papeles, yeyi! Pero ¿se han dejado algún papel fuera? Ya te digo yo que no había tenido que leer y terminar un mazo de este tamaño desde mi época del colegio, hace mucho mucho tiempo —se quejó Tuvy, sobrecogido por el grosor de aquel fajo.

—Ya lo he visto. No sabes lo muchísimo que me alegra no tener que ser yo quien lea esos papeles. Por eso tuve que encargar a aquellos jóvenes que leyeran y escribieran ese dorot... ese dotor... Maldita sea, ¿cómo se llama el puto certificado que cuelga en mi despacho, camarada? Ese con un sello redondo del color del oro, el que me dieron en aquella reunión, que yo llevaba un vestido largo rojo y un gorro muy raro... —El general Judas Bondad Reza, con un cigarrillo colgando de la comisura de la boca, trasteaba con un mechero.

—Un doctorado. Tienes un doctorado en Ética, jefe, de la famosa universidad de KwaZulu-Natal. Un logro asombroso, sin duda. No hay muchos animales en Jidada, qué digo en Jidada, en el mundo entero, que tengan un doctorado, no digamos ya que lo hayan visto. Ni el babuino ese twittero de los Estados Unidos sabe a qué huele un doctorado —declaró el general Muchoamor Shava.

—Sí, eso mismo. Cada animal tiene sus cosas y lo mío no es la lectura, nunca lo ha sido y nunca lo será. Pero las armas, por otra parte, sí son lo mío. Soy un animal de armas, por mi propia naturaleza, como todo el mundo sabe —declaró el general Judas Bondad Reza, alzando un fusil imaginario mientras le brillaba los ojos.

EL EXILIO

Así fue como el mismo día siguiente, en torno a la misma hora exacta en que Nicodemo había acudido a Jesús en tiempos lejanos, el exvicepresidente Tuvius Delicia Shasha se escapó de Jidada según el plan concebido en la trascendental reunión con los generales, sí, tholukuthi para aguardar en el exilio mientras la Revolu-

ción era adecuadamente defendida en preparación para un nuevo amanecer. El exilio —fuera del alcance de los implacables tentáculos del Órgano de Poder— no solo garantizaba la seguridad del recién Elegido hasta que le llegara el momento de volver y salvar a la nación, sino que además le permitía demostrar al mundo entero que sí señor, su vida corría un peligro tan grave que había tenido que huir. Pero primero, el vicepresidente tenía por delante otra larga e intensa sesión con Jolijo, tholukuthi un proceso comprensiblemente arduo que llevó medio día entero. Cuando por fin el talentoso hechicero declaró que el caballo estaba más que listo, no solo para el largo camino que tenía por delante y que le cambiaría la vida, sino también para vivir su propia gloria, Tuvy se marchó al exilio con el paso seguro de un león imbatible.

Tholukuthi fugitivo

#«FUGA» DE TUVY AL EXILIO

La Voz de África @LVA
El destituido vicepresidente de #Jidada «se fuga» a Sudáfrica debido a amenazas de muerte; promete volver para gobernar.

Hermana de los desaparecidos @Shami
En respuesta a @LVA
Volverá. Y de una manera u otra, algún día obtendremos justicia, puedes huir pero no esconderte.

JidadaLibre @JidadaLibre
En respuesta a @LVA
Esto me da la vida! Bienvenido a la experiencia de la Oposición 😇

Toro de Bikita @truthful
En respuesta a @LVA
Cobarde, espero que el largo brazo de #Jidada te dé en el culo.

Simba @simba_simba
En respuesta a @truthtful
FYI #Jidada se GANÓ desde el exilio. Tuvy volverá y gobernará #Tuvypresidente 💪

Bosscat @bosscat
En respuesta a @LVA
Vamos #Jidada. Pero y las imágenes/vídeos??? Pruebas!

Digo Yo @hedicho
En respuesta a @LVA
Tholukuthi ya! #Tuvy #Jidada. Me guardo mis pensamientos y mis oraciones.

La Vaca Africana @la_vacafricana
En respuesta a @LVA
Qué pena pensar que el liderazgo del Viejo Caballo pueda llegar a su fin El mejor estadista que ha habido en la región.

Pavo real @pavoreal
En respuesta a @la_vacafricana
Qué gracioso. Por qué no te vienes a vivir a Jidada 10 minutos?

La Voz de América @LVAm_NEWS
Líder destituido de #Jidada huye del país. ¡Todos pendientes de #Jidada! ¡Aumentan los rumores de sucesión!

RamoftheSoil @ros
En respuesta a @LVAm_NEWS
#Calla #Noestuhistoria #Jidadahablaporsímisma

La Voz de Jidada @LVJ_NEWS
Destituido, humillado, deshonrado. El vicepresidente de #Jidada huye.

HechoenJidada @MadeinJidada
En respuesta a @LVJ_NEWS
Ahora el mayor terrorista de #Jidada se queja de que el terrorismo se ha vuelto contra él

Godwin @Goddy
En respuesta a @LVJ_NEWS
Ya te digo! 🤡

Chipo @Chipo
En respuesta a @Goddy
Cuando el Frankenstein que ayudaste a crear viene a por ti!

Noticias del Mundo @NDM
El vicepresidente cesado de #Jidada huye para salvar la vida.

Ronald Moyo @rmoyoz2020
En respuesta a @NDM
Mierda a tope en #Jidada. La disputa por la sucesión acaba con Tuvy en el exilio!

Dawta of the soil @Mamli
En respuesta a @NDM
Deberían cerrar la frontera. Esa bestia no merece asilo político.

Zuze Zuze @zuzex2
En respuesta a @NDM
Por favor, cuídate, amado líder, y ven a rescatarnos de esta colasucia desbocada que nos vomitará a todos encima 🙏

JKD @atope
En respuesta a @NDM
Hala, si esto no es un fake, es un caballo muy listo #unavida

Ducksure @ducksure
En respuesta a @atope
No es un caballo listo, es un cobarde inútil.

Light Force @LightF
#Tuvy se esconde 👀

Shakespeare de Jidada @ShakespeareJidada
En respuesta a @LightF
Ajá, tholukuthi que los Idus de Marzo llegan en noviembre!

Jidada's Bae @homegrown
En respuesta a @LightF
Corre, corre, corre 🏃

Gandanga @Jidwatch
#Tuvy pierde la vicepresidencia, pierde carnet del PJ, huye a Sudáfrica.

Jidadano Exiliado @Sintecho
En respuesta a @Jidwatch
Alucinante, ahora que estás en el mismo barco que todos, caballo, igual podemos hablar el mismo idioma.

Mwana WaSt'embeni @MwanawaSt'embeni
En respuesta a @Jidwatch
Quien siembra vientos recoge tempestades 😬

Jefunde @hijodelalucha
La mano derecha del viejo caballo huye a Sudáfrica. Camino despejado para la presidencia de la burra! #Jambanja

Departamento de Inmigración SA @controldefronteras
En respuesta a @hijodelalucha
No, no lo queremos ni en pintura. Vuélvete y apechuga! Además, aquí ya tenemos demasiados #Jidadanos!

Mike Robinson @MikeR
En respuesta a @hijodelalucha
Que sufra como nos ha hecho sufrir. Amén 🙏 #Justicia

S'bu @S'bu1
En respuesta a @hijodelalucha
Tholukuthi bamflashile uTuvy.

Noticiasauténticasnofakes @nanf
ÚLTIMA HORA. Tuvy huye de #Jidada, promete volver para liderar el país.

Tanaka @Taks1
En respuesta a @nanf
Me meo 😂

Pro Jidada @proJ4lyf
Vicepresidente cesado de #Jidada amenaza con derrocar al presidente!

Dr Know @drknowPhD
Ex vicepresidente caído en desgracia huye al exilio, poniendo fin a lucha de poder. Cabe decir llegados a este punto que la #DraDulceMadre está lista para la presidencia de #Jidada.

Pantera Jidadana @Panterajidadana
En respuesta a @drknowPhD
Cómo caen los valientes!

Solo un Observador Nje @timmot
En respuesta a @drknowPhD
Por qué a Sudáfrica? Por qué no a China? O incluso a Afganistán?

Ovejita Zhou @ovzhou
En respuesta a @drknowPhD
Al estilo Gadafi!

Uzangenzani @uza_ngenza
En respuesta a @drknowPhD
Es lo más absurdo que he oído. Ninguna hembra gobernará jamás Jidada, consultar #criteriosparagobernarJidada!

NikkiJidaj @nikki_jidaj
En respuesta a @drknowPhD
Hokoyo Maravillosa, yo no lo celebraría todavía! Por algo lo llaman Cocodrilo. Tened miedo, mucho miedo 😈

Hasta los monos se caen de los árboles

THOLUKUTHI CAÍDA

La mañana parecía una mañana cualquiera y de hecho habría sido una mañana cualquiera si no nos hubiéramos despertado con el sísmico rumor de que el Padre de la Nación había sido tomado como rehén por sus propios defensores durante la noche. La noticia fue como un tiro en la tripa, tholukuthi que nos dejó tan pasmados, tan conmocionados, que al principio no sabíamos qué hacer, qué decir, qué pensar, dónde agarrarnos ni adónde ir. Sí, siempre habíamos entendido, a pesar de que algunos de nosotros creíamos que ya no llegaríamos a verlo durante nuestra vida, que algún día el Viejo Caballo caería, de una u otra forma, pero ninguno pensó que caería como cayó. Tholukuthi que no nos esperábamos que la caída le llegara por la espalda, como un ladrón, no; no de noche y mientras dormíamos, no; no a manos de otros que no fuéramos nosotros mismos, no; no en ausencia de testigos de forma que no pudiéramos contar de primera mano cómo había sucedido de verdad, no. De hecho, hubo incluso un momento, en aquel entonces, un breve instante, en el que pensamos, puesto que no sucedió de la forma que siempre habíamos imaginado que sucedería, que tal vez lo que estaba sucediendo no era verdad.

CÓMO DEBIÓ SUCEDER

Lo que siempre habíamos imaginado era que nosotros, los jidadanos, seríamos los que acabáramos con el Viejo Caballo. Sí, tholukuthi que caeríamos sobre la Casa de Poder en pleno día, pongamos en torno a las doce, ni demasiado temprano ni demasiado tarde, para que nadie pudiera decir que era muy mala hora. Lo que siempre habíamos pensado era que seríamos un huracán tan imparable que la guardia armada de defensores no tendría más opción que soltar las armas y huir, pero que la mayoría de ellos en realidad se nos uniría, al darse cuenta por fin de que no solo luchábamos por nuestra liberación, sino también por la suya, porque al fin y al cabo, ellos también tenían hambre como nosotros, eran pobres como nosotros, sufrían como nosotros, estaban tan oprimidos como nosotros.

Y con los defensores fuera de juego o de nuestro lado, irrumpiríamos en la gran Casa de Poder para ocupar todos los espacios, y los que ya no encontraran sitio se quedarían fuera cantando canciones revolucionarias. Dentro, tal vez encontraríamos al Viejo Caballo tomando un té, o a lo mejor un almuerzo temprano de ricos manjares que nosotros jamás habríamos soñado con volver a probar, porque habíamos llegado a ser más pobres que escarabajos peloteros. Y si por alguna razón Maravillosa, esa burra colasucia y supuesta doctora, hacía lo que estaba acostumbrada a hacer con esa boca suya inculta y grosera, una boca tan sucia que hasta las moscas se negaban a posarse en ella, tholukuthi que no vacilaríamos en meterle a golpes algo de sensatez en la cabeza, tan deprisa que por fin entendería lo que su madre y su abuela por lo visto habían olvidado enseñarle, o sea: cuál era exactamente su sitio en el mundo. Y si se llegaba a ello, aunque esto no sería para nada de nuestra preferencia porque hasta los palos y las piedras saben que nosotros, los jidadanos, somos por naturaleza animales pacíficos, entonces no tendríamos más remedio que hacer entender al Viejo Caballo que íbamos en serio, incendiando lo que fuera necesario, rompiendo lo que fuera necesario, destrozando lo que fuera necesario, arrasando lo que fuera necesario.

SIN PROTAGONIZAR NUESTRA PROPIA PELÍCULA

Sí, así era como nos lo habíamos imaginado, y nos habíamos representado esas escenas tantas veces en la cabeza y en el corazón que podíamos recitar, incluso dormidos, las frases que diríamos en el momento de la confrontación. Teníamos elegida hasta la ropa que nos pondríamos ese día, nuestros cuerpos habían memorizado los movimientos y los gestos y las posturas que asumirían. Y así, cuando no sucedió tal como lo habíamos imaginado, tal como habíamos planeado que sucedería, nos sorprendió con la guardia baja, nos decepcionó que algo tan trascendental como para cambiar nuestras vidas y la de Jidada hubiera sucedido no solo sin nosotros, sino además mientras dormíamos. Tholukuthi que en el fondo sentíamos que nos habían robado, que nos habían dejado fuera de nuestra propia historia.

CELEBRACIONES POR TODO LO ALTO

Pero entonces, en mitad de nuestra decepción, recordamos lo mucho que había tardado en llegar el fin del Viejo Caballo, cómo habían fracasado todas las maneras adecuadas y posibles en las que habíamos intentado librarnos de su tiránico régimen. Recuperando la sobriedad, nos apresuramos a dejar a un lado nuestros lamentos porque había solo una cosa, una única cosa que era verdad y que importaba: tholukuthi que el Viejo Caballo había caído por fin. Y así, familias y amigos se reunieron para celebrarlo. Enemigos de toda la vida entrechocaron las cabezas y lo celebraron. Perfectos desconocidos se unieron y lo celebraron. Seguidores tanto de la oposición como del Partido del Poder se juntaron y lo celebraron. Los enfermos se levantaron curados de sus camas y lo celebraron. Los viejos y los jóvenes se juntaron y lo celebraron. Los ricos y los pobres compartieron el pan y lo celebraron.

Pero era, aun así, una alegría complicada. Tholukuthi que podíamos estar pegando alaridos de júbilo y al momento nos acor-

dábamos del pedregoso camino que había sido el terrible y largo régimen del Viejo Caballo y nos tirábamos al suelo, nos revolcábamos por el polvo y llorábamos. Igual estábamos bailando y, de pronto, nos acordábamos de lo que había sido de nosotros a lo largo de los años y llorábamos. Lo mismo nos reíamos y al momento nos acordábamos del pucherazo de las elecciones cuando habíamos soñado con un cambio, cuando habíamos rezado por un cambio, cuando habíamos pedido un cambio a gritos, cuando habíamos votado por un cambio e incluso algunos habían muerto por un cambio, y llorábamos. Igual estábamos vitoreando y al momento nos acordábamos de todos aquellos que habían caído bajo el régimen —los torturados, los encarcelados, los exiliados, los desaparecidos, los muertos, los muertos, los muertos, los muertos— y llorábamos.

Entonces, como si despertáramos de un terrible trance, nos buscábamos los unos a los otros, pateábamos buscándonos, nos encontrábamos, nos abrazábamos, nos consolábamos los unos a los otros, nos enjugábamos las lágrimas los unos a los otros con la raída bandera de Jidada. De alguna forma y muy muy deprisa, teníamos que dejarlo todo atrás —tholukuthi el dolor, el sufrimiento, la angustia, los sueños frustrados, las esperanzas traicionadas, las oraciones desoídas, todas nuestras heridas, todo nuestro quebranto—, porque nuestra larga noche tocaba a su fin y llegaba un nuevo amanecer, y no podíamos recibir el amanecer con el triste y terrible equipaje de ese espantoso pasado. No. El amanecer tenía que encontrarnos habiendo pasado página, listos para un nuevo comienzo, dispuestos a empezar con la pata derecha, nada menos.

VOCES DE ADVERTENCIA: CUIDADO CON EL PERRO, BHASOPA LO INJA

Pero no todo el mundo en Jidada estaba de celebración. Salieron agoreros que obviamente no sabían lo que querían en la vida. Tholukuthi que durante todo el tiempo, durante los interminables años terribles, habíamos permanecido a su lado, sí, lado a lado

como un par de fosas nasales, rezando juntos por una Jidada libre del Viejo Caballo. Y dado que nuestras oraciones habían sido oídas, encima cuando no estábamos de rodillas, las desorientadas bestias cambiaron de bando, ¡y resultaba que no querían que se marchara el Viejo Caballo! Tenía que marcharse, decían, pero no así, porque así no se hacen las cosas, decían; las cosas hay que hacerlas bien; esto es un golpe de Estado y no podemos, en conciencia, apoyar un golpe de Estado, decían. ¿Habéis olvidado cómo nos oprimieron esos mismos perros desde el primer día del régimen? ¿Y las decenas de miles de muertos? ¿Y los activistas y los miembros de la oposición asesinados? ¿Y los desaparecidos, los expulsados, los torturados? Y todo para que este espantoso régimen pudiera seguir en el poder. ¿Y la economía que han destrozado, el fracaso del gobierno y todo lo que ha quedado en ruinas? ¿No estamos donde estamos por su culpa y por culpa de esos mismos defensores a los que ahora vitoreáis? ¿Habría podido llegar el Viejo Caballo al poder de no ser por ellos? ¿De verdad pensáis, después de todo lo que ha pasado, después de todos estos años, que un día se iban a despertar e iban a destituir al Viejo Caballo en beneficio vuestro?, preguntaban los animales desorientados. Abrid los ojos, compañeros jidadanos, a estos chuchos no les importáis ni un poco; y no solo eso, sino que esta junta militar que sin daros cuenta estáis apoyando será mucho mucho peor que el Viejo Caballo. Un día, dentro de no mucho, os acordaréis tanto de él que lo llamaréis a gritos, decían los animales desorientados. Pero ni siquiera perdimos el tiempo con estos agoreros, con sus inconvenientes preocupaciones y preguntas y advertencias porque, a ver, ¿acaso no habíamos intentado nosotros en vano acabar con el Viejo Caballo una y otra y otra vez durante tantos años, durante tantas penosas décadas? ¿Y no había fracasado la mismísima oposición, que había intentado derrocarlo en unas elecciones tras otras que fueron un pucherazo tras otro? Así pues, si no lo quitaban de en medio los defensores, ¿quién iba a hacerlo? Y si no era con un golpe de Estado, ¿entonces cómo? Y si no ahora, tholukuthi ¿cuándo?

VOCES DE LA SINRAZÓN: NUNCA ESTAREMOS PREPARADOS

A pesar de todo, otra caterva de bestias todavía peores se tiró por los suelos y cargó el aire con su estúpido dolor hasta el punto de que amenazaban con ahogar el dulce canto de nuestro alegre regocijo. ¡Se ha ido! ¡Han eliminado al Padre de la Nación!, lloraban. ¿Qué va a ser de nosotros ahora sin él? ¿Volverá a salir el sol sin él? ¿Volveremos de verdad a ser los mismos sin él?, sollozaban. Porque, sinceramente, nosotros... Nosotros no estamos preparados para vivir sin él, nosotros solo estábamos preparados para que él gobernara hasta que todos muriéramos y lo dejáramos gobernando, para que nuestros hijos y los hijos de nuestros hijos crecieran y envejecieran y murieran y lo dejaran gobernando. Eso berreaban, los idiotas, llorando como si fuera el fin del mundo. Pero tan decididos estábamos a celebrarlo y a regocijarnos que alzamos nuestras propias voces a grito pelado y los silenciamos con nuestro jaleo. A decir verdad, tholukuthi que estábamos más que dispuestos a ponernos como defensores contra esos miserables desgraciados, sí, dispuestos a atacarlos como salvajes nosotros mismos, porque cómo se atrevían no solo a aguarnos la fiesta, sino además, y delante de nuestros morros y sin el más mínimo pudor, a llorar a nuestro opresor. ¿Cómo se atrevían a olvidar cómo habíamos estado viviendo en Jidada, cómo bajo su tiránico régimen no se podía ni respirar en Jidada?

THOLUKUTHI PESADILLA

La segunda mañana después del amanecer, despertamos en estado de confusión. Todos habíamos soñado colectivamente, todos nosotros —todos y cada uno de los jidadanos y justo al mismo tiempo—, un sueño idéntico en el que veíamos al Viejo Caballo apostado en la torre de piedra más alta de las ruinas de Jidada, nuestro reverenciado y milenario monumento nacional, tholukuthi mirándonos desde las alturas y mirando la tierra, y con un aspecto ab-

solutamente majestuoso y no destronado, con un aspecto tan invencible como cuando estaba en la cúspide de sus días de gloria: las medallas de poder entrecruzadas sobre su sólido pecho; la vistosa bandera de Jidada suspendida por el propio Dios justo sobre su cabeza; su pezuña, negra como el azabache, alzada en el típico gesto de desafío. Y lo vimos señalar con esa pezuña hacia las nubes del cielo y ordenarle al sol que saliera en su nombre, y el sol salió en su nombre y disipó las nubes. Y luego le ordenó moverse a otra parte porque le molestaba en los ojos, y el sol rápidamente encontró otra parte adonde ir. Y luego el Viejo Caballo alzó sus ojos penetrantes hacia la bandera y se puso a cantar el viejo himno nacional revolucionario de Jidada con un «da» y otro «da», y todos nos apresuramos frenéticos a ponernos firmes y nos unimos a él sin que nos lo ordenaran y ofrecimos, a pleno pulmón, la mejor interpretación de un himno nacional jamás oída en ningún lugar del mundo.

Por la mañana, despertamos aliviados de que solo hubiera sido un sueño, pero todavía desazonados por haberlo soñado. El maldito sueño nos había dejado inquietos, nos hizo pensar: ¿y si todo ha sido una noticia falsa? ¿Y si no ha sido más que una broma cruel? En realidad, desde que había estallado el rumor, ninguno habíamos visto al Viejo Caballo con nuestros propios ojos. ¿Dónde estaban las pruebas de que de verdad estaba bajo custodia? ¿Y dónde se encontraba, exactamente? ¿Qué le estaba pasando? ¿Y dónde estaba la burra? ¿De verdad era posible que hubieran podido silenciar esa poderosa boca suya? Y la idea más perturbadora de todas: incluso si los rumores eran ciertos, ¿y si el Viejo Caballo volvía? Esto lo pensábamos porque la noticia de su muerte había corrido por toda Jidada en otras ocasiones y nosotros habíamos llorado, no de pena, sino de privada alegría, y no porque fuéramos malvados, sino porque la única manera de librarnos de él era la muerte y solo la muerte. Y luego resulta que el Viejo Caballo había burlado descaradamente a la mismísima muerte y se materializaba como una maldición inamovible, como un mago que dijera: «¿Yo, morirme? ¿Quién os ha contado ese cuento?». Y,

no muy convencidos de que esta vez fuera a ser diferente, temiendo que saliera de pronto como había hecho ya tantas veces, nos inquietábamos y exigíamos verlo con nuestros propios ojos para creerlo.

EL PODER ES UNA ESPECIE DE ROCÍO

Cuando por fin lo vimos por primera vez desde su caída —los defensores publicaron una fotografía— no podíamos creernos que estuviéramos viendo lo que estábamos viendo. Ahí estaba, ya no Su Excelencia, abatido e incrédulo, más envejecido que la última vez que lo vimos, que no era hacía mucho, tholukuthi una sombra de sí mismo, tholukuthi un miserable móvil barato con el último dos por ciento de batería, tholukuthi una versión animal de las antiguas ruinas de Jidada: majestuosas en su época, pero ahora despojadas de su anterior gloria. Ahí estaba, con aspecto de prisionero, y tal vez prisionero, rodeado por defensores. Cierto que el poder es una especie de armadura y que, una vez despojado de ella, hasta el animal más poderoso no es más que una lata vacía. Nos satisfizo verlo así caído: desnudo, destronado y desvalido; indefenso, humillado e inofensivo.

THOLUKUTHI PENA

Pero al mismo tiempo, como nunca lo habíamos visto así, ni habíamos pensado en él así, ni nos lo habíamos imaginado así, hubo algún que otro breve momento en el que de alguna forma nuestros corazones se ablandaron ligeramente ante esa terrible tragedia. Sí, cierto que su caída era algo muy bueno, era, de hecho, una bendición, porque ¿cómo si no habríamos podido librarnos de él? Pero por otra parte, el modo en que todo había ocurrido era también algo triste, y si no hubiera sido el dictador que había querido ser, entonces nada de esto estaría pasando, y si no nos hubiera tratado como nos trató durante aquellos años tan duros y tan terribles,

aquellas décadas, tholukuthi que tampoco permitiríamos que le pasara lo que le estaba pasando: él mismo había cavado su propia su tumba y le tocaba yacer en ella.

UNA ESPOSA DESENFRENADA SERÁ TU PERDICIÓN

Los desinformados seguidores del Padre de la Nación, que por supuesto estaban desconsolados hasta lo indecible, miraron alrededor buscando una explicación para aquella locura y se dieron cuenta de que no tenían que buscar muy lejos: la burra estaba ahí mismo. Al principio, la pasamos por alto porque nunca la habíamos visto tan sumisa, con ese aspecto de víctima propiciatoria, con esa pinta de no estar allí siquiera, con su boca por una vez absteniéndose de vomitar, cerrada a cal y canto. Ella y solo ella es la responsable de todo esto, con esa boca que tiene, dijeron. Lo cual viene a demostrar que una hembra no tiene absolutamente nada que hacer fuera de su casa, en concreto fuera de la cocina y el dormitorio, dijeron, porque ahora mirad lo que ha hecho, mirad en qué lío ha metido al Padre de la Nación, en qué lío nos ha metido a todos, en qué lío ha metido a Jidada, dijeron. El destino de Su Excelencia era gobernar para siempre, algo decretado por el mismísimo Dios y escrito en las estrellas, y ¿qué ha hecho esa burra asquerosa, esa colasucia hija de otra colasucia y nieta de colasucias? Destruirlo todo, eso ha hecho, y acabar con él. Y él lo permitió. De otro modo, su fin no habría llegado, dijeron.

Los furiosos seguidores aseguraron que, si por ellos fuera, harían pagar a esa colasucia de burra sus imperdonables pecados. La arrastrarían patas arriba por caminos sembrados de piedras. Le darían más golpes que a un tambor. Le molerían las articulaciones a palos. Le tirarían de la cola hasta dejársela reluciente. Pero, claro, no podían, igual que nosotros tampoco podíamos acercarnos al Viejo Caballo y preguntarle qué sentía; no podíamos plantarle delante de los morros nuestras terribles cicatrices para recordarle lo que nos había hecho y preguntarle por qué nos lo había he-

cho, igual que no podíamos lanzarle a la cara todas las cosas terribles que nos había obligado a soportar durante tantos años de sufrimiento: la tiranía, los sueños rotos, la indignidad, el dolor, la pobreza, la muerte, tantas, tantísimas cosas terribles. No podíamos porque no éramos nosotros quienes dirigíamos los acontecimientos.

LA UNDÉCIMA HORA

El escuadrón de élite de los defensores que fue a por el Viejo Caballo diría más tarde, hablando desde el anonimato, que lo encontraron reclinado en un sofá, rodeado de los más espléndidos retratos de sus días de gloria, él mismo incluso más espléndido, tanto que los defensores necesitaron toda su fuerza de voluntad para no postrarse ante él y cantar sus alabanzas. Contaron que estaba bebiendo té inglés y comiendo pastas y escuchando La Voz de Jidada, como hacía todas las tardes sin falta a esa hora, porque era una criatura de rutinas. Se encontraba en tal estado de reposo que parecía un Buda, tanto que los defensores no tuvieron la sangre fría de interrumpirlo y con todo respeto aguardaron junto a la puerta a que se terminara su té.

Los defensores confesarían que durante toda la operación tuvieron la sensación de estar cometiendo un feo pecado, de estar violando alguna especie de tabú, y aunque habían pasado un tiempo preparándose, cuando llegó el momento de la verdad, tholukuthi que se sentían incómodos. Solo el miedo a los grandes jefes que había detrás de toda la operación los hizo perseverar. Los perros se deshacían en disculpas mientras rodeaban a la Primera Familia y los ponían bajo custodia antes de que llegaran los generales, y en ningún momento se atrevieron a alzar la vista hacia los ojos del Padre de la Nación, tan lacerantes que amenazaba con abrirlos en canal y hacerles jirones los intestinos y los hígados y los corazones. Incluso en aquellas circunstancias, tholukuthi que su aspecto era regio, que parecía nacido para gobernar, demasiado

hermoso para ser intimidado, demasiado hermoso para ser depuesto, demasiado hermoso para morir.

El Padre de la Nación al principio no entendía lo que pasaba, porque era de todo punto incomprensible que incluso a la vista de los defensores blandiendo sus armas se le oyera decir: «¿Es otra vez mi cumpleaños? ¿Habéis venido a darme una sorpresa? ¿Han venido a darme una sorpresa?». Hasta que por fin, la doctora Dulce Madre, que se había desmayado, había vuelto en sí y se había vuelto a desmayar cuando los perros armados asaltaron la Casa de Poder —se desmayaba en parte por genuino miedo a morir y en parte por un profundo desconsuelo, porque jamás ni en un millón de años habría imaginado que ella y la gloria del Padre de la Nación verían su fin, y menos que verían su fin de aquella manera—, volvió en sí de nuevo y ayudó al Viejo Caballo, al que la edad le impedía procesar ciertas cosas sin intérprete, a comprender lo que estaba pasando.

THOLUKUTHI REALIDAD

Fue lo más difícil que había hecho jamás la doctora Dulce Madre, porque vio que incluso con su doctorado, incluso con sus famosas dotes para la oratoria, lo cierto era que no tenía palabras para aquella situación imposible. Cuando el Padre de la Nación comprendió por fin lo que pasaba, se incorporó en el sofá tan de golpe como si le hubieran clavado una lanza. Tendió la pata a un lado como el que va a por su pistola, porque en ese mismo instante recordó que su querido amigo, hermano y camarada —el gobernador de Uganda, que igual que él había gobernado desde antes de que los árboles viejos fueran viejos— había mencionado que siempre y en todo momento, estuviera donde estuviese, tenía a mano un revólver porque, según decía el camarada hermano y dictador de por vida, en la complicada vocación de gobernar rodeado de perros, uno no podía estar nunca seguro de cuándo le llegaría el fin, pero que a él el fin le pillaría preparado para mandarlo de vuelta con su desgraciada madre.

Claro que el Padre de la Nación no encontró ningún arma, porque nunca la llevaba, siendo así que había dejado el negociado de su protección y seguridad totalmente a cargo de los defensores desde el día uno de su mandato. Y se sentía tan a salvo y tan seguro bajo su protección que constantemente desoía la insistencia de la doctora Dulce Madre y el Futuro Círculo de la doctora Dulce Madre para que creara una guardia secreta especial formada solo por defensores pertenecientes a su clan, sí, tholukuthi un escuadrón de élite de perros cuya lealtad surgiera en primerísimo lugar de los lazos de sangre, porque en Jidada, con un «da» y otro «da», la sangre lo era todo. O, si no era eso, le aconsejaban reclutar una guardia formada de guepardos zombis o leones zombis sin más conexión con la vida que la de servirle, eliminando así cualquier posibilidad de deslealtad. El Padre de la Nación siempre se echaba a reír y desechaba con un gesto lo que él consideraba una paranoia disparatada, y decía: «Esto es Jidada, mis perros me aman, jamás me harían nada, de hecho, morirían por mí». Pues mira por dónde, tholukuthi que allí estaban, los mismísimos defensores, haciendo justo lo que el Padre de la Nación habría jurado que jamás harían.

EL FUEGO QUE COCINA TU COMIDA Y TE CALIENTA HOY ES EL FUEGO QUE TE QUEMARÁ MAÑANA

—No es posible, no es posible, todo esto es un desafortunado error. Mis animales me aman y me necesitan. Toda Jidada me ama y me necesita. Toda África me ama y me necesita. Y sé que hasta la reina de Inglaterra me ama en el fondo. Y todo el mundo mundial me ama. ¡No, esto no puede ser verdad! —se enfureció el Viejo Caballo, tan incrédulo que tartamudeaba, tan resentido que su sangre habría sabido a alquitrán si le hubieran cortado.

Entonces entraron los generales con sus relucientes insignias, acompañados por un pequeño grupo de moderadores reclutado para convencer al Viejo Caballo de que lo que tenía delante era verdaderamente su fin. Todas las cabezas inclinadas, las caras ha-

cia el suelo, incapaces de cruzarse con la mirada asesina del Padre de la Nación, porque seguían reverenciándolo incluso en aquellas circunstancias. Un general que llevaba una boina bien baja sobre la cara confirmó con voz sumisa:

—Sí, me temo que es cierto, Su Excelencia, señor, es justo eso.

El general Bendición Bibi era un perro rechoncho y torpón de aspecto manso. Había sido elegido para hablar porque, de todos los perros presentes, aparte del más tranquilo, era el que mejor dominaba la lengua inglesa, que por supuesto era la lengua preferida del Viejo Caballo para la furia.

—¿Justo qué? —bramó el Padre de la Nación. Quería oírlo de boca de los traidores.

—Justo lo que es, Amada Excelencia, señor —masculló el general Bendición Bibi, evitando la mirada del Viejo Caballo.

—¿Justo lo que es? ¿Y justo qué coño es, general Bendición Bibi? ¿Y desde cuando soy tu «amada»? ¿Es que me ves pinta de hembra? ¿Y por qué no me miras a los ojos y lo llamas por su nombre: ¡una puta mierda de golpe de Estado, wena nja, mgodoyi msathanyoko! —rugió el Viejo Caballo en la lengua materna del general. Todos los animales de la sala dieron un respingo, no por la furia del Viejo Caballo, sino porque jamás en todos sus años se le había oído maldecir, mucho menos en un idioma que se sabía que no dominaba muy bien.

—¡No, Su Excelencia, señor! Ya sé lo que parece, amado señor, pero no es exactamente lo que parece, así que no hay necesidad de ponerle etiquetas, por favor, señor. —El general Bendición Bibi seguía evitando mirar al Viejo Caballo, pero sí intercambió una mirada con su superior, el general Judas Bondad Reza. No le hacía ninguna gracia tener que encargarse del trabajo sucio mientras el general, que era quien debería hablar dado su papel en todo aquel jaleo, estaba ahí sentadito como una novia. Y lo que es más, el general Bendición Bibi, a pesar de su legendaria serenidad, se empezaba a sentir agitado y ansioso, y esperaba con todo su ser que la situación permaneciera bajo control. El plan era aplacar a Su Excelencia. Y lo más importante, no disparar ni un solo tiro. Y lo

más importante de todo, hacer que aquello no pareciera lo que era.

—¿Y qué vais a hacer con nosotros ahora, imbéciles? Si os creéis que os vais a salir con la vuestra... —La doctora Dulce Madre, lívida, ofendida, incrédula, no terminó la frase porque todos y cada uno de los perros giraron bruscamente la cabeza para fulminarla con la mirada. La burra se encogió bajo los láseres de sus ojos. Tholukuthi que aquellas fueron las únicas palabras que salieron de su boca esa noche y durante las tres siguientes.

—Pero dime, ¿por qué me haces esto, Reza? ¿Por qué metes al ejército en política de esta manera, iwe? Tú, precisamente tú, organizando un... un sanguinario golpe de Estado, ¿en serio, general? ¿Después de todo lo que hemos pasado, después de todo lo que he hecho por ti? —gruñó el Viejo Caballo, dirigiéndose hacia el bulldog. Pero el general Judas Bondad Reza estaba sordo y mudo.

—Por favor, señor, con todo el debido respeto, ¿podríamos a partir de ahora desistir de llamar a esto un golpe de Estado, y menos un sanguinario golpe de Estado? Sobre todo teniendo en cuenta que no hay ni una gota de sangre en este precioso lugar. —El general Bendición Bibi gesticuló frenético en derredor.

—¿Qué coño estás diciendo, general? Pero ¿tú te oyes? —bramó el Viejo Caballo.

—Lo único que digo, Su Excelencia, señor, es que es un hecho cierto que lo que está sucediendo aquí, sin ningún género de dudas, no es de ninguna manera un golpe de Estado.

—Pues si no es un golpe de Estado, ¿qué coño es? —El Viejo Caballo descargó la pezuña sobre la mesa y la taza de Earl Grey que tenía a medias se cayó y se hizo trizas.

—Siento muchísimo lo del golpe, o sea, que se haya roto la taza con el golpe, señor. Y, para responder a su pregunta, creo que lo que está sucediendo no es más que una situación desafortunada que será reconducida de inmediato, señor. —No hacía calor, pero el general Bendición Bibi sudaba como un pollo—. Y, si se me permite añadir, Su Excelencia, señor, el Órgano de Poder ha votado

hace tan solo unas horas que, eeeh, que se le permita retirarse y descansar...

—¡Yo soy el puto Órgano de Poder, general! ¡Así que no sé de qué coño estás hablando! ¿Y acaso me habéis oído alguna vez decir que estoy cansado? Que sepáis que solo Dios, que me designó, será quien me diga que descanse o me retire, no vosotros, ¡despreciables traidores hijos de hienas! Y tal vez os creáis muy listos, pero os juro que os vais a llevar una buena sorpresa. Esto es Jidada, mi propia Jidada, con un «da» y otro «da»; ya veréis; ¿os creéis que los hijos de la nación van a aceptar esto? ¿Os creéis que África va a aceptar esto? ¿Os creéis que lo aceptará el mundo? Sabéis, como sé yo, como lo sabe Dios, como lo sabe el sol y lo sabe la tierra y lo sabe el aire y lo saben nuestros antepasados, sabéis que mis animales jamás aceptarán este crimen anticonstitucional, esta farsa, esta abominación. Déjame decirte, general, que es evidente que no sabes en qué te has metido. No sabes lo mucho que me ama Jidada. No conoces a mis animales. Pero hoy los vas a conocer, ya verás —despotricó el Viejo Caballo.

CAMBIO DE OPINIÓN

Pero el Padre de la Nación tampoco nos conocía, no sabía que lo que le estaba pasando era lo mejor que podía pasarnos a nosotros. Que después de las últimas elecciones, que él había amañado como había amañado las anteriores, que sí, que después de que él y su régimen hubieran frustrado todas las formas de que disponíamos para deponerlo de manera pacífica y constitucional, no nos había quedado más remedio que convertirnos animales que se alegraban de su desaparición, que se alegraban fuera como fuese esa desaparición. Porque un mal gobierno puede provocar un cambio de opinión. Porque un gobierno cruel puede provocar un cambio de opinión. Porque la corrupción puede provocar un cambio de opinión. Porque la pobreza puede provocar un cambio de opinión. Porque la tiranía puede provocar un cambio de opinión.

Porque las elecciones amañadas pueden provocar un cambio de opinión. Porque la pérdida de la democracia puede provocar un cambio de opinión. Porque la masacre de inocentes puede provocar un cambio de opinión. Porque la desigualdad puede provocar un cambio de opinión. Porque el racismo de un régimen puede provocar un cambio de opinión. Porque el hecho de que los pobres se empobrezcan más y los ricos se hagan más ricos puede provocar un cambio de opinión. Porque las esperanzas truncadas, los sueños traicionados, la promesa rota de independencia, todo ello, había provocado un cambio en nuestros otrora pacientes y leales corazones, de manera que cuando el Padre de la Nación esperaba que demostráramos a los defensores lo mucho que lo amábamos y lo necesitábamos, cuando esperaba que nos alzáramos en su nombre, lo que hicimos fue tirarnos a la calle para ayudarlos a terminar lo que habían empezado, tholukuthi para poner el último clavo en el ataúd.

EL PRINCIPIO DEL FIN

En el centro de la ciudad nos alzamos sobre los cuartos traseros bajo el jacarandá gigante que siempre estaba en flor, algunos furiosos, otros rezando, algunos cantando canciones revolucionarias, otros cantando canciones de la iglesia, algunos hablando con periodistas extranjeros. Los que saben de verdad dijeron que dentro de la Casa de Jidada, el parlamento ya había puesto en marcha el proceso de destitución, debido a que el Padre de la Nación se negaba a dimitir. Fue una muestra de unidad muy poco común entre el Partido del Poder y su rival, el partido de la oposición, cuyos intentos por destituir al Viejo Caballo mediante elecciones habían fracasado y que, como la mayoría de nosotros, estaba dispuesto a verlo desaparecer a cualquier precio.

De no haber visto las muchedumbres de animales con sus propios ojos, de ninguna manera habría creído lo que él llamaba la falsedad de que Jidada —sí, su amada Jidada, con un «da» y otro

«da», tholukuthi el único país al que amaba más que a ninguno— estaba en realidad clamando por su destitución. Los que saben contaron que el Viejo Caballo había dicho al comité de negociaciones que igual que se había negado a la humillación de dimitir, y a hacerlo encima en televisión, como pretendían, y delante de todos sus enemigos, y mediante un discurso insultantemente estúpido escrito por alguien que por lo visto tenía el cerebro de una boñiga, igualmente se negaba a la ignominia de abandonar a los hijos de la nación en un momento crítico, cuando obviamente lo necesitaban. Y cuando el general Bendición Bibi insistió («Pero los hijos de la nación parecen desear que se marche, Su Excelencia, señor, están ahora mismo reunidos a las puertas de la Casa de Jidada clamando por su destitución»), el Padre de la Nación soltó una risa capaz de hacer flamear una bandera flácida.

—Tienes que estar loco para pensar que los hijos pueden desechar a su propio padre como si fuera papel higiénico usado. Si vamos los dos a la Casa de Jidada ahora mismo y veo que sucede lo que dices que está sucediendo, entonces, general, te aseguro que dimito, cojones. Como ya he dicho, tú no conoces a mis hijos, ¡no conoces a mis animales!

Y tholukuthi que fueron en un destartalado remolque para no llamar la atención. Una vez llegaron al corazón de la manifestación, se infiltraron por las calles, el Padre de la Nación vestido de incógnito para que nadie lo reconociera. Y allí la enormidad de la muchedumbre casi lo parte por la mitad: cuerpos, cuerpos, cuerpos por doquier, cuerpos y más cuerpos. De no haber sido por el familiar entorno, seguro que no habría podido reconocer ni la ciudad, porque lo que estaba pasando no era algo que pudiera pasar en su Jidada, con un «da» y otro «da», y se quedó parado un momento preguntándose si lo que estaba viendo era de verdad lo que estaba viendo. Animales ataviados con las galas del Partido de Jidada y animales ataviados con las galas del Partido de la Oposición marchaban y danzaban juntos, y el Padre de la Nación contempló conmocionado el espectáculo y se sintió enfermo, se sintió frágil, se sintió traicionado, porque su régimen había pasado muchísimos

años creando una Jidada donde no debería ser posible que animales de partidos rivales se unieran en nombre de una sola Jidada. Y no era el único que pensaba lo mismo: por encima de los animales jubilosos, volaba en círculos una bandada de buitres desconcertados: ¿Dónde diablos estaba la sangre? ¿Y dónde demonios estaban los cadáveres? Porque tholukuthi que en la Jidada que conocían, cualquier manifestación en contra del Órgano de Poder terminaba siempre, sin excepción, con carroña, carroña, carroña.

El Viejo Caballo vio cerdos que sujetaban un enorme globo amarillo que decía: «¡Jidada jamás volverá a ser vuestra colonia!». Un gato portaba un cartel que rezaba: «¡Abajo el déspota!». En la pancarta de un carnero se leía: «El Viejo Caballo debe irse». Y en la de un burro: «¡Se acabó!». Un pavo real con el cartel: «Llegó el momento». Una oveja con el cartel: «Viejo Caballo, ¡vete de Jidada ya!». Una vaca con el cartel: «Jidada libre». Otra con el cartel: «#ComandanteDimisión». Y otra con el cartel: «#NuevoComienzo». Vio un pato con el cartel: «Adelante, nuestros generales». Una cabra con el cartel: «Por nuestros hijos y por nuestro futuro». Un caballo con el cartel: «El Viejo Caballo debe descansar ya». Una gallina con el cartel: «Los perros son la voz de Jidada». Un ganso con el cartel: «¡Basta de corrupción!». Un burro con el cartel: «Casa de Jidada, acabad lo que habéis empezado». Una cabra con el cartel: «¡El mandato no es algo de transmisión sexual!». Un gato con el cartel: «¡¡¡Viejo Caballo Dololoo!!!».

Vio tantos carteles, carteles ilegales, carteles increíbles, carteles desagradecidos, carteles mentirosos, carteles desinformados, y los animales que los llevaban danzaban y corrían y chillaban y berreaban pidiendo a gritos su ilegal destitución. «¡Abajo el tirano!», rugían. «¡Adiós al dictador!», bramaban. «¡Abajo la opresión!», voceaban. «¡Viva el nuevo amanecer!», aullaban las muchedumbres en las calles llenas a rebosar y seguían llegando animales en tropel. Todos silbaban, tocaban vuvuzuelas, cantaban, se reían, elevaban oraciones. Más animales llegaron en caravanas de coches, en bicicletas, en autobuses, en remolques. Había

animales mirando desde los árboles. Y seguían llegando hordas y más hordas, y el Viejo Caballo no entendía nada.

EL CENTRO DEL FIN Y PENA NÚMERO UNO

En algún momento, el Viejo Caballo alzó la cabeza al cielo, tal vez en busca de una señal de Dios, que lo había designado, que había decretado que gobernara y gobernara y siguiera gobernando, pero no vio más que un sol tenue. Le dio la silenciosa orden de oscurecerse. Sí, tholukuthi que el Padre de la Nación quería que el sol sumiera a Jidada en una absoluta y negra oscuridad justo en mitad del día y provocara el caos en aquella traicionera manifestación. Así tendría tiempo para buscar a sus auténticos amigos y juntos encontrarían la forma de salir de aquel error desastroso. Pero tholukuthi que el sol no se estremeció, no se movió, no hizo nada: por primera vez en su mandato, decretado por Dios, el sol se negó de plano a obedecerle.

Allí se quedó el Viejo Caballo, todavía más incrédulo, temblando pero intentando no temblar, sintiéndose absolutamente solo en medio de las enardecidas muchedumbres, preguntándose: pero ¿qué ha pasado? Sí, preguntándose qué había pasado y cuándo había pasado y en qué punto exacto había pasado aquello: que los mismos animales que en otro tiempo lo habían amado, por lo visto, habían dejado de amarlo, habían dejado de necesitarlo. Y pensó en lo que él había hecho por ese amor. Tholukuthi que le dolía tanto el corazón que se le partió, y no una vez, sino miles y miles y miles de veces: una por cada animal en las calles, o allá donde estuviera, que no lo amaba en ese mismo momento. De hecho, fue la primera vez que sufría de verdad.

EL FIN-FIN

Cuando el general Bendición Bibi le preguntó con amabilidad si quería intentar avanzar por la calle hasta la Casa de Jidada para

poder ver más, tholukuthi que Su Excelencia se limitó a sacudir la canosa cabeza, mareado, preguntándose: y los animales que abarrotaban todos mis mítines hasta que no cabía ni uno más, ¿dónde están? ¿Y dónde están los patriotas de la nación que venían a mis eventos todos engalanados con mi cara bordada en la ropa? ¿Dónde están? Y las hembras que cantaban y ululaban en todos y cada uno de mis eventos, que me recibían y me despedían cantando y bailando en los aeropuertos, sí, las mismas hembras que giraban las caderas y meneaban los cuartos traseros hasta que casi se les caía la ropa, con mi cara bordada, ¿dónde están? Y los jóvenes que se postraban en mi presencia como en presencia de un dios, ¿dónde están? Sí, ¿dónde están todos? ¿Dónde están los animales que me amaban, que me necesitaban? ¿Dónde están con su amor, dónde?

Tholukuthi que allí estaba pensando en todo ese amor cuando una vaca le sacudió una bandera en la cara y le soltó:

—Jamás pensé que viviría para ver la caída del maldito tirano, ¿a que no, mi amor? Ahora puedo morir mejor, ahora todos podemos morir mejor. ¡Imagínate! —La vaca loca se regodeaba sin saber a quién se dirigía, mostrando con sus risitas unos dientes feos y torcidos. Al momento, lo apartó con cuidado y se alejó hacia una marea de cerdos que no dejaban de berrear. El Viejo Caballo sintió tal amargura que la boca le supo a insecticida. Y pensaba: ¿dónde está Dios, que decretó que yo gobernara y gobernara y siguiera gobernando? ¿Y dónde están mis Círculos Internos? ¿Y el Órgano de Poder? ¿Y dónde están los elegidos? ¿Y dónde están mis vecinos? ¿Y dónde están mis amigos? ¿Y dónde está el mundo cuando Jidada se derrumba como se está derrumbando?

Dio media vuelta para volver por donde había venido, en contra de las mareas de cuerpos que no se detenían para dejarle paso, que no cantaban sus alabanzas, que no lo veían cuando estaba justo ahí, entre ellos y con ellos. Fue abriéndose camino ciegamente, amargamente, con los miembros pesados. Chocó contra una figura solitaria, una oveja, y estaba a punto de volcar toda su ira sobre ella cuando se vio a sí mismo, es decir, vio su cara en la ca-

misa amarilla de la oveja, y otra vez en su falda negra, y de nuevo en su bufanda roja, y otra vez en su gorro verde y otra vez en su bolso blanco. La oveja lloraba, no lágrimas de alegría como las demás bestias traicioneras, no, lloraba a moco tendido de verdad. Y tan conmovido quedó el Padre de la Nación por su tremenda pena que se frenó en seco.

—¡Se ha ido, han destituido al Libertador! Al que era mi presidente y también el presidente de mi madre y también el presidente de mi abuela. ¿Quién va a ser ahora el presidente de mis hijos? ¿Y el presidente de los hijos de mis hijos? ¿Y el presidente de los hijos de sus hijos? ¿Qué va a ser ahora de mí? ¿Qué va a ser de nosotros sin él? —baló la oveja.

Y el Padre de la Nación se conmovió de tal manera al ver que alguien lo lloraba así, como si se hubiera muerto de verdad, tan tholukuthi conmovido que tendió la pata hacia aquel animal transido de dolor, pero se detuvo, porque en ese mismo momento vio que una banda de viles bestias jóvenes pegaban fuego a su hermoso retrato oficial. El retrato prendió y ardió, y el Viejo Caballo juró que sentía las llamas devorar su propia carne. Por fin, incapaz de soportar más tiempo aquel sacrilegio, se dirigió de vuelta a la Casa de Poder, más viejo de lo que parecía cuando había salido de ella tan solo un par de horas antes. Y cuando le tendieron una carta de dimisión que él no había escrito, pero que supuestamente había escrito, y le pidieron que la firmara como si la hubiera escrito, tholukuthi que la firmó.

SELFIS CON LOS SOLDADOS

Allí, mientras él estaba a las puertas de la Casa de Poder, llegaron las tan esperadas noticias, justo en el mismo instante en el que el sol dio una extraña voltereta y se atenuó un poquito, arrojando una sombra sobre el cielo. Sí, tholukuthi que las noticias eran que el Padre de la Nación había presentado por fin su dimisión. Y mientras la noticia corría como la pólvora, Jidada con un «da» y

otro «da» ardía. Y en nuestras calles recién liberadas, en mitad de la fiesta, los defensores salieron con sus tanques, blandiendo sus armas, y por primera vez en mucho tiempo no huimos para salvar la vida al verlos llegar: ¡Jidada era libre por fin! Y en las calles liberadas olvidamos nuestro miedo, nuestra penosa historia con los defensores, y compartimos el pan con ellos, rezamos con ellos, sí, tholukuthi que en esas calles liberadas nos hicimos selfis con los soldados. Saltamos hacia el cielo y de vuelta a la tierra, bailamos, batimos nuestros pechos y pateamos el suelo con los soldados, y en las selvas que lindaban con Jidada nos oyeron los leones y los elefantes, los búfalos y los rinocerontes, los leopardos y otras fieras salvajes que temblaron ante el tremebundo estruendo de nuestra liberación.

Dios de Jidada

THOLUKUTHI DIOS DE MULTITUDES, THOLUKUTHI CONGREGADOR DE VERDADERAS MUCHEDUMBRES

Ese domingo por la mañana, a las siete en punto, el espíritu de Dios descendió de lleno sobre la extensión del viejo recinto ferial de Jidada, donde justo el año anterior le había indicado al profeta doctor O. G. Moses que trasladara la Profética Iglesia de las Iglesias de los Soldados de Cristo. Al cabo de pocas horas, el lugar estaba lleno hasta los topes; hasta los palos y las piedras saben que sí, que en el negocio de las concentraciones, nadie, pero nadie-nadie, tholukuthi ningún partido ni político, tholukuthi ningún Órgano de Poder, tholukuthi ningún artista, tholukuthi ninguna celebración, tholukuthi ningún funeral, tholukuthi ninguna protesta, tholukuthi ni siquiera una crisis, congregaba a las masas como Dios congregaba a las masas. El servicio comenzó, como era habitual, con fervor. Los soldados de Cristo de la Profética Iglesia de las Iglesias, conocidos como «soldados» a secas para abreviar, explicaban a los curiosos que quisieran saberlo aquella pasión porque, al contrario que en otras iglesias menores, iglesias míseras donde el programa comenzaba con la ridícula energía de tortugas reumáticas para luego ir tal vez aumentando poco a poco en distintos momentos así que avanzaba la cosa, la Profética Iglesia de las Iglesias de los Soldados de Cristo sencillamente operaba con una sola marcha de principio a fin, tholukuthi la marcha más rápida, también cariñosamente conocida por los soldados como el turbo-turbo.

Esto, decían, se debía a la abrumadora presencia de Dios, que se experimentaba en cuanto un animal ponía pezuña, pata o zarpa en el terreno sagrado.

—Lo notas, Duquesa, ¿verdad? ¿Sientes esa energía? Nosotros, los soldados, lo llamamos turbo-turbo. ¡Es imposible que no lo sientas, hermana!, sean cuales sean tus creencias. ¡El mismísimo Dios está aquí! Khona nje vele si estuviéramos sentadas delante, te lo digo yo, Duquesa, lo sentirías de verdad de verdad. Si estuviéramos sentadas delante, ni siquiera estaríamos hablando así tú y yo. —Una entusiasmada oveja, con un llamativo sombrero rojo que le ocultaba media cara, daba fuertes codazos a la gata que tenía al lado. La oveja, que tenía que gritar para hacerse oír, era conocida como Madre de Dios, tholukuthi así llamada después de su primer hijo, Sabediós. Hablaba con la atrevida pomposidad típica de los soldados auténticos porque, entre otras cosas, el profeta doctor O. G. Moses tenía dicho muy clarito a sus congregantes que, si no estaban dispuestos a sentir orgullo de la gloria de su Dios, si no estaban dispuestos a jactarse, a llamar la atención y mostrarse arrogantes por su Mesías, entonces definitivamente no eran dignos de plantar sus posaderas en terreno consagrado.

—Es como si la multitud siguiera creciendo, dadwethu kababa —respondió la duquesa de Lozikeyi, o simplemente Duquesa, para acortar. Hacer caso omiso de lo que consideraba unas declaraciones absurdas era lo mejor que podía hacer para evitar herir los sentimientos de su amiga, pero ya había hecho caso omiso de la oveja un buen rato y sospechaba que la copa de su bondad se iba a quedar vacía más pronto que tarde. Igual que la oveja, la gata Duquesa era vieja y en extremo elegante, pero a diferencia de la oveja, su modo de girar constantemente la cabeza con expresión boquiabierta, meneando esa misma cabeza al tiempo que emitía sonidos guturales que bien podían interpretarse como desdén o desaprobación, esa forma de palmearse los muslos ante lo que veía la señalaban a la vez como no feligresa y como no creyente.

—¿Qué te había dicho? ¡Somos multitud! Multitud nje, oko'thi khonapha so vele, no hay Iglesia en toda Jidada entera que se nos acerque, ni siquiera esa arrogante Iglesia del Apóstol Ezequiel. —La oveja asentía una y otra vez con ojos chispeantes. Las dos eran vecinas del gueto de Lozikeyi, donde vivían, y se conocían desde hacía ya cinco décadas, lo cual las hacía también hermanas.

—Cualquiera que te oiga creería que estás hablando de una pila de dinero de verdad en tu cuenta bancaria —replicó Duquesa. Pero eso fue lo segundo que se le vino a la cabeza. Tholukuthi que lo primero que se le vino a la cabeza a la gata fue: «Por lo visto este turbo-turbo que según tú flota en el aire también te deja imbécil». Pero obviamente prefirió tomar un sorbo de su copa de bondad una vez más. Entonces le tocó a Madre de Dios lo de hacer caso omiso. Además de no ser feligresa y no ser creyente, Duquesa era lo que el profeta doctor O. G. Moses llamaba en sus fieros sermones «una deplorable hechicera pagana infiel», porque la gata —como sugerían las vistosas cuentas que relucían en torno a su cuello y sus muñecas— practicaba la religión indígena que se podía retrotraer hasta su tatarabuela Nomkhubulwane Knaka, sanadora y médium espiritual. Madre de Dios esperaba, para que hubiera paz, que ese día su expresivo profeta no sacara a colación el que era uno de sus temas favoritos.

—¿Y me dices, Madre de Dios, que incluso en estas muchedumbres pudiste ver a Simiso? —preguntó la gata, tholukuthi mencionando la verdadera razón de su presencia en una iglesia donde, de otro modo, jamás la encontrarían ni muerta.

—Eso es exactamente correcto. Pero solo porque iba de fila en fila, vestida con el mismo vestido rojo que llevaba la última vez que la vimos en Lozikeyi, con una foto de ella y Destino, preguntando: «¿Habéis visto a mi hija?». La verdad es que debería haber hablado con ella como es debido, Duquesa. Pero no sé, estaba tan abstraída en el sermón del profeta nigeriano visitante que solo me di cuenta cuando ya Simiso había desaparecido entre el gentío —contestó la oveja, con genuino pesar.

—Bueno, la leche ya está derramada, Madre de Dios, no vale de nada lamentarlo ahora. Y ese predicador nigeriano del que hablas, ¿vino nada menos que desde Nigeria solo para predicar nje?

—Profeta, Duquesa, no predicador. Profeta. Ese tan famoso que no solo convirtió el agua en vino en una boda, sino también el pan en tarta cuando se acabó la tarta. Te acordarás porque salió en todas las noticias. Lo acompañaba… ¿Cómo se llama? El apóstol ese rico de Malawi que está afincado en Sudáfrica.

—Hummm… —Duquesa ladeó la cabeza para atusarse los bigotes.

—Si este sitio te parece abarrotado, deberías haberlo visto entonces —dijo Madre de Dios, henchida de orgullo, como si ella y solo ella hubiera sido la responsable de tal abarrotamiento.

—Lo que yo quisiera ver personalmente es una concentración de blancos en Nueva York, en Londres, en París, en Berlín… Una muchedumbre de este tamaño, en nombre de algún dios indígena africano. Y hablando en una lengua africana, ya puestos. Eso, Madre de Dios, es lo que yo quiero ver, eso nje, nada más.

Madre de Dios ignoró a su amiga, pero no antes de que se le pasara por la mente una idea que la obligó a agacharse, tender la pata bajo la silla, trastear en su bolso en busca de su frasquito de aceite bendito y darse con él unos golpecitos en la frente. Tholukuthi que la idea que obligó a Madre de Dios a agacharse, tender la pata bajo la silla, trastear en su bolso en busca de su frasquito de aceite bendito y darse con él unos golpecitos en la frente fue que, si de verdad los que practicaban las religiones tradicionales eran adoradores del diablo, como decía el profeta, tal vez había invitado sin quererlo a Satán a tierra sagrada, y que lo que estaba oyendo no eran solo las palabras de su amiga. Cuando la oveja volvió a incorporarse, hasta le pareció percibir un halo oscuro sobre la cabeza de la gata, un halo que no había notado antes, lo cual la obligó a volver a agacharse, tender la pata bajo la silla, sacar su frasquito y darse en la frente con el aceite bendito otra vez.

—Dadwethu kababa! Uyazi no sabía que los imigodoyi asistían a la iglesia. Los chuchos. Eso sí que no lo sabía —dijo Duquesa.

Podía haber estado hablando con su compañera, pero las gruesas espinas en su voz, y el modo en que volvieron la cabeza los perros que tenían sentados delante, tholukuthi como si les hubieran pinchado, indicaban que sus palabras estaban más bien dirigidas a ellos. Si a los perros les sorprendió ver que el animal que decía una de esas necedades con las que los necios se ganaban mordiscos y palizas, e incluso visitas a la cárcel, no era más que una pequeña gata vieja, sus rostros duros e inexpresivos no lo dejaron traslucir. Se limitaron a mirarla de arriba abajo sin mover ni los ojos ni las cabezas y luego, con la misma brusquedad con que se habían girado para mirarla, se volvieron de nuevo al frente.

—Quiero decir que por el modo en que aterrorizan y apalean y derraman sangre por todas las calles de Jidada, cualquiera pensaría que a quien adoran es al diablo. Madre de Dios, ¿tú te has enterado de lo que les hicieron a las Hermanas de los Desaparecidos en la plaza Jidada? ¿Sabes que a MaMlovu casi le sacan un ojo con las porras? Y ahora nampa la, aquí están, haciendo como que tienen algo que ver con Dios cuando no saben ni deletrear su nombre. —Duquesa no ocultaba su indignación, sus ganas de hacer sangre.

Un perro se volvió con una sonrisa amenazadora.

—Dios es para todos, abuela. Estás hablando de nuestro trabajo, que no tiene nada que ver con quiénes somos. Y para que lo sepas, nosotros seguimos órdenes, como cualquier empleado en cualquier sitio. —El perro gruñó antes de volverse de nuevo.

La duquesa de Lozikeyi, a pesar de que casi se desmaya por el fétido aliento del perro, abrió la boca para hablar —con la intención de empezar por decirle a aquel feo chucho que no era su abuela—, pero lo que salió de su boca fue un extraño graznido. Madre de Dios se arrepintió al instante de haber llevado allí a su amiga, porque sabía exactamente lo que seguiría a esa risa espe-

luznante; sí, tholukuthi que no sería nada menos que una letanía de juramentos tan devastadores que los perros, sus amados hermanos en Cristo, tendrían que ir a sentarse a otra parte. Y efectivamente la gata se disponía a lanzar dicha letanía cuando, gracias a lo que Madre de Dios solo pudo interpretar como providencia divina, el profeta doctor O. G. Moses se alzó sobre sus cuartos traseros en la tarima, con un aspecto más que magnífico enfundado en su traje blanco. De pronto apareció en las docenas y docenas de enormes pantallas de proyector plantadas por los vastos terrenos para que pudiera ser visto y oído por cada ojo y cada oído. Tholukuthi que el servicio estaba en ese momento siendo retransmitido en directo para beneficio de aquellos soldados que, por una razón u otra, no habían podido asistir presencialmente, y por supuesto para cualquiera, tanto en Jidada como en cualquier parte del mundo entero, que quisiera experimentar el afamado turbo-turbo.

EL SALVADOR

Entonces, al ver al profeta, los soldados aplaudieron sin cesar hasta que el cerdo agitó un pañuelito blanco.

—Antes de dar comienzo al servicio de hoy, me gustaría aprovechar esta bendita oportunidad para dar gracias a mi Dios el creador, mi Dios el redentor, mi Dios el buen pastor por socorrer a Jidada en esta nuestra hora de necesidad, ¡aleluya! —entonó el cerdo con voz apasionada y sonora.

—¡¡¡Amén!!! —tronaron los soldados en el ensordecedor turbo-turbo.

—Porque Dios ha contemplado nuestro largo sufrimiento, yo os lo digo, oh, valiosos soldados. Porque ha comprendido que necesitábamos desesperadamente un cambio, que necesitábamos un nuevo camino, y así pues, ha decidido darnos exactamente lo que necesitábamos y justo cuando lo necesitábamos, incluso cuando menos lo esperábamos, porque es el mejor Padre que sabe lo que

sus hijos precisan sin que necesariamente tengan que pedirlo. ¡Sííí! Dios, mi Padre, ha enviado a Jidada un Salvador, porque comprendió que su nación necesitaba desesperadamente que la salvaran, ¡Aaaaaaaaaaaaleluuuya! —gritó el cerdo. Y sí, tholukuthi Madre de Dios y toda la muchedumbre se hizo eco de sus «aleluyas» hasta que tembló la tierra.

Aquí el profeta se volvió hacia atrás, donde su esposa, sus ayudantes, los dignatarios, entre ellos los elegidos de Jidada y el nuevo Órgano de Poder, se sentaban bajo una carpa blanca. Y como el apoyo del carismático y afamado líder de la mayor secta evangélica de Jidada con un «da» y otro «da» era nada menos que el apoyo del mismísimo Dios, el Órgano de Poder se alzó sobre los cuartos traseros, las patas delanteras bien altas en el aire en el característico saludo revolucionario del partido. Volvieron a sentarse ante un gesto del profeta.

—Me llena de orgullo y satisfacción, oh, valiosos soldados, presentaros a vuestro propio salvador de Jidada, enviado por Dios, para que se dirija a vosotros con su propia boca. Os pido que deis la bienvenida a nuestro invitado sorpresa especial de hoy, Su Excelencia, presidente en funciones de la república de Jidada y Portador del Cambio, ¡el mismísimo camarada presidente Tuvius Delicia Shasha! ¡Aleluya!

THOLUKUTHI ÁNGEL DEL CAMBIO, THOLUKUTHI PROFETA DE LA NUEVA ADMINISTRACIÓN

Al ver a su nuevo presidente de pronto entre ellos sin haberlo esperado, tholukuthi que los soldados se volvieron locos: «¡Tuvy! ¡Tuvy! ¡Tuvy! ¡Tuvy! ¡Tuvy! ¡Tuvy! ¡Tuvy! ¡Tuvy! ¡Tuvy! ¡Tuvy! ¡Tuvy! ¡Tuvy! ¡Tuvy! ¡Tuvy! ¡Tuvy!». Y Tuvy, que era solo la segunda vez que hablaba en público en su nuevo papel de presidente en funciones de Jidada, quedó increíblemente conmovido por las muchedumbres, que superaban con mucho las audiencias de bienvenida del Partido del Poder en su inicial retorno del exilio. Y

tholukuthi que se recreó, se deleitó en el amor, en la buena voluntad, en el apoyo que comunicaba aquel aplauso, hasta que temió que le explotara el corazón. Cuando por fin se acordó de alzar la pezuña en el tradicional saludo revolucionario del Partido del Poder, los soldados se acallaron.

Más tarde, las multitudes dirían que no reconocieron la voz que se dirigió a ellas. Que lo que habían oído ese día era una nueva voz de poder, tholukuthi la voz de un auténtico Salvador de la Nación.

—Mis queridos jidadanos. No quisiera interrumpir vuestro servicio, pero he venido en carne y hueso, y en presencia del Señor, para daros la tremenda noticia de una Nueva Administración, una nueva Jidada. Para comprometerme con vosotros, para deciros que la larga larga, larguísima y terrible noche oscura de este país ha terminado y ahora nos alzamos con las alas de un nuevo amanecer. Y a la luz de ese nuevo amanecer, ¡podemos por fin emprender el tan esperado viaje a la tierra prometida! De hecho, para hacer honor a la verdad, ya lo hemos emprendido, porque Jidada está lista para funcionar y ya están pasando cosas tremendas. ¡Arriba la nueva Jidada!

—¡¡¡Arriba!!! —rugieron las masas exaltadas.

—¡Arriba el Partido del Poder!

—¡¡¡Arriba!!!

—¡Arriba la unidad!

—¡¡¡Arriba!!!

—¡Arriba Dios!

—¡¡¡Arriba!!!

—¡Abajo el Diablo!

—¡¡¡Abajo!!!

—¡Abajo la oposición!

—¡¡¡Abajo!!!

—Mis amigos jidadanos, no hay duda de que veréis nuevos cambios en los tiempos venideros. Entre ellos, que yo, Tuvy, siempre me dirigiré a vosotros directamente y con mi propia boca. Con esto quiero decir que no veréis a la hembra, también conoci-

da como mi esposa, presentarse delante de la nación pretendiendo hablar por mí; y no solo porque, a diferencia de algunos animales que no quiero nombrar, yo tengo mi casa en orden y bajo control, sino también porque, como esposa mía que es, mi hembra tiene su propio lugar designado por Dios, y ese lugar no está ni muchísimo menos en los mítines, insultando a las personalidades, sino más bien en su casa y en la iglesia, ¡amén!

—¡¡¡Amén!!!

—Y, por último, de ninguna manera puedo marcharme sin dar testimonio de que Dios me ha salvado para que pudiera volver, tanto para salvar a la nación como para servirla. ¡Aleluya!

—¡¡¡Amén!!!

—Las fuerzas oscuras estaban haciendo todo lo posible por eliminarme, como bien sabéis y como todos visteis, pero fracasaron. Una y otra vez. ¡Y la única razón de su fracaso es que yo tenía a los propios defensores de Dios defendiéndome a mí! Incluso cuando tuve que huir al exilio para salvar la vida, como visteis todos, no sentí miedo, porque sabía que estaba bajo su protección. ¡Amén!

—¡¡¡Aleluya!!!

—Así, pues, mis amigos jidadanos, no hay mucho más que decir excepto ¡gloria a Dios! No puedo expresar cómo me llegó al corazón, estando en el exilio, estando en la selva, veros en la televisión, a vosotros, jidadanos de toda clase y condición, abarrotar las calles como nunca, pacíficamente y con una disciplina sin par, el gran día del cambio, el día de decir «¡Basta!», de decir que era necesario un nuevo líder, de decir que era el momento de una nueva Jidada. ¡Y yo os aseguro que estabais hablando al unísono con Dios! Porque la voz de las masas, vuestra propia voz, es la voz de Dios. ¡Aleluya!

—¡¡¡Amén!!!

—Mis amigos jidadanos, dentro de muy poco, porque Dios ha decretado la llegada de una nueva Jidada, porque ya estamos en un nuevo amanecer, en una nueva estación, en una Nueva Administración, Jidada despertará como un león dormido ¡y rugirá! ¡Y todos los países de todo el mundo oirán ese rugido y temblarán! ¡Y Jidada se alzará como un arcoíris y la haremos grande de nuevo! Y todos

los seres vivos que caminan sobre la tierra, ya sea con dos patas o cuatro patas o docenas de patas o arrastrándose sobre su vientre, contemplarán la belleza de ese arcoíris. ¡Y esta nuestra Jidada se abrirá como una flor e impregnará al mundo de su divina fragancia! ¡La leche y la miel fluirán de nuevo por estas mismas calles! ¡En vuestros propios jardines crecerá el dinero! Dinero auténtico jidadano, no monedas de otras tierras. ¡Nunca nunca nunca jamás os volverá a faltar de nada! Y porque esta Jidada es tan valiosa, vosotros y yo vamos a recibirla con unas elecciones libres, justas y creíbles. En efecto, este año que viene celebraremos las primeras elecciones históricamente libres y justas, para que la nueva Jidada nazca con la hermosa marca de nacimiento de la justicia y la libertad auténticas. Así pues, yo os digo hoy a todos, con mi propia boca, ¡preparaos, por favor, preparaos para Canaán, la tierra prometida! Gracias, camaradas, que Dios os bendiga a todos. ¡¡¡Amén!!! —El Salvador hizo una reverencia y se marchó del estrado, tholukuthi con el pecho henchido y la cola ondeando con una nueva autoridad.

Los soldados se volvieron locos, pero locos de verdad, con la nueva Jidada tan cerca, tan tan cerca que ya notaban su aliento en el cuello. Chillaron, berrearon, cantaron, bailaron, brincaron, se abrazaron los unos a los otros, chocaron las cabezas y chocaron los culos, lloraron. Luego se alzaron distintas lenguas y oraciones tan conmovedoras que las hojas y los frutos cayeron de los árboles cercanos. Dios estaba presente en el vasto recinto ferial de Jidada, y Dios era magnífico en el vasto recinto ferial de Jidada. Y excepto por Duquesa y otras cuatro o cinco almas condenadas y probablemente insalvables, todos sintieron a Dios en el vasto recinto ferial de Jidada.

PAGANA

—Madre de Dios, pero ¿qué acaba de pasar? Dime, por favor, que lo que he visto no es lo que me parece haber visto —dijo Duquesa.

—Bueno, es exactamente lo que has visto, ¡al mismísimo nuevo presidente, Duquesa! No tenía ni idea de que venía. Pero me alegro de verlo y oírlo yo misma, ngoba no sabes la cantidad de noches que paso sin dormir, preguntándome si el Viejo Caballo se habrá ido de verdad. Con miedo, en fin, porque ya sabes la de veces que dijeron que había muerto y luego resultaba que no. Pero supongo que ahora se ha ido de verdad, de verdad de la buena. ¡Vamos!, es que jamás pensé que vería a un segundo presidente en mi vida, es que no puedo ni...

—Pero ¿tú llamas presidente a este payaso, a este criminal, a este genocida, a este perfecto imbécil, Madre de Dios?

—Nadie es perfecto, Duquesa, y además, ¿quién soy yo para juzgar, cuando el propio Dios nos dice que no lo hagamos? Ya era hora de que se fuera el Viejo Caballo y, llegados a este punto, quienquiera que nos gobierne no puede ser peor. Ngoba ¿qué no hemos visto ya en Jidada? ¿Cuál es de verdad la justificación para mantener al Viejo Caballo en el poder? ¿Ha hecho algo bueno?, que yo igual me lo he perdido.

—Madre de Dios, yo lo único que digo es que pediré la comida cuando esté cocinada. Porque de esto podríamos estar hablando hasta que nuestras bocas se mudaran a lo alto de nuestras cabezas y yo no tengo energía. Pero lo único que digo por ahora es que me gustaría que me volvieras a traer aquí.

—¡Qué me dices, Duquesa!

—Pues lo que acabo de decir.

—Bueno, bueno, bueno. ¡Gloria al Señor, Ebenezer! ¡Jamás en mi vida me habría imaginado que vería llegar el día en que el Espíritu Santo conmoviera a la mismísima duquesa de Lozikeyi! ¡Bueno, bueno, bueno! ¡Dios es bueno! —se regocijó la oveja.

—¿Te he dicho para qué, Madre de Dios? ¿Acaso te he dicho para qué?

—¿Hawu, Duquesa?

—Quiero volver en un año, qué diablos un año, solo en unos meses. Tráeme otra vez después de las elecciones esas que tanto os han entusiasmado.

—Pero ¿por qué después de las elecciones?

—Porque quiero ver si todavía estáis todos amén-amén-amén cuando abráis los ojos y os deis cuenta de que Dios os ha sacado de las brasas para arrojaros al mismísimo infierno —remató la gata satisfecha.

Madre de Dios abrió la boca, pero lo que se oyó fue la voz del profeta:

SEÑOR DE BENDICIONES

—Yo os saludo y os bendigo una vez más, oh, soldados del Señor, el Gobernador de todos los gobernadores, el Líder Supremo, el Potentado, el Libertador de libertadores, el Padre de todas las naciones, el Defensor de todos los defensores —entonó el profeta, habiendo explicado a los soldados que el Salvador de la Nación y su delegación ya se habían marchado para realizar paradas similares en otras iglesias de cerca y de lejos—. Oh, valiosos soldados... ¡Las cosas que Dios, mi Padre, me ha revelado! Las cosas que ha decretado que sucedan en esta nueva Jidada de la Nueva Administración son sencillamente tremendas, por citar a un famoso líder al que admiro mucho y que me inspira. ¿Podéis decir «tremendo», oh, soldados?

—¡¡¡Tremendo!!!

—¡Decid tremendo en nombre de Jesús!

—¡¡¡Tremendo en nombre de Jesús!!!

—No, quiero decir solo tremendo.

—¡¡¡Tremendo!!!

—Dios me ha mostrado la Jidada que viene. Tremendo. Gloria. ¡Aleluya!

—¡¡¡Amén!!!

—Y en nombre de Dios, mi Padre, yo aquí y ahora vaticino la prosperidad por la que Jidada ha rezado. Aquí y ahora vaticino la paz que nuestras bocas pedían a gritos. Aquí y ahora vaticino la libertad por la que los hijos de la nación han derramado su san-

gre. Aquí y ahora vaticino que el pan caerá de los cielos, y caerán ríos de leche y miel y Coca-Cola y todo aquello de lo que nuestros vientres carecían. Aquí y ahora vaticino una prosperidad tan gloriosa que las calles, las carreteras y los cielos de la nación se llenarán plis-plas cuando la perdida diáspora vuelva de nuevo a casa por fin. ¡¡¡Aleluya!!!

—¡Amén! ¡Amén! ¡Amén! ¡¡¡Aaaaaaaaaaaaaaaaaamén!!!

—Porque son sus palabras, no las mías, oh, valiosos soldados. En Filipenses cuatro, diecinueve, quedaos con ese versículo en vuestros corazones, quiero que no se os olvide nunca: «Mi Dios satisfará todas vuestras necesidades conforme a las riquezas de su gloria en Cristo Jesús». Sí, ya lo habéis oído, y ahora decidme: ¿Mi Dios satisfará qué necesidades? ¿Cuántas necesidades? ¡Decídmelo, oh, valiosos soldados!

—¡¡¡TODAS NUESTRAS NECESIDADES!!!

—Eso es. ¡Y aquí y ahora yo os digo que mi Dios está dedicado a satisfacer todas vuestras necesidades a diestro y siniestro! ¡Aleluya!

—¡¡¡NOSOTROS RECIBIMOS!!!

—¡Pero! —El cerdo alzó una pezuña, ahora andando de un lado a otro, el cuerpo tembloroso de emoción—. Pero primero Dios tiene un mensaje especial para las hembras hoy. Sí, así es, mi Padre quiere que me dirija específicamente a las hembras ahora mismo. ¿Dónde están las hembras? —El cerdo, con el cuello estirado, guardó silencio mirando impávido entre el gentío.

LA PALABRA DE DIOS A LAS HEMBRAS

Como en la mayoría de las Iglesias de Jidada con un «da» y otro «da», tholukuthi que las hembras constituían la mayoría de la congregación, y entonces, al oír que el profeta se dirigía específicamente a ellas, al oír que el profeta tenía un mensaje directo de su Padre, Madre de Dios, junto con todas y cada una de las hembras presentes, de todas las edades, se sintió presa de un delicioso

éxtasis. Tholukuthi que las hembras ulularon y gritaron y rieron y cantaron y chillaron. Duquesa, que veía a su amiga con la cabeza echada hacia atrás, con la expresión más arrobada que la de una novia, con las lágrimas de júbilo surcando las anchas mejillas que las cremas blanqueadoras habían cubierto de cicatrices en nombre de la religión de una juventud perdida hacía mucho, meneó la cabeza, masculló «Dadwethu kababa» y cruzó las patas sobre el pecho.

—Hoy Jidada está viviendo una transformación esencial, oh, valiosas hembras, ¡aleluya! —comenzó el profeta.

—¡¡¡Amén!!!

—Y en esta transformación que Dios nos está mostrando, como nos lo mostró con Eva en el Jardín del Edén, como volvió a mostrárnoslo con Dalila y el pelo de Sansón, y como nos lo mostró una vez más con la mujer de Lot, y otra vez con las barrabasadas de la Bruja de Endor esa, y nos lo mostró todavía otra vez con la malvada reina Jezabel, ahora ha seguido mostrándonoslo aquí, en nuestra propia Jidada con un «da» y otro «da»: el desastre, el engaño, el peligro de una hembra delirante, de una hembra impía, si se le deja rienda suelta. ¡Amén!

—¡¡¡Aleluya!!! —rugieron los soldados, tholukuthi un aleluya notable por sus abrumadores barítonos y bajos y tenores, porque las hembras se habían quedado ahora tan calladas como si se hubieran convertido en tristes estatuas de sal.

—Sí, y si por cualquier razón que sea no lo comprendéis, si de alguna forma no sabéis leer las revelaciones de Dios, entonces acudid a vuestro vecino y preguntad: «Dime, oh, valioso soldado, ¿dónde está hoy el Padre de la Nación? ¿Y cómo es que no está sentado donde Dios designó que se sentara?».

El profeta recorría el escenario con pavoneo, desabrochándose la chaqueta. Los barítonos y los bajos y los tenores bramaron su aprobación.

—¡Síííííííííí! Una hembra que no sabía cuál era su sitio, una hembra sin conocimiento de los límites, una hembra desposeída de discreción y de modestia y de vergüenza, una hembra desatada,

una hembra que en verdad no entendía por qué Dios creó primero al macho y por qué ella fue creada la última, y no solo fue creada la última, sino que Dios la creó de una mera costilla y ni siquiera de una parte del cuerpo importante, una hembra que no quiso escuchar la palabra de Dios, ¡Dios!, que con su propia boca dijo que las hembras no gobernaran… Esa clase de virago es la única y exclusiva razón de que el Padre de la Nación, el Señor bendiga su alma, que estaba en el lugar adecuado, como os dirán los que saben, antes de que cierta hembra llegara a su vida como un ángel de oscuridad para no solo apagar la luz de su gloria, sino también para apartarlo de su destino… Síííííííííííííí, esa clase, esa especie, esa calaña de hembra es la única y exclusiva razón de que el Padre de la Nación ya no esté en el Órgano de Poder tal como Dios había designado. ¡Aleluya!

Los dos perros que estaban delante de las amigas se dieron la vuelta como con un resorte, tholukuthi con las largas lenguas colgando, y fulminaron a la duquesa de Lozikeyi con unos ojos duros que decían muy claramente: «La que tenga oídos para oír que oiga». Una vez lanzado el mensaje y sin pronunciar una palabra, se volvieron encantados al frente. Los machos se alzaban sobre sus cuartos traseros, se golpeaban el pecho, rugían y bramaban y tronaban y pateaban la tierra hasta hacerla puré. Cuando por fin se sentaron, después de que el profeta los aquietara, se acomodaron con los aires de arrogantes reinas jirafas, tholukuthi con las espaldas muy rectas, las patas bien separadas y las cabezas alzadas hacia el cielo de Dios, seguros en la certeza de que ellos no habían sido mancillados por Eva y porla infinita deshonra de su desgraciada hermana.

—Dadwethu kababa! Madre de Dios, dime que este blali cerdo no está aquí plantado al sol diciendo que el golpe de Estado de Jidada ha tenido que ver con esa pobre chica, Maravillosa. Pero ¿es que no sabe que así es como acaban las dictaduras, como monstruos que se devoran a sí mismos, con un golpe de Estado? —exclamó Duquesa sin dar crédito.

Al oír sus palabras, el pelo en el cuello de los perros se puso de punta al instante, pero ellos no se volvieron. Tampoco Ma-

dre de Dios mostró ninguna reacción visible. Era como si Duquesa hablara con una piedra, porque su amiga estaba en ese momento nadando en el hondo río de la vergüenza por los pecados de sus bíblicas madres y hermanas. Allá donde la gata volviera la cabeza, allá donde se posaran sus ojos, las hembras agachaban la cabeza al unísono, sí, tholukuthi reducidas, pequeñas, encogidas, desgraciadas uvas pasas al sol mientras que los machos parecían a punto de levitar en sus asientos.

—¡Escuchadme, aleluya! —exclamó el profeta.

—¡¡¡Amén!!!

—Tal vez penséis que esto de quedar fuera de la alianza con Dios es una cuestión que solo atañe a la primera hembra, pero yo os digo que no. No, porque se entiende que por lo general una hembra problemática por naturaleza implica un avispero entero de ellas, ya sean visibles a simple vista o bien ocultas a simple vista. ¡Aleluya!

—¡¡¡Amén!!!

—Es incluso la misma razón por la que cuando una hembra está en su periodo lunar, va por ahí como un detonante para que otras hembras la sigan, y para cuando te das cuenta, hay toda una pandilla de hembras en esa condición impura, todas a la vez y por todas partes, de manera que ya no sabes qué es qué y cuál es cuál ni qué estarán haciendo, ya sea juntas o por separado. ¡Amén!

—¡¡¡Amén!!!

—Sííííííííííííí, os acordaréis de eso. Y si os acordáis, no os preocupéis: Dios os ama porque me ha enviado aquí como envió una vez a mi hermano Jesús para salvar al mundo. De la misma manera, mi Padre me envía para llevar la cruz de recordaros... Como estaba diciendo, tal vez os acordéis de que un grupo de hembras desnudas irrumpió en el escenario cuando el Padre de la Nación estaba en mitad de su último discurso. Yo lo vi. Todos vosotros lo visteis. Dios lo vio. Las aves lo vieron. Los palos y las piedras lo vieron. ¿Estoy mintiendo?

—¡¡¡No estás mintiendo!!!

—Y cuando digo hembras desnudas, digo desnudas como una lengua. ¡Hembras desnudas, justo en mitad de una ocasión importante! ¡Hembras desnudas en presencia de animales muy jóvenes! ¡Hembras desnudas ahí mismo, con los animales de mayor edad! ¡Hembras desnudas durante una ceremonia de Estado, con estimados dignatarios extranjeros presentes! ¡Hembras desnudas ante millares de ojos! Si alguna vez hubo una abominación en esta Jidada con un «da» y otro «da», entonces eso, eso mismo fue la abominación. Si alguna vez os habéis preguntado qué aspecto tiene una abominación, oh, valiosos soldados, dejad de preguntároslo, porque lo habéis visto. —La voz del profeta estaba de pronto a punto de romperse.

El cerdo miró hacia la muchedumbre, con tal expresión de tristeza que todo el recinto quedó en silencio. Los que estuvieron ahí contaron que un silencio tal jamás se había oído ni volvería a oírse en la Profética Iglesia de las Iglesias de los Soldados de Cristo, ni ahí ni en ninguna clase de concentración en Jidada con un «da» y otro «da». Tholukuthi que fue la clase de silencio que sigue a un milagro, la clase de silencio que sigue a la muerte. Y, justo delante de las miradas de los soldados, los ojos del profeta se suavizaron. Luego todos vieron que los ojos del profeta se humedecían y se mojaban. Entonces, antes de que pudieran preguntarse si lo que estaban viendo era de verdad lo estaban viendo, tholukuthi que vieron a su amado profeta estallar en lágrimas.

El profeta doctor O. G. Moses lloró como Jesús había llorado, sí, tholukuthi que el profeta lloró por las pervertidas hembras desnudas de Jidada con un «da» y otro «da», que por lo visto habían escogido el aciago camino de la impiedad. Y viendo las lágrimas de su profeta por primera vez en su vida, los soldados hembra, que de pronto no sabían dónde mirar, se agitaron como si se sostuvieran sobre unas patas robadas cuyos dueños acabaran de entrar en el edificio. De pronto, como un coro bien coordinado, todas y cada una de ellas se echaron a llorar a moco tendido.

No eran las Hermanas de los Desaparecidos, no; no eran las culpables, no; tholukuthi que ellas no habían participado, jamás

se les habría ocurrido participar en tal proyecto, mucho menos en un proyecto de naturaleza política, siguiendo como seguían las enseñanzas del profeta. Sin embargo, de alguna manera se sentían implicadas, unidas a sus bíblicas madres y hermanas pecadoras. Y mientras que antes las había invadido el éxtasis, cuando habían experimentado la ligereza del incienso, ahora se sentían como montañas: invadidas por un peso que no podían soportar.

—Lo que este imbécil blali necesita es que las Hermanas de los Desaparecidos irrumpan en tropel en ese escenario y, ya que están, que lo cuelguen de sus pequeños testículos. —Duquesa estaba que echaba humo.

—¿Qué? ¿Qué es lo que has dicho, Duquesa? ¿Este quién? ¿Y hacerle qué de los qué? —preguntó Madre de Dios, brusca, lívida.

—Ya me has oído, he dicho que este es un imbécil blali, Madre de Dios, eso es lo que he dicho. Ese cerdo es un auténtico imbécil blali. —La gata señaló hacia la pantalla con la cabeza.

—Duquesa, la razón de que estés aquí es porque esperabas encontrar a nuestra amiga Simiso. Esa y solo esa es la única razón de que estés aquí, Nomadlozi.

—Mira, Theresa, si tienes algo que decir, ¿por qué no lo aireas de una vez, como el culo de un babuino? No tengo tiempo ahora para adivinanzas.

—Te estoy diciendo que no estás aquí para faltarme al respeto, Duquesa, no, de eso nada, hayi, ¡me niego! No puedes faltarme al respeto de esa manera.

—Dadwethu kababa! ¿Cuándo y cómo te he faltado yo al respeto, Madre de Dios? A ver, dime, ¿cuándo exactamente te he faltado yo al respeto?

—Estás aquí insultando a mi profeta, Duquesa, estás aquí insultando a mi profeta. ¿Cómo no va a ser eso faltarme al respeto?

—Dadwethu kababa, pero si es un imbécil y de los gordos, y si tú como hembra no te sientes ofendida por las cosas que está diciendo este puerco, entonces es verdad que necesitas que te salven. Y, en segundo lugar, okwesibili, si yo decidiera insultar a alguien aquí y ahora, ya te digo que este servicio acabaría más deprisa que

lo que tarda Dios en responder a la oración de un papa. ¡Cosa que no necesito decirte, Madre de Dios, porque eso ya lo sabes!

—Para, Duquesa, para, por favor. —Madre de Dios miró a la gata como si en cualquier momento le fuera a arrancar esa naricilla de un mordisco.

—¿Que pare qué, Madre de Dios? ¿Acaso no estaba yo aquí sentadita tan tranquila nje cuando tú me has provocado? ¿Y ahora me dices que pare?

—Si no paras, Duquesa, yo me voy a sentarme a otra parte. Ahora mismo, no mañana, ¡sino ahora mismo! —Madre de Dios fulminó con la mirada a su amiga y tendió la pata hacia atrás por tercera vez, rebuscó en su bolso el frasquito de aceite bendito por tercera vez y se ungió la frente por tercera vez. Cuando la oveja levantó la cabeza, Duquesa se abría paso entre las filas de soldados, mascullando que tenía cosas mejores que hacer que sentarse al sol y que le faltara al respeto una fanática que en realidad no sabía nada de Dios.

Nueva Administración

PALABRAS MÁGICAS

Cualquiera que visitase Jidada después de la inauguración de Tuvius Delicia Shasha como presidente en funciones lo primero que habría advertido es que en todas partes resonaba en el aire una expresión que se pronunciaba en las casas y en las calles, en los lugares de negocios, en coches y taxis, en los pueblos y las ciudades y las zonas rurales, en colegios, en bares, en tiendas y centros comerciales, en cibercafés, en restaurantes, en iglesias y burdeles, en funerales, en edificios del gobierno, en partidos de fútbol, en salones de belleza y, en general, en cualquier espacio imaginable, una frase que salía igual de las bocas de los ricos que de las bocas de los pobres, de los que la comprendían y de los que no, de sus defensores y de sus detractores, sí señor, tholukuthi que la expresión «N-U-E-V-A A-D-M-I-N-I-S-T-R-A-C-I-Ó-N» estaba por todas partes, como un virus.

Cada vez que Tuvy oía la expresión que su brillante equipo había acuñado para hablar de este nuevo capítulo de la Nueva Jidada, se sentía más grande que la deuda de Jidada al FMI. La expresión le hacía darse cuenta de que era cierto lo que decían sobre las palabras los que saben: que las palabras importan, que incluso una tarta de barro se puede vender usando sencillamente las palabras adecuadas, que se podía conseguir que animales racionales sacaran sus tenedores y se tragaran esa tarta sin que hiciera falta en ningún momento el uso de la fuerza. Sí señor, tholukuthi que las palabras no solo importaban, sino que eran el poder. Las palabras eran muti.

Las palabras eran armas. Las palabras eran mágicas. Las palabras eran Iglesia. Las palabras eran riqueza. Las palabras eran vida.

Tan inspirado estaba Tuvy por esta revelación que rebautizó al nuevo loro que tenía como mascota con el nombre de Nueva Administración. Tholukuthi que el pájaro había sido adquirido explícitamente con el propósito de que piara elogios y glorificara como es debido al Salvador por los aires y los cielos de la nación. Tuvy fue a continuación a contratar a un profesor de inglés de la Universidad de Jidada para enseñar a Nueva Administración a decir «Nueva Administración». Y Nueva Administración no solo llegó a dominar la frase, sino que además aprendió a cantarla con un impecable acento americano que dejaba el acento británico del Padre de la Nación a la altura del betún. Nueva Administración tenía tales dotes de animador que muy pronto otros loros aprendieron esa nueva canción tan rara que entonces parecía flotar siempre en el aire de Jidada. A las demás aves les pareció una moda más que no había que perderse, de manera que en muy poco tiempo los cuervos graznaban «Nueva Administración», los búhos ululaban «Nueva Administración», los gorriones piaban «Nueva Administración», los canarios cantaban «Nueva Administración», las palomas zureaban «Nueva Administración», los bucerótidos chillaban «Nueva Administración», y luego la cigarras cantaban «Nueva Administración», las abejas zumbaban «Nueva Administración», los grillos y los saltamontes y otros insectos chirriaban «Nueva Administración», hasta que los setos y los árboles y el aire y los cielos y hasta las selvas en torno a Jidada eran todo «Nueva Administración», «Nueva Administración», «Nueva Administración». Nueva Administración, sí, tholukuthi Nueva Administración por todas partes y Nueva Administración constantemente.

CELEBRACIÓN

—¡Un brindis, Su Excelencia! —Estas palabras, pronunciadas por el recién nombrado general Victor Zuze, un perro desgarbado,

malencarado y con unas mandíbulas de acero, sonaron como si el general ladrara una furiosa orden. Toda la sala, incluida su mismísima excelencia, guardó silencio al instante. Pero justo antes de que el general hiciera su brindis, Jameson, el más joven de los hijos gemelos del Salvador, lanzó una buena risotada.

—No te voy a mentir, Baba, con todo el debido respeto, cada vez que un animal dice «Su Excelencia», espero ver aparecer al Viejo Caballo diciendo: «No es posible, esto no es posible, todo esto es un desafortunado error. ¡Mis animales me aman y me necesitan!».

Esta intervención de Jameson le granjeó unas pocas risitas cautas en torno a la sala.

—¡Hermano! Y con la burra al lado, diciendo... —Y aquí James se apresuró a alzarse sobre sus cuartos traseros para unirse a su gemelo. Los garañones idénticos, que también eran la viva imagen de su padre, se pavonearon de un lado a otro, meneando las colas, y gritaron en una magnífica imitación del famoso eslogan de la doctora Dulce Madre: «¡Esto no es una granja de animales, sino Jidada con un "da" y otro "da"! Y si tenéis oídos, oiréis mi consejo, porque lo que estáis haciendo es tragar toda clase de pedruscos, y muy pronto se verá lo grande que tenéis el ojete cuando tengáis que cagar esos mismos pedruscos».

Se produjo un silencio incómodo, pero solo duró unos segundos, al cabo de los cuales toda la sala explotó en sonoras carcajadas.

—Bueno, lástima que la burra no pueda hablar, teniendo en cuenta que ahora mismo es la experta en cagar pedruscos —dijo el vicepresidente general Judas Bondad Reza, provocando más risas.

—Pues yo casi la echo de menos. A ver, no en el Órgano de Poder, evidentemente, pero es que gracias a ella Jidada podía echarse unas buenas risas, era una cómica nata, la burra esa —comentó Jameson mientras volvía a su asiento.

—Ahora solo se sabe de la burra cuando alguien pregunta dónde está. Me sorprendería que esa colasucia volviera a decir

esta boca es mía en un futuro inmediato —declaró el vicepresidente Judas Bondad Reza.

Esto, según los que sí que saben, no estaba lejos de la verdad. Desde su espectacular hundimiento, la otrora hembra lenguaraz de Jidada se había convertido en la hembra más callada de Jidada, de modo que algunos graciosos se habían apresurado cruelmente a actualizar su antaño amado alias de Dulce Madre a Silenciosa Madre. Además del silencio, la anterior primera hembra, junto con el Padre de la Nación, no volvieron a ser vistos por Jidada; bien podían estar viviendo en otro país. Solo que no, no vivían en otro país, sino que su existencia, según los que sí que saben, no era muy distinta a la de prisioneros: vivían bajo una guardia armada, y no para su protección, sino para vigilar estrictamente todas sus actividades.

—Yo creo que en su momento volverá. No me puedo creer que una sacamuelas como la ex primera hembra pueda guardar silencio sin más ni desaparecer así. Además, que la conozco —aseguró James.

—Pues más vale que te lo creas, hijo. La burra sabe qué hora es y sabe que, si le da por hacer el tonto por cualquier motivo, la despojaremos hasta del último centavo, del último vestido de alta costura y de todo lo que acumuló en el Órgano de Poder, y la reduciremos a la desgraciada mendiga que era antes de casarse con el Padre de la Nación. Hazme caso, la burra no es idiota —aseguró el ministro de Violencia.

—Y con esto, si me permitís alzar mi humilde voz por y para el Salvador de la Nación, camaradas… —El general Victor Zuze, cuya copa había estado suspendida en el aire todo ese tiempo, tomó la voz cantante una vez más.

—Por Su Excelencia. Básicamente por evitar que la revolución de Jidada fuera secuestrada, por salvar a esta amada nación de las terribles fauces de una ruina inimaginable, una hazaña esta tan asombrosa que sin duda pasará a nuestros libros de historia y a YouTube, así como a Facebook y a Twitter, como algo semejante a una intervención divina. De parte de esta sala y de toda la na-

ción agradecida, que todavía hoy sigue celebrándolo, por la presente expreso nuestra más profunda gratitud colectiva, camarada Excelencia. Que hagas Jidada grande de nuevo y, de nuevo otra vez, que nos guíes con la paciencia y la pasión de un cocodrilo, ¡y que tu reinado sea más largo que el reinado de Dios! —Al general se le quebró la voz de emoción.

El sonriente Salvador, profundamente conmovido y henchido de satisfacción, fue el primero en levantarse. Alzó al general por los aires, lo dejó en el suelo y le mordisqueó las orejas juguetón. Las copas tintinearon entre interminables aplausos y los camaradas se turnaron para felicitar al Salvador una vez más. Los reunidos eran algunos de los recién nombrados miembros del Círculo Interno y los elegidos del Órgano de Poder, tholukuthi los últimos invitados a una cena organizada nada menos que por el nuevo vicepresidente de Jidada y anterior general, Judas Bondad Reza. Asistieron los generales que participaron en la trascendental reunión para la defensa de la revolución de Jidada aquella otra noche. De eso hacía tan solo unas semanas, y ahora eran celebridades que habían cambiado sus uniformes por trajes según sus nuevos nombramientos ministeriales y embajatorios. Estuvieron también presentes sus sustitutos, elegidos por el propio Salvador, y luego estaba el antiguo Jefe de Justicia de Jidada, el honorable Kiyakiya Capturado Manikiniki, que había oficiado el nombramiento de Tuvy como presidente en funciones, y su colega la jueza Honor Koro, la única hembra de la sala, que pronto sería nombrada Jefa Suprema de la famosa Cocina Electoral de Jidada, responsable de las elecciones en Jidada. También estaban algunos de los elegidos para el nuevo gabinete, junto con un par de machos de negocios chinos, así como el más famoso profeta de Jidada, el profeta doctor O. G. Moses.

THOLUKUTHI BUFÉ CHINO

—¡Un brindis especial, Excelencia! —El camarada Chris Lee alzó su copa y, volviéndose hacia la sala, el carismático empresario chi-

no se dirigió al grupo con su mesurado tono—: Camaradas, os ruego que por favor os levantéis conmigo, por favor, para proponer un brindis por Su Excelencia, ¡el nuevo presidente de Jidada!

Todos los presentes se levantaron.

—Señor camarada presidente, te doy las gracias por la bondad que tú y el Partido del Poder nos habéis mostrado siempre, a nosotros y a nuestros hermanos, en nuestras grandes relaciones de amistad dinámica. De otro modo, no estaríamos aquí en tu país. Sentimos de manera especial esa amistad cuando nos permites venir como deseamos y explotar las minas de todos y de cualquier mineral como queramos. Me recuerda mucho a un bufé chino donde te dejan comer todo lo que quieras. Como mis colegas gustan de decir, siempre es Navidad en Jidada con un «da» y otro «da», y a nosotros nos encanta la Navidad, sobre todo porque Jidada es un país muy muy rico, con tantos minerales que nunca se acaban. Lo que eso demuestra es que tú, señor camarada presidente, y el Partido del Poder, de todos los muchos países de África en los que hemos desarrollado nuestro negocio, y hemos estado por todo este enorme y rico continente, sois con mucho extremadamente y profundamente generosos, y de lo más acogedores también, que nos acogéis no solo con los brazos abiertos, sino también con las patas abiertas, y con los corazones abiertos y con todo abierto, y esta apertura nos complace porque es para nosotros una situación muy beneficiosa, porque nosotros salimos muy beneficiados. Apreciamos de corazón esta relación y esta alianza y esperamos que crezca todavía más con esta administración, y lo hacemos sin interferencia alguna en Jidada, sin inmiscuirnos en política porque, a diferencia de Occidente, nosotros somos vuestros amigos, somos respetuosos y solo cuidamos de nuestros propios asuntos, ¡y nuestros asuntos son los asuntos de las minas! Así pues, señor camarada presidente, ¡brindo por nuestra continuada amistad, por muchas Navidades venideras y por Jidada con un «da» y otro «da»!

El camarada Chris Lee pronunció la última mitad de su brindis en la lengua de poder de Jidada, sí, tholukuthi en perfecto shona.

Fue tal cual como si hubiera hecho un milagro, porque la sala estalló en un vehemente aplauso. Los camaradas, tholukuthi emocionados, se cuadraron y lo saludaron, y el frenesí no cesó hasta que Dick Mampara, el ministro de Desinformación, habiendo alzado su propia copa sin conseguir atraer la atención de sus colegas, dio un golpe en la mesa con una botella vacía de Jameson, tholukuthi el whisky favorito del Salvador en honor al cual había dado nombre a sus hijos.

—Ya te digo yo que ninguno de estos payasos puede ir a China ahora mismo y abrir un negocio ni de recogida de basuras —masculló el pavo real, un tipo normalmente alegre y despreocupado, pero que ahora hervía de rabia.

Pocos años atrás, antes de unirse al Partido del Poder y de trampear hasta llegar al Órgano de Poder, una compañía minera china había evacuado abruptamente la aldea de la abuela de Dick Mampara, sin aviso previo, sin consultar con los aldeanos, sin compensación alguna. Al enfrentarse al mánager *in situ,* Mampara se encontró con que tuvo que huir para salvar la vida, pues el mánager se puso a insultarlo en chino y luego se lio a tiros. Más tarde, los defensores siguieron y localizaron a Mampara y le dieron tal paliza que el pavo no pudo salir de la cama en dos semanas. Tholukuthi que su abuela murió poco después, del trauma y del disgusto. No era algo que Dick Mampara fuera a olvidar o a perdonar jamás, por más que el Órgano de Poder se mostrara amistoso —demasiado amistoso, pensaba el ministro— con los chinos, cuyas actividades en el continente africano se parecían más a las de un colonizador que a los supuestos amigos que decían ser.

—Camaradas, con el ánimo de no olvidar por quién estamos todos aquí, que es el Salvador y solo el Salvador, desearía proponer un brindis —intervino el pavo real. La mención del Salvador hizo que los camaradas recuperasen el juicio y sus asientos—. Su Excelencia, como muchos de los camaradas más jóvenes, yo he tenido el honor de ver a líderes liderar. Pero debo decir que observarte a ti, Su Excelencia, tanto servir como salvar a la nación a la

luz de los recientes acontecimientos, ha sido de lejos el inolvidable punto álgido de mi experiencia. Y por ello te dirijo mi más profundo agradecimiento, Su Excelencia. Por tu ejemplo, por tu liderazgo, por tu inspiración —concluyó el pavo real, con una dramática reverencia.

—¡Si te parece que esto es un punto álgido es porque no estabas ahí en 1983! —exclamó el vicepresidente, con ojos chispeantes—. Si hubieras estado ahí en 1983, habrías visto al Salvador en plena forma, salvando y sirviendo a la nación como es debido, ¡como ningún otro patriota del mundo entero!

EL GUKURAHUNDI: VOCACIÓN DE SERVICIO

—¿1983, señor? No fue ese el año de...

—¡El Gukurahundi! Así llamado por la lluvia temprana que se lleva la paja antes de las lluvias de la primavera. ¡Sin el cual esta Jidada, tal como la conocemos, la Jidada de un solo partido, el gran Partido del Poder, nuestra propia Jidada, no existiría! —Elegía Mudidi, el ministro de Propaganda, se volvió hacia el Salvador sin disimular su admiración.

Mampara le lanzó al gato una mirada asesina y Mudidi, al verlo, ronroneó y se apresuró a darse la vuelta. Los dos animales eran nuevos añadidos al Órgano de Poder de la Nueva Administración y era comprensible que intentaran ganarse la simpatía de los líderes veteranos y distinguirse ante ellos. Eran, además, de edades aproximadas, y los logros de uno y de otro eran también comparables. Pero los que saben contaban que su rivalidad se encontraba fuera del reino del Órgano de Poder, fuera del Partido del Poder: tholukuthi que ambos habían descubierto, a través de un tweet viral de un periodista de investigación, que estaban interesados en la misma hembra, una modelo que había sido Miss Jidada, y eso, por supuesto, a pesar de que ambos estaban casados.

—Sí, pero vosotros los jóvenes no visteis nada. ¿Por qué no los iluminas, jefe, a ellos y a nuestros camaradas extranjeros, para

que lo oigan de la propia boca del cocodrilo? —apremió el vicepresidente.

Los rostros se volvieron radiantes hacia el Salvador, que se esponjó con la atención recibida. Un nuevo silencio inundó la habitación, tholukuthi el silencio que precede a las importantes palabras de quien está al mando.

—Bueno, estas cosas son una vocación, ¿sabéis? Como sabe cualquiera que entienda lo que es servir y lo que es salvar. —Tuvy sonrió. Hasta los palos y las piedras podrían decirle a cualquiera que Tuvius Delicia Shaha había pasado la totalidad de su carrera a la sombra del Viejo Caballo, básicamente siendo visto pero no escuchado. Tholukuthi que esta nueva dinámica en la que los animales lo atendían sin perder detalle, en la que cada frase que salía de sus bocas iba acompañada de un «excelencia», «Su Excelencia», «jefe», «el Salvador», «Salvador de la Nación», le resultaba a la vez extraña y dulce. Se arrellanó en su butaca y se ajustó la bufanda con tanta parsimonia que todas las miradas se centraron por un momento en ella como si fuera la prenda de ropa la que fuera a carraspear y a dirigirse a ellos.

BUFANDA DE LA NACIÓN

La famosa bufanda, con las franjas de colores de la bandera de Jidada —y de ahí su mote de Bufanda de la Nación—, había sido un éxito rotundo desde su debut unas cuantas semanas atrás. Por lo visto, en todo el país no había otra cosa de la que hablar, ni en tierra ni en internet. ¿Qué significaba exactamente la bufanda? ¿Y por qué exactamente la llevaba el Salvador? ¿Y por qué ahora y no en ningún otro momento? ¿Qué estaba intentando decir con ella? ¿Cómo es que no se la quitaba ni siquiera cuando hacía calor? Tholukuthi que no tenían ni idea.

—Esta bufanda, jefe, te ofrece la clase de protección que puedes llevar de manera segura en todo momento y sin llamar la atención, siendo así que un talismán que se lleva a cara descubierta es

más poderoso. Además de la protección que ofrece, la bufanda es un sensor, siente cosas. Si hay malas vibraciones, las captará. Si hay peligro, lo sabrá. Si las cosas van bien, eso es lo que te dirá. Tú escúchala, jefe, y sabrás lo que pasa, y cada día descifrarás mejor sus señales. Y, por supuesto, eso son solo minucias —le había dicho Jolijo al ofrecerle al Salvador la bufanda. Tuvy, que estaba en ese momento preparándose para su primer viaje internacional como presidente en funciones de Jidada, al volver a casa tras un largo día de reuniones de último minuto, se había encontrado al hechicero sentado como de costumbre en mitad de una densa nube de humo, con una pipa colgada de la comisura de la boca.

—¿Me estás diciendo que esta cosa de lana puede hacer todo eso, camarada Jolijo? —Tuvy miró la bufanda con escepticismo. Jolijo asintió con la cabeza.

—Todo eso, tal como te lo he explicado, jefe. Y en segundo lugar, esta bufanda implica por descontado cierta responsabilidad. No puede tocarla ningún animal que no seas tú, y esto incluye a tu esposa, a tus amantes, a las hembras en general. Si no, el muti perdería poder, cosa que, como estoy seguro de que ya sabes a estas alturas, no es nada agradable. Y lo más importante, no puedes de ninguna manera, bajo ningún concepto, salir de casa sin la bufanda, jefe, ni que nadie te encuentre en ningún sitio ni bajo ninguna circunstancia sin ella. No puedo subrayar bastante lo importante que es esto. Y de la misma manera, no dormirás sin ella. Considérala una parte de tu pelaje, una armadura que hay que llevar en todo momento. Y mientras la lleves puesta, nada, pero nada de nada podrá tocarte.

EL GUKURAHUNDI: DEFINITIVAMENTE, DE NINGUNA DE LAS MANERAS UN MOMENTO DE LOCURA

En ese momento, Tuvy palmeó la bufanda, tomó su copa de whisky y la apuró. Un criado se apresuró a inclinarse para llenarla de nuevo.

—Es una vergüenza que hoy en día algunos animales, incluidos aquellos que saben lo que hay, cuando hablan de aquella época tan importante y definitoria, intenten reducirla a una orgía de violencia sin sentido, a un mero momento de locura, como ya lo hemos oído llamar incluso por aquellos a los que no voy a nombrar, pero que ya conocéis. Como si a lo mejor no estuviéramos pensando con claridad, ¡como si no supiéramos lo que hacíamos! Pues os aseguro que nada está más lejos de la verdad, porque la verdad es que nos reunimos, deliberamos, calculamos, planeamos, organizamos y orquestamos meticulosamente una campaña guiada por unas metas y unos objetivos claros. Quiero decir que, si hubiera sido un momento de locura, vamos a ver, ¿creéis que hubiéramos pasado tanto tiempo, empezando en el 83, luego el 84, luego el 85, luego el 86 y luego el 87? No, camaradas, no. ¡Ningún momento dura tanto! —dijo el Salvador.

—¡Y eso es tiempo suficiente para que nazca un joven, para que incluso empiece a corretear por ahí y a hablar! —exclamó entusiasta el alcohol que tenía Jameson dentro.

Tuvy no hizo caso y prosiguió:

—Fue poco después de la independencia. En un país normal deberíamos haber estado celebrando la derrota de los colonizadores, así como el nacimiento de una nueva Jidada. Pero no. ¿Qué hicimos? ¡Pues salir de una lucha para empezar otra! Porque estaba ese otro partido dando problemas. No lo voy a dignificar con un nombre —prosiguió el Salvador.

—Y no te equivocas, camarada Excelencia. Yo mismo lo llamé el Partido Disidente de Donnadies. Y decir que daban problemas es quedarse muy corto. ¡Es que Su Excelencia ha sido muy benévolo! Pero te ruego que lo cuentes como fue, Su Excelencia, para que estos jóvenes no puedan decir que no se les ha contado —lo animó el ministro de Violencia.

—Muy bien, camarada. Pues resulta que este Partido Disidente de Donnadies, que como ya sabéis era también predominantemente ndbele, que también sabéis que son los descendientes de ese violento rey criminal y asesino que en un tiempo sirvió bajo las

ensangrentadas patas nada menos que del famoso señor de la guerra y sangriento tirano, Tshaka Zulu, que nos invadieron y esencialmente nos colonizaron antes de los colonos blancos, que derramaron la sangre de nuestros antepasados y nos arrebataron nuestro territorio y a nuestras hembras, sí, esos mismos descendientes andaban ahora planeando el caos y la rebelión, ¡muy en concordancia con sus salvajes antepasados! ¡Pretendían dar una especie de golpe de Estado! Cierto que nosotros, por necesidad, unimos fuerzas con ellos en contra del común enemigo blanco durante la Guerra de Liberación, pensando que eran nuestros camaradas. Pero incluso entonces no dejaban pasar la ocasión de desautorizarnos, sembrando el desorden y la discordia y la desunión en el frente de batalla, de tal manera que quedó muy claro, entre aquellos de nosotros con dos dedos de frente, ¡que teníamos una guerra dentro de una guerra! —exclamó Su Excelencia, meneando la cola vigorosamente, la voz alzada hasta su típico y animado tono agudo. Si le preocupaba herir los sentimientos de los pocos camaradas ndebele presentes, no se le notó, y si los pocos camaradas ndebele presentes se sintieron heridos, tampoco se les notó nada.

—Y los disidentes se lanzaron a una guerra abierta cuando, después de la independencia, ¡tuvieron la audacia de involucrar al ejército de Jidada en dos dramáticas confrontaciones! Pero, por supuesto, nos encontraron preparados y listos, ¿no es así, Su Excelencia? —aportó el ministro de Cosas. El fiero y brutal perro había sido subcomandante de la unidad especial desplegada para la campaña del Gukurahundi.

—Tú lo sabes mejor que nadie, camarada. Estabas en las líneas del frente, ¡en todo el meollo! —Su Excelencia miró al camarada con adoración.

—¿En todo el meollo? Una cosa os voy a decir, ¡estábamos nadando en sangre y barro y cadáveres! Sí señor, ¡defendiendo como es debido la Revolución! —El perro sonrió de oreja a oreja.

—Y bien que la defendisteis. Pero volviendo a la historia... Poco después de la independencia, nos encontramos, mira tú por

dónde, con que los taimados disidentes no habían entregado las armas después de la guerra y que, de hecho, las tenían todas escondidas. Y aquí viene lo mejor: cuando nuestros defensores fueron a sus aldeas a cazar a los malvados excombatientes, que es lo que inicialmente creíamos que eran los disidentes, ¡los aldeanos no nos ofrecieron la más mínima cooperación! Al principio pensamos que sencillamente nos enfrentábamos con malvados excombatientes, pero descubrimos horrorizados que no, qué va, que nos equivocábamos, que los disidentes a los que buscábamos eran no solo el ala militar, sino en general ¡toda la tribu entera! Y naturalmente, todo el partido, siendo así que la tribu era por lo visto el partido y el partido era la tribu. ¡Y cuando digo toda la tribu, quiero decir que incluso las hembras, incluso los niños más pequeños, incluso las abuelas tenían tendencias disidentes! Esos eran los hechos fundamentales que inspiraron nuestra estrategia, una estrategia adecuada, calculada, ¡que de ninguna manera fue un «momento» de locura! —Su Excelencia miró al ministro de Orden, un elemento destacado y ministro de Defensa durante el Gukurahundi, que meneaba la cabeza de arriba abajo con cada palabra de Su Excelencia. El perro se animó ante la invitación para llevar la batuta.

—Mientras tanto, los líderes de los disidentes se dedicaban, por supuesto, a ser disidentes. En lugar de trabajar con el gobierno, de ser parte del gobierno, trabajaban contra nosotros, e hicieron todo lo posible por escalar las tensiones hacia el inevitable y poco sorprendente final. Pero ¡ja! No fueron rivales para nosotros, qué va, ¡en ningún momento! Para ese entonces teníamos a sus líderes más prominentes en prisión, donde tenían que estar. O a la fuga. Habíamos desmantelado su infraestructura y desestabilizado su organización. Y lo más importante, contábamos con mi unidad especial, entrenada nada menos que por nuestros camaradas norcoreanos. Y no hace falta que os cuente a la mayoría cómo era la Quinta Brigada, vaya, que eran de primera clase, unos fuera de serie, ¡una cosa excepcional! —aseguró el ministro de Cosas, gesticulando alzado sobre sus cuartos traseros.

—¡Y esa unidad excepcional defendió la revolución que daba gusto! Si yo tuviera hoy esa clase de unidad, si la tuviera ahora mismo, camarada, sería el gobernante más feliz de todo el ancho mundo —terció Su Excelencia, hablando despacio, mirando al ministro de Cosas con la adoración de un amante.

—¡No puedo ni imaginar cómo escapó aquel líder disidente gordo de las fauces de un cocodrilo! Debía de tener el más potente de los talismanes, es lo único que se me ocurre. ¡Mira que eludir a aquella famosa y brillante unidad! —apuntó el vicepresidente con salvaje regocijo.

—A día de hoy, sigo saludando a esa unidad. En 1983, 1984, 1985, 1986, 1987... hicieron su trabajo. ¡Estoy hablando de auténticos artistas de la matanza! ¡Puros ángeles de la muerte! ¡Verdaderos profetas del terror! Esos camaradas pintaron aquella anárquica región de rojo-rojo-rojo-rojo, ¡vaya, que hicieron que la sangre danzara por los aires! —El Salvador, alzado sobre los cuartos traseros, pateó con las pezuñas en una imaginaria danza de sangre, con una luz sobrenatural en los ojos—. Había una canción, camarada... Una canción que cantaban los defensores cuando defendían la revolución. Se convirtió en una especie de himno... Recuérdamela —pidió, volviéndose hacia el excomandante de la Quinta Brigada.

LA CANCIÓN DEL GUKURAHUNDI: BANDA SONORA DEL TERROR

—Mai va Dhikondo! Mai va Dhikondo! Mai va Dhikondo! Mai va Dhikondo! Mai va Dhikondo! Mai va Di... Dhikondo Dhiiiiii iiiiiiiiiiiiiiiiiiiiiiiiii...

Tholukuthi que la respuesta a la pregunta de Su Excelencia no fue hablada, no. Fue cantada a voz en cuello por Elegía Mudidi, que de hecho hacía alarde de una ilustre carrera infantil en diversos coros de iglesias y escuelas. Y antes de que los presentes pudieran preguntarse si lo que estaban viendo era de verdad lo que estaban viendo, el rival del gato, Dick Mampara, todavía resentido por

su anterior falta de respeto así como por otras faltas de respeto en general, se lanzó bajo la luz de los focos, buscando venganza.

Dick Mampara, que provenía de una familia de renombre por sus generaciones de bailarines, se encontraba ahora mismo en su elemento. Sacudió y meneó sofisticadamente su impresionante abanico de plumas, revelando una sorprendente exhibición iridiscente: tholukuthi que se había hecho pintar las plumas con las bandas de colores de la bufanda de Su Excelencia para impresionar al Salvador, lo cual logró sin duda el efecto deseado, porque Tuvy se había quedado mirando al ministro, embelesado, mientras movía la cola al ritmo del canto. Y tomando esto por una señal de aprobación, Mampara se lanzó a darlo todo. Dio vueltas y vueltas. Se contoneó. Se sacudió.

A esas alturas, el profeta doctor O. G. Moses, que por lo general despotricaba y renegaba en sus sermones contra la música secular y los bailes —música del diablo y baile del diablo, los llamaba— se arrojó a la pista como impulsado por el espíritu santo y se puso a bailar como quien está poseído por el demonio del libertinaje. Los dos camaradas eran tan espectaculares que la jueza Honor Koro perdió todo dominio de sí misma. La vaca se lanzó sobre Mampara, con cuidado de no pisotearlo, para menearse, agitarse y perrear con tal sensualidad que Su Excelencia, que no podía soportar ver a una hembra bailando así, brincó también a la pista de baile.

Como el Salvador había entrado en la pista de baile, se entendía que nadie podía permanecer sentado, de forma que allá que fueron todos. Tholukuthi que hasta las ratas, los lagartos, los grillos y otras criaturas de tal jaez que habían estado contemplando subrepticiamente la reunión desde diversas grietas y nichos abandonaron toda precaución y corrieron a la atestada pista. Los camaradas estuvieron haciendo cabriolas sin pausa hasta que por fin el juez Kiyakiya Capturado Manikiniki, un viejo burro, sintió una extraña punzada en el pecho. Súbitamente alertado de los límites de su cuerpo, el juez, presa del pánico, se arrastró al frente de la sala, donde Elegía Mudidi había hecho de una mesa su escenario particular, y tiró de la pata del gato.

—Camarada ministro, para, pon fin a esta locura, por favor. ¿Es que queréis matarme? ¡Recuerda que tengo que oficiar muy pronto el nombramiento auténtico del Salvador!

EL GUKURAHUNDI: THOLUKUTHI IMPENITENTES

—Y así fue. La canción solo cesó cuando por fin el humillado líder de los disidentes vino arrastrándose por el suelo y nos suplicó la paz. Y solo entonces dijimos, haya paz, pero fue por supuesto con nuestras condiciones. Y así, camaradas, nació la Jidada que conocéis hoy. Sí señor, y todo porque cuando fui llamado a servir y a salvar, no vacilé, ¡no vacilamos! —dijo el Salvador, acariciando su barriga cervecera. Estaba medio desnudo, después de perder chaqueta, camisa y corbata en la pista de baile.

—¡Por el Salvador! —brindó el vicepresidente. Todos alzaron sus copas entre vítores.

Hacia el final de la mesa, el recién nombrado general Precioso Juba intentó sin éxito estabilizar su vaso tembloroso. No estaba borracho, pero la canción, y todo aquel asunto en realidad, le habían recordado a su mejor amigo y camarada del frente, Ojetelezwe Henry Vulindleka Khumalo, un fiero combatiente que le había salvado la vida cuando cayeron en una emboscada hacia el final de la guerra. Se acordó también de muchos amigos inocentes muertos, demasiados, parientes, vecinos, conocidos. Pero el general había metido todo aquello en el fondo del fondo del fondo del cajón del pasado. Tholukuthi el pasado. Había sido necesario, por su decisión de unirse al Partido del Poder después de la independencia, cuando la supervivencia era algo incierto, y necesario también para el animal en el que se había convertido desde entonces, tholukuthi un miembro auténtico del Órgano de Poder, un elegido. Solo a veces, como entonces, se abría de golpe la tapa del pasado y las cosas enterradas quedaban desenterradas. Y las cosas desenterradas despertaban el huracán que dormía en su interior. Y tholukuthi que el huracán sopló colérico y sopló y so-

pló, y él tuvo que recurrir a todas sus fuerzas para mantenerlo dentro.

—Y lo mejor de todo, camaradas, es que hicimos lo que teníamos que hacer sin interferencias, ni de Gran Bretaña, ni de los Estados Unidos, ni de nuestros vecinos, ni siquiera de las Naciones Unidas. Como tiene que ser, o sea, a mí que me digan una nación que haya nacido sin sangre. Hasta el mismo Dios gobernó mediante la sangre y la taimada furia. Y nosotros somos hormiguitas, ¡somos unos santos en comparación! ¡Y hoy en día llaman a aquello de todo! Incluso lo he oído llamar genocidio. Pero yo lo llamo servicio. Y siempre que se me presente una oportunidad de servir, no vacilaré. Así pues, ¡por el servicio! —Su Excelencia alzó la copa.

—¡¡¡Por el servicio!!! —explotó la sala.

UN PROBLEMA

El sol había salido. La mitad de los presentes se habían marchado, dejando detrás a Su Excelencia, al vicepresidente y a un pequeño número de camaradas del Círculo Interno más interno. Si alguno de ellos estaba cansado por la falta de sueño, sus animadas expresiones lo desmentían. El ministro de Internet le hablaba al ministro de Cosas sobre lo que muchos en el Órgano de Poder consideraban un problema nuevo pero significativo.

—... O sea, que a esos desgraciados animales les ha dado por pensar que han encontrado una voz o algo, cuando en realidad somos nosotros los que les permitimos hablar —comentó con un deje de irritación. Era un toro famoso por su mal genio.

—Como ya te he dicho, yo no me preocuparía, camarada, sobre todo si lo están haciendo en las redes sociales. Sería muy diferente si estuvieran, digamos, protestando como es debido, expresando sus desorientados sentimientos aquí, en tierra. En cuyo caso yo diría, ¡a por ellos! —replicó el ministro de Cosas con una risa despectiva.

—Bueno, ahí pueden decir lo que les dé la gana, eso no significa que vayan a hacer nada. Además, nuestro equipo está en las

redes sociales, diciéndoles qué hora es. A mí no me preocupa —aseguró Elegía Mudidi.

—Con el debido respeto, nada más lejos de la verdad, camarada. Sabemos que si se les deja campar a sus anchas por la internet esa, los animales pueden hacer mucho daño. ¿O me vas a decir que ya te has olvidado del movimiento Jidada Libre? Para empezar, ¿acaso no nació eso en internet? ¿Y no reunió en su momento el apoyo de cientos de miles de jidadanos? ¿Acaso no se extendió aquella cosa por todas partes, incluido Occidente, y dejó en ridículo al Partido del Poder? ¿Acaso no lo aclamaron como el movimiento democrático más potente en esta Jidada con un «da» y otro «da»? —terció Dick Mampara, sin dejar pasar la ocasión de disparar a su rival.

Se produjo un solemne asentimiento de cabezas, porque tholukuthi que sí, que desde luego, que el movimiento que había comenzado como una chispa inocua se había propagado, antes de que uno pudiera decir «¡tholukuthi!», como un demencial infierno que había movido a la acción a Jidada justo en las narices del Órgano de Poder, con vídeos en los que los animales se envolvían al cuello la bandera de la nación mientras voceaban sus quejas contra el régimen. Y como no era asunto de un partido político, y como todo aquel disparate había sucedido en su mayor parte por las internets, donde no se podía azuzar a los defensores para que mordieran y apalizaran y masacraran como ellos sabían, al principio fue algo difícil de controlar. El Partido del Poder no tenía la más remota idea de cómo lidiar con un enemigo con el que no tenían mucha experiencia, tholukuthi un enemigo que creció hasta el punto de tener la confianza suficiente como para sacar sus asuntos del mundo irreal de las internets al mundo real de las calles de Jidada.

En este punto, Mudidi, al ver que el Salvador asentía pensativo, al ver la seriedad con la que los camaradas asimilaban las palabras del pavo real, se levantó de un brinco y se alzó sobre sus cuartos traseros, decidido a triunfar sobre su rival.

—Bueno, todo eso es cierto, camaradas. Pero aquí la gran cuestión es: ¿lo lograron? ¿Y de verdad importa, al fin y al cabo?

Quiero decir, que de aquí a muy poco vamos a celebrar nuestras propias elecciones libres, justas y creíbles. ¿Y alguno sabe si se presenta algún partido que se llame Jidada Libre? ¿Y acaso no logramos acabar con todas y cada una de sus concentraciones en tierra? ¿Y acaso no identificamos a los líderes? ¿Y acaso no los pusimos en su lugar? ¿Y dónde está hoy toda aquella historia? ¿Cuándo fue la última vez que los oísteis decir esta boca es mía? No los habéis oído, camaradas, porque como se dice en el lenguaje de internet, ¡los cancelamos! Y dicho esto, no debemos olvidar que esa misma internet nos está ayudando a vigilar a nuestros enemigos. Yo he estado con el camarada Luthereck Phiri hace tan solo dos días y me dice que tienen una base de datos bien gorda, o sea, que tienen de todo: caras, nombres, números de teléfono, direcciones, familias... Por no mencionar que algunos de nuestros operativos están incluso infiltrados como prominentes activistas de la oposición con doscientos mil o trescientos mil seguidores en Twitter, Facebook, WhatsApp... Internet, al final, si sabemos cómo usarlo, nos ayudará a vencer. Y por último, y no olvidemos que todas las miradas están puestas en nosotros, tanto dentro como fuera de Jidada, tenemos que convencer a todo el mundo de que los animales tienen genuinamente una voz, para variar. ¿Cómo si no íbamos a garantizar nuestra Nueva Administración ante el mundo, si ven que restringimos la libertad de expresión como en los viejos tiempos, y encima no mucho después de haber anunciado que traíamos esa misma libertad de nuevo a Jidada? Tenemos unas elecciones cruciales por delante, camaradas, centrémonos en el premio final. No podemos distraernos con minucias como el ruido en internet. —El discurso de Mudidi, que acabó con el gato jadeando, fue recibido con sonoros aplausos.

HACIA LAS ELECCIONES DE LA NUEVA ADMINISTRACIÓN

Los invisibles criados entraron y dispusieron un suntuoso desayuno. El profeta doctor O. G. Moses se levantó para bendecir la comi-

da. Los camaradas la estaban atacando con ganas cuando una enorme bandada de aves tomó posesión del cielo. Se trataba, por supuesto, de Nueva Administración —el loro de Tuvy— y su enorme coro: tholukuthi un ejército de pájaros de toda clase y tamaño que parecían algo bíblico. Durante un momento surrealista, el aire vibró con el frenético cántico de Nueva Administración-Nueva Administración-Nueva Administración-Nueva Administración.

—Quién iba a imaginar, camaradas, que el coro avícola de Su Excelencia iba a aparecer en la BBC, que antes siquiera de empezar a gobernar y gobernar y seguir gobernando, el Salvador estaría encandilando al mundo entero a diestro y siniestro. —El vicepresidente señaló radiante hacia el cielo, después de que Nueva Administración y sus camaradas ya se hubieran marchado.

—Y no hace mucho fue, por supuesto, la Bufanda de la Nación —añadió el ministro de Internet, dirigiéndose a Tuvy, que sonreía encantado porque de verdad que disfrutaba de los cumplidos.

—Todo lo cual es buena prensa, sobre todo cuando necesitamos la implicación de Occidente para hacer despegar la economía —terció el ministro de Saqueo.

—Desde luego. Pero ¿por qué tardan tanto en implicarse esos occidentales? O sea, que el Viejo Caballo ya no está, estoy yo y estoy al mando, y no hago más que ir de aquí para allá diciéndoles que vengan a invertir: venid, que tengo toda clase de recursos y cualquier cosa que se os pueda ocurrir. Y nada, que no se dan de tortas para venir. Pero ¿qué es lo que quieren? ¿A qué están esperando? —preguntó Tuvy.

—Te entiendo, Su Excelencia. Y sé que estás trabajando mucho, vamos, que el Viejo Caballo no viajó en una década ni un cuarto de lo que tú has viajado en unos pocos meses. Pero por favor, no te desanimes. ¿No dicen que hay que cubrir y cubrir para que la hembra se quede preñada? Está haciendo un trabajo excelente llamando a las puertas, pronto dará sus frutos —aseguró el ministro de Asuntos sin alzar la vista de su móvil.

—Pues lo que parece, más que llamar a puertas, es que me estoy prostituyendo como una colasucia, y por lo menos una co-

lasucia lo tiene mejor porque saca algo de ello —replicó irritado Tuvy.

—Su Excelencia, señor. Si se me permite, deberíamos recordar que estamos aquí porque el Viejo Caballo rompió las relaciones con Occidente. Pero yo creo que es importante y que definitivamente está calando el mensaje de que no solo eres un animal muy diferente, sino que además estás comprometido con reanudar y reconstruir las relaciones. Tengo total confianza en que con un poco de paciencia veremos abrirse las puertas. —Elegía Mudidi habló con la voz de quien anda de puntillas en torno a un león hambriento.

—Pero ¿cuándo se van a abrir? Necesito que se abran y necesito que se abran ya, pero ya. No tengo tiempo. ¡Nadie tiene tiempo! —rugió el Salvador.

—Y se abrirán pronto, Su Excelencia. Solo, si se me permite, señor, mientras sigue cortejándolos, recuerde quiénes son esos occidentales. Es decir, unos payasos que con su dinero se creen con derecho a dictar cómo tenemos que vivir, comer, aparearnos, dormir, cagar, amar, adorar y morir —espetó el ministro de Propaganda, sonriendo ante su propia elección de palabras.

—De manera que, antes de que te digan nada, díselo tú. Diles, sin que te lo pidan, que realizarás reformas, reformas importantes, reformas-reformas y no solo reformas. Garantiza toda clase de derechos, sobre todo derechos de las hembras: a los occidentales les encantan las hembras. Permite la libertad de prensa. Di que sí a la unidad nacional, sí a ser tolerante con los desgraciados de la oposición y cosas así. Digan lo que digan, tú responde que sí a todo. Y por supuesto, promete incluso un nuevo gabinete después de las elecciones. Una vuelta auténtica y genuina a la democracia. Elecciones libres y justas. Prosperidad para todos. El fin de toda clase de violencia. Todo. Esas son las cosas con las que se corren los occidentales —opinó el ministro de Asuntos. En torno a la mesa se oyeron risitas.

—Y recuerda también, Su Excelencia, que estas próximas elecciones son cruciales. Hasta los palos y las piedras saben que los

occidentales no quieren arriesgarse en lo tocante a Jidada, y menos con el reciente cambio de gobierno. Les parece que las dinámicas no están muy claras, de manera que se andan con mucho ojo. Pero una vez que ganes las elecciones legítimamente, Su Excelencia, señor, te aseguro que van a acudir a ti a diestro y siniestro como un enjambre de moscones, tanto que no sabrás ni qué hacer con ellos. Y el año que viene, por estas fechas, nadie reconocerá esta Jidada, porque Jidada será grande, tan grande que le enseñaremos a ese babuino twittero lo que es Ser Grande Otra Vez. Pero por ahora, centrémonos en las elecciones. —El ministro de Propaganda se había quedado casi sin aliento de la emoción.

—Pero si ya hemos ganado las elecciones, camaradas, porque ¿acaso no somos nosotros los que decidimos el menú, reunimos los ingredientes, los preparamos y los cocinamos? ¿Acaso no hemos nombrado ya a la cocinera en jefe? Que además es la primera hembra cocinera en la historia de las elecciones de Jidada. ¿Y no somos nosotros los que certificamos el resultado? —terció el ministro de Cosas.

—Todo eso es cierto. Solo que tenemos que convencer a Jidada justo de lo contrario, es decir, de que estas son unas elecciones de la Nueva Administración, o sea, #libresjustascreíbles. Y lo más importante, de que la oposición tiene una posibilidad auténtica de ganar. Lo cual me temo que significa que Su Excelencia tiene que seguir trabajando a todo trapo para..., en fin, para vender la Nueva Administración —sugirió el ministro de Corrupción.

—Y Su Excelencia cumplirá con su cometido, camaradas, no lo dudéis. Porque ha demostrado ser un Salvador que sirve. Lo más difícil ya está hecho, esta es ya la última vuelta. Pero en las pocas semanas que quedan para las elecciones, necesitamos que todo el mundo se apriete el cinturón, porque como ya sabéis nuestros enemigos cuentan con que patinemos. —Las palabras de Judas Bondad Reza fueron recibidas con murmullos y asentimientos de aprobación.

La mención de los enemigos que había hecho el vicepresidente fue suficiente para espabilar a Tuvy. Porque era cierto. Era muy

cierto que incluso cuando estaba llevando a Jidada a la gloria, había bestias viles que no le deseaban más que el fracaso y la perdición; que sostenían que no sabía gobernar; que decían que no era un líder; que pregonaban la falsedad de que era también un tirano; que habían hecho la fea predicción de que pisotearía la democracia y haría buenos por comparación al Viejo Caballo y a la burra; que extendían la mentira de que no amaba a la nación, que no tenía ética, ni integridad, ni visión de futuro, ni honor, ni una sola cualidad; que lo tachaban de codicioso, vago, cruel, taimado. Le resultaba imposible, sobre todo con las miradas del mundo puestas en Jidada, hacer con esas bestias lo que le hubiera gustado, que era pisotearlas como la basura que eran. Pero les cerraría la boca, sí, tholukuthi que los dejaría sin palabras con su gloria. Deslumbraría al mundo. Triunfaría.

—A un león no le preocupan las opiniones de un pez, camaradas. Venceremos y seguiremos venciendo. Les daremos las elecciones que quieren ver y se las vamos a dar a manos llenas. Camaradas, ¡por la Nueva Administración! —exclamó Tuvy.

—¡¡¡Por la Nueva Administración!!!

PERO VOSOTROS HABÉIS SIDO CONSAGRADOS POR EL SANTO Y GOZÁIS DE UN CONOCIMIENTO PLENO

—Dios acaba de ordenarme que ofrezca una bendición, Su Excelencia. —El profeta doctor O. G. Moses abandonó su asiento y se alzó sobre las patas traseras. Los camaradas se apresuraron a levantarse y a agachar la cabeza—. Y, en su nombre, me honra profetizar que están a punto de pasar grandes cosas, cosas tremendas, camaradas. El espíritu de Dios, el Gran Pastor y Mediador, está a punto de descender sobre esta sala en este momento para ungir a Su Excelencia en el nombre de Jesús. Veo Su Luz, Su Unción, Su Poder, Su Gloria, todo ello desciende para bendecirte y elevarte y protegerte y empoderarte, Su Excelencia. Que recibas esas y todas las bendiciones que en este momento se derraman sobre

ti —declaró el profeta, antes de elevar la voz en una ferviente oración pronunciada en lenguas. Y cuando dijo «amén», los camaradas aplaudieron.

—Me alegra hacer saber a los camaradas que tanto yo como mis soldados vamos a votar por el Salvador. Y que Dios ordenará a toda Jidada que, como debe ser, voten por el Salvador. Y que ningún voto en contra del Salvador sea contabilizado. ¡Porque Dios ya se ha pronunciado sobre estas elecciones! ¡Ya se han ganado! ¡Aleluya!

—¡¡¡Amén!!! —tronaron los camaradas.

PROFETA DE UNAS ELECCIONES #LIBRESJUSTASCREÍBLES

Siendo así que el Salvador, en efecto, ya había ganado y por lo tanto no tenía absolutamente nada que perder, predicó el evangelio de elecciones #libresjustascreíbles incluso cuando parecía un ejercicio ridículo: tholukuthi que hacía tanto tiempo que no había visto suceder tal cosa en Jidada que era casi absurdo dejarse en eso la piel. Pero el caballo estaba decidido, porque todas las miradas estaban posadas sobre él y la Nueva Administración. Con la preparación de los brillantes jóvenes camaradas del Órgano de Poder, en poco tiempo podía de hecho hablar de elecciones #libresjustascreíbles con tal pasión que a veces llegaba a sonar como un comprometido miembro de la oposición. Y la oposición, tholukuthi una desgraciada oposición que en su mayor parte jamás habían sabido de la existencia de la libertad, que jamás habían sabido lo que era no ser hostigados por el Órgano de Poder, no ser marginados, no ser perseguidos, no ser torturados, encarcelados, secuestrados o incluso asesinados, se tragaron este atractivo e inesperado evangelio y se aferraron a él con ganas. ¿Cómo podía ser de otro modo? Tholukuthi cuando, por primera vez desde que les alcanzaba la memoria, se permitiría que observadores occidentales monitorizaran el proceso de las elecciones. Cuando celebraban mítines sin tener que solicitar y obtener una autorización del go-

bierno. Cuando esos mítines podían transcurrir en paz sin que llegaran los defensores para interrumpirlos y detener a los ponentes. Cuando podían prolongar esos mítines de la mañana a la tarde o hasta cuando les diera la gana, cuando en esos mítines podían decir sin temor todo lo que pensaban. Cuando podían vaticinar y declarar su victoria de antemano si querían. Pues sí, tholukuthi que la oposición paladeó, como una fruta prohibida, la dulzura de esta idea tan esperada de unas elecciones libres, justas y creíbles, tholukuthi que guardó esa dulzura en la boca, la saboreó, y cuando por fin se decidió a tragársela, le llenó el estómago con la tangible esperanza de una Jidada con un «da» y otro «da» verdaderamente libre por primera vez, una Jidada en la que era posible ganar la presidencia y gobernar.

SER EL CAMBIO

Hasta los palos y las piedras saben que no se puede predicar el cambio sin ser uno mismo la personificación del cambio y que ese cambio debe comenzar desde arriba y luego ir chorreando hacia el resto de las masas. Tuvy, por lo tanto, comprendía que, como presidente interino, como el Salvador de la Nación, tenía que incorporar personalmente esta Nueva Administración para convertirse en un convincente ejemplo para sus animales. Y efectivamente, se convirtió en un convincente ejemplo. El Salvador de la Nación había sido siempre madrugador, con el despertador programado para las 5:00. Pero en pro de la Nueva Administración, cambió su hora de paseo a las 4:59. Sí señor, tholukuthi que su alarma, por primera vez en casi cuatro décadas, sonaría a una hora distinta. E intercambió el sitio de dormir con su esposa, Matilda, de manera que ahora se despertaba en el lado derecho de la cama, y no en el lado izquierdo de la cama. Y aunque no había tocado un libro desde sus tiempos del colegio ni por casualidad, hizo instalar en su casa una biblioteca entera, a la vista de todo el mundo, y de vez en cuando se tomaba el tiempo de contar los li-

bros. Y aunque no le gustaba la idea de internet, por fin accedió a que se lo instalaran en el móvil y en esa cosa que tenía en su mesa, y muy de vez en cuando hacía que se lo abrieran para poder ver, seguir, monitorizar, vigilar lo que la nación hacía y decía. Y reemplazó las suelas de todos y cada uno de sus zapatos, de manera que cuando andaba podía decirse, literalmente, que daba nuevos pasos. Y dejó de utilizar frases como «no sé», «creo», «no estoy seguro», para utilizar sus contrarias: «sé perfectamente», «tengo la certeza», «estoy absolutamente seguro». Y se llevó la agradable sorpresa de descubrir que, de esta manera, resulta que sabía todo lo que había que saber sobre todas las cosas del universo, lo cual una vez más demostraba que las palabras son importantes. Y armado con esos cambios personales que le permitían ser la encarnación de una nueva forma de ser, una nueva forma de hacer las cosas, tholukuthi que el Salvador de la Nación se sentía preparado para llevar a Jidada a nuevas cumbres de gloria.

LA NUEVA JIDADA = ZONA LIBRE DE CORRUPCIÓN

Fue en aras de la Nueva Administración que Tuvy, con la Bufanda de la Nación en torno al cuello, se presentó ante un mitin en la plaza Jidada una mañana de sábado para hacer la gran declaración de que él y el Partido del Poder habían declarado la guerra a la corrupción, y no solo eso, sino que además iban a ganar esa guerra. Y cuando los animales oyeron esto, guardaron silencio, meneando despacio las colas, cavilando. No es que los ciudadanos no desearan un país libre de corrupción, sino que, en lo que se refería a Jidada con un «da» y otro «da», la corrupción era como uno de los «das»: sencillamente no podían imaginarse el país sin ella. Sí, tholukuthi que la respiraban, la comían, la bebían, dormían sobre ella... Estaba en cada aspecto de sus vidas, estaba metida en sus propias casas.

Tuvy notó la reticencia de la plaza Jidada en su bufanda, porque esa cosa era, como Jolijo había dicho, un sensor. Y efectiva-

mente la prenda le comunicó que, aunque los animales estaban dispuestos a escuchar, les estaba costando mucho ver la imagen que estaba pintando para ellos. Pero el Salvador no se desanimó. Les iba a abrir los ojos, como un buen líder, les haría cambiar de opinión.

—Mis compañeros jidadanos, ¿quién de entre vosotros ha pasado por un puesto de control de camino a este mitin? ¿A quién lo han parado sin motivo, a quién lo han multado injustamente, a quién lo han sobornado desde que la llegada de la Nueva Administración? —los retó Tuvy, mirándolos, esperando la única respuesta, el «no» que se oiría, porque no era una pregunta con múltiples opciones de respuesta. Y el «no» se oyó, sí señor, tholukuthi que el «no» se oyó adornado con el aplauso más eufórico, vítores cargados de alabanza, de alegría, de gratitud, porque aquella era la verdad, toda la verdad y nada más que la verdad.

Los puestos de control habían surgido como hongos por toda Jidada durante los últimos cinco años, ¿o habían sido ocho años?, ¿diez? —en fin, los últimos no se sabe cuántos años—, controles policiales en los que los defensores paraban a la mitad de los coches, hostigaban y aterrorizaban a los conductores buscando de todo, desde extintores de incendios y su emplazamiento correcto hasta ruedas de recambio, luces rotas, espejos ausentes, los triángulos esos de plástico rojo, licencias de radio, presión de neumáticos, el estado del cuentakilómetros, tholukuthi buscando si tenías las herramientas precisas para cambiar la rueda, los chalecos verdes fluorescentes, algún tornillo flojo, si la matrícula estaba bien fijada, si el coche llevaba el número aceptado de pasajeros. Sí señor, tholukuthi que los perros siempre encontraban algún fallo, puesto que cambiaban las leyes de tráfico allí mismo a su antojo, en sus cabezas y según los caprichos del meneo de sus rabos, decidían desplumar a los pobres conductores, que eran obligados a pagar en efectivo al momento, cosa que hacían en cada viaje y todos los días de todas las semanas de todos los meses de todos los años, un año detrás de otro, hasta que aquella mañana común y corriente que resultaría ser de todo menos común y corriente, los

jidadanos se metieron en sus coches y fueron a sus lugares de trabajo o adonde quiera que fueran notando que había algo raro, pero sin saber exactamente qué era tan raro, hasta que retrocedieron mentalmente sobre sus pasos y al final se dieron cuenta de lo que era tan raro, y es que tholukuthi por primera vez en años, habían recorrido las carreteras de Jidada plagadas de baches sin detenerse en un solo control policial. Fue tal la incredulidad que llegaron a meterse de nuevo en sus coches y a volver hasta sus casas solo para comprobarlo, y lo comprobaron, comprobaron que sí, que sí señor, tholukuthi que no había ni un solo policía defensor desplumándolos del dinero que tanto les costaba ganar, en nombre de la maldita dirección general de tráfico de Jidada.

Y cuando les recordaron esto, los animales contemplaron la idea de una Jidada libre de corrupción con otros ojos, porque si no solo habían eliminado la corrupción de las carreteras, sino que además la habían eliminado en un abrir y cerrar de ojos, ¿por qué no iba la Nueva Administración a eliminarla igualmente de todas partes, siendo así que por lo visto sabía dónde y cómo exactamente eliminarla?

—Y lo que es más, mis compañeros jidadanos. Vosotros y yo sabemos que el incordio de los controles policiales era casi lo de menos. Porque ¿qué es lo de más? Sí señor, adelante, decidlo; sabéis que os morís por decir qué era lo de más. Para daros una pista, lo hemos eliminado. Hemos eliminado también ese lo de más específico, igual que la corrupción, cuando lo último que todos pensabais era que pudiera ser eliminado porque hasta el sol le obedecía. ¿Os da eso una pista? ¿Os suena de algo? —preguntó Tuvy. La Bufanda de la Nación anunció un positivo cambio en el ambiente. Y no se equivocaba.

Los asistentes al mitin ya no pudieron contenerse. Las palabras del Salvador los habían catapultado a aquel día inolvidable, a aquel día dorado en que todo cambió, el día en que se alzó una Nueva Administración con la majestuosidad de un arco iris cuando menos se lo esperaban. Acicateados por el recuerdo del día de su reciente liberación, los animales danzaron y patearon la tierra

hasta hacerla temblar. Mugieron, maullaron, balaron, bramaron, graznaron, cacarearon, rebuznaron, relincharon, gruñeron, cloquearon, chillaron.

EL INCREÍBLE PODER DE LA PARAFERNALIA

Tuvy contempló aquella agitada masa de pelajes y plumajes con la colorida parafernalia del partido y se dejó llevar por la alegría de ver su cara en pechos y espaldas y cabezas de sus seguidores, tholukuthi en las magníficas tetas de las hembras, en sus sensuales caderas y traseros y barrigas. Era una tradición que había superado el paso del tiempo, que practicaban por todo el gran continente de África todo los Padres de la Nación que sabían gobernar, que entendían lo que era gobernar como es debido: tholukuthi que la cara de quien estaba al mando también tenía que estar en los cuerpos de los animales en mítines como este, así como en su vida cotidiana. Porque los animales por lo general votaban según la cara que llevaban en la ropa, según el nombre y los colores del partido que apareciera en los sacos de fertilizante, de maíz, de patatas, en los paquetes de azúcar y otras golosinas similares que recibían en donaciones preelectorales.

—Mis queridos jidadanos, me alegro de haberos refrescado la memoria, y os digo: «De nada». Espero haberos convencido adecuadamente de que vais a quedar libres de corrupción. Como ya he dicho, le hemos declarado la guerra. Si vencimos en una guerra tan enormísima, tan brutal como la Guerra de Liberación, entonces nada impedirá que la Nueva Administración gane esta guerrita insignificante, y por lo tanto liberaremos Jidada una vez más, ¿no es así?

Los animales, convencidos, convinieron con su nuevo presidente con el corazón y las tripas. Y si Jidada podía, en efecto, ganar la guerra contra la corrupción como decía el Salvador, entonces, bueno... ¿Qué demonios no podría hacer? ¿Adónde no llegarían con esta Nueva Administración? ¡Cualquier cosa era po-

sible! Prosperidad. Igualdad. Dignidad. Justicia. Libertad. Todo aquello que tanto habían anhelado, por lo que habían luchado, por lo que habían sufrido, rezado, llorado, por lo que habían visto a amigos y familiares cruzar fronteras, por lo que algunos incluso habían muerto. Sí señor, tholukuthi que la gloria era posible.

UN MENDIGO TÍMIDO TIENE EL CUENCO VACÍO

Solo que la Nueva Administración no podía suceder del todo sin el dinero de Occidente. Incluso con sus inconmensurables recursos naturales, a pesar de contarse entre algunos de los países más ricos del rico continente de África, Jidada con un «da» y otro «da» era todavía como un mendigo, una desgraciada ruina de país que apenas se sostenía sobre unos pies tambaleantes, tholukuthi necesitado de la caridad de los países que otrora y todavía la oprimían. De manera que Tuvy hizo lo que muchos Padres de la Nación del continente africano habían hecho y harían: fue a mendigar a Occidente.

Aunque nadie diría, observándolo en sus misiones, que era un presidente mendigo. El Salvador de la Nación se fue a mendigar, sí, pero por todo lo alto. Y por todo lo alto significaba un costoso jet privado y un gigantesco séquito de animales, tantos que podían haber formado dos equipos rivales de fútbol. Por todo lo alto significaba estar siempre volando, de manera que los que saben podrían decirte que era más probable encontrar al nuevo presidente de Jidada en el aire que en tierra, mientras que los que saben de verdad contaban que una vez se lo oyó decir —tholukuthi sus palabras exactas— que si Dios gobernaba un puto universo entero desde el aire, no había razón alguna por la cual él no pudiera gobernar un país con una superficie de unos meros 390 767 kilómetros cuadrados desde el mismo aire de vez en cuando.

El Salvador asistía a cumbres, conferencias, mítines, fórums y eventos similares con la confianza de un tejón de la miel, seguro de que la hora en Jidada eran las Nueva Administración en punto,

que el cambio había llegado al país y que el cambio lo había traído él. No había absolutamente ninguna razón para que Occidente no lo apoyara. En estos viajes mendicantes, armado con la certeza de que las palabras eran poder, con la Bufanda de la Nación en torno al cuello, Tuvy se despachó a gusto: Jidada está lista para hacer negocios, tan abierta como el tarro de miel de una hembra, decía. El que no meta la mano en la famosa cesta de África se verá obligado a meter la mano en un desierto yermo después de que la hayan metido otros, decía. Un inversor que no invierte en Jidada es como un jarrón sin flores, decía. Jidada es ahora mismo como un cacahuete, venid a abrirlo y descubrid las oportunidades que hay dentro, decía. No hay cola a las puertas de Jidada, ¿por qué esperar?, decía. Jidada es como una mano, y ninguna mano en esta tierra de Dios ha conseguido lavarse ella sola, decía.

Mientras tanto, en casa, los jidadanos contemplaban en los cielos de la nación los jets privados, que costaban más de lo que habría costado reparar algunas de las carreteras, enviar a algunos niños al colegio, comprar medicamentos para los deteriorados hospitales, aliviar la escasez de combustible. Contaban las veces que el Salvador volvía solo para marcharse otra vez y otra, para volar arriba y abajo una vez y otra con el maletín lleno de promesas de Occidente una vez y otra. Esperaban pacientes porque sabían que lo bueno se hace esperar, y lo que es más, el régimen del Viejo Caballo les había entrenado especialmente en el arte de esperar. Tholukuthi que eran excepcionales en ese arte, eran magníficos.

Retornada

CABRA SOLITARIA ARRASTRANDO UNA MALETA PÚRPURA RÍGIDA

Los que ven a la delgada cabra con su larga túnica blanca, una mochila negra a la espalda, tholukuthi arrastrando una enorme maleta púrpura rígida por la más larga carretera sin nombre, dejan lo que están haciendo y la observan con atención, como si siempre hubieran sabido que vendría y, por lo tanto, llevaran días esperándola. Ya han reconocido —porque se han hecho expertos en ello— el característico paso de un exiliado que acaba de volver: como si le recordara a la tierra que ya la había hollado antes. Sí, tholukuthi que es una hija de la tierra y no una extraña. Reconocen también, por su paso, por su postura, que cualesquiera que fueran las razones por las que esta retornada atravesó fronteras, eran razones dolorosas, todavía más pesadas que su equipaje.

Pero aunque se han hecho expertos en retornados, los residentes de Lozikeyi no pueden saber todo lo que hay que saber. No tienen ni idea, por ejemplo, mientras siguen atentos el cauteloso avance de la cabra, que cuando aterrizó en el Aeropuerto Regional de Jidada tan solo unas horas antes, al principio no había sabido cómo moverse en la misma tierra que en otro tiempo juró no volver a pisar, cómo respirar el mismo aire que otrora aborreció, porque volver es una cosa y llegar es otra. No saben que una vez fuera del aeropuerto se había parado a la sombra de una celinda, cerca del punto donde había estado la estatua del Viejo Caballo, y lloró.

No tienen ni idea de que aguardó hasta que el aeropuerto quedó vacío y pareció que solo quedaba ella como la última y solitaria superviviente de un apocalipsis. Sí, tholukuthi que allí, bajo la celinda que no veía hacía años porque no crecía en la tierra extranjera donde había buscado refugio, bajo ese árbol con su fruto del tamaño de una canica, amarillo, incomestible, que apestaba bajo el sol inclemente, bajo ese árbol cuyas ramas, donde bullían verdaderos ejércitos de hormigas, se extendían y se alzaban hacia la cara de Dios, sí, tholukuthi que allí se quedó llorando con su equipaje. Hasta que por fin un trabajador reconoció en la trágica postura de la cabra, en el sonido de su desgarrado llanto, el específico lamento de un retornado roto por su país de cosas rotas, y fue hacia ella y con cuidado, con mucho mucho cuidado, con el cuidado con el que podría estar desactivando una bomba, cogió su maleta por el asa y la dejó sobre la tierra roja, y a continuación cogió la mochila y la dejó también en el suelo y luego, con cuidado, con mucho cuidado, con tal cuidado que la cabra casi no lo notó, la tomó en sus brazos y la estrechó hasta que ella por fin terminó de vaciar el torrente del retorno.

Ahora, un par de horas más tarde, la retornada recorre la carretera sin nombre llena de baches y nota las miradas escrutadoras de los animales que la observan desde la calle, desde sus patios, desde detrás de las cortinas, desde los coches parados, desde debajo de las sombrillas, desde detrás de las esquinas. Se pregunta si no debería haber usado tal vez un taxi privado, idea que había desechado porque quería tomarse su tiempo para llegar al gueto de Lozikeyi, donde creció, donde todavía vive su madre, y que además resulta que lleva en el nombre, porque Lozikeyi es el segundo nombre de la cabra, tholukuthi tanto la cabra como el barrio nombrados en honor a la reina ndebele de la Jidada suroccidental de los días precoloniales. E hiciste bien, tú, la hija perdida de Simiso Khumalo, porque el transporte público te ha otorgado el tiempo extra que necesitabas para prepararte, para hacer acopio de fuerzas, porque a pesar de haber tenido se-

manas, a pesar de que el viaje ha sido muy largo, el tiempo no había sido suficiente para dar con la forma de mostrar la cara a una madre a la que no has visto, con la que no has hablado, en toda una década.

LOZIKEYI: RETRATO DE UN GUETO

Es un alivio que la dejen caminar en paz porque, piensa con razón, lleva fuera tanto tiempo que es probable que nadie la reconozca de inmediato. Pero el propio barrio se niega a ser un observador pasivo de este retorno. Y así, Lozikeyi se eleva en toda su altura, se echa el chal más atrevido sobre sus hombros anchos, para que esta retornada pueda apreciar toda su gloria, por si acaso el exilio, que es sabido que a veces embruja los recuerdos de sus hijos, la ha hecho olvidar. Lozikeyi se agita en tal estrépito que a la cabra le zumba la cabeza: tholukuthi la música compite desde radios y altavoces a todo volumen; una algarabía de voces se alza, se apaga, se vuelve a alzar; los coches tartamudean, rugen, gruñen y levantan polvo; los cánticos y gritos de los niños que juegan pintan el aire del color de su desatada alegría; el grito de júbilo de una hembra adulta; los berridos de vendedores que vocean sus mercancías; un avión que vuela bajo; desde los setos, una caótica orquesta de cigarras, abejas, grillos, langostas y saltamontes; cantos de pájaros. Entonces Lozikeyi se lanza, se endereza el chal, y el aire se carga de los aromas de la comida que se prepara para el almuerzo; de vez en cuando una vaharada de hierbas y cigarrillos; luego el olor de guayabas y melocotones maduros, la fragancia de las gardenias, el penetrante tufo de detritos quemados; la tos rancia del tubo de escape de un coche. Y, por supuesto, Lozikeyi jamás dejaría pasar la ocasión de exhibir a sus florecientes hijas, que se pavonean en la gloria incipiente de su juventud. Alzadas sobre los cuartos traseros con las espaldas bien rectas bajo el sol, su belleza es una llamada a la oración de toda clase de admiradores apostados por todo el arra-

bal para gozar de un esplendor tan potente que permanece con ellos todo el día y acecha sus sueños. Sí, tholukuthi que les deja un regusto devastador en la boca, de tal manera que despiertan desorientados y por completo desmadejados. Luego, más cuerpos de vendedores sentados por las esquinas con sus mercancías; los clientes que van y vienen y vienen y van; los cuerpos ágiles de los niños que persiguen pelotas, que vuelan cometas, que montan en bicicleta, que juegan a toda clase de juegos de un lado a otro en el enorme patio que es la calle. Y la cabra, viendo Lozikeyi como Lozikeyi insiste en ser vista, serpentea con su maleta por todo el bullicio, a través de un ardiente infierno que fríe y ablanda los parches de asfalto en la carretera y de paso le achicharra también la frente, y siente que eso que lleva diez años agazapado en su interior, por fin, se endereza y se levanta.

THOLUKUTHI LA CASA DE SU MADRE

La verja, cuando llega a casa de su madre, está cerrada. La cabra, perpleja, sacude el grueso candado sobre el cual está pintado el número de la casa: 636. La propia verja de hierro forjado es una novedad que no estaba ahí cuando ella se marchó, hace ya tantos años, y también lo es la blanca pared de Durawall que ahora rodea toda la casa. Lo que se le viene a la mente contemplando estos cambios le provoca un momento de pánico: su madre ya no vive allí, la casa ha cambiado de dueño. Pero ¿cómo? Está mirando la verja cerrada, sin saber qué hacer, sin saber adónde ir, cuando de pronto resuena en el aire el tumulto terrible de cantos de aves. Justo cuando la cabra se queda petrificada, estupefacta ante un ruido que no se parece a nada que haya oído antes, una enorme bandada de pájaros de todos los colores oscurece por un momento el cielo de Lozikeyi. En este punto, la cabra ha entendido su extraño cántico de Nueva Administración-Nueva Administración-Nueva Administración, tholukuthi que su caótico eco sigue flotando en el aire mucho después de que aquella flota se hubiera marchado.

La cabra se queda preguntándose si lo que ha visto y oído es de verdad lo que ha visto y oído.

—Es el coro de Nueva Administración. Nueva Administración es el nuevo loro del presidente. Están cantando la canción *Nueva Administración.* Mis amigos y yo nos sabemos el baile de la Nueva Administración. ¿Quieres que te lo enseñemos? ¿Vienes de muy lejos?

La cabra baja la vista hacia una gatita que la mira, sin aliento después de su batería de preguntas. La pequeñaja va descalza y tan fantásticamente sucia que ya no es posible adivinar los colores de su vestido, cuyos lados están convenientemente remetidos en las aperturas de las perneras de sus pantalones. Allí cerca acechan sus amigos, igualmente llamativos en su suciedad. La cabra sonríe, recordando, viendo ahora en su mente un destello de su propia juventud en aquellas mismas calles polvorientas muchos muchos años atrás.

La gatita, después de haber estudiado con atención la apariencia de la recién llegada, lo cual seguramente le ha hecho tímidamente consciente de su propia apariencia, ha rescatado los lados de su vestido y hace inútiles intentos por sacudirle la mugre.

—Hola, ¿cómo te llamas? —La cabra sonríe.

—¡Gloria! ¡Gloria! ¡Wena! ¿No te he dicho hace un siglo que te bañes y que laves ese vestido mugriento angutshelanga?

Esta nueva voz proviene de la siguiente casa, donde una gata vieja y flaca, con un vaporoso vestido amarillo y cuentas de colores en torno al cuello y las muñecas, contempla la escena desde la entrada, sin inmutarse, una pata en jarras, la otra apoyada en un bastón. Es como si se dirigiera a la recién llegada y no a la mencionada Gloria, porque tiene los ojos clavados en la cabra. Sí, tholukuthi que escudriña a la desconocida sin disimulo, con ese descaro que tienen los viejos porque ya están en una etapa de la vida en la entienden que muchas cosas, la cortesía incluida, son una pérdida de tiempo. Y no se equivoca, porque por lo visto se evita la innecesaria faena de esperar a averiguar quién es esta joven desconocida que hay en la puerta de su vecina y qué quiere, porque la cabra sencillamente se acerca sin que se lo pidan.

EL HOGAR NO ES DONDE VIVIMOS, EL HOGAR ES A DONDE PERTENECEMOS

—Saludos, abuela, ¿cómo estás? —comienza la cabra.

—Saludos, niña. Y me llamo Duquesa. Estoy bien si tú estás bien. —Duquesa clava en la cabra unos ojos entornados e inteligentes. Está impresionada porque, a diferencia de los miserables jóvenes de hoy en día, que bombardean sin pudor a preguntas sin saludar como es debido, tholukuthi que aquí hay una a la que por lo visto educaron bien.

—Yo también estoy bien, muchas gracias. ¿Y cómo están los otros? —A diferencia de la casa de su madre, la de la gata no está rodeada ni de pared ni de verja. A la cabra le sorprende la vorágine de vida vegetal. Todo el patio es al parecer un caos de árboles, arbustos, verduras y flores de todos los colores, y la casa de ladrillo rojo está cubierta casi entera por una alfombra de trepadoras. No se parece en nada a lo que era cuando se marchó, cuando vivía allí su vecina, Sis Jo.

—Los otros están bien. ¿Está bien el lugar de donde vienes? —La voz de Duquesa saca a la cabra de su fijación con el jardín.

—Estaba bien cuando me marché, gracias. No sé si por casualidad podría usted ayudarme. Me llamo…

—¡Ah, ah, ah, ah, ah! Pero ¿tú no eres Destino? ¡Sí! ¡Sí que lo eres! ¡La hermana perdida de Simiso, dadwethu kababa! Aunque jamás te había visto, niña, te conozco por esa cara redonda de Simiso, ¡ah, ah, ah, ah, ah! Y esas orejas son de Simiso, y esos dientes tan rectos, Simiso, y la sonrisa y hasta la voz, de Simiso. Es como si se hubiera dado a luz a sí misma, dadwethu kababa, ah, yeyi, ¡déjame que te vea bien! —La gata se acerca sobre dos patas a la cabra, que ahora se ha puesto a cuatro patas para que la anciana pueda verla bien.

A Destino le conmueve de tal manera la alegría de la vieja que parpadea para contener unas lágrimas inesperadas. Ahora que está muy cerca, ve por los adornos de la gata, por el bastón cubierto de arriba abajo por cuentas de colores, que lo que tiene delante es a

una médium espiritual, una adivina. La gata la rodea una y otra vez en silencio hasta asegurarse de que sí, de que el animal es de carne y hueso y no una especie de aparición.

—Ye Lozikeyi! ¡Venid todos y ayudad a mis ojos a ver esto! ¡Eh, todos! ¡Lozikeyi! ¡Venid a ayudar a mis ojos a ver esto! —chilla de pronto la gata a voz en cuello, la cabeza echada hacia atrás, el rostro arrebolado con palpable alegría—. Yelina, ven a ayudarme a ver. Lozikeeeeeeeeeeeeyi bo! —Ahora la voz de la gata es todo poder y dolor y oración a la vez, tholukuthi una voz que se alza sobre todos los ruidos del bloque. La cabra comprende, por la dramática bienvenida, el peso absoluto del tiempo que ha estado fuera y, de manera similar, la gravedad de su retorno.

DE LA LENGUA, LA MEMORIA Y LAS COSAS

—¿Seguro que ya has tenido bastante umxhanxa, Destino? ¿Por qué no te lo terminas, nje? Phela lo hemos hecho para ti y la verdad es que no queda mucho. Acábatelo, anda —apremia una vaca cuyo rostro le resulta familiar, pero cuyo nombre, por más que lo intente, Destino no logra recordar.

Antes de que la cabra pueda protestar, le apilan en el plato el último cucharón de comida. Por el cariño y el entusiasmo de la vaca, por su solicitud, por el modo en que trajina en torno a la cocina de Duquesa y por cómo se ha hecho en general cargo de todo, decretando qué comida comer y cuánta y cuándo, Destino deduce que seguramente tienen una historia en común, ya sea directamente o a través de su madre. Solo que esa historia ahora se niega a levantarse del desconocido lugar al que van a dormir las historias. No es la primera cara cuyo nombre ignora y sabe que no será la última, que los días y semanas venideras van a estar llenas de tales caras del pasado, familiares pero desconocidas. Tholukuthi el pasado. Y así es como tiene que ser, Destino, ah-ah, ¿no sabías que este era el precio del exilio? El precio del retorno. Pero lo que tienes que hacer es perdonarte a ti misma: al fin y al cabo, esto le

podía haber pasado a cualquiera. ¿Y qué clase de memoria mágica sería la tuya si te acordaras de todas esas caras y todos esos nombres después de tantos años? No, no eres un ordenador. De manera que di tan solo: «Perdona, ha pasado mucho tiempo y me falla la memoria, ¿podrías por favor recordarme tu nombre?», y te lo recordarán, sin ni siquiera juzgarte, ya lo verás.

Destino no pregunta, no, temerosa de provocar a su vez otras preguntas, tholukuthi preguntas que no puede responder o no está preparada para responder. Así que se limita a sonreírles a los evasivos rostros desconocidos del pasado con el apropiado nivel de entusiasmo, y si no, encuentra refugio en los platos de comida que le llevan como ofrendas. Si le diera por escuchar a su estómago, habría dejado de comer hace rato, pero claro, esto no es una cuestión del estómago, ni mucho menos.

Y no lo es, Destino. Estás comiendo también por otras cosas. Estás comiendo por el tiempo que estuviste fuera, ¿no? Por las caras que has olvidado, ¿no? Por las llamadas que no hiciste, ¿no? Por las cartas que no escribiste, ¿no? Por el dolor que has llevado encima, ¿no? Por el remordimiento que has llevado a cuestas, ¿no? Por la rabia, ¿no? Por la tristeza, ¿no? Por la pérdida y la soledad que has soportado, ¿no? Tholukuthi que también estás comiendo, Destino, para dilucidar, por el gusto y la textura y el olor de la comida, por cómo se desliza por la garganta hasta la tripa, si es posible, si es siquiera posible marcharse de verdad de casa, o sea, toda tú, marcharte-marcharte, o si tal vez una parte, una parte pequeñita, una parte diminuta de ti está siempre ahí esperando, para que cuando el resto de ti regrese quede algo a lo que anclarte de nuevo.

UNA CUESTIÓN DE DEBER

—Y dime, hija de mi hermana, ¿cómo están las cosas en...? Kanje, ¿dónde era que estabas viviendo? —Es la tía MaKhumalo, pariente solo por virtud de un apellido compartido y una más de la multitud de parientes falsos de Simiso, tholukuthi un efecto secunda-

rio de ser hija única sin familia. Destino, ya agotada por la energía de la vaca, compone la expresión de una sobrina mucho tiempo desaparecida y sonríe mirando a la gallina, que se ha acoplado junto a una pared.

—Están bien, tía, gracias. —Destino es muy consciente de que la han ido empujando hasta un delicado territorio en el que, si no se anda con cuidado, acabará siendo tendencia en los mentideros de Lozikeyi antes del amanecer. De manera que ignora el silencio que se produce, porque sabe perfectamente que ese silencio es también una trampa para impulsarla a llenarlo con detalles de su vida.

—Bueno, si están bien allí de dondequiera que vengas, entonces todo está bien y Dios es bueno —dice por fin la tía MaKhumalo.

—Constantemente —replica sarcástica NaDumi, una burra vecina, con una sonrisa que es toda dientes.

—Dime, hija de mi hermana, ¿dejaste a los jóvenes atrás o qué? —inquiere la tía MaKhumalo. Se está atusando las plumas y su voz surge apagada de debajo del ala, donde ha metido la cabeza.

—¿Los jóvenes? —Destino frunce el ceño. La vaca la mira a los ojos, se encoge de hombros y lleva una pila de platos al fregadero.

—Se refiere a los nietos de Simiso, tus hijos phela —aclara NaDumi.

—Ah. No, no. No tengo hijos —ríe Destino.

—¿Que no tienes hijos? —exclama la tía MaKhumalo con una exagerada expresión de horror.

—No —contesta Destino, sacudiendo los cuernos.

—¿Ni siquiera uno ngtsho-ngtsho? —porfía NaDumi, con el ceño fruncido.

Destino piensa: «¿Qué diablos…?». Pero se limita a responder:

—No, ni uno.

—A lo mejor están de camino. Todavía tienes un poco de tiempo. —La tía MaKhumalo ha dejado de atusarse, con el ala curvada y suspendida en el aire.

—Probablemente no haya ninguno en camino —insiste Destino.

—¡Un momento, un momento! ¿Quieres decir que no vas a tener hijos, ninguno? —pregunta NaDumi.

—Quiero decir que no voy a tener hijos.

—Pero ¿por qué, Destino Khumalo? —La tía MaKhumalo no disimula su decepción. Ha abandonado su puesto para volar al asiento junto a NaDumi, donde ahora se ha sentado como si estuviera incubando huevos.

—Pues es que nunca los he deseado. La maternidad no es para mí. —Destino se cuida de no mostrar su irritación en la voz. Le está molestando la conversación y le gustaría ponerle fin.

Pero ¿de verdad te extraña, Destino? ¿A ti, que te criaste en esta misma Lozikeyi? Lozikeyi, donde los asuntos de una son los asuntos de todos. Donde tus mayores tienen derecho a decirte cómo vivir tu vida y están seguros de tener razón. Donde ni siquiera conocías las palabras que expresaran espacio propio, libertad. Límites. Lo cual es cierto: le extraña, pero no le extraña. Le extraña porque, en cierto modo, los años que ha estado fuera la han hecho olvidar. Le extraña que las cosas sigan igual. Las ancianas siguen mirándola como si hubiera hablado a través de los cuernos.

—Ay, cariño, permíteme que te diga que desde luego que quieres hijos, lo que pasa es que todavía no lo sabes. Además, ¿qué clase de hembra no quiere hijos, cuando Dios nos ha dado úteros? Es que no es normal. —La tía MaKhumalo baja la voz como si estuviera impartiendo una sabiduría secreta dirigida únicamente a los oídos de la cabra.

—Y si no los quieres ahora, a lo mejor decides, cuando lleguen, que sí que los querías. Ya verás que es algo tan natural como respirar, y te alegrarás. —NaDumi se ríe satisfecha.

—Bueno, Testiga, mi hija pequeña, acuérdate de que jugabais juntas y robabais fruta por todo este barrio, pues ahora está esperando el último, ahora mismito. Ahora la llaman NaDecisión, después de su primogénito, Decisión, que está en bachillerato. Después de Decisión viene Masbendiciones, que estudia sexto, y luego está Denzel, en tercero. —La tía MaKhumalo apenas puede disimular un orgullo que dice que sus niños son su patrimonio.

—¿Denzel? ¿Me estás diciendo que ese es el nombre que se le dio a Didiza, MaKhumalo? —pregunta NaDumi.

—Sí, ¿kanti no lo sabías, NaDumi? Didiza es Denzel.

—Pero ¿qué demonios es un Denzel, MaKhumalo? ¿Es que os quedasteis sin nombres para maldecir a esa pobre criatura con un nombre que ni siquiera significa nada?

—Chica, ¿y a mí me lo preguntas? Pregúntale a Testiga cuando la veas. Pero en fin, Destino, que te sorprenderás cuando veas que un hijo te cambia la vida. Te prometo que te convertirás en un ser totalmente distinto —asegura la tía MaKhumalo. Se interrumpe para saludar a una gallina que entra anadeando en la cocina, vestida tholukuthi toda de negro.

—¡MaKhumalo! ¡NaDumi! Pero ¿es que estáis locas? ¡Dejad en paz a esa niña! —las reprende la gallina.

—¿De qué estás hablando, camarada Nuncafalla Nzinga? —saltan al unísono MaKhumalo y NaDumi.

—Pero ¿es que no os da vergüenza, con lo viejas que sois? ¡Os estamos oyendo todos desde el salón atosigarla con vuestras tonterías! Y tú, Destino, ¿no sabes decir a la gente que se ocupe de sus propios asuntos mani? ¿Es que Simiso no te ha enseñado nada? —La gallina reprende en igual medida a Destino.

Y Destino, que de hecho se moría por decirles a las dos viejas que dejaran de meter las narices en sus asuntos, esboza una sonrisa agradecida. Solo que no puedes hacer eso, Destino, no puedes decirles a tus mayores que se ocupen de sus propios asuntos, por mucho que se lo merezcan, precisamente porque son tus mayores. Porque en Jidada eso no se hace. Desearía poder hacerlo; ah, si pudiera hacerlo. Si pudiera.

—Es que, vamos a ver, ¿quién dice que tiene que casarse y tener hijos? Phela Destino, esta burra y esta gallina son las mismas hembras que, cuando algunas nos unimos a la lucha por la liberación de Jidada, no hicieron más que juzgarnos. Andaban por ahí predicando que nuestra responsabilidad era quedarnos en casa y concebir, que era muy poco femenino llevar armas. Igual que algunos de nuestros camaradas machos en el frente, que se creían que estábamos ahí solo para servirles de esposas y colasucias y cuidadoras en general. Pero ¿acaso no luchamos junto a ellos y por las

mismas razones? ¿Acaso no liberamos Jidada juntos, aunque hoy este desgraciado y desagradecido Órgano de Poder nos quiera hacer creer que Jidada fue liberada a base de testículos? Y en segundo lugar, okwesibili, por si no te lo han dicho, Destino, tu vida es tuya, a menos que tengas por ahí otra vida en la que por fin puedas tomar tus propias decisiones, ¿me oyes? —A la gallina se le ha puesto la cresta blanca y todas las plumas despeluchadas.

—Sí, te oigo, camarada Nuncafalla Nzinga —contesta Destino, consciente de que el nombre que siempre pronunció sin esfuerzo durante su infancia ahora suena absurdo en su lengua adulta. Pero no conoce ningún otro nombre para la gallina, que jamás abandonó su nombre de guerra, ni aun cuando terminó la Guerra de Liberación de Jidada. «Porque puede que la guerra haya terminado, pero yo sigo siendo una soldado. No me van a reconocer ni me van a enterrar en su plaza de la Liberación, pero mientras me quede aliento en los pulmones, mi nombre os seguirá recordando que yo liberé este país y que no fallé nunca», había dicho una vez la camarada Nuncafalla Nzinga, muchos muchos años atrás, cuando Destino le preguntó curiosa por su extraño nombre. Tholukuthi que los que de verdad sabían contaban que el nombre se lo habían puesto sus camaradas en el frente por ser una tiradora sin rival.

—Hawu, camarada Nuncafalla Nzinga, ¿kanti estamos luchando ahora? No sabía que estuviéramos en guerra. Aquí MaKhumalo y yo solo estábamos hablando con la niña. Destino, por favor, acepta nuestras disculpas. Por lo visto, no deberíamos haber mantenido esta conversación, por más que sea una conversación de lo más natural —se disculpa NaDumi, pidiendo unas disculpas que no son disculpas.

RETRATO DEL AMOR DE UNA MADRE

—Pero ¿de verdad eres tú, Destino? —pregunta NaAmor, clavando en Destino, y no por primera vez, una mirada de incredulidad. NaAmor, una de las amigas íntimas de Simiso de cuando Destino era

pequeña, lleva, a pesar de la hora del día, una bata negra con lunares de colorines. Destino está impactada ante aquella prenda: le resulta tan familiar que casi desea saludarla, preguntarle cómo le ha ido. En un tiempo muy lejano, casi veinte años atrás, cuando Amor, la hija de NaAmor, que se acababa de mudar a Toronto —una de las primeras del barrio en migrar a Norteamérica—, le envió la bata a su madre, NaAmor llegó a organizar una merienda para presumir de ella ante sus amigos y enemigos. Destino está casi segura de que la última vez que vio a la burra, cuandoquiera que hubiera sido, llevaba puesta esa misma cosa. Y ahora, una década después, NaAmor y su bata de lunares de colores no parecen haber envejecido ni un día.

—Soy yo, tía. La misma que viste y calza —responde Destino, y no por primera vez.

—Sí, ya sé que eres tú, te estoy viendo. Pero es que a la vez no me puedo creer que seas tú-tú, o sea, tú misma. —NaAmor entrechoca juguetona la cabeza con la de Destino.

—Ya, pues ya te lo puedes creer, dadwethu kababa, ahí están los antepasados, y los antepasados son reales y los antepasados son misericordiosos y los antepasados son estupendos —tercia Duquesa, dando golpecitos en el suelo con el bastón.

—Y Dios, no nos olvidemos del Ser Supremo —añade Madre de Dios, que no pude soportar oír que alaban a los muertos por encima de su Dios viviente.

—Ay, pero si estuviera aquí tu madre, si tan solo Simiso estuviera aquí... —NaDumi sacude la cabeza.

Al oír mencionar a su madre, Destino vuelve a sentir el peso que anteriormente amenazó con engullirla, cuando Duquesa la llamó a su dormitorio mientras se preparaba la comida. Allí encontró una hilera de ancianas de expresión sombría, sentadas en ordenada fila al borde de la cama, como si estuvieran en un velatorio, obviamente aguardando para dirigirse a ella. Destino vaciló, sin saber si arrodillarse en el suelo o sentarse en la silla vacía junto a la puerta. Duquesa señaló la silla.

—En fin, hemos pensado, querida hija, que más vale afrontar la pregunta que sin duda pesará sobre ti desde que llegaste y viste

esa verja cerrada —comenzó Duquesa, señalando con la barbilla. A Destino, inquieta por la súbita gravedad del tono de la gata, por la seria actitud de todos los rostros, la asaltó un pensamiento que le llenó la cabeza de niebla, y no pudo contener las lágrimas. Y las ancianas, sabiendo lo que sabían sobre el peso de los retornos, no hicieron ademán de consolar a la cabra. El pensamiento que había hecho llorar a Destino era que su madre había muerto, o algo peor, aunque no se le ocurría qué podía ser peor que la muerte.

—Pero Simiso se pondría muy contenta de verte, Destino. No sabes cómo necesitaba este milagro —dijo la camarada Nuncafalla Nzinga.

—Por favor, camarada Nuncafalla Nzinga, ¿dónde está mi madre?

—Esa no es una pregunta fácil, niña, de manera que no te podemos dar una contestación directa. —La camarada Nuncafalla Nzinga pasó su peso de un lado a otro en un gesto que indicaba que había mucho que decir, pero no una forma sencilla de decirlo.

Allí, tholukuthi sentadas en la cama, cubierta con un edredón blanco que había sido el último grito en Lozikeyi en los primeros dos años del siglo XXI, las ancianas se turnaron para contarle a la hija retornada de su hermana-amiga cómo había sufrido Simiso por la súbita desaparición de su única hija hacía casi una década. Contaron que eso la arrojó a una honda y densa oscuridad en la que seguía hundida muchos años después. Que, en los mejores días de esa oscuridad, Simiso rondaba por la ciudad como un fantasma intranquilo, llamando a las puertas. Y que cuando no estaba llamando a las puertas, andaba parando a los animales por las calles, abordándolos en tiendas, en iglesias, en bares, en funerales, en bodas, en mítines… allá donde los animales se congregaran. Que sacaba una desvaída fotografía de ella con su hija desaparecida y decía: «Mi nombre es Simiso Khumalo y estoy buscando a mi hija desaparecida, Destino Lozikeyi Khumalo, ¿la has visto? Necesito encontrarla. Sin ella no puedo respirar, sin ella voy a perder la cabeza». Y que Simiso logró, de alguna manera, seguir res-

pirando todos esos años, pero por desgracia no pudo mantener la cabeza en su sitio. Y que en los días malos deambulaba por todo Lozikeyi cantando, llorando, riendo, chillando, dependiendo de la forma de la locura del momento. Y que a veces se ponía a hurgar en todos y cada uno de los contenedores que encontraba, rebuscando a Destino en la basura. Y que desaparecía, primero unos días, luego semanas, meses... para vagar a pie por toda Jidada, lloviera o hiciera sol, buscando, y que solo volvía cuando a su frágil mente le daba por recordarle quién era.

THOLUKUTHI FE

—Sí, es muy doloroso que Simiso no esté aquí el día de tu retorno, Destino, pero no pongas esa cara tan triste, hija querida, tengo un presentimiento. Tampoco deberías perder la esperanza. Ten fe —dice Madre de Dios. Se produce un momentáneo silencio en el salón de Duquesa, un ambiente sombrío, porque por mucha comida que se haya comido, por muy buena que estuviera, por mucho que el barrio se hubiera puesto en marcha sin aviso previo para ofrecer a la retornada una espontánea bienvenida, por muchas risas, por muchas historias, todas saben que nada de eso basta para endulzar el gusto amargo de la ausencia de Simiso.

—Sí, Madre de Dios —contesta Destino valientemente, ahora algo tímida por las miradas de compasión que recibe, esforzándose por invocar una esperanza que no concuerda con la desesperación en su corazón. Por primera vez desde la reunión, la cabra se siente cansada, abrumada de pronto por tanta atención. Desearía poder levantarse y retirarse a la casa de su madre y procesar la situación en soledad.

—¿Sabes? No hace mucho, en la iglesia, y Duquesa es testigo, Destino, porque estaba allí, nuestro profeta estaba profetizando algo como que la gloria que alcanzará Jidada será tan espectacular que los hijos perdidos volverán —prosigue Madre de Dios.

—Y aquí está una de ellos —apunta NaAmor.

—Aquí está una de ellos, gloria al Señor, cuyos designios son inescrutables —dice la señora Phiri, levantándose de su rincón junto a la puerta para salir.

La señora Phiri había sido profesora de Destino en primaria en Langeni y, aunque obtenía excelentes resultados, era temida hasta por el más aplicado de los estudiantes debido a su legendaria crueldad. De manera que todos en el colegio, incluidos sus colegas, la llamaban la Tirana. Tholukuthi que si no estaba lanzando insultos mortíferos, estaba apaleando a los estudiantes con cinturones, porras, látigos, palos, reglas, bastones, tuberías, paraguas y cualquier cosa que tuviera a mano, y cuando no estaba pegándoles, los alzaba por los aires de la orejas o los obligaba a morderse los unos a los otros o enviaba a toda la clase a correr alrededor del colegio dependiendo de la temperatura de su ira en un momento dado. Ahora, tantos años después, a Destino le parece increíble que la voz de la señora Phiri aún conserve la capacidad de encogerle el estómago.

—¿Es cierto, Madre de Dios, que el Salvador de la Nación acudió de verdad a tu iglesia? —pregunta NaDumi.

—Desde luego, NaDumi, allí estaba, hablando de la Nueva Administración, ¿kanti no te mandé por WhatsApp las fotos y el vídeo de nuestro grupo de la iglesia el otro día? Los que creen que saben ya pueden decir todo lo que creen saber, pero Jidada va a la tierra prometida, y el Salvador nos va a guiar. Además, NaDumi, deberías haberlo visto. El caballo rezuma bondad y humildad nje, es un maravilloso ejemplo de liderazgo. Y lo más importante, no imaginas cómo respeta al que gobierna desde lo alto —remató Madre de Dios, señalando hacia Dios.

—Bueno, no sé, Madre de Dios, pero yo no veo que vaya a producirse ningún cambio con Tuvy o su partido corrupto e incompetente, puesto que durante cuatro décadas lo que han demostrado es que lo único que se les da bien es la ruina, la violencia y el pillaje, básicamente cualquier cosa menos un buen gobierno. ¿Cómo es que ahora de pronto son salvadores? Sobre todo cuando están cortados por el mismo patrón que el Viejo Caballo —replica la vaca que se había puesto a cargo de que Destino comiera.

—Y esa es la verdad, señora Fengu. Y esa es exactamente la razón por la que ahora vamos a votar por un cambio auténtico en las elecciones. Y cuando tengamos a la oposición en el poder, entonces podremos decir que tenemos a un auténtico salvador —apunta la señora Phiri, retomando su asiento.

Cuando Destino oye a la Tirana llamar a la vaca «señora Fengu», se fija en ella. ¿La recuerdas ahora, Destino? Tú conoces esa cara, ¿verdad? Reconoce esa cara, recuerda que la vaca y su marido, el doctor Futuro Fengu, habían vuelto del Reino Unido, donde habían estudiado, un par de años antes de que ella se marchara. Pero el tiempo y Jidada han apagado el rostro antaño lozano de la vaca, la brillante chispa que Destino recuerda de aquellos tiempos.

—Pero ¿no es demasiado pronto para unas elecciones? O sea, derrocamos al Viejo Caballo hoy y mañana qué, ¿a correr a las urnas? ¿A qué vienen tantas prisas? ¿No se supone que estas cosas llevan su tiempo? —plantea NaAmor.

—Las prisas, NaAmor, son porque Tuvy está ansioso por parecer legítimo. Tú harías lo mismo si hubieras usurpado el poder mediante un golpe de Estado y estuvieras desesperada por librarte de ese estigma. Y por supuesto sabemos que ganará, que es la razón de que convoque las elecciones y las convoque con tanta prisa. Es puro teatro —declara Sis Nomzamo. Ella y su compañera, Shami, llevan camisetas rojas iguales con la leyenda «HERMANAS DE LOS DESAPARECIDOS» en letras negras delante y detrás.

—¡No! ¡Yo os digo que no! ¡Es que es imposible que Tuvy gane las elecciones! ¿Cómo? Cuando nos manifestamos tras la caída del Viejo Caballo, ¿vosotras creéis que era para que pudiera gobernarnos él? Celebrábamos la caída de un tirano con el que no habíamos podido acabar por mucho que lo intentáramos, ¡celebrábamos el derecho a designar a nuestro propio presidente! ¡Y ya os digo que estamos dispuestas a terminar lo que empezamos, de una vez por todas, en estas elecciones! —La señora Phiri ha alcanzado el tono de voz que hacía que sus estudiantes, tantos años atrás, se sentaran más tiesos que un palo y contuvieran el aliento. Destino casi se echa a reír al acordarse.

—Pero ¿de verdad crees, señora Phiri, sabiendo lo que sabemos de los últimos cuarenta años, que Tuvy y sus generales han dado un golpe de Estado para entregar ahora el país a la oposición? —Sis Nomzamo habla con la serenidad y la voz queda de quien razona con una piedra, y Destino admira su habilidad.

—Y conociendo su historia, ¿os creéis que ahora de pronto saben cómo celebrar unas elecciones #libresjustascreíbles? Entiendo la desesperada necesidad de creer que después del Viejo Caballo va a venir algo mejor, pero me temo que no va a ser así —declara Shami.

—Mina, a mí toda esta situación me resulta deprimente, la verdad. Y no os voy a mentir: si pudiera encontrar un sitio al que ir y dejar atrás toda esta locura, lo haría sin pensármelo dos veces —asegura la señora Fengu.

—Ya, pues que intente manipular estas elecciones. ¡Va a ser la guerra! ¡Ya os digo que nos levantaremos en armas! —La voz de la señora Phiri es muy decidida.

—¿Con qué armas, señora Phiri? ¿Y quién exactamente va a luchar?

—Bueno, siempre se pueden conseguir armas. La camarada Nuncafalla Nzinga todavía tiene su Quitapenas de la guerra, ¿no? Y contamos entre nosotros con luchadores de la libertad, ¿no? ¿Quién te ha dicho que no tenemos armas? —replica la señora Phiri.

—Y esa es la verdad. Aquí estamos. Y te voy a decir una cosa, señora Phiri, si pasa cualquier cosa justo ahora en Jidada, ya sabes dónde encontrarme, a mí y a mi Quitapenas —se anima la camarada Nuncafalla Nzinga.

—Sis Nomzamo, Shami, dejadlo ya, que os vais a quedar roncas. El tiempo siempre hablará por vosotras —grita Duquesa desde la cocina.

—Bueno, lo dejamos por hoy, pero solo porque tenemos que ir a una reunión, que si no, estas conversaciones hay que tenerlas. —Sis Nomzamo y Shami se levantan a la vez para despedirse.

—Hawu, dadwethu kebaba, ¿vengo a traeros las bebidas y justo os vais? —Duquesa acaba de aparecer con una bandeja.

—Yo beberé por ellas, Duquesa, no te preocupes. A eso he venido. ¿No quieres una cerveza fría, Destino? —ofrece la camarada Nuncafalla Nzinga, tendiendo ya la pata hacia una sudada botella de Castle Lite.

—Estoy tan cansada que seguro que me duermo si bebo, pero muchas gracias. Solo un poco de agua.

—En otro momento, Duquesa. Y bienvenida a casa, Destino. Descansa —dice Sis Nomzamo desde la puerta.

—Claro, gracias —contesta Destino.

—Yeyi Nomzamo, antes de que te vayas. Kodwa ¿cómo está esa prima tuya, de verdad? Me refiero a Maravillosa —pregunta Madre de Dios.

—Futhi has ido a preguntar lo que me lleva rondando la cabeza. ¿Está bien de verdad? Lo digo porque su silencio es muy poco característico. No es la Maravillosa que conocemos —añade la señora Fengu.

—Bueno, ya sabéis todas que ahora es sencillamente Dulce Madre, después de que la universidad le quitara su título, ¡para el que no había estudiado! A ver, yo no os he dicho nada, pero por lo visto Maravillosa...

—¡Por favor, no, NaDumi, por favor! —exclama Madre de Dios.

—Ihn, kanti ¿qué problema hay, Theresa?

—Pues que le acabo de preguntar directamente aquí a Sis Nomzamo, que es familia de Maravillosa y tal vez nos lo pueda explicar mejor.

—Hawu, hanti estaba solo contando lo que he oído, siendo así que no es un tema secreto, Madre de Dios, lami estaba diciendo nje. —NaDumi da un paso atrás.

—Es mejor no cotillear en estas situaciones, Preciosa, eso nos lo advierte hasta la Biblia —replica Madre de Dios. NaDumi, visiblemente molesta, le da un trago a su cerveza Castle Lite y se dedica a enderezar el tapete de la mesita auxiliar más cercana.

—Bueno, mi tía, que ha ido a verla hace poco, dice que la familia está intentando asimilar la situación, lo cual, como es com-

prensible, no es fácil. El Padre de la Nación está todavía herido y destrozado por lo que considera una traición imperdonable, y su salud ha caído en picado desde el golpe. Maravillosa aguanta y no le va tan mal, lo cual tampoco me sorprende, porque esa burra es una superviviente —cuenta Sis Nomzamo, dirigiéndose a la sala.

—Nos alegramos mucho de oírlo, Sis Nomzamo. Aguantará esto como se han aguantado otras cosas. La tendremos en nuestros pensamientos y nuestras oraciones —declara Madre de Dios.

—Te debes de haber quedado sin desgraciados por los que rezar, Theresa. Por mi parte, no tengo ni pensamiento ni oración ninguna por esa espantosa burra, pero ni una ni media. Por lo que a mí respecta, se merece cualquier infierno en el que esté, ¡y más! —explota la señora Phiri sin disimular su desprecio.

—¿Hawu, señora Phiri?

—¿Qué, NaAmor? ¡Es la verdad! Y no te lo tomes a mal, Sis Nomzamo, pero la hija de tu tía no me da ninguna pena, ¡pero ninguna!, cero. Por todas las cosas que hizo, ¿o es que ahora se nos tienen que olvidar? La Maravillosa esa era un auténtico espanto y ahora no se le puede echar la culpa al Padre de la Nación ni al Órgano de Poder, que ya sabemos que son diablos negros, pero ella podía haber elegido no unirse al mal, sobre todo cuando seguro que nadie le puso una pistola en la cabeza. No lo hemos olvidado y nunca lo olvidaremos. Y ahora no va a tener el privilegio de ser considerada una víctima solo porque se le ha secado su estanque de mierda. ¡Es lo menos que se merece! —despotrica la señora Phiri.

—Dadwethu kababa! Pero ¿qué es exactamente lo que hizo Maravillosa kahle-khale, señora Phiri? ¿Qué hizo para que tú y todo el país esté ahora en su contra? Ya sé que fue una estúpida, pero ¿cuándo estuvo en el gobierno? ¿Y acaso no estaba este país en la mierda incluso antes de que se casara con el Padre de la Nación? ¿Y de verdad piensas que este golpe de Estado no se habría producido si ella hubiera sido la madre Teresa? —interviene Duquesa.

—Como siempre digo, Duquesa, es más fácil acusar a una hembra que hacer responsables a los asquerosos machos. Preferi-

mos hacer eso en lugar de esforzarnos por desvelar la verdad y saber cómo llegamos hasta aquí y tomarnos el trabajo de pensar cómo salir. Pero pronto esta Jidada se dará cuenta de que Maravillosa es en realidad la última de nuestras preocupaciones, aunque me temo que para entonces vamos a estar en las fauces de un cocodrilo, que no es que no lo estemos ya, es solo una cuestión de...

—Vale, vale, vale, Shami, no, no nos des otra conferencia, por favor, que tenemos que llegar a la reunión. Venga, ¡¡¡cuidaos todas!!! —Sis Nomzamo se lleva a Shami literalmente a rastras y las Hermanas de los Desaparecidos por fin se marchan, mucho después de su primera despedida.

—Bueno, yo aprovecho para irme también. Aunque por lo menos esta noche no voy a tener que hacer cena. ¡Estoy más llena que la pariente de una esposa! —dice NaDumi.

—Pero primero vamos a hacernos un selfi para el Facebook de Lozikeyi, chicas —sugiere NaAmor.

—Pero si no estamos ni preparadas —protesta Madre de Dios, aunque no es una protesta muy sentida, porque la elegante oveja parece de esas que siempre están listas para una foto, hasta dormidas.

Antes de que Destino —que no está en las redes sociales y no tiene ningún interés en que publiquen su foto en la página de Lozikeyi— pueda protestar, está rodeada de ancianas posando. Es una escena que no logra reconciliar con el Lozikeyi de cuando se marchó, antes de que la tecnología y las redes sociales arrasaran en el gueto.

UNA IMAGEN VALE MÁS QUE MIL RECUERDOS

—Bueno, ya está. Tengo que decir que estos Samsung hacen unas fotos estupendas. ¿Os acordáis del follón que era sacarse una foto cuando no teníamos ni la edad de Destino? —dice NaAmor.

—Yeyi! Había que planearlo con días de antelación. Conjuntar los atuendos. Reunir dinero: dinero para el transporte hasta el

centro, dinero para volver del centro y, claro, dinero para pagar al fotógrafo. Y había que pensar qué ponerse y asegurarse de que la ropa estaba inmaculada. Había que coser lo que hacía falta coser, pedir prestados pendientes, zapatos, medias, carmín para los labios, maquillaje. Había que repasar los álbumes viejos para no imitar una pose previa. Había que decidir y practicar la nueva pose. Y luego había que reunir valor para poner una pose delante de un desconocido. Había que reunir valor para ir al centro, para quedar intacta cuando te decían que te bajaras de las aceras que estaban reservadas para los blancos, ¡valor para cuando te acusaban, a cuenta de tu maquillaje, de ser una colasucia buscando clientes!

Y con ese recuerdo de los muy lejanos días de su juventud, las ancianas, que ya estaban en pie, vuelven a sentarse para reflexionar sobre el pasado. Tholukuthi el pasado. Y de pronto el salón de Duquesa ha retrocedido cuarenta o cincuenta años en el tiempo. Las ancianas estiran su memoria tanto como les permiten sus mentes y, cuando ya no pueden estirarla más, canalizan los recuerdos que les transmitieron sus madres, sí, tholukuthi que esos recuerdos también incluyen los de las madres de sus madres y los de las madres de las madres de sus madres. Y con las mentes y las bocas se lanzan a sí mismas y las unas a las otras a un pasado antes de que Jidada fuera Jidada, y luego, pasado ese pasado, a los muchos pasados de sus madres y las madres de sus madres, y luego, pasado ese pasado, al pasado-pasado-pasado, sí, tholukuthi a cuando las piedras eran tan blandas que si las pellizcabas salía sangre, cuando las montañas todavía estaban creciendo, cuando los dioses andaban por la tierra. Sí, tholukuthi ese pasado de mucho mucho mucho antes de que los codiciosos colonizadores llegaran con armas, se dividieran la tierra entre ellos como si allí no hubiera nadie, ondearan en el aire trapos raros llamados banderas y dijeran: «Que se hagan los países-países».

#eleccioneslibresjustascreíbles

JIDADA VOTA EN LAS PRIMERAS ELECCIONES PACÍFICAS POST VIEJO CABALLO

POTUS @granbabuinodeEEUU
Observadores electorales de EE. UU. estarán presentes en las próximas elecciones de Jidada, porque el país tiene un récord terrible de elecciones AMAÑADAS y de NO RESPETAR la VOLUNTAD de los votantes. Y eso es TERRIBLE! Y ESPANTOSO! Y NO es democracia. Es DICADURA!

DoradoMaseko @DoradoM
En respuesta a @granbabuinodeEEUU
Se escribe Dictadura. DICTADURA. Deberías saber cómo se escribe, ya que lo llevas escrito en la frente.

HijodeBulawayo @HijodeByo
En respuesta a @granbabuinodeEEUU
Dice un metemanos sin cualificaciones, mentiroso, tramposo, estafador, racista, misógino, matón, depredador y y y...

CamaradaLibertador @CdaLibertador
En respuesta a @HijodeByo
Y tuiteando desde tierra robada, yazi la cara dura, nxaaa!

SmallHouse @MsMoyo
En respuesta a @granbabuinodeEEUU
Gracias, Presidente. La democracia en Jidada es una farsa!
#eleccioneslibresjustascreíbles

LeondeJidada @LDJ
En respuesta a @granbabuinodeEEUU
El Salvador por siempre! El partido de Jidada por siempre! GANAREMOS sea cual sea el voto. Qué vas a hacer, @Potus? Tener una pataleta? Imponer más sanciones? #noalcambioderegimenxsiempre 👊

Daddybilly @Daddybilly
En respuesta a @granbabuinodeEEUU
Pues mira, ven y publica esto cuando ganes TUS próximas elecciones. Mientras tanto, métete en tus asuntos.

PartidodelPoderJidada @PPJ
En respuesta a @granbabuinodeEEUU
No acatamos órdenes de Occidente! Y por cierto, quién observa tus elecciones? #nuncamásunacolonia 💪

MadeinJidada @MIJ
En respuesta a @granbabuinodeEEUU
Y qué autoridad tienes tú, don Metemano en jefe?

MaiFari @maifari
En respuesta a @granbabuinodeEEUU
Gracias por decir la verdad, Presidente! Yo desde luego no he visto nunca unas elecciones justas y libres aquí! Y gracias también por los observadores electorales. Tenemos que proteger el proceso.
#eleccioneslibresjustascreíbles 🙏

The Observer @Observer
Visto y oído: Tuvy sobre los observadores electorales: «Deberían hacer su trabajo, pero si se meten en nuestros asuntos, desgraciadamente tendrán que volver por donde han venido». #eleccioneslibresjustascreíbles

Duckdudu @duckdudu
En respuesta a @Observer
Mierda! Mierda! 😈 #eleccioneslibresjustascreíbles?

Conamornobasta @uthandolwanivele
En respuesta a @Observer
Me recuerda a cierto dictador que yo conocía! #eleccioneslibresjustascreíbles

Duckdudu @duckdudu
En respuesta a @uthandolwanivele
Gurrrrrrl — De tal palo… PERO ese cierto dictador que conocías es una gloria en comparación. Ya verás!

ItaiCB @ItaiCB
En respuesta a @Observer
Pero cómo puede Tuvy o ningún miembro del PJ saber lo que hacen los observadores electorales? 🤔

TheAfrican @TheAfrican
En respuesta a @Observer
Sorpresa! El leopardo mostrando sus verdaderas manchas! #DiosbendigaJidada

Sondeo Electoral I @Sondeo1
Quién crees que ganará las #EleccionesJidada?
15% Partido Jidada
80% Partido de la Oposición de Jidada
5% Otros

Soneni @Soneni
En respuesta a @Sondeo1
Francamente, el pavo real es el más cualificado para guiarnos a una Jidada pacífica, próspera y libre de corrupción. ¡Lástima que para ser elegido para un cargo público tengas que pertenecer a un partido político en este país! ¡Necesitamos un cambio de perspectiva! #eleccioneslibresjustascreíbles

Ojocuidao @Ojocuidao
En respuesta a @Soneni
Exacto. Tenemos un candidato muy cualificado y los animales están en plan, no, no lo queremos, no es de nuestro partido.
#eleccioneslibresjustascreíbles

Jojettilover @Jojettilover
En respuesta a @Ojocuidao
Ya, claro, se llama libertad de elección!

Martin @Martin
En respuesta a @Sondeo1
Obvio. Tuvy ganará por una abrumadora mayoría de al menos el 98% 👊

Papatoro @Papatoro
En respuesta a @Martin
Tú eres idiota!

Maidei @Maidei
En respuesta a @Sondeo1
Pues como gane Tuvy yo me largo. No pienso aguantar otros cinco años de esta mierda. Lo siento, no puedo.
#Jidadarelaciónabusiva 😭😭😭

CdeHungwe @CdeHungwe
En respuesta a @Sondeo1
Yo apuesto por Buenavoluntad Beta! El futuro está aquí, no podéis detenerlo!
Además #Diosestáconnosotros

Melizitha @Melz
En respuesta a @CdeHungwe
De verdad. Necesitamos nuevos líderes. POR FAVOR. Actualmente no hay trabajo, ni dinero, ni posibilidades, ni futuro, ni educación de calidad, ni servicios médicos, ni justicia. No hay nada.
#cambioxJidadaennuestrajubilación 😖

Papacabra @Papacabra
En respuesta a @Sondeo1
Partido de la Oposición de Jidada. La juventud hablará!
#eleccioneslibresjustascreíbles 💪

Mabhanzi @Mabhanzi
En respuesta a @Sondeo1
Tuvy por siempre! Partido de Jidada por siempre!
#noalcambioderegimenxsiempre 👊

Naledi @Naledi
En respuesta a @Sondeo1
No soy jidadano, pero la oposición lleva ventaja.
Un partido joven, culto, con ideas, contra viejos chochos que llevan décadas intentándolo y fracasando.
#noalcambioderegimenxsiempre

NaMzi @NaMzi
En respuesta a @Sondeo1
Descansa en paz, Buenavoluntad Beta y la oposición.
Os vamos a enterrar pronto!

Jahpavoreal @Jahpavoreal
En respuesta a @Sondeo1
El presidente Tuvy seguirá gobernando. De hecho las elecciones son solo una formalidad. ¡Sabéis que esto es nuestro!

Primula @Primula
En respuesta a @Sondeo1
Yo pienso votar a Buenavoluntad Beta #cambioderegimen #eleccioneslibresjustascreíbles

Papigaga @Papigaga
En respuesta a @Sondeo1
Tuvy! Partido del Poder! Jidada es nuestra por derecho propio, nosotros la liberamos. Antes morir que cedérsela a las marionetas de Occidente! #Jidadaasangreyfuego #nuncamásunacolonia

El Migrante @Elmigrante
En el país urbano llamado Jidada ganará Buenavoluntad Beta. En el país rural llamado Jidada ganará Tuvy. #HistoriadedosJidadas 🤗

ChiefSabelo @ChiefSabelo
El cambio llega a Jidada. Nadie puede parar este tren! #Diosestáconnosotros #eleccioneslibresjustascreíbles

Verona1 @verona1
Va a ser histórico! Preparaos para un nuevo presidente! Un idiota no tiene cura, pero se le puede echar votando #PartidodelPoderdebecaer 💪

Indignado @Indignado
Rezando por unas elecciones pacíficas. Que se haga la voluntad de Jidada. Amén 🙏

Jidadanoexiliado @jidadanoexiliado
Buena suerte queridísimos hermanos y hermanas. También estáis votando por los que no podemos estar ahí, y por el futuro. Vosotros podéis! Bendiciones! #eleccioneslibresjustascreíbles

Ethel SV @EthelSV
En respuesta a @jidadanoexiliado
Esto es totalmente injusto. La diáspora debería poder votar, es nuestro derecho. Me duele 😭 #eleccioneslibresjustascreíbles

La Voz de Jidada @LVJ_NEWS
Jidada vota en las primeras elecciones generales post Viejo Caballo. Todos pendientes de Jidada.

NaFungai @Nafungai
En respuesta a @LVJ_NEWS
Así que se han hecho ya las reformas electorales? 🤔 Se ve que me las he perdido.

MovernShaker @movernshaker
#Jidada estás lista??? Acabemos lo que empezamos en 2017 #PartidodeJidadafuera 💪

Nyasha @Nyah
En respuesta a @movernshaker
Calma, que vosotros no empezasteis una mierda en 2017. Tuvy y los perros dieron un golpe de Estado, vosotros solo estabais ahí para blanquearlo. Y ahora ellos terminarán lo suyo. MIRAD Y APRENDED.

Nuevo Patriota @Nuevopatriota
Es hora de demoler el despotismo del Partido de Jidada de una vez por todas. Nunca más en esta Jidada con un «da»

y otro «da» debería permitirse que un partido destrozara y mantuviera secuestrada a la nación durante décadas! #Cambioderegimenya #eleccioneslibresjustascreíbles 💪

Trymore @Trymore
En respuesta a @Nuevopatriota
Sigue soñando. Partido del Poder por siempre. Vosotros gobernaréis Jidada en sueños!

Freecat @Freecat
Ganará el futuro. Ganará el cambio. Fin.

Jidadana @Jidadana
En respuesta a @Freecat
Twitter no es un país, amigo. Jidada está con el Partido del Poder, votamos en tierra y ganaremos las elecciones en tierra, no en Twitter #nuncamásunacolonia 💪

Gira por el legado

DESEOS PARA LAS VÍBORAS

Unas pancartas gigantes recibían al Padre de la Nación por todas partes. Leyó: «HA LLEGADO UN SALVADOR». «VOTAD A TUVY POR UN DESARROLLO ROBUSTO». «LA VOZ DE LA MULTITUD ES LA VOZ DE DIOS». «TUVY NOS GUIARÁ A LA TIERRA PROMETIDA». Leyó: «TRABAJO, TRABAJO Y TRABAJO ESTA VEZ DE VERDAD». «AGUA LIMPIA Y POTABLE, ELECTRICIDAD PARA TODOS». Leyó: «TUVY NOS DARÁ LA JIDADA QUE QUEREMOS Y NECESITAMOS». Leyó: «VOTA A TUVY POR UN SISTEMA SANITARIO GARANTIZADO, ACCESIBLE Y DE CALIDAD». Tholukuthi por todas partes, allá donde su propia cara había estado década tras década tras década tras década ahora se cernía el taimado rostro del usurpador, burlándose de él, provocándolo, insultándolo. El humillado corazón del Padre de la Nación ardía en llamas de rabia y deseó de nuevo con todas sus fuerzas poder viajar en el tiempo hasta aquella última reunión con el Círculo Interno en la que el suplantador y sus conspiradores se habían sentado a su alrededor, hablando de patriotismo y alabándolo con lo que ahora sabía que era una falsa adulación.

Se imaginó que, una vez en el pasado, esperaría pacientemente a que aquellos traidores se hartaran de comer y beber hasta quedar tirados en el suelo panza arriba, con la barriga hinchada como los codiciosos glotones que eran. Y cuando le pareciera que era el momento oportuno, avanzaría hasta el extremo de la sala, des-

oyendo las advertencias de sus médicos, y rugiría, con las patas delanteras en el aire: «¡Abajo los traidores! ¡Muerte a los golpistas!». Y con el mayor de los placeres, disfrutaría de su terror y desconcierto cuando su guardia secreta —porque ahora sí que la tendría— apareciera como por arte de magia y desatara un tiroteo brutal, tholukuthi una lluvia de balas que no cesaría hasta que cada uno de esos diablos negros hubiera quedado convertido en pulpa.

THOLUKUTHI ¿CÓMO?

El Padre de la Nación se saltaba como una exhalación todos y cada uno de los semáforos, sin mirar primero a la izquierda y luego a la derecha, porque aunque ya no estaba en el Órgano de Poder, todavía tenía el instinto de quien gobierna. Incluso a tan temprana hora, el organismo que era la capital de Jidada ya hacía tiempo que se había despertado y puesto en funcionamiento. El Padre de la Nación se preguntó, como hacía todos los días desde el golpe de Estado: ¿Cómo? Sí, tholukuthi ¿cómo es que el sol relumbraba así, con una intensidad que él no había ordenado? ¿Y cómo es que no se apagaba de golpe para sumir a la traicionera nación en la oscuridad perpetua que merecía? ¿Cómo es que las flores florecían de forma natural, y más aún, sin mezclar sus colores? ¿Cómo es que los camiones, los coches, las bicicletas, los taxis y las furgonetas circulaban sin estrellarse los unos contra los otros, como una vez imaginó que sucedería si, por alguna razón, lo apartaban a él del Órgano de Poder? ¿Cómo es que las aves volaban sin caerse de los aires? ¿Cómo es que los estudiantes llevaban bien sus uniformes y sabían a qué colegio ir? ¿Cómo es que en los coches sonaba música alegre y animada en lugar de desgarradoras canciones tristes? ¿Cómo es que un toro se apoyaba contra un poste y fumaba correctamente un cigarrillo sin prenderse fuego todo él? Sí, tholukuthi ¿cómo demonios era posible que, sin que él gobernara, en Jidada todo siguiera marchando como siempre?

RETRATO DE UN DISTRITO DE NEGOCIOS

En el centro, vio que las aceras estaban rebosantes de artículos, artículos, artículos. Los animales colgaban artículos de los árboles. Los animales exponían su género sobre capós y maleteros y techos de coches aparcados, y allá donde pareciera posible exponer el género. En un instante, tholukuthi que todo el espacio, con la excepción del propio aire, era un vasto y ecléctico mercadillo de todo objeto imaginable: tejanos, hornillos de gas, tomates, zapatos, pan, vestidos, bolígrafos y lápices, jabón, ropa interior, aceite de cocina, uniformes, cinturones, flores, cerveza, naranjas, pelucas, teléfonos, sartenes y cazos y platos, libros de texto, patatas fritas, radios portátiles, cremas para el blanqueamiento del pelaje, perfumes, condones, escobas, batatas, peines, piezas de coche, cepillos de dientes y pastas de dientes, ropa de segunda mano, discos, cebollas, plátanos, medias, manzanas, medicamentos, maíz, fundas de asiento de coche, fruta silvestre, hierbas curativas, anticonceptivos.

Mientras el Padre de la Nación se preguntaba si lo que estaba viendo era de verdad lo que estaba viendo, una vaca con una falda larga y un tocado blanco se le acercó para decirle:

—¿Qué nos has traído hoy, abuela? —La vaca lo llamó «abuela» porque, para eludir a los feos defensores que vigilaban su casa, se había disfrazado con un sombrero y un vestido de su esposa, que había elegido por su largura y porque hacía juego con las mariposas, antes de escabullirse con los camaradas muertos, tholukuthi seguidos por las mariposas, en dirección al centro.

No sabía de qué hablaba la vaca, de manera que le dio la espalda para mirar hacia la ajetreada carretera, pero por supuesto al poco rato un pato apareció frente a él y le dijo:

—¿Qué nos has traído esta mañana, abuela?

Ante lo cual el Padre de la Nación gritó irritado:

—Pero ¿a vosotros qué os pasa, bestias incivilizadas? ¿Es que no se puede andar por estas miserables calles en paz sin que te molesten?

—Lo siento, no quería ofender. Solo quería hacer negocios, nada más —se disculpó el pato.

—Pero ¿por qué acudir a mí para esos negocios? ¿Y por qué demonios tienes que andar por ahí incordiando, en lugar de hacer esos negocios en una oficina como es debido? Además, ¿no deberías estar en la escuela? ¿Y cómo te llamas, jovencito? ¿Y quiénes son tus padres y de dónde son?

—Yo ya he terminado el colegio. Tengo un Máster en Administración de Empresas de la Universidad de Jidada. Me llamo Conocimiento Jele, hijo de Soneni Jele y Mpiyezwe Jele de Bulawayo. Y este es mi trabajo. Y todo esto es mi oficina —respondió el pato, señalando con gesto teatral el aire a su alrededor.

—Así que tienes un máster, ¿eh? —El Padre de la Nación olisqueó al joven animal. El pato asintió con la cabeza.

—Y esa cabra de allí, que saca mantas de ese Mazda rojo, tiene un doctorado en Historia. Y el gato que vende cargadores de móvil justo a su lado es ingeniero. En realidad, muchos de los animales que ves aquí son graduados universitarios: educar a un jidadadano es educar a un vendedor. —El pato echó la cabeza atrás y graznó una risa, tholukuthi un sonido que contenía mucho dolor y rabia y cosas rotas.

—Bueno, yo siempre he sostenido que la educación es poder. Pero ¿por qué estáis todos aquí vendiendo así? —preguntó el Padre de la Nación.

—¿Yo, un vendedor? ¡Jamás! Yo soy un cambiador de dinero —anunció el pato, sacudiendo las plumas de la cola con visible orgullo.

—¿Y qué diablos es un cambiador de dinero?

—Yo compro y vendo divisas, que busco de la mañana a la noche por todas estas calles. Y sé, por el vestido fino que llevas, que sin duda alguna tienes dólares o euros o libras para mí, abuela —concluyó el pato, con un guiño cómplice.

—Pero ¿para qué compras y vendes divisas? —El Padre de la Nación estaba perplejo.

En ese momento, se acercó un carnero y entonó lo que ahora parecía ser el himno de las calles:

—¿Qué nos has traído, abuela?

—¿Otro? Pero ¿cuántos sois, de verdad? ¿Quién os envía?

El pato graznó su dolorida risa y el carnero, como si oyera una canción familiar y querida, se echó también a reír y se marchó.

—Bueno, somos bastantes, sí, o sea, ¿dónde se puede ir cuando el noventa por ciento de la población está sin trabajo? —dijo el pato, con una mueca traviesa.

—Pero ¿cuándo se han puesto así las cosas?

—¿Así cómo? —El pato miró en derredor.

—Pues así, toda una nación vendiendo cosas, toda una nación diciendo: «Qué nos traes hoy, qué nos traes hoy». ¿Qué clase de vida es esa? —preguntó el Padre de la Nación, barriendo el aire con una pezuña.

—Las cosas se han puesto así durante todos esos años de gobierno del maldito Partido del Poder.

—¡Pues no lo entiendo! —exclamó el Padre de la Nación, tal vez dirigiéndose a sí mismo, o tal vez dirigiéndose a los camaradas, o tal vez a las mariposas.

—Pero, abuela, ¿tú de dónde sales? —El pato escudriñó al Padre de la Nación buscando señales que indicaran de qué parte del mundo había podido llegar aquel viejo animal, porque desde luego ni a las hojas muertas de Jidada se les ocurriría hacer preguntas tan tontas.

—¿Yo? Yo no he vivido nunca en ningún otro sitio y nunca lo haré. Luchamos por este país para poder vivir y morir en él, no en salvajes tierras extranjeras, como exiliados dejados de la mano de Dios. Pregúntales a ellos, que también lo saben —le apremió el Padre de la Nación, señalando a los camaradas que estaban detrás de él.

—¿Que le pregunte a quién, abuela? —se sobresaltó el pato.

—¡Pero bueno! Pues a mis camaradas, a los verdaderos libertadores. Camaradas, venid a contarle a este joven lo que no sabe. —El Padre de la Nación hizo un gesto a su séquito. El pato miró

alarmado alrededor, a los cuerpos de jidadanos, ya ajetreados tan temprano por la mañana, sí, tholukuthi alerta y espabilados porque hasta los palos y las piedras sabían que los días, los tiempos eran tales que las aceras, las calles, la ciudad no era lugar para lánguidos, que quien madrugaba era quien se llevaba el dólar americano. El pato abrió el pico para hablar, se lo pensó mejor y, en lugar de decir nada, se despidió de aquella vieja yegua, obviamente desorientada, y se marchó deprisa, tal vez a su oficina, que era también la ciudad entera.

INSTITUTO JIDADA

La procesión habría pasado de largo la escuela de no haber sido por el desvaído cartel que rezaba: «Instituto Jidada. El conocimiento es poder», con una flecha señalando en una dirección. La institución se alzaba en las lindes de un sórdido gueto de negros. El Padre de la Nación encabezaba la marcha entre feos vendedores de ojos tristes que vendían chucherías a lo largo de la oxidada verja, en la cual colgaban vistosos pósteres del usurpador. Pasaron a través de las puertas del instituto, más allá de la zona de gravilla del poste de la bandera, donde los desvaídos jirones de la bandera de Jidada flameaban a la suave brisa, más allá de los bloques de aulas decrépitas, más allá de la biblioteca desierta con las ventanas rotas y los estantes caídos, más allá del gran jardín seco donde los arriates de flores se marchitaban al sol.

Fuera de lo que parecía la sala de profesores, el Padre de la Nación se paró a contemplar un batallón de unas diez o doce niñas que iban haciendo cabriolas, tholukuthi con las faldas de los uniformes subidas para mostrar unos muslos que obviamente no querían pasar desapercibidos ni para los ciegos. Las jóvenes, tal vez conscientes de su entregada audiencia, hicieron una buena actuación: se alzaron todavía más sobre los cuartos traseros, sacaron pecho tanto como era posible sin partirse en dos la espalda, se subieron los uniformes un poquito más, se pusieron a dar brincos

y vueltas. Cuando se reían, tholukuthi con unos labios pintados con todos los colores del arco iris, el sonido era extraño porque poseía la suavidad de una pluma de pájaro.

En esa suavidad de pluma de pájaro, tholukuthi que el Padre de la Nación se vio transportado de vuelta a su juventud, sí, a aquellos días, muertos hacía ya tanto, aquellos días de gloria cuando todas las hembras lo conocían, cuando todas las hembras lo buscaban, cuando todas las hembras se peleaban por él, cuando todas las hembras lo amaban y aquellas que no lo amaban se enamoraban de él, cuando todas las hembras y sus madres y sus abuelas e incluso los fantasmas de sus bisabuelas lo deseaban. Sí, tholukuthi tiempo atrás, cuando era joven y robusto, cuando no conocía la paz porque literalmente cada instante de su vida estaba inmerso en un revuelo de hembras chillonas que lo perseguían, que se le echaban encima, que tholukuthi estaban dispuestas a morir por él.

Se recreaba en este recuerdo cuando vio que las jóvenes se habían puesto en marcha, tholukuthi que se alejaban pavoneándose igual que Jesús debió de haber caminado sobre el mar de Galilea sabiendo que su propio padre estaba a cargo de las aguas. Las siguió hasta un gigantesco tablón de anuncios, cubierto hasta el último centímetro con pósteres del usurpador y su oponente. Las chicas posaron por turnos delante de ellos, entre charlas y risas y chillidos alegres, sus voces mezcladas en un popurrí brillante y caótico.

—¡Eh, me han dicho que el Salvador ha dejado preñada a otra estudiante de la universidad de Jidada!

—Sí, yo también lo he oído, y he visto fotos de ella en WhatsApp y en Twitter. ¡Y tampoco es tan guapa!

—A mí me han dicho que viaja con hembras en su séquito oficial.

—¡Pues a mí me han dicho que tiene como decenas de hijos ilegítimos!

—¡Pero si debe de tener la polla toda arrugada!

—¡Hala! ¡Has dicho «polla»!

—¡Nabo!

—¡Verga!

—¡Chorra!

—¡Cipote!

—¡Falo!

—¡Picha!

—¡Pito!

—¡Pene!

—¡Churra!

—¡Miembro!

—¡Preñadora!

—¡Dispensador de sida!

—¡Monstruo de un solo ojo!

—¡Viejo lagarto arrugado del nuevo viejo Padre de la Nación!

Las jóvenes se tronchaban de risa, se tiraban de las colas, se volvían a tronchar. Tholukuthi que montaron a imaginarios amantes y realizaron obscenos movimientos giratorios y de embestidas con sus caderas líquidas, acompañando la pervertida danza con exagerados gemidos de éxtasis. El Padre de la Nación, que no esperaba oír tales cosas en boca de niñas, se apartó disgustado y avergonzado, preguntándose: pero ¿qué clase de escuela era esa? ¿Quién enseñaba a las jóvenes tales obscenidades? ¿Y dónde estaban sus profesores? ¿Y el director?

EL FUTURO DE LA NACIÓN

Se detuvo ante la primera aula que mostraba signos de vida. Los estudiantes, sin supervisión, no prestaron atención cuando el Padre de la Nación, conmocionado por el caos, carraspeó enfáticamente. Los jóvenes siguieron con su estrépito incluso cuando el viejo caballo descargó una pezuña sobre la mesa al grito de:

—¡Orden! ¡Orden! ¡Os ordeno que os calléis en este mismo instante!

Tholukuthi que el desorden prosiguió. La locura prosiguió. En un rincón, un gatito descamisado se subió a un pupitre y berreó

una canción cargada de obscenidades, usando un lápiz a modo de micrófono, acompañado de un cordero que aporreaba una papelera vuelta del revés. En torno al dúo, los estudiantes brincaban y bailaban alegremente mientras otros sostenían en alto los móviles, probablemente filmando aquel pandemonio. Algunos se sentaban encima de las mesas con las patas colgando, otros charlaban en grupitos, otros manoseaban su teléfono, otros se atusaban. Los estudiantes hacían de todo menos cualquier cosa parecida a estudiar.

El Padre de la Nación se quedó allí parado, observando el caos de los muebles rotos. Las ventanas destrozadas. Las pizarras baqueteadas, desportilladas. Los papeles tirados por el suelo. La multitud de lagartos que se escabullían por la ventana llevándose trozos de tiza. Las pintadas de las paredes. El inconfundible olor de la marihuana. La hilera de gigantescas hormigas que construían un ambicioso hormiguero justo en mitad de la clase. Tres lagartos fornicando en la página central de un libro abierto.

El Padre de la Nación había sido profesor una vez, sí, tholukuthi que antes de la Guerra de Liberación había sido un educador, había llevado la luz a las miserables cabezas oscuras de jóvenes animales, los había formado para ser buenas criaturas, buenos ciudadanos, el futuro de la nación, y por lo tanto, sabía la pinta que tenía una escuela y la pinta que debía tener, la pinta que tenían los estudiantes y la pinta que debían tener. El instituto Jidada parecía un manicomio y sus estudiantes no parecían estudiantes, sino bufones, chiflados, bestias salvajes.

Por fin, un ansarino con la cabeza del tamaño de un guijarro alzó la vista de un raído libro y dijo:

—Buenas tardes, ¿has venido a enseñarnos?

Y el Padre de la Nación, que no recordaba cómo ni por qué había acudido al instituto y había entrado en aquella aula, respondió:

—Pero ¿dónde diablos está vuestro profesor?

—Los profesores están otra vez en huelga.

—¿Y por qué diablos están los profesores otra vez en huelga?

El ansarino graznó de risa, como si hubiera oído la pregunta más graciosa de la historia de las preguntas graciosas, pero no tardó en recobrarse. El Padre de la Nación volvió a golpear la mesa para pedir orden, pero por supuesto fue en vano. Y viendo por su comportamiento que era un animal totalmente desacostumbrado al desorden, y todavía más desacostumbrado a que lo desobedecieran, el ansarino se compadeció de él, aterrizó en una viga del techo y chilló:

—Yeyi! Callad la puta boca, que tenemos un profesor nuevo o algo.

Para cuando bajó al suelo, todos y cada uno de los alumnos estaban firmes y de nuevo en sus sitios.

Tholukuthi que el silencio fue tan súbito que el Padre de la Nación se quedó por un momento perplejo. Mientras ordenaba sus pensamientos, un hermoso cabrito de aspecto arrogante, con un magnífico pelaje negro, se incorporó en toda su altura y gritó desde el fondo de la clase:

—Vale, ¿por qué estás aquí y qué has venido a enseñarnos, viejo?

—Por lo que veo aquí, me da la sensación de que el estado de nuestra educación está en graves aprietos —comenzó el Padre de la Nación.

Los jóvenes aullaron de risa.

—¿Os creéis que tiene gracia? ¿No os preocupa vuestro futuro? —preguntó incrédulo el antiguo presidente y antiguo profesor.

—El tirano depuesto robó y saqueó nuestro futuro mientras estábamos en la barriga de nuestra madre, viejo, así que a menos que hayas venido a enseñarnos a hacer dinero rápido y dinero de verdad para salir de esta ruina que creó su régimen, yo me largo —declaró el cabrito arrogante, levantándose de su silla—. ¡Eh! —se dirigió a sus compañeros—. Me voy a la calle R. G. Mugabe, tíos, creo que dan prácticas de cambiar dinero, ¿quién se viene?

El resto de los estudiantes estalló en vítores. Y, tal vez alentado por la atención que recibía, el cabrito se pavoneó por la clase cantando:

—¿Qué nos has traído, hermano? ¿Qué nos has traído, hermana? ¿Qué nos has traído, colega? ¿Qué nos has traído, Su Excelencia, señor? ¿Qué nos has traído, Nueva Administración?

El aplauso creció hasta amenazar con levantar el ruinoso tejado. Entonces, el cabrito echó a trotar hacia la puerta y se marchó al galope cantando su himno de «¿Qué nos has traído?». Sus compañeros, para no quedarse atrás, se levantaron como soldados llamados a las armas, y corriendo, chillando, cantando, riendo, tholukuthi que los bufones, los chiflados, las bestias salvajes salieron por la puerta, salieron por la verja y desaparecieron por la carretera llena de baches.

Tan desalentado quedó el Padre de la Nación por aquel encuentro que, con los nervios, apenas veía la carretera, y las mariposas, tal vez percibiéndolo, se hicieron cargo de la procesión y encabezaron la marcha. Él las siguió con pasos medio lánguidos, con los camaradas justo detrás. Bajaron con la solemnidad de un cortejo fúnebre por la carretera que separaba el instituto del gueto, pasaron de largo a los animales que tallaban lápidas bajo las acacias secas, pasaron de largo las montañas de basura tirada, pasaron de largo las nuevas construcciones de viviendas, donde los pequeños saltaban sobre arroyos de agua de alcantarilla, pasaron de largo la hilera de colmados y la parada de taxis.

Tholukuthi que el Padre de la Nación apenas se apercibía de su entorno. En su cabeza bullían las perturbadoras imágenes de los horribles estudiantes, sin duda crías de animales horribles, como los que había visto por las aceras de la ciudad, y que obviamente crecerían para engendrar sus propios hijos horribles, y así y así continuaría el desdichado ciclo. Pero ¿cómo era posible que esa clase de escuela existiera en Jidada? ¿Y cuántas escuelas eran así, con criaturas tan horribles?, pensaba. ¿Y qué significaba eso para el futuro de la nación? ¿Y sabían siquiera los estudiantes horribles lo mucho que él y los libertadores habían luchado por la misma educación en la que ahora se orinaban? ¿Sabían que la educación en Jidada tenía que ser un alto faro para todo el continente africano?

THOLUKUTHI SOBRE ESTAS MISMAS VÍAS

Las vías de tren arrancaron al Padre de la Nación de sus amargas cavilaciones. Se cruzaban, descruzaban y extendían desde la estación —ahora abandonada— hasta donde alcanzaba la vista. Tholukuthi avanzando no hacia el futuro, sino hacia el pasado. Al Padre de la Nación le parecieron las mismas vías contra las que, ahora ya hace mucho tiempo, en mitad de la Guerra de Liberación, los liberadores, operando en pequeñas bandas coordinadas, lanzaban sus ataques. Contra esas vías y muchas otras parecidas por todo el país, haciendo explotar buenos trenes, interrumpiendo servicios, a menudo causando cortes eléctricos durante días en su esfuerzo por aislar al despótico régimen colonial. Le parecía que había pasado todavía mucho más tiempo desde que expulsaron a la fuerza a sus antepasados de esta misma tierra para dejar sitio a los intrusos colonizadores. Y no fueron solo desalojados, sino que también tuvieron que soportar la violencia y la humillación de los trabajos forzados, mano de obra barata, sí, tholukuthi que para construir la mismísima vía de tren que los alejó de su tierra, la tierra que, décadas y décadas y décadas más tarde, sus descendientes todavía no nacidos tendrían que liberar yendo a la guerra.

Pero también parecía que fue ayer cuando una Jidada liberada prosperaba gracias al tren. Los trenes llegaban de todo el país, con carbón, asbestos, oro, mineral de hierro, planito, cemento, fertilizantes, ropa, algodón. Trenes con tabaco, trigo, café, caña de azúcar, maíz, cacahuetes. Trenes hacia Botsuana, Sudáfrica, la República Democrática del Congo, Zambia, Angola, Mozambique. Sí, tholukuthi trenes que llevaban la riqueza de Jidada, con un «da» y otro «da», Jidada, la que era entonces la panera de África, Jidada, entonces una cueva del tesoro de infinita riqueza natural.

Tholukuthi que, sobre aquellas vías, el Padre de la Nación podía oír el tumulto de los trenes, una frenética vibración que sacudía la tierra; agudos silbidos que hendían el aire; el vapor que siseaba con absoluta arrogancia en el rostro de Dios, y por todas partes el chuc-chuc-chuc de la bestia de metal que barría la tierra.

Aquel vivificante sonido transportó al Padre de la Nación y lo embargó de tal alegría que echó a trotar, y luego a galopar... Tholukuthi que era un tren al galope.

—¿Qué nos has traído, hermano? —entonó, batiendo la tierra con las pezuñas—. Te traigo platino y mineral de hierro y carbón. ¿Qué nos has traído, abuela? Te traigo azúcar y algodón y tabaco. ¿Qué nos has traído, hermana? Te traigo trigo y maíz y patatas de la panera de África. ¿Qué nos has traído, camarada? ¡Te traigo auténtico dinero de Jidada! —cantó.

Allá iba, una flecha en el viento, un rayo a través del campo, galopando hacia delante, tholukuthi que no hacia el futuro, sino hacia la pasada gloria de Jidada.

GUKURAHUNDI

Fue el himno de los camaradas y las mariposas lo que lo despertó. Le dolían los huesos de galopar a campo abierto. Miró alrededor y, sobresaltado, se levantó con torpeza. En torno a él todo era rojo como las mariposas, como la sangre: tholukuthi árboles rojos, hierba roja, flores rojas, tierra roja, piedras rojas, hasta el cielo era escarlata. El Padre de la Nación había visto toda clase de cosas en su larga y azarosa vida, pero jamás nada parecido. Y como la imagen le resultó de algún modo tan absurda como desconcertante, no pudo aguantar la risa. Y así se estaba riendo, habiendo olvidado por un momento el dolor de sus viejas articulaciones, cuando vio a la primera mariposa entrar en la tierra. Justo a su izquierda se alzaba un enorme árbol rojo de hojas anchas y planas y frutos redondos. Un hormiguero rojo crecía bajo el árbol y, desde donde él yacía, parecía que el hormiguero estuviera abierto por arriba, que era por donde entraban las columnas de mariposas, una tras otra tras otra, hasta que desapareció la última.

La súbita lluvia lo sobresaltó. Como su bisabuela había sido una hacedora de lluvia y conocía las lluvias igual que algunos animales sabían quién se acercaba solo por el sonido de unos cascos,

el Padre de la Nación supo qué lluvia era esa. El gukurahundi: sí, tholukuthi la lluvia temprana que se lleva la paja antes de las lluvias de primavera. Solo que esta lluvia era de sangre, como todo lo demás. Se levantó y se encaminó al árbol de los extraños frutos, queriendo buscar cobijo, pero descubrió sorprendido que, a pesar de la mata de gruesas hojas, bajo el árbol llovía con la misma fuerza. No había ningún otro refugio. Hasta que vio que el hormiguero se abría en dos. Los camaradas fueron entrando en él. Y los siguió.

Para su sorpresa, el mundo bajo tierra, igual que el mundo sobre ella, era todo un paisaje con árboles y hierba y flores y piedras y montañas. No había señales de las mariposas y los camaradas muertos. Tholukuthi que el silencio que lo recibió fue como el interior de una bala. Miraba alrededor, intentando orientarse, cuando vio alarmado que estaba rodeado de cadáveres empapados de sangre, sí, cuerpos heridos, cuerpos mutilados, cuerpos descuartizados. Había cuerpos quemados, cuerpos apaleados, cuerpos violados, cuerpos sangrantes. Vio cuerpos de hembras preñadas con las barrigas abiertas y los fetos colgando. En fosas comunes abiertas vio cuerpos atravesados de balas. Y por todas partes, sangre, ríos y ríos de sangre. El aire caliente apestaba a carne descompuesta y resonaban en él las más terribles súplicas de ayuda. Oyó gritos y aullidos de puro terror, oyó oraciones y ruegos desesperados. Y el ruido creció hasta formar una tormenta de sonido tan devastadora que creyó que le explotaría la cabeza.

LA QUINTA BRIGADA

El fragor de un tiroteo puso fin al espantoso estruendo. El Padre de la Nación echó atrás las orejas y escuchó con mucha atención y el corazón palpitante. Oyó más tiros, seguidos por el incesante ladrido de perros. Luego llegaron trotando las jaurías de defensores con boinas rojas, se pusieron en formación, saludaron. El Padre de la Nación reconoció a la unidad especial de defensores de

la Quinta Brigada y de inmediato se relajó. Los perros eran todo sangre: tholukuthi sangre en sus uniformes, sangre en las botas, sangre en las caras, sangre en los dientes, sangre en las armas. El comandante de ojos rojos disparó un tiro de celebración y sus tropas estallaron en una orgía de cántico y danza: «Mai Va Dhikondo! Mai Va Dhikondo! Mai Va Dhikondo! Mai Va Dhikondo! Mai Va Dhikondo! Mai va Dhi... Dhikondo Dhiiiiiiiiiiiiiiiiiiiiii...» Sí, los defensores de la Revolución y el Padre de la Nación danzaron y brincaron y aullaron y chillaron celebrando su victoria, danzaron incluso cuando empezaron a llover torrentes de sangre, danzaron incluso cuando un vasto río rojo se alzó a su alrededor tholukuthi arrastrando más cadáveres, cadáveres y cadáveres.

INFINITO ROJO

Despertó al aire libre, una vez más sobre la tierra, rodeado todavía de aquella rojez, en el terrible silencio del interior de una bala. Se sintió mojado, chorreando, y al examinarse descubrió que estaba empapado en sangre. Se levantó de un salto, con un grito de horror, y vio que a su alrededor todo eran bebés muertos que parloteaban.

—¿Qué queréis de mí? Volved allá de donde hayáis venido —dijo, alejándose con paso enérgico de los pequeños.

La tierra roja se extendía infinita en derredor, vasta, ensangrentada, ensangrentada, vasta. El Padre de la Nación trotó, luego galopó con el alma sobrecogida de miedo. Y tholukuthi que los pequeños bebés se alzaron en el aire y lo persiguieron flotando. El Padre de la Nación se lanzó al galope, más deprisa que un tren: deprisa, más deprisa, más deprisa, más deprisa, más deprisa, más deprisa, más deprisa, más deprisa, más deprisa, más deprisa, más deprisa, más deprisa... Pero la tierra roja se expandía y se expandía, y al Padre de la Nación le parecía estar corriendo hacia el terrible corazón del rojo.

Pasado, presente, ~~futuro,~~ pasado

THOLUKUTHI ERRANTE

Cuando al principio comienza a dar sus largos paseos, que es mejor que estar sentada en casa sabiendo que su madre anda por ahí, sintiendo que ella es la razón de que su madre ande por ahí, Destino sale de casa muy temprano por la mañana. A esas horas, todo está siempre desierto excepto por las hembras que, dobladas en dos, vapulean sus patios o sus porches con escobas de hierbas, porque en los guetos es así, entre otras cosas, como las amas de casa desempleadas demuestran su femineidad y se ganan el respeto de los demás: tholukuthi por la pulcritud de sus patios, por el reluciente brillo de sus porches, por la limpieza de sus casas. Cuando ven a la cabra, detienen el baile de las escobas y se alzan en toda su altura y ofrecen rituales saludos matutinos. No preguntan adónde va porque sería cruel, siendo así que esta hija de Simiso, obviamente solitaria, no ha ofrecido desde su llegada absolutamente nada más que una callada presencia, tan callada que la cabra ha eludido responder a las habituales preguntas que se preguntan a los retornados. Nadie en el gueto puede jactarse de saber por qué se marchó como se marchó hace ya tantos años, por qué desapareció así, ni dónde ni cómo ha vivido, de manera que hasta las cotillas más entregadas de Lozikeyi, tholukuthi hábiles criaturas con lenguas tan poderosas que son capaces de sonsacar a un cadáver secretos reservados para la tumba, al final se dieron por vencidas y dejaron en paz a la cabra. Pero las vecinas, allí paradas

mirándola hasta que desaparece, con las escobas de paja ociosas contra patas polvorientas, se preguntan hasta cuándo durará esta historia de los paseos, se preguntan también si aquello tendrá relación con la locura de su madre, porque ¿no dicen que esas cosas se llevan en la sangre?

EL PASADO QUE VIENE

Por lo demás, no hay ningún avance notable en el gueto, de manera que por mucho tiempo que hayan estado fuera, los retornados pueden estar bastante seguros de que encontrarán el lugar más o menos como lo dejaron. Solo que ahora Lozikeyi está vestida para matar, con coloridos carteles y panfletos para las próximas elecciones. Los rostros radiantes de los candidatos: el Salvador de la Nación y el líder de la oposición, Buenavoluntad Beta, contemplan sonrientes el gueto desde las paredes del centro comercial, la parada de autobús en desuso, la clínica, la oficina de vivienda, desde los troncos de grandes árboles, en las cercas de la iglesia y el colegio, desde las caras de las rocas. Sí, tholukuthi que los eslóganes y mensajes de los famosos candidatos hacen todo lo posible por atraer a los votantes: «¡Solo el Salvador salvará Jidada!», «¡Solo la sangre joven y las nuevas ideas llevarán a Jidada a la gloria!», «¡Vota a Tuvius Delicia Shasha!», «¡Vota a Buenavoluntad Beta!», «¡Vota al Partido del Poder para el Órgano de Poder!», «¡Vota a la oposición por un cambio real!», «La voz de las masas es la voz de Dios, tu voto es tu voz, vota a Tuvius Delicia Shasha, un salvador, ¡el Salvador!», «Este es el voto de tu vida, vota con inteligencia, ¡vota a Buenavoluntad Beta!».

Lozikeyi, como el resto del país, ha vibrado de esperanza y expectación por las llamadas elecciones #libresjustascreíbles. Allá por donde mira, Destino ve la sensación de que ya se ha doblado una esquina, que pronto se llegará a la tierra prometida. Tholukuthi que el muy familiar frenesí de las elecciones sume a la cabra en una constante inquietud, le recuerda al pasado. Tholukuthi

el pasado. De hecho, muchas veces piensa que este bien podría ser el pasado, como si Jidada hubiera de alguna forma rebotado diez años hacia atrás, hasta aquel tiempo de tantas cosas, incluida una promesa tan viva que Destino, como tantos otros, se vio completamente arrastrada por ella, tholukuthi poseída.

EL HACHA OLVIDA, EL ÁRBOL RECUERDA

Aquella sensación había sido como una potente droga, Destino, ¿te acuerdas? ¿Recuerdas la emocionante posibilidad? ¿El tozudo sueño de una futura Jidada libre, que aguardaba justo detrás de la esquina? Destino se acuerda, cómo no se va a acordar. Incluso aunque el proceso era de todo menos libre y justo, incluso cuando estuvo encenagado en toda clase de violencia, incluso cuando Dios decretó que el Viejo Caballo gobernara y gobernara y siguiera gobernando, los jidadanos todavía se alzaron desafiantes contra la tiranía del Órgano de Poder, en multitudes que batieron récords, y se apiñaron en las urnas, tholukuthi impulsados por una esperanza que demostró ser mayor, mejor que la intimidación, que la represión, que el miedo. Recuerda cómo con su voto —que para ella fue el primer voto de su vida— los ciudadanos exigieron el cambio, pidieron una Jidada mejor, una nueva Jidada. Y recuerda que, como resultado, el líder de la oposición derrotó al Padre de la Nación en una sorpresiva y espectacular victoria.

Recuerda también la euforia subsiguiente, una euforia que se evaporó como orina en arena caliente cuando el Viejo Caballo y el Órgano de Poder, con Tuvy, entonces vicepresidente, a la cabeza, sencillamente se negaron a aceptar el voto. Tholukuthi que en lugar de apartarse, lanzaron a sus defensores a defender la Revolución, no solo en cualquier campo de batalla, sino en los cuerpos de los hijos de la nación, en el propio cuerpo de Destino. Destino recuerda, su cuerpo recuerda. Tholukuthi la intensa quemazón del gas lacrimógeno. Tholukuthi los golpes de las porras de los defensores. Tholukuthi el zapateo de las botas de los defensores. Tho-

lukuthi el restallar de los látigos de los defensores. Destino recuerda, su cuerpo recordará siempre la espantosa asfixia, la tortura, el cuerpo roto, el dolor llenándolo como un aguacero inunda un río hasta desbordarlo.

Recuerda que al final de aquella guerra terrible, el tan esperado futuro yacía roto, ensangrentado. Destino recuerda, su cuerpo recuerda. De manera que cuando pasa por el viejo mercado de Salukazi y camina a lo largo de la cerca del colegio de enseñanza primaria de Lozikeyi, apenas ve adónde va porque sus pensamientos ahora giran en un torbellino, porque el conocido peso en su corazón ahora ha despertado, ahora se alza sobre sus cuartos traseros, porque el dolor ahora la envuelve como un sudario. Este país, piensa con amargura. ¡Este país! ¡Este país! Pero entonces, ¿acaso fue buena idea regresar, Destino? ¿Regresar a ese mismo país que acabó contigo? ¿Y justo en este momento en concreto, tan impregnado de todo lo que te recuerda al pasado…? ¿O es que has vuelto por Simiso?

TIERRA INHABITABLE

No, no había vuelto específicamente por Simiso, aunque dada la situación, se alegra de haber vuelto. La cuestión tampoco era si había sido o no una buena idea. Destino volvió, simple y llanamente, porque el país al que había huido, igual que el país del que huía, resultó no ser ningún refugio.

Tholukuthi que tras años de soportar el exilio, de decirse que el hijo de un rey era un donnadie en otras tierras, de decirse que cuando un león tenía bastante hambre comía hierba, apuntó con el morro a la misma tierra que había dejado atrás, la misma tierra donde había prometido no volver jamás a poner la pezuña. Entonces, debe de ser algo humillante, Destino, haber vuelto así, sabiendo que no estarías aquí si el lugar donde vivías hubiera sido más habitable. ¿Es eso?, piensa, anonadada y no por primera vez ante el hecho de estar de verdad de vuelta en Jidada, ante la idea

de haber huido de esta tierra solo para que la escupieran de nuevo sobre ella.

HABLA LA VEJEZ

Ataja por el parque Uhuru, que en los viejos tiempos era el punto de encuentro para los jóvenes amantes de Lozikeyi debido a su frondoso césped y a los árboles exuberantes y a las flores de todos los colores y a los fotógrafos con sus toscas cámaras que cobraban diez dólares por una fotografía. Ahora, una década más tarde, ya no hay césped frondoso y ya no hay coloridas flores y ya no hay amantes y ya no hay fotógrafos. Al final del parque, Destino sigue la carretera asfaltada por un corto tramo, pasa por delante de la oficina de vivienda junto al centro de juventud. Más allá de la parada de autobús en desuso. Más allá de la iglesia Hermanos en Cristo. Más allá de la casa azul con el gigantesco guayabo, donde la hostil oveja vieja que había vivido allí, tal vez amargada por no tener dientes, prefería dejar que sus guayabas madurasen hasta pudrirse y caerse, de manera que los jóvenes de Lozikeyi se especializaron en saquear el árbol antes de que la fruta hubiera tenido tiempo de madurar.

—Hawu, pero ¡si es la mismísima Destino!

Destino, sorprendida por la voz profunda que ha salido de la nada como la voz de Dios, da un respingo y mira en derredor antes de razonar que la voz debe de proceder de detrás del denso seto de gaulteria, a su izquierda. Lleva caminando unas cuantas horas y lo último que desea es detenerse a charlar bajo el sol ardiente.

—Aquí, hija de Simiso Khumalo, ¡aquí!

Unos cuantos pasos más adelante, un viejo carnero con un desvaído mono azul y una gorra del Arsenal sale por una estrecha verja, la cierra y contempla a Destino con una sonrisa radiante. Ella se acerca despacio, estrujándose los sesos por identificar al viejo. Tholukuthi que no lo consigue.

—Sí que eres tú, hija, pero ¡cómo has crecido, yeyi! ¡Pero si ya eres toda una hembra! La última vez que te vi eras así de alta. —El carnero, ahora riéndose, hace un gesto con la pezuña. Destino lo mira inexpresiva—. ¿Me estás diciendo que no te acuerdas de mí? —El viejo arruga la cara fingiendo disgusto. Y antes de que Destino pueda responder que sí, el carnero sacude la verja y berrea—: ¡NaMaMo! We NaMaMo! ¡Sal a ver quién está aquí, yebana!

Al oír la palabra «yebana», Destino lo recuerda: es SaMaMo, otro de los viejos amigos de su madre. Muchos años atrás, la palabra se había convertido en su mote, por lo mucho que la usaba. Y como si hubiera estado detrás de la puerta esperando a que la llamaran, NaMaMo, su esposa, sale al instante. Es una oveja delgada y compacta que cabriolea con los desordenados andares de un cangrejo, con el morro arrugado como si el propio aire oliera mal. Está apropiadamente vestida para las tareas matutinas, con ropa vieja y un delantal y unas desvaídas zapatillas de tenis. Se acopla junto a la verja sin hacer ademán de salir de su patio.

—¿Quién es, padre? —pregunta, entornando los ojos. Y Destino se da cuenta de que el morro arrugado probablemente tenga algo que ver con su mala vista.

—Yebana, NaMaMo! ¿No me digas que no ves quién es?

—Humm. Pues no. Parece ser que no —contesta NaMaMo, con un guiño ceñudo.

—Pero mira bien, madre, ¿seguro que no la ves?

—¿Verla con qué ojos, padre? Cuando te digo que tendríamos que ir al médico por las cuta... las capa... ¿Cómo se llaman esas nubes que salen en los ojos?

—¿Cataratas? —aventura Destino.

—Sí, eso, las catartaras, gracias. Cuando te digo, padre, que deberíamos ir al médico por las catartaras estas es porque de verdad me estoy quedando ciega. —Hay un inconfundible tono de queja en la voz de NaMaMo.

—Bueno, pues esta es la hija de MaKhumalo.

—¿MaKhumalo? —NaMaMo rebusca en su memoria, baja la cabeza y la ladea para mirar a Destino.

—Sí, la mismísima MaKhumalo.

—Pero ¿qué MaKhumalo?

—Simiso.

—¿Simiso?

—Yebana, madre, ¡ahora nos vas a decir que tampoco oyes!

—Ihm, Simiso... Simiso, ¿Simiso? —NaMaMo cavila. Ahora mira hacia arriba, como buscando el rostro de Simiso en el cielo azul, entre el blanco intenso de las nubes—. ¡Ah! ¿La cabra loca? Pues claro, sí, sí, sí, ahora la veo. —Y volviéndose hacia Destino como si la viera por primera vez, con la voz animada con la chispa del recuerdo, NaMaMo exclama—: Ah-ah, yeyi, ¡hola, mi niña! ¿Cómo está tu pobre madre?

—No lo sé. Vaya, que ha desaparecido y no la he visto, así que no sé muy bien cómo está. —Destino no sabe muy bien qué sentir oyendo a la oveja llamar loca a su madre.

—Volverá, mi niña. De una manera u otra. En este momento, ella sabe que has vuelto. El cuerpo tiene su forma de saber —asegura NaMaMo.

—Pero es que lo que hiciste, Destino, no estuvo bien. ¡Desaparecer así nje! ¡Y tan de pronto! No me extraña que Simiso se volviera loca, ¿qué madre no se volvería loca? —tercia SaMaMo.

—Hawu, SaMaMo! La niña no tiene por qué oír esas cosas. ¿Para qué quieres hacerla sentir mal?

—Justamente esas son las cosas que tiene que oír, porque ¿cómo si no iba a aprender? La verdad es que hizo mal y ahora, tanto ella como su madre, están en esta situación porque...

—Ye SaMaMo!

—No, NaMaMo, déjame acabar. A ver, ¿qué iba diciendo yo?

—Habías dicho la palabra «porque».

—Sí, por eso. Y no, no miento, esa es la verdad. Y una cosa te digo, Destino, si supieras dónde ha estado Simiso, lo que le has hecho pasar, encima de lo que ya pasó para criarte, te lo habrías

pensado dos veces. ¡Ah, si estos niños tuvieran la menor idea! —despotrica SaMaMo.

Destino está tan pasmada por la inesperada diatriba que apenas oye a NaMaMo pedir disculpas por su esposo y aconsejarle que se marche.

—Es que si no, no va a parar. Pero, por favor, no le hagas caso, es la vejez la que habla, mi niña, ya no siempre es él mismo. —NaMaMo se despide con la mano de Destino, que ya se aleja, herida, haciendo lo posible por no llorar.

Al final de la calle gira a la izquierda y se dirige hacia la vieja carretera de Ngubentsha: es el camino más rápido a la casa de su madre. Siente demasiado dolor, siente demasiado el peso de la ausencia de Simiso para proseguir con su paseo.

MECANISMOS DE DEFENSA

Más tarde se lanza a refrotar la casa de su madre, tholukuthi que la refriega de arriba abajo porque su manera de lidiar con el dolor ha sido siempre limpiar. Los años han encogido más la pequeña casucha, la pintura antaño vibrante se ha desvaído en las paredes, una ventana rota ha sido reemplazada con un grueso plástico transparente, en el mueble de la cocina falta un cajón, la mesa danza sobre sus patas, los muebles se encuentran en diversos estados de desgaste. Pero para Destino es un consuelo que siga siendo la misma casa, los mismos muebles de su infancia, porque confiere al lugar una familiaridad que es como un ancla. Así pues, agradece que ahí esté la vieja mesa de caoba para seis comensales, la vitrina de cristal atestada de preciosa porcelana, la mesita de centro y las mesitas auxiliares, el armario en su habitación, la cama doble con el cabecero de metal y madera —una de las patas ha sido sustituida por una pila de ladrillos—, su alto baúl del colegio.

Agradece también la pared entera del salón, que Simiso ha convertido en una galería de fotografías. Ahora están desvaídas, pero es ella en cada etapa de su vida, piensa la cabra, atendiendo

a cada una con un nudo en la garganta. Esta eres tú, Destino, de pequeña, dormida en un cochecito a la sombra de un melocotonero. Y aquí estás boca abajo, aprendiendo a gatear, sonriendo con los dos dientecillos que tienes. Ahí estás corriendo detrás de la bicicleta de un cartero. Aquí estás con tu uniforme púrpura de la guardería, sobre la rueda de una furgoneta de helados Dairibord blanca y roja. Esa eres tú, con tu uniforme de primero de primaria. Y ahí otra vez, jugando a las casitas, sirviendo canapés en chapas de Coca-Cola: trozos de guayaba y espinacas robadas del jardín de tu vecino NaBongi, con tu esposo de mentira, Ncane, y su otra esposa, Destelia, sentados en los capós de sus coches de juguete. Y mira, esa eres tú unos años más tarde, sosteniendo un paquete en una ceremonia de entrega de premios: durante toda la primaria siempre fuiste la primera en Inglés y Ndebele. Esa eres tú, tumbada en el suelo del salón de MaDawu, viendo *Tarzán* en el primer televisor de toda la barriada. Esas sois tú y tu mejor amiga, Thandekile Moyo; no erais parientes, pero parecíais un par de nalgas juntas, era difícil saber quién era quién. Y ahí estás unos años más adelante con Thandekile, Tichaeva Mazarire, Shelly Kunene, Nonceba Makeleni y Sandra Gwatidzo, en el viaje de séptimo a Matopo, mirando la tumba de Cecil John Rhodes. Esa eres tú en una foto de grupo con la princesa Diana, el día que visitó tu escuela. Y aquí estás, con traje de paisano, con el pelo muy corto y con una sonrisa manchada de carmín, con tu camisa favorita de viscosa y los pantalones palazzo. Esa eres tú, el primer día de tu periodo; ese fue el año en que tus amigas te llamaban la Viuda Negra porque siempre ibas vestida de negro porque estabas convencida de que a pesar de todas las precauciones que tomabas, aun así mancharías y te avergonzarías. Y mira, esta eres tú, arreglada para la fiesta de los que se marchaban del instituto, donde Ncane te besó por primera vez. Aquí estás, unos años después, graduándote en la universidad. Aquí estás en tu primer mitin político, donde oíste hablar al fallecido líder fundador del Partido de la Oposición, aunque tu madre te había prohibido, por razones que desconocías, tener nada que ver con la política.

MABRRRRRRR, THOLUKUTHI MEMEZA MAMA

Está limpiando su dormitorio cuando encuentra el CD metido en una tarjeta de cumpleaños entre sus libros, una cosa fea, hecha a mano, decorada con corazones rojos y blancos. Se echa a reír al recordar el día en que hizo la tarjeta para el cumpleaños de Simiso, después de haberse gastado en la tienda el dinero con el que tenía que comprarla. El CD no lleva título. Se pregunta si tendrá algo grabado. Se lo lleva al salón, dando gracias por el viejo reproductor de CD que todavía se asienta orgulloso sobre el carrito bajo la ventana, como una preciosa reliquia, porque Simiso es de la generación que sencillamente se niega a tirar las cosas por muchas muertes que hayan muerto. Enciende el aparato, abre la bandeja, sopla con fuerza por si hay dentro partículas de polvo. Mete el CD, cierra el chisme y le da al play.

No está preparada para la voz que sale de la reliquia con la fuerza de una cascada. Retrocede tambaleándose hasta aterrizar de golpe en el sofá, derribada por la extraordinaria fuerza del agua, y allí se queda sentada, tholukuthi ahogándose en la voz de Brenda Fassie, ahogándose en la canción «Memeza», que es también el lamento de una madre ausente, ahogándose en el pasado, ahogándose en su presente plagado de la ausencia de su madre, ahogándose en el futuro que sabe que será un río ensangrentado de esperanzas rotas, igual que el horrible pasado. Tholukuthi el pasado. Pero no se hunde, no. Porque la voz de Brenda Fassie la lleva a lugar seguro, la deposita en tierra firme, suena y suena y no deja de sonar, hasta que la cabra se da cuenta de que la voz no proviene ya de la reliquia, sino de otra parte, y que esa otra parte es en realidad su propia garganta.

Todavía estás cantando, Destino, cuando abres la puerta y sales, tholukuthi flotando, de verdad flotando, porque no parece por tu cuerpo ni por tus movimientos que andes por voluntad propia. Y tu voz, Destino..., tholukuthi una angustia tan devastadora que Duquesa y la camarada Nuncafalla y Madre de Dios y NaDumi y la señora Phiri y MaNkala y NaAmor y NaGugu y

Mai Tanaka y Sarudzai y Soneni y todas las vecinas de tu madre lo oyen en sus tripas y salen de sus casas como en trance, sí, tholukuthi que dejan todo lo que están haciendo, tanto si quieren como si no. Tu voz no les da tiempo, ni opción ni permiso.

Siguen esa voz todo el camino hasta la casita amurallada de la esquina, donde entran en fila por la verja y se reúnen en el patio con lágrimas en los ojos, y con las patas en los corazones te ven cantar, Destino, sí, tholukuthi allí de pie con lágrimas en los ojos y tocándose el corazón y viéndote cantar, Destino, allí de pie con lágrimas en los ojos y tocándose el corazón y viéndote cantar y cantar y cantar y cantar y cantar, tholukuthi cantar cantar cantar cantar cantar cantar cantar hasta que por fin, cuando parece que el sonido de tu voz va a partir el cielo en dos, callas de pronto. Nadie está preparado para el épico torrente que sigue al canto: es como si se hubiera roto una gigantesca presa dentro de ti, Destino. Tholukuthi un torrente de lágrimas, una inundación de lágrimas, un chaparrón de lágrimas. Pero déjalas salir, sí, tholukuthi llora, Destino, tú, la hija retornada de Simiso, tú, la hija rota de Jidada, llora, llora. Tholukuthi llora.

FE Y UN MILAGRO EN LOZIKEYI

Es Madre de Dios quien comienza la oración. La oveja abraza su cuerpo, alzada sobre flacas patas traseras, y mira al cielo. Y levanta la pezuña derecha alto en el aire, como si le tomara la temperatura, y dice:

—Querido padre Ebenezer, el único Dios de Gloria. —Tholukuthi que su voz es un eco resonante que podría provenir de lo más profundo de las entrañas de la tierra. Y las compañeras de oración de Madre de Dios, las Guerreras Orantes de Lozikeyi (hembras de fe que han vivido las unas con las otras muchísimo tiempo y han viajado por todos los caminos, por toda clase de trillados senderos en toda clase de climas, de tal manera que están en sincronía tanto despiertas como dormidas) alzan los miembros

sobre sus cabezas y se unen a su hermana en el rezo. Y sus voces trenzadas resuenan y resuenan y se elevan hasta el mismísimo cielo. Y no son voces apocadas, no. No son voces humildes, no. No son voces suplicantes, como suele ser característico de las voces que se dirigen a Dios. Qué va. Tholukuthi que tal como suenan las Guerreras Orantes de Lozikeyi bien podrían ser las altivas esposas-hermanas de Dios. Que es tal vez la razón por la que Él las escucha, sí, tholukuthi que Dios oye y Dios escucha y Dios atiende. Acostumbrado como está a ser audiencia de toda clase de desdichadas oraciones, sí, tholukuthi acostumbrado a oír una invocación cada segundo, cada minuto, cada hora, cada día, cada semana, cada mes y cada año y cada década y cada siglo durante miles y miles de años, entiende de alguna manera que esto no es una oración-oración, sino una oración-decreto. Y que no puede ser ignorada. Y que no puede esperar a una revisión.

Los que allí estuvieron contarían más tarde a los que no estuvieron que al principio el aire se hizo muy pesado, que estaba cargado del abrumador aroma de frangipani. Y que todos miraban frenéticos alrededor, asombrados, preguntándose a sí mismos y los unos a los otros si lo que olían era de verdad lo que estaban oliendo. Y sí, lo era, lo cual era en sí mismo un misterio, siendo así que no había ni una sola plumaria en el jardín ni en ningún sitio cercano. Y que la madre de Destino apareció en mitad de la tremenda sesión de oración como si saliera del propio olor a frangipani, sí, tholukuthi que apareció como una aparición, como un milagro, como una contestación directa de Dios, como si el padre de Jesús hubiera recibido la oración-decreto, le hubiera dado al botón de Responder, hubiera adjuntado a Simiso y hubiera presionado Enviar.

Dirían también que, según lo recordaban, la verja de hierro forjado estaba cerrada, pero que Simiso la había atravesado sin necesidad de abrirla, sí, tholukuthi sin esfuerzo, pasando a través de ella como si su cuerpo estuviera hecho de aire. Y dirían que ya no llevaba su vestido rojo, sucio de vivir en la calle, en los caminos, en todos los rincones y recovecos de Jidada y allá adonde la

larga búsqueda de su hija desaparecida la hubiera llevado. Y dirían que la cabra de hecho relumbraba como Moisés en lo alto del monte Sinaí, sí, tholukuthi que tanto relumbraba que había que entornar los ojos para verla bien.

Contarían también que todas las voces se acallaron, excepto las de las Guerreras Orantes de Lozikeyi, pero solo porque sus ojos o bien estaban fijos sobre el rostro de Dios en las alturas o bien cerrados en concentración, sí, y tholukuthi que solo rompieron esa concentración cuando sintieron que por fin el aire cedía y cambiaba, cuando sintieron la inconfundible presencia de Dios en las más suaves vibraciones. Que fue cuando miraron en torno a ellas, enfocando la vista como si hubieran estado ciegas toda la vida y acabaran de ver por primera vez. Y que Madre de Dios y sus compañeras Guerreras Orantes vieron que sus oraciones habían sido escuchadas, porque allí, delante de ellas, estaba Simiso, sí, la propia madre de Destino en carne y hueso, tholukuthi un milagro vivo que se podía tocar.

Lozikeyi vota

EL DÍA DEL JUICIO

Así, por fin, tan inevitable como el amanecer tras la noche, llegan las tan esperadas elecciones en Jidada, cuando la mayoría de nosotros no habíamos pegado ojo porque habíamos pasado las horas en las redes sociales, apoyándonos los unos a los otros, dándonos fuerza los unos a los otros. En WhatsApp vemos fotos de votantes que empezaban a hacer cola con la primera luz en las zonas rurales, porque tenían que caminar largas distancias hasta las urnas, y les damos gracias por su sacrificio. En Twitter, en Facebook y en Instagram oímos de jidadanos en el exilio, furiosos, destrozados porque no se les permita votar, por más que el dinero que mandan haya mantenido Jidada a flote todos estos años; les decimos que no desesperen, que nosotros votamos por el cambio por ellos. Tuvy y el Órgano de Poder habrán derrocado al Viejo Caballo, pero hoy les toca a ellos ser expulsados, porque cuando decimos que queremos un cambio total, es que queremos fuera a todo el inútil Partido del Poder.

Nuestro favorito y el favorito de Jidada, el presidente Buenavoluntad Beta, nos recuerda en un tweet que #Diosestáconnosotrosganaremos. Nos sentimos bien; si Dios está con nosotros, desde luego que venceremos. Mañana a esta misma hora habremos tirado de la cadena y Tuvy se irá por el retrete de la historia, y el presidente Buenavoluntad Beta será presidente de esta Jidada con un «da» y otro «da» como debería ser, el auténtico presidente salva-

dor, el elegido democráticamente, el ungido por Dios. Amigos de países cercanos y lejanos nos desean suerte, nos desean el cambio que merecemos y que hemos esperado tantas décadas, algunos de nosotros toda nuestra vida. Los observadores electorales nos twittean deseos de unas #eleccioneslibresjustascreíbles. Muchos simpatizantes nos desean unas #eleccioneslibresjustascreíbles. Nuestros hermanos africanos en países cercanos y lejanos nos desean unas #eleccioneslibresjustascreíbles. El embajador de Noruega en Jidada, junto con los embajadores de Finlandia, de Canadá, de Islandia, de Suiza, de Australia, de Irlanda, de Dinamarca, de Nueva Zelanda, todos nos desean unas #eleccioneslibresjustascreíbles, y nos sentimos bien sabiendo que las miradas de las más importantes democracias del mundo se posan sobre nuestra Jidada. Hoy, con todo el mundo mirando, demoleremos el despotismo de Jidada, daremos comienzo a una nueva era de una vez por todas.

Más tarde, cuando por fin salimos, es una alegría ver que todas y cada una de las flores, incluso las que hace años que no florecen, parecen haberse abierto de un día para otro, de modo que Lozikeyi es un revuelo de toda clase de colores y aromas: hasta la tierra misma se ha vestido de gala para las elecciones. En lo alto, el cielo de Lozikeyi es de esa clase de azul que te dan ganas de cogerlo y chuparlo. Estamos todos admirando el cielo, comentando lo adecuado que es para un día como hoy, cuando vemos una negra nube de aves que vuela hacia el norte, y no hace falta que nos digan que es el loro de Tuvy, Nueva Administración, y su coro de chalados. Hoy, sin embargo, como hasta los palos y las piedras saben qué hora es, las aves van más calladas que caracoles. Después de hoy tendrán que cantar canciones nuevas; porque vamos a acabar con Tuvy. Saber esto nos llena de tal alegría que reímos todavía más que el día de la caída del Viejo Caballo.

Las urnas no se abren hasta dentro de lo menos una hora, pero las calles del gueto están atestadas de cuerpos caminando sobre sus patas traseras hacia los diversos colegios electorales. Plantados delante de sus puertas, los que no quieren tener nada que ver con las elecciones nos contemplan ir a cumplir con nuestro deber cívi-

co. A decir verdad, esos animales son un perfecto ejemplo de parte de lo que va mal en Jidada: no es solo el desgraciado Partido del Poder, porque ¿cómo es posible, bajo los cielos de Jidada, sabiendo lo que nos jugamos, cómo es posible que te quedes de patas cruzadas ante un evento tan crucial? ¿Y cómo demonios va a llegar el cambio si no te acercas a las urnas con el resto de nosotros para votar por ese cambio? ¿Y cómo es que quieres vivir en un país mejor cuando tú mismo no haces nada por ser esa mejoría, cuando estás dispuesto a renunciar a tu derecho a dar forma a este país?

LAS HERMANAS DE LOS DESAPARECIDOS

Estamos tan llenos de esperanza, tan henchidos de entusiasmo que casi no podemos ni andar. Y así pues, no andamos, lo que hacemos es levitar todo el camino hasta los colegios electorales. En el instituto Lozikeyi, nuestro colegio asignado, nos encontramos a las Hermanas de los Desaparecidos montando una especie de protesta. Sus miembros se han más que triplicado e incluso ahora algunos machos se han incorporado al movimiento. Vemos a Sis Nomzamo y a Chenzira y a Qhawe entre los manifestantes. Incluso animales viejos como Gogo Manyathi y Nkiwane y Banda se dedican a ir sobre las patas traseras de un lado a otro por toda la longitud de la verja con sus características camisetas rojas, alzando sobre sus cabezas las habituales pancartas con las fotos y los nombres de los desaparecidos de Jidada. Oímos los furiosos cánticos de: «¡Sin reformas no hay elecciones libres, justas, creíbles! ¡Sin reformas no hay elecciones libres, justas, creíbles! ¡Sin reformas no hay elecciones libres, justas, creíbles!». Nos miran como si los demás no hubiéramos venido a votar por el cambio, como si hubiéramos venido a traicionar a Jesucristo, de modo que nosotros los fulminamos con la mirada porque hasta los palos y las piedras saben que su pequeña protesta es una farsa.

Por lo general, apreciamos lo que las Hermanas de los Desaparecidos intentan hacer, lo que defienden y todo eso, pero que aho-

ra salgan así el día de unas elecciones pacíficas sencillamente no tiene sentido, porque hasta la Biblia nos dice que hay un tiempo para todo, un tiempo para nacer y un tiempo para morir, un tiempo para plantar y un tiempo para dejar la tierra en paz. Y hoy es tiempo de dejar la tierra en paz. Aun así, nos negamos a darles a las Hermanas de los Desaparecidos el poder de provocarnos para que estalle una confrontación, aunque es evidente que no saben ni qué hora es. Nosotros estamos aquí por una razón y solo por una razón: para votar por una nueva Jidada en unas elecciones #libresjustascreíbles y eso es exactamente lo que vamos a hacer. Pero ahora hemos visto con nuestros propios ojos que tal vez lo que dicen de ese grupo es verdad, al fin y al cabo. Tal vez sí que necesitan esposos y crías y casas para dejar de ser un incordio en las calles, al fin y al cabo. Y en cuanto a esos esposos, tal vez esos esposos necesitan hacer mejor su trabajo de hacer cumplir la ley de Dios y mantener a las sus hembras bajo control, como dice siempre el profeta O. G. Moses, al fin y al cabo. Y tal vez necesitan que vengan uno o dos defensores ahora mismo para meterlas en cintura, para ponerlas en su lugar, al fin y al cabo.

COLEGIO ELECTORAL DEL INSTITUTO DE LOZIKEYI

Dentro del instituto de Lozikeyi nos interceptan sonrientes oficiales electorales, tan corteses, tan educados que parece que hayamos venido a pagar una exorbitante dote por una hembra condenada a la sección de saldos. Tholukuthi que nos manejan como si fuéramos algo precioso: nos sentimos como huevos de Fabergé, como los testículos de grandes reyes. Aguardamos en las colas con orgullo. Saludamos a otros votantes, nos sonreímos los unos a los otros, entrechocamos cabezas, nos olisqueamos. Nos pone contentísimos ver a animales que no hacían cola con nosotros en las elecciones anteriores, ni en las anteriores a esas. Nos encanta ver a animales que se habrían reído de nosotros, que nos habrían tachado de idiotas cuando nos encaminábamos a los colegios elec-

torales en elecciones previas. Nos emociona ver a animales que acaban de cumplir los dieciocho hacer cola para echar su voto: así es como conseguiremos el cambio que queremos, así es como les demostramos a Tuvy y su maldito Órgano de Poder quién tiene de verdad el poder en Jidada.

Las colas avanzan. Nosotros avanzamos. Las colas avanzan. Nosotros avanzamos. Vemos a Gloria, que vende fruta en una carretilla a la puerta del supermercado SPAR, empujar la carretilla con su madre dentro, que tiene dificultades para andar, hasta el frente de la cola. Nos pegamos a la pared para dejar paso, y Madre de Gloria, que obviamente no ha oído las reglas sobre el silencio, habla a voz en grito diciendo que ella ha visto elecciones ir y venir en Jidada con un «da» y otro «da», y que jamás ha visto esta clase de elecciones pacíficas. Nos grita, a pleno pulmón, que ha venido para acabar con la tiranía y que, en cuanto eche su voto, ya puede irse a morir en paz porque su trabajo estará hecho. Olvidamos la regla del silencio y aplaudimos como si ella fuera la futura presidenta, como si ya hubiera ganado. Seguimos aplaudiendo hasta que ella y su hija desaparecen dentro del aula 5B.

Cuando salen unos diez o quince minutos después, Madre de Gloria es la que empuja la carretilla y Gloria va sentada dentro. Y sonríe y asiente con la cabeza y menea la cola y se ríe, todo a la vez, con una pegatina en la frente que reza: «He votado». Volvemos a vitorearla. Y, abrumada, incapaz de controlarse más, Madre de Gloria se echa a llorar-gruñir. Vemos que Gloria la coge en brazos y la carga en la carretilla como si fuera una de las sandías que vende a la puerta del SPAR por cinco dólares cada una. Y se la lleva con una sonrisa de disculpa. Vemos a otros votantes eufóricos salir levitando tras echar sus votos. Entre ellos vemos al diablo terrorista, el defensor comandante Jambanja, que por lo visto ha vuelto de buscar oro en las Midlands. Los que saben dicen que las bandas criminales y los mineros ilegales, machete en mano, andan masacrándose los unos a los otros por el oro. Hoy, por una vez, el terrorista no lleva el horrible uniforme que lleva todos los días y a todas horas, en cualquier circunstancia y llueva o haga calor.

Cuando vemos al comandante Jambanja, se hace un silencio de muerte en la cola: el silencio de la furia, el silencio de bestias previamente heridas que, al ver a su depredador, sienten despertar y palpitar sus cicatrices. Ardemos de rabia; si la furia fuera combustible, quemaríamos hasta los cimientos todo el colegio electoral con nuestra furia, hasta ese punto odiamos a esta mala bestia que nos ha aterrorizado durante años y años en nombre del Órgano de Poder. Y allí estamos, hirviendo por dentro, fermentando por dentro, sangrando por dentro, cuando Dingi da un limpio salto desde su puesto en la cola y de un golpe tira la boina de la cuadrada cabeza del terrorista.

—Sí, estamos a punto de echar a tu jefe dictador, hijo de hiena, así que ¿por qué no te metes eso por tu apestoso trasero? —le gruñe Dingi al defensor, antes de que nadie pueda reaccionar, con los bigotes temblando de rabia.

Por un breve instante, el pequeño Dingi parece enorme en su ira, podría ser un auténtico león capaz de desgarrar y devorar. Nos alzamos sobre cuartos traseros, nos pegamos a la pared y contemplamos al asesino, sin saber qué hará: esta debe de ser la primera vez en la historia que alguien le habla así y vive para terminar una frase, y nosotros estamos francamente aterrados. Oímos al hijo de Satán respirar hondo y despacio, respirar hondo y despacio, respirar hondo y despacio, sus propios ojos ardientes siempre pegados a los de Dingi, las orejas tiesas, la cola como una porra. Aparte de eso, la cara del monstruo es un plato vacío: no hay nada en ella que indique lo que va a hacer, pero nosotros seguimos viendo la sangre saltar por los aires. Entonces, para nuestro más profundo alivio, coge la boina con los dientes, se la mete debajo del sobaco y se marcha sin más, como si acabara de acordarse de que tiene una cita importante no se sabe dónde.

—Eso es, lárgate y vete bien lejos, hijo de colasucia, ngoba a estas horas mañana te habrás quedado sin trabajo también, ¡porque vamos a recuperar Jidada! —se jacta Dingi. El monstruo aminora el paso. Nosotros contenemos el aliento, imaginando que dará media vuelta y hará desaparecer a Dingi. Entonces, Phumlani

se acerca a Dingi, le dice que se calme, ¿es que quiere que lo maten? Solo esto apacigua al gato.

—¿Que me calme por qué, wena Phumlani, cuando esta bestia salvaje y los de su calaña nos han estado aterrorizando durante todas nuestras desgraciadas vidas? No me miréis así, ¡sabéis que es verdad! ¡Decidme que no fueron este asqueroso y su banda los que casi nos matan a palos en las elecciones de 2008, los que hicieron desaparecer a Nacidolibre en las elecciones de 2013! ¡Cuéntanos cómo lo mataste, asesino, cuéntanos lo que hiciste con su cuerpo, monstruo! ¡Cuéntanos lo que hicisteis con mi primo, para que por lo menos podamos enterrarlo, para que su anciana madre pueda por lo menos morir en paz! —le chilla Dingi al defensor. Todos contenemos el aliento. El perro se aleja, pasa por delante de las últimas aulas, por delante del seto de hibisco, atraviesa la zona de asamblea con la desvaída bandera de Jidada que cuelga flácida en el aire, sale por la puerta y pasa de largo a las Hermanas de los Desaparecidos hasta perderse de vista.

El silencio persiste mucho después de que el defensor se haya ido y mucho después de que Dingi se haya calmado. Odiamos al defensor por atreverse a asomar la cara y estropear nuestra alegría, odiamos a Dingi por recordarnos lo que preferiríamos dejar en el pasado. Los diques en nuestro interior amenazan con ceder y romperse, pero nos contenemos. Aguantamos. Para por lo menos poder pasar por lo que hemos estado esperando toda la noche, lo que hemos estado esperando tantos años terribles. No es un momento que pueda explicarse, porque es muy difícil de describir. Llegamos al frente de la cola. El agente electoral dice: «Siguiente, por favor». Nos alzamos sobre los cuartos traseros, respiramos, entramos. El agente dice: «Identificación, por favor». Nos identificamos. Él verifica nuestros datos, asiente con la cabeza. Nos señala las cabinas, nos da instrucciones. Entramos, nos enfrentamos a las cabinas. Los diques en nuestro interior amenazan con ceder y romperse de nuevo, pero volvemos a dominarnos. Nos dominamos y votamos por fin por el cambio.

Votamos por fin sin miedo, por la nueva Jidada que queremos, por fin.

EL COCODRILO QUE QUERÍA JUGAR A ATRAPAR LA BANDERA

De vuelta en Lozikeyi, nos recibe el escuadrón de los niños del barrio, corriendo como el viento y llenando las calles de chillidos de terror. Abrazamos sus cuerpos temblorosos para calmarlos, nos cuentan que estaban jugando entre los matorrales detrás de la oficina de viviendas cuando se les acercó un cocodrilo. Al oír esto, estallamos en carcajadas. Y este cocodrilo que habéis visto, ¿seguro que era de verdad un cocodrilo?, preguntamos. Era de verdad un cocodrilo, contestan. ¿Y qué hacía el cocodrilo?, preguntamos. El cocodrilo cantaba y reía y danzaba y jugaba con su bufanda, contestan. ¿Sí? ¿Y cómo era exactamente la bufanda del cocodrilo? La bufanda del cocodrilo era exactamente igual que la bufanda del Salvador de la Nación. Hummm. Pero en Lozikeyi no hay cocodrilos, ¿cómo sabéis que era un cocodrilo? Porque hemos visto un cocodrilo en Google. Hmmm. ¿Y era muy grande el cocodrilo? El cocodrilo era tan grande como el gigante Goliat. ¿Y os ha dicho algo este cocodrilo?, decimos, intentando no morirnos de la risa. El cocodrilo dijo: Vamos a jugar a capturar la bandera, nos dicen. ¿Y vosotros qué le dijisteis?, decimos. Nosotros le dijimos que no sabíamos Vamos a jugar a capturar la bandera, nos dicen. ¿Y él qué dijo?, decimos. El cocodrilo dijo: Vamos a jugar al juego del país, yo seré Jidada con un «da» y otro «da», dicen. ¿De verdad? ¿Y vosotros qué dijisteis?, decimos. Dijimos que no, tú eres un cocodrilo y nos comerás, y echamos a correr, a correr a correr. ¿Vais a ir a buscarlo y a matarlo?, preguntan los pequeños, con el miedo en las caras. Nosotros estallamos en carcajadas. Les decimos que han visto demasiados vídeos en YouTube, que en Lozikeyi no hay cocodrilos, y que si de hecho ese cocodrilo fuera real y asomara la cabeza, todo el barrio saldría a cazarlo y lo haría pedazos y pedazos y pedacitos. Hacemos muecas, los críos se ol-

vidan del cocodrilo, se ríen y se ríen y llenan Lozikeyi con su dorada alegría.

FORMAS DE ESPERAR LOS RESULTADOS DE LAS ELECCIONES

Ese día sabemos que lo más duro de unas elecciones #libresjustascreíbles es esperar luego los resultados. El tiempo avanza como un caracol letárgico. Buscamos en WhatsApp actualizaciones de los recuentos, buscamos en Twitter, buscamos en Facebook. Estamos tan tensos, tholukuthi tan inquietos que no sabemos ni qué hacer. Limpiamos las casas, que ya están limpias, pero eso al menos nos mantiene ocupados. Lavamos la ropa, la secamos, la planchamos. Creamos paneles con las cosas que queremos hacer, con las criaturas que queremos ser en la nueva Jidada que aguarda justo detrás de la esquina, escribimos notas en post-its para nuestros seres futuros. Miramos en WhatsApp, miramos en Twitter, miramos en Facebook. Enviamos mensajes a amigos y parientes, y cuando nos quedamos sin gente a la que enviar mensajes, enviamos mensajes a desconocidos al azar. Miramos en WhatsApp, miramos en Twitter, miramos en Facebook. Revisamos revisamos revisamos revisamos revisamos. Tholukuthi que revisamos. Contamos los árboles, luego contamos las hojas de los árboles que ya hemos contado, tras lo cual contamos la hierba. Miramos en WhatsApp, miramos en Twitter, miramos en Facebook. Miramos en WhatsApp, miramos en Twitter, miramos en Facebook. La noche nos encuentra desquiciados de ansiedad; Dorado Maseko es quien nos rescata posteando en el grupo de WhatsApp del barrio, invitándonos a su casa para una fiesta de noche electoral.

Nos congregamos en el jardín del artista y con botellas de Castle Lite y Zambezi y Lion entre las patas hablamos de la Jidada venidera por la que hemos votado. Nos preguntamos cómo la recibiremos, cómo nos mirará, cómo la veremos. Pensamos en lo que estará haciendo Tuvy en este mismo momento, si olerá el inevitable ocaso que le espera. Nos imaginamos que sus enormes

dientes están mordisqueando su bufanda de preocupación, nos preguntamos los unos a los otros qué hará el supuesto Salvador con la bufanda supuestamente mágica después del amanecer, y nos morimos de risa imaginando su abatimiento. Miramos en WhatsApp, miramos en Twitter, miramos en Facebook. Nos preguntamos cómo se estará preparando nuestro nuevo presidente elegido, el presidente Buenavoluntad Beta, para ser el auténtico presidente del pueblo, si sabrá qué hacer con su cuerpo la víspera de la inminente gloria de Jidada. Tholukuthi que en la calle oímos a un toro bramar su frustración, gatos que maúllan en respuesta, balidos de oveja, parpeos de pato, rebuznos de burro, relinchos de caballo, gruñidos de cerdo, cloqueos de gallinas, chillidos de pavos reales, mugidos de vacas y graznidos de gansos. Por un breve instante de locura, Lozikeyi resuena con la agonía de esperar los resultados.

THOLUKUTHI ORACIÓN AMERICANA

Es justo después de medianoche cuando Sotsha-Sotsha emite el más angustiado de los rugidos, tholukuthi que hace que nos levantemos sobre los cuartos traseros y nos arranca de nuestros sueños de gloria. El carnero mira su móvil con el cuerpo tembloroso, un rostro terrible, extraño, salvaje en una mueca de palpable horror.

—¿Qué pasa, Sotsha? ¿Va ganando las elecciones Tuvy o qué? —chilla una voz ansiosa.

Se hace un silencio-silencio-silencio en el jardín de Dorado Maseko, todos estamos pendientes de Sotsha; queremos saber qué pasa, pero no queremos saberlo. Cuando por fin responde, su respuesta es marcharse del jardín arrastrando las patas como si le hubieran robado hasta el último ápice de energía, sus grandes ojos están vacuos, tiene el rabo entre las patas. Nos apartamos para dejarle paso, lo vemos desaparecer en la noche sin pronunciar ni una sola palabra.

Cuando reunimos valor suficiente para mirar nuestros móviles, encontramos el vídeo viral en WhatsApp, Twitter, Facebook, en todas partes. Estamos inquietos, pero le damos al play. Vemos a un defensor blanco con uniforme azul. Vemos el arma del defensor. Vemos el arma del defensor apuntando a la espalda de un hermano negro desarmado, que huye. Ya no hace falta que nos digan que lo que estamos viendo es Estados Unidos y ni siquiera nos sorprendemos. Antes de poder confirmar los unos con los otros que lo que vemos es de verdad lo que estamos viendo, oímos una sucesión de tiros del arma del defensor; contamos uno dos tres cuatro cinco seis siete ocho disparos disparados por el defensor contra la espalda del hermano negro que huye desarmado. Vemos al hermano negro aminorar el paso antes de caer. Vemos al hermano negro yacer inmóvil. No hace falta que nos digan que el hermano negro está muerto. Vemos al defensor gritarle al cuerpo negro que acaba de asesinar que ponga los miembros a la espalda y ni siquiera nos sorprende. Vemos el cuerpo negro asesinado allí tirado, sin reaccionar. Vemos al defensor atar el cuerpo negro asesinado como si fuera una cosa peligrosa que hubiera que inmovilizar y ni siquiera nos sorprende. Vemos a otro par de defensores acudir corriendo a la escena y vemos que ninguno de ellos atiende de inmediato al cuerpo negro asesinado y ni siquiera nos sorprende. Los vemos hablar, con el cuerpo negro asesinado a sus pies como una cosecha, como un enorme fardo negro de nada.

Mucho después de haber visto el vídeo, mucho después de que se desvaneciera la negrura de la noche y los cielos de Lozikeyi comenzaran a aclararse, seguimos en el jardín de Dorado Maseko, en silencio, incapaces de movernos por culpa del peso que llevamos dentro, preguntándonos qué decir esta vez, sin saber qué decir esta vez, hasta que vemos que Dorado Maseko agacha la cabeza y alza despacio los miembros al cielo. Lo imitamos. Agachamos la cabeza. Cuando por fin encontramos la lengua, son las palabras del asesinado lo que nos sale de la garganta y llena la noche de Lozikeyi, sí, tholukuthi esas últimas tres palabras que

hemos oído decir una y otra vez a los hermanos negros americanos que suplican por su vida a los asesinos con la más sencilla, la más desesperada de las oraciones: no puedo respirar no puedo...

LAS MARIPOSAS ROJAS

La mañana nos encuentra en pie. El día del anuncio de los resultados de las elecciones. El día del juicio. El día del cambio. El día de la democracia. Miramos el reloj. Vamos de un lado a otro. Actualizamos el Twitter y actualizamos el Twitter. Vemos que el nombre del hermano negro se viraliza y se viraliza y se viraliza. Paseamos de aquí para allá, de aquí para allá, de aquí para allá. El día del presidente Buenavoluntad Beta. El día de terminar por fin lo que comenzamos cuando acabamos con el Viejo Caballo. El día por fin de una nueva Jidada. Actualizamos el Twitter. Vemos el nombre del hermano negro viralizado, viralizado, viralizado. Paseamos de aquí para allá y de aquí para allá y de aquí para allá y de aquí para allá. El tiempo se demora, se arrastra, se estira, pero es un modo de moverse, al fin y al cabo, correr no siempre es llegar. Actualizamos el Twitter y actualizamos el Twitter. Vemos el nombre del hermano negro viralizado, viralizado, viralizado y viralizado.

Las mariposas llegan con el sol. Exclamamos boquiabiertos, pasmados, preguntándonos si lo que vemos es de verdad lo que estamos viendo. Mariposas rojas por todas partes, alas escarlata por todas partes, es como ver sangre danzando en el aire. Salimos en tropel a la calle, donde vemos que cada una de las flores que ayer florecían, que ayer admirábamos, que ayer llenaban Lozikeyi de belleza y fragancias, se han secado, han caído al suelo, y por todas partes se extiende una triste alfombra de flores muertas. Se nos encogen las tripas, se nos suben al pecho. Allí estamos preguntándonos si lo que vemos es de verdad lo que estamos viendo cuando las mariposas comienzan a alejarse. Las seguimos. Ellas vuelan, nosotros las seguimos. Más tarde comentaríamos lo extraño de todo aquello, que parecía que no las seguíamos por voluntad propia, que las habríamos seguido tanto si queríamos como si no.

¿Dónde nos encontramos? ¿Adónde nos llevan las mariposas? Nos llevan a la casa número 635, que por supuesto es la casa de

Duquesa, lo cual resulta de lo más adecuado, porque no vamos a ninguna otra parte, no podemos ir a ninguna otra parte para interpretar tan extraño fenómeno. En casa de Duquesa vemos que las mariposas descienden sobre el Edén, que es como los jóvenes llaman al jardín de Duquesa por su despampanante profusión de vegetación, la mayor parte de la cual no hemos visto realmente en ninguna otra parte. Hasta la casa de Duquesa está cubierta de una especie de trepadora rara. No tenemos ni idea de cómo se puede mantener tal producción en un gueto, entre lo pequeños que son los espacios y los cortes de agua, pero aquí está el Edén, todo lozano justo en el corazón de Lozikeyi: un singular jardín, siempre verde y colorido en cualquier estación. Las mariposas vuelan hacia el árbol de Nehanda y empiezan a posarse y, por un momento, el Edén es una especie de extraño aeropuerto, un revuelo de alas rojas por todas partes.

Estamos sorprendidos, pero no sorprendidos de que entre todos los árboles del Edén las mariposas escogieran el árbol de Nehanda, porque hasta los palos y las piedras saben que es un árbol especial. Duquesa nos contó que lo plantó con las semillas del mismísimo árbol del que los británicos colgaron a Mbuya Nehanda durante la lucha por la independencia, mucho mucho mucho antes de que naciéramos. El árbol tiene unas curiosas vainas que los jóvenes llaman los huesos de Nehanda por sus extrañas formas, por su color de hueso blanqueado, pero ahora es imposible ver parte alguna del árbol por culpa de las mariposas. Los que entre nosotros son cristianos fundamentalistas, los que creen en los líderes de la Iglesia como el profeta doctor O. G. Moses y condenan a Duquesa y le reprochan que sea una bárbara pagana e incluso una bruja que practica la adoración al diablo y el paganismo se marchan apresuradamente, pues no quieren ofender a su Dios y a sus líderes.

Los que no somos cristianos, o los que tenemos un pie en el cristianismo y otro en las religiones indígenas porque sabemos lo que sabemos, nos quedamos. No nos tomamos a la ligera a Duquesa

—cuyo nombre auténtico, Nomadlozi, significa «con los antepasados»—, sabemos que la gata es una sangoma, una médium del espíritu, dotada con el don de la adivinación, la sanación y la comunicación con los ancestros. Hemos visto a la médium tratar enfermedades conocidas e innombrables; la hemos visto predecir el tiempo; la hemos visto usar hierbas para ayudar a los vientres a concebir; la hemos visto pasar mensajes de los muertos a los vivos; la hemos visto interpretar nuestros sueños más desconcertantes y descifrar fenómenos sobrenaturales; la hemos visto hablar con bestias salvajes y aves y escarabajos peloteros y todos los organismos vivientes; la hemos visto identificar plantas extrañas que le traen los científicos y decirles para qué sirven; la hemos visto conjurar vendavales y rayos en sus raros accesos de verdadera furia. Hemos visto salir de ella a Nkunzemnyama, su antecesor, el toro bravo cuyo espíritu ha residido dentro de Duquesa desde que ella aceptó su vocación, mucho antes de que muchos de nosotros naciéramos.

LA MÉDIUM Y EL TORO NEGRO

Duquesa sale de su casa, ataviada de la cabeza a los pies con ropas ancestrales. Lleva el palo y la escobilla tradicionales, y el rostro pintado de blanco. Lo mira todo con la mirada intensa de un búho. Justo detrás de la médium van dos de sus ayudantes, batiendo con gruesos palos los tambores que llevan entre las patas. Luego salen los siguiente dos, cargados con una cesta, seguidos de las sobrinas nietas de Duquesa, Zwile y su hermana pequeña, Gloria. La última en salir es Gogo Moyo, con una vela azul encendida. La procesión se detiene bajo el árbol de Nehanda, ahora vestido de la cabeza a los pies de mariposas rojas. Nos acercamos. Uno de los que tocan el tambor nos hace un gesto para que entremos en el Edén. Entramos en el Edén y formamos un círculo.

Duquesa danza, moviendo el cuerpo con la agilidad de un animal por lo menos un siglo más joven. Se balancea y se contonea y patea y salta y se agacha y vuela. Las cintas de coloridas cuentas

que se cruzan sobre su pecho brincan y se sacuden con cada uno de sus movimientos. Duquesa danza hasta que se le cae el tocado de piel de león, decorado con un cuerno y conchas de cauri. Duquesa se detiene delante de la vela, echa atrás la cabeza y ruge, alcanzando el cielo con su llamada a sus antepasados. Ahora es cuando nosotros pateamos y damos palmas para ayudarla a canalizar a los espíritus. Los tambores se vuelven locos, llenando el Edén con un sonido que sabemos que se oye en todo Lozikeyi. Gogo Moyo comienza una canción tradicional que conocemos y nos unimos a ella.

Cuando los tambores están casi hirviendo, Duquesa cae al suelo y se sacude se sacude se sacude se sacude se sacude se sacude se sacude se sacude se sacude. Se sacude. Está entrando en trance. En cualquier momento llegará Nkunzemnyama, su antepasado. Duquesa brama, se agita, se retuerce. Gruñe como en plenos estertores del parto, respira como si estuviera extrayendo su aliento del mismo cielo. Su rostro es una tormenta, se le abren mazmorras en la frente, los dientes rechinan, los ojos se estrechan.

Nkunzemnyama llega tronando con tan prodigiosa furia que la tierra tiembla. Por muchas veces que lo hayamos visto llegar, cada aparición nos produce vértigo. El toro vuela, carga contra el árbol de Nehanda, lo rodea en delirante frenesí antes de galopar de nuevo hacia los presentes. Abrimos paso. Gogo Moyo, que es también la esposa ancestral de Duquesa y, por lo tanto, también la esposa de Nkunzemnyama, se arrodilla frente a él y entona su cántico de bienvenida. Nosotros cantamos con ella. Aparece un ayudante con una calabaza de cerveza tradicional, que Nkunzemnyama apura en un ávido trago. Gogo Moyo toma la calabaza y ulula. Los tambores cesan.

Hemos oído hablar a Nkunzemnyama muchas veces antes, pero no recordamos esta voz, que parece tener heridas dentro. Una voz de pura angustia. Le oímos decirnos que él y las mariposas han viajado desde muy lejos, de la tierra de los muertos. Sabemos que Nkunzemnyama pertenece a esa tierra, pero puesto que nunca habíamos visto ni oído hablar de las mariposas hasta ahora, alzamos la vista hacia el árbol de Nehanda y allí la mantene-

mos fija. Nkunzemnyama nos cuenta que las mariposas fueron en otro tiempo animales como nosotros, que en otro tiempo pisaban Jidada como nosotros, hasta que los masacraron justo un par de años antes de la independencia de Jidada. Cuando oímos esto, las tripas nos dan un brinco, se nos suben al pecho. Muchos conocemos la historia o hemos oído hablar de ella, pero es demasiado pesada para nuestras bocas, nos la hemos tragado para que quede enterrada en nuestro interior, donde tenemos las cosas para las que no tenemos idioma, que no sabemos cómo afrontar.

Vemos a Simiso colapsar contra su hija como un saco de maíz. Dorado Maseko y Mthokozisi ayudan a Destino a llevar a su madre al borde del Edén para que le dé un poco de aire; algunas historias pueden derribar a un animal. Nkunzemnyama nos cuenta que a los muertos les gustaría saber dónde está la justicia, tantas décadas y décadas después. Nosotros bajamos la vista, agachamos la cabeza. Nkunzemnyama nos dice que a los muertos les gustaría saber qué ha sido de sus asesinos tantas décadas y décadas después. Nosotros tragamos saliva. Nkunzemnyama nos cuenta que a los muertos les gustaría saber cuándo serán enterrados como es debido. Tragamos saliva. Nkunzemnyama nos dice que a los muertos les gustaría saber cuándo celebraremos ceremonias como es debido para apaciguarlos. Tragamos saliva y tragamos saliva. Nkunzemnyama nos cuenta que a los muertos les gustaría saber cuándo compensarán a sus supervivientes por el dolor, por sus pérdidas. Tragamos saliva, tragamos saliva. Nkunzemnyama nos ordena alzar la cabeza y responder por nosotros mismos. Intentamos alzar la cabeza, fracasamos, las cabezas caen gachas. Nkunzemnyama nos ordena que alcemos la cabeza y miremos a los muertos. Alzamos la cabeza, no vemos nada por culpa de las calientes lágrimas de vergüenza.

Nkunzemnyama se levanta de un brinco con un ronco bramido y echa a volar, con el rabo como una lanza en el aire. Da vueltas y vueltas y vueltas. Nosotros damos unos pasos atrás. Él brama y brama y brama, y Lozikeyi reverbera con su ira dolida y monótona. Nos encogemos de miedo. Los tamborileros golpean y baten y aporrean los tambores como para hacerlos astillas.

Nkunzemnyama se lanza a la carga, se detiene justo antes de destrozar a uno de ellos. Nos encogemos de miedo. Gogo Moyo recita los nombres de alabanza de los antepasados, y nosotros cantamos con ella. Al oír sus nombres de alabanza, toda una genealogía que retrotrae su linaje hasta los mismísimos comienzos de su clan, calma al toro. Nkunzemnyama se retira despacio despacio despacio despacio despacio, su bramido ahora reducido a tonos graves, guturales. Se sienta y se balancea adelante y atrás, adelante y atrás, adelante y atrás, batiendo la tierra con el rabo. Luego se queda quieto, una tempestad agotada. Por fin respiramos.

La marcha de Nkunzemnyama es súbita y rápida y sin despedida. Miramos el árbol de Nehanda y vemos que las mariposas también se han desvanecido. Los tambores marcan un tempo calmado para ayudar a Duquesa a encontrar el camino de vuelta desde la tierra de los espíritus. La médium se retuerce y se agita, como liberándose de unas terribles ataduras. Va volviendo con la vista perdida, como si no supiera dónde está, como si despertara en otro país. Duquesa se levanta tambaleante, con aspecto absolutamente exhausto, como si acabara de bajar de la más alta de las montañas. No nos reconoce, tal vez no sea consciente de su entorno. Los tambores suenan flojito flojito flojito flojito flojito, como el sonido de alas de mariposa. Gogo Moyo cubre los hombros de Duquesa con un paño blanco y, con ayuda de un asistente, la lleva de vuelta a la casa. Nosotros nos quedamos allí mirando. Y de pronto los cielos se oscurecen con la bandada de aves más grande que jamás haya surcado los cielos de Lozikeyi, y entonces, antes de que podamos ni preguntarnos qué significa eso, nos envuelve el terrible estrépito del canto de victoria de la Nueva Administración de Tuvy.

EN OYENZAYO, SIYAYIZONDA

De nuevo en las calles nos encontramos con la amarga noticia de lo que ya sabíamos al salir del Edén. A nuestro alrededor, todo Lozikeyi hierve con el insoportable anuncio de la victoria electoral de

Tuvy. En cada esquina, residentes indignados, alzados sobre los cuartos traseros, se golpean el pecho y rechinan los dientes y patean la tierra y rugen al aire. Hasta los más pequeños enseñan las encías y aúllan. Hasta las cucarachas y las moscas y las arañas y los escarabajos peloteros y las hormigas y los lagartos y los mosquitos y otras criaturas que no tienen nada que ver con el voto hierven de rabia. Y cuando S'bangilizwe empieza a cantar la popular canción protesta, *Into Oyenzayo, Siyayizonda,* estallamos en llamas. Nuestra furia nos lleva a las carreteras principales, nos lanza hacia el centro de la ciudad, batiendo y amasando más muchedumbres furiosas por el camino, de manera que para cuando llegamos a la ciudad para defender el voto, somos un mar demente agitado que ruge, tal como dice la canción, nuestro odio por lo que está haciendo Tuvy, por lo que el Órgano de Poder ha hecho siempre. Into 'yenzayo, Siyayizonda! Into 'yenzayo, Siyayizonda! Into 'yenzayo, Siyayizonda! Into 'yenzayo, Siyayizonda! Into 'yenzayo, Siyayizonda!

DEFENDIENDO LA REVOLUCIÓN, 2018

En la ciudad, nos congregamos bajo el jacarandá gigante que siempre está en flor en todas las estaciones. Aquí es exactamente donde estuvimos durante aquella marcha histórica tras la caída del Viejo Caballo. En este mismo punto es donde nos hicimos selfis con los soldados. Aquí, justo aquí, es donde soñamos con una nueva Jidada. Y mientras estamos allí, el jacarandá, sin que sople ni una brizna de viento, sin que nadie lo sacuda, sin ninguna razón que nadie pueda ver, coge y deja caer hasta el último de sus preciosos pétalos rosa. Antes de que podamos preguntarnos los unos a los otros si lo que vemos es de verdad lo que estamos viendo, estamos cubiertos de las más suaves de las flores. Contenemos el aliento, exhalamos, nos alzamos sobre los cuartos traseros. Somos fabulosos en nuestra furia, estamos resplandecientes en nuestra ira.

Todavía bajo el jacarandá gigante, ahora vestidos de flores púrpura, clavamos sin pestañear la vista en la Casa de Jidada, donde

vemos claramente la bufanda de la Nueva Administración de Tuvy donde solía estar la bandera de Jidada. Vemos también claramente los símbolos recién pintados de un caballo, defensor y arma donde estaban los viejos y desvaídos símbolos de un caballo, defensor y arma. Vemos claramente el gran retrato de Tuvy el caballo donde antes estaba el gran retrato del Viejo Caballo. Y entendemos que el cambio en el que creíamos estaba escrito en la pared, el cambio que tan desesperadamente aguardábamos y deseábamos, que de hecho imaginamos por todas partes hasta que se hizo real, el cambio contra el que nos advertían los jidadanos escépticos, el cambio que habían estado cuestionando las Hermanas de los Desaparecidos y otros desde el golpe de Estado, no era sino una ilusión. Y solo hace falta que Notagain lance una piedra y tire el feo retrato de Tuvy al suelo, como hicimos con el retrato del Viejo Caballo tan solo el año pasado: entonces chillamos, rugimos, cargamos.

No nos da tiempo a preguntarnos los unos a los otros si lo que vemos es de verdad lo que estamos viendo, porque de pronto estamos rodeados por enjambres de defensores defensores defensores armados. El tiempo gira bruscamente, salta hacia atrás. Tropezamos con nuestras esperanzas, nos tambaleamos, nos precipitamos a un pasado rojo que ahora sabemos que siempre había estado allí, acechando como un cocodrilo. Antes de que podamos preguntarnos si lo que vemos es de verdad lo que estamos viendo, la guerra cae sobre nosotros. Como cayó sobre nosotros en las últimas elecciones, como cayó sobre nosotros en las elecciones anteriores a esas, como cayó sobre nosotros en las elecciones anteriores a las anteriores, sí, tholukuthi como ha caído siempre sobre nosotros. Se oye el tan conocido impacto-restallido del arma contundente contra la carne, tiros, gritos. Estampidas, caos, el hedor de la Revolución siendo defendida, gritos. Carne herida, sangre en las calles, sangre en los desagües, gritos. Cadáveres, uno, dos, tres, cuatro, cinco, seis, siete que caen muertos, gritos. En el cielo, las nubes se tornan del color de los moratones. Y el aire, tan caliente, tan cargado de gas lacrimógeno que no vemos nada, que no podemos respirar.

Defendiendo la revolución, 1983

HORA DE SOÑAR

Unos siete minutos antes de las once de la noche, Simiso, que por lo general dormía con el pacífico sueño de un delfín, se removía y agitaba tanto en la cama que despertó a su hija, profundamente dormida a su lado. Al encontrarse encerrada entre una fría pared de cemento y el cuerpo inquieto de su madre, Destino al principio le dio unos suaves golpecitos en las costillas. Cuando aquello no funcionó, apoyó una firme pezuña contra la pared y empujó a su madre, también suavemente, en un esfuerzo por apartarla de nuevo a su lado de la cama. Cuando aquello tampoco dio resultado, Destino acercó la boca a la oreja de su madre y susurró:

—Mamá, mamá.

Esto tampoco sirvió de nada, puesto que aquella oreja en concreto era sorda, algo que la joven cabra de vez en cuando olvidaba.

—¡Madre! —lo intentó Destino de nuevo. Esta vez le salió una voz brusca, por supuesto sin querer, que la avergonzó un poco. Después de tantos intentos en vano, suspiró resignada y se dio media vuelta de cara a las tinieblas.

Cuando Simiso volvió, al principio Destino se despertaba en plena noche y se la encontraba levantada, inmóvil, al pie de la cama. La hija solía quedarse perpleja, hasta que comprendió que era la manera de Simiso de montar guardia, de asegurarse de que su hija no volvería a desaparecer. Tholukuthi que compar-

tir una cama calmó las ansiedades de su madre y permitió a la cabra dormir un poco, solo que no había noche en que no se atravesara de lado a lado en los estertores del sueño, como si su capacidad de vivir para ver amanecer dependiera solo y exclusivamente de borrar la distancia entre su cuerpo durmiente y el de su hija.

Ahora Simiso lanzó el lomo contra el costado de su hija, se movió, se agitó, y en una voz que Destino no había oído nunca dijo:

—Ajá, pero ¿adónde me llevas? ¿Adónde vamos?

Destino pensó en despertarla otra vez. Rebuscó bajo su almohada y sacó su Samsung Galaxy S6 Edge. Encendió el móvil y activó la linterna. Estaba examinando el rostro nudoso de Simiso, el cuerpo acurrucado en un fardo de tensión, cuando la cabra se echó a llorar en sueños. Tholukuthi que Destino, que en todos los años que había sido hija de Simiso jamás la había visto llorar, que no tenía recuerdo alguno de las lágrimas de su madre, al verlas ahora derramarse en torrentes, se desmoronó y se echó a llorar ella también.

LOS ANIMALES MUEREN, LOS NOMBRES PERMANECEN

—¿Qué ha pasado? ¿Por qué lloras? —pregunta Simiso, ya despierta.

—Estabas llorando dormida —contesta Destino, visiblemente aliviada por el despertar de su madre. Se levanta y enciende las luces.

—¿Y qué? ¿Ves llorar a un animal y tienes que llorar tú también, uraythekhanda nje?

—Pero ¿qué estabas soñando, madre? Porque parecía espantoso.

—Ihm, he tenido un sueño como ningún otro sueño, wena Destino. —Simiso menea la cabeza.

—¿Sobre qué? —pregunta Destino, solo con los ojos.

—Mi casa. He soñado que estaba de vuelta en mi aldea. Bulawayo.

—¿Bulawayo? Yo de eso no sé nada, madre, ¿desde cuándo? —Destino frunce el ceño.

—No seas tonta, pues claro que Bulawayo es mi hogar. Mi padre, Butholezwe Henry Vulindlela Khumalo, el mismo que te dio tu nombre, es de allí. No había soñado con él en todos estos años, hasta hoy, Destino. Ni una sola vez. —Simiso parece preocupada.

Destino la mira como si no la conociera. Es la primera vez que oye que Simiso es de Bulawayo. Y está segura de que ni siquiera había oído jamás el nombre completo de su abuelo por boca de su madre.

—En el sueño estaba también toda mi familia, mi madre y mis hermanos. Se habían convertido en mariposas rojas. —Simiso habla con una voz que Destino no reconoce, una voz empapada de tristeza.

—¿Qué hermanos? La verdad, madre, es que no entiendo nada —dice Destino, con lo cual quiere decir que siempre ha entendido, por la historia que conoce, por la historia que le han contado, que Simiso era hija única de sus padres fallecidos.

—Tráeme agua, te lo voy a contar todo. —Simiso mira a todas partes menos a los ojos de su hija.

LA HISTORIA FAMILIAR QUE SIMISO KHUMALO JAMÁS LE CONTÓ A SU HIJA

1. LOS KUMALO DE BULAWAYO

Debes saber que, en el pasado, había otra yo que vivía otra vida. La independencia había llegado después de una larga lucha, como bien sabes, y mi padre, tu abuelo, Butholezwe Henry Vulindlela Khumalo, un luchador por la libertad, había vuelto por fin de la guerra para unirse a la familia en Bulawayo, donde había nacido y donde vivíamos. Sus dos hermanos, Dingilizwe Edward Khumalo y Sakhile Bathakathi Geoerge Khumalo, estaban también establecidos en la zona, junto con numerosos miembros de la familia

y el clan. Era un grupo grande y muy unido por la sangre y el amor, las casas de todos esparcidas por el valle a ambos lados del Tuli. El Tuli es un río. Toda la zona se llama también Bulawayo, como nuestra aldea.

2. VUELVE UN LIBERTADOR

Al principio, con la llegada de la independencia y la vida recuperando algo de normalidad, a mis hermanos les resultaba extraño acostumbrarse al desconocido que era nuestro padre, sobre todo porque nos habíamos visto obligados a criarnos sin él. Estábamos convencidos, como tantos críos en aquella época, de que la guerra nos lo había arrebatado injustamente, de manera que durante la mayor parte de nuestra infancia nuestro padre no fue sino un borrón. Los más jóvenes (mi hermana, tu tía Thandiwe, y el hermano que vino después, tu tío Nkanyiso) no se acordaban de él en absoluto. Solo yo y mis hermanos mayores, tus tíos Nkosiyabo, Zenzele y Njube, conocían a padre, dado que ya éramos algo mayores cuando se fue a luchar. Cada vez que lo vimos durante la guerra fue en las raras ocasiones en que sus misiones lo traían cerca de Bulawayo. Pero las visitas eran siempre breves y clandestinas. Casi siempre de noche. O a veces venía y nos enterábamos mucho mucho después. En aquellas ocasiones iba disfrazado; siempre tenía miedo de que con la emoción nos fuéramos de la lengua. No quería correr riesgos. Había habido muchos casos en los que el gobierno colonial había bombardeado o incendiado las casas de los terroristas, que era como los colonizadores llamaban a los luchadores por la libertad.

Con el retorno de padre, nuestra familia prosperó deprisa. Pero no por casualidad: padre era muy trabajador. Entregó toda su energía a la tierra. Y esa tierra lo recompensó en abundancia. Lo que quiero decir es que la tierra lo amaba: llenaba sus graneros de fabulosas cosechas, más que suficientes para alimentar a la familia y comprar un coche, el primero de la aldea, así como tracto-

res y otros equipamientos de granja para aumentar la productividad. Nos hizo comprender desde muy jóvenes la importancia de la tierra, cómo y por qué había sido una de las cosas por las que se había entregado a la revolución. En muy poco tiempo, con su éxito en el campo, padre emprendió varios negocios: una compañía de transporte con una flota de tres autobuses; dos de ellos servían la ruta aldea Bulawayo-ciudad Bulawayo, y uno con la ruta aldea Bulawayo-Gwanda. Y luego estaba el molino y la tienda de comestibles y la de licores, todos los negocios ubicados en el centro de negocios de Bulawayo.

Todo el mundo conocía a nuestro padre. Incluso en sitios más lejanos, el nombre de Butholezwe Henry Vulindlela Khumalo significaba algo. Los aldeanos lo amaban y lo apreciaban, creo que porque sus éxitos los beneficiaban, siendo así que proveía a todos de servicios cruciales además de empleo. Recuerdo que hasta le pusieron el apodo de Gobernador. Y no solo eso, sino que además era justo, generoso, ecuánime, sabio. Nuestra casa estaba siempre llena de visitas. Vecinos, aldeanos que venían de cerca y de lejos con sus problemas y peticiones; venían a pedirle a padre que dirimiera disputas, que diera consejos, que prestara dinero; venían a por comida. Esa clase de cosas. Fuera lo que fuera, nadie jamás se marchó de casa sin que padre hubiera hecho algo por él.

3. INDEPENDENCIA, UNA VUELTA A CASA Y UN NACIMIENTO: THOLUKUTHI UNA CITA CON EL DESTINO

Ya he mencionado antes que fue tu abuelo quien te dio tu nombre, pero no te lo he contado todo. Nombrarte fue su primer acto tras su retorno. Volvió el mismo día que tú naciste, literalmente me encontró en la alfombra de partos, rodeada por mi madre, su hermana NaS'thembeni, las amigas de la iglesia y un montón de comadronas ansiosas. Recuerdo que yo llevaba de parto desde las altas horas de la madrugada del día anterior. Alguien estaba ya

pensando en llevarme a Ekusileni, que era el hospital más cercano. Pero aunque era el hospital que nos quedaba más cerca, seguía estando muy lejos y no había coche. Y allí andaban deliberando en susurros. Te aseguro que yo estaba verdaderamente aterrorizada, pensé que me iba a morir de dolor. Y de pronto aparece como por arte de magia el rico aroma del frangipani, que inunda la habitación. Nos miramos maravilladas todas las que estábamos allí. Por un momento a mí se me olvida hasta el dolor, mientras pienso si lo que huelo es de verdad lo que estoy oliendo, porque no tenemos ese árbol en toda la hacienda.

Entonces, mira por dónde, allí estaba mi padre, tu abuelo. Allí parado, arrojando una sombra en el umbral, como si acabara de salir del aroma de frangipani. Y algo pasó en el momento en que lo vi, como si lo que quiera que me tuviera atada me soltase, y lo que quiera que te estuviera reteniendo a ti te liberase también. Y allá que saliste de golpe. Padre se arrodilló para recibirte, como si fueras la razón por la que había entrado en la cabaña. Allí, estrechándote contra su corazón y antes siquiera de saludar a nadie, te llamó Destino Lozikeyi Khumalo, eso fue lo primero que salió de su boca. Lozikeyi por la brillante e influyente reina de los ndebele, una gran líder valiente, según padre. Destino porque vio un significado especial en la coincidencia de tu llegada y su retorno: tú, su primera nieta, fuiste su regalo de bienvenida de parte de los antepasados, estabas atada a su futuro, y como el país era por fin libre, sintió que eras asimismo un regalo de Jidada. Eras su destino y el destino de la nación, y de la misma manera, tu destino yacía en la nueva Jidada. Destino Lozikeyi Khumalo. Esa es la historia de tu nombre, que nunca te había contado.

Tu abuelo no me reprochó que te hubiera tenido fuera del matrimonio. Y yo decidí que no quería una vida con tu padre, que se llamaba Cabangani, Cabangani Sikhosana; éramos jóvenes, él y yo, unos niños que apenas se conocían cuando me quedé embarazada. Aquello no tenía nada que ver con el amor ni sabíamos dónde nos estábamos metiendo. Supongo que nuestra generación estaba muy inquieta con la llegada de la independencia. No es que

hubiera llegado de verdad, pero no se hablaba de otra cosa: seguíamos las noticias en la radio y nos enteramos de que era solo una cuestión de tiempo. Y mientras la esperábamos, mientras esperábamos que se transformaran nuestras vidas, yo... Vaya, nosotros, los jóvenes, supusimos que la independencia también significaba que éramos libres de hacer con nuestro cuerpo lo que se nos antojara.

Aunque se cuestionaba quién era de verdad quien lideraba el país, nos emocionaban nuestros líderes. El Prometedor Caballo de Jidada del norte; en aquella época llamamos al Viejo Caballo «Prometedor Caballo», por toda la retórica progresista que salía de su boca y porque prometía un gran futuro. Y luego estaba, claro, nuestro propio Toro de Ndebeleland, apodado Padre Jidada por sus extraordinarias dotes de liderazgo, su fiero e inquebrantable amor por la nación demostrado en sus largos años de servicio y de logros. Ahora no se sabría, tal como el Órgano de Poder ha decidido narrar la historia, que fue Padre Jidada quien fundó el movimiento de resistencia de Jidada, mucho antes de que los animales conocieran siquiera el nombre de Padre de la Nación, ni se sabe que el Viejo Caballo ni siquiera era la opción popular para la presidencia entre los libertadores de alto rango, algunos de los cuales pensaban que el Viejo Caballo carecía de las cualidades de un verdadero líder unificador. Pero, en fin, no importa, él fue quien se nos impuso al final, y nosotros pensamos que los dos líderes, que habían luchado codo con codo por nuestra independencia, naturalmente tendrían en cuenta los intereses de toda la nación y nos llevarían a todos, de alguna manera, a la tierra prometida. Al gobierno de la mayoría negra y más allá. A la gloria, pensamos.

4. RETRATO DE UN LIBERTADOR COMO PADRE, ABUELO MATERNAL, ESCRITOR E HISTORIADOR

Tu abuelo, a diferencia de lo que habrían hecho la mayoría de los padres —esto es, castigarme o echarme de casa por llevar la ver-

güenza a la familia—, sencillamente te amó con todo su ser. Era hermoso ver cómo te adoraba, cómo te quería. Como si hubiera vuelto de la guerra solo y exclusivamente para dedicarse a ti. Como si tantas cosas se hubieran torcido, se hubieran derrumbado durante la guerra, y la única forma de arreglarlas y enderezarlas fuera quererte. Te llamaba «el más perfecto regalo de bienvenida». A veces yo me ponía hasta celosa. Creo que tus tíos y tías también lo estaban, sabiendo que nunca nos habían querido así porque padre había estado ausente, y ahora que éramos mayores, ya era demasiado tarde para que él nos mimara como te mimaba a ti.

En cuanto aprendiste a andar, seguías a tu abuelo por todas partes. Como una sombra. Y si no lo estabas siguiendo era porque te llevaba en brazos. Sus amigos se burlaban de él. Le preguntaban cómo y cuándo y dónde había aprendido a llevar así a una cría pequeña. Como una hembra, decían. Y él se reía. Y decía que la guerra le había enseñado. Decía que llevar un AK-47, un bazuca, una ametralladora, llevar cualquier arma siempre le había parecido que era como llevar en los brazos una vida: bien la vida que sería arrebatada en la batalla o bien la que sobreviviría. A veces me pregunto cómo habrías crecido, quién habrías llegado a ser con esa clase de amor fiero constante, lo distinta que habría sido tu vida, todas nuestras vidas.

En mitad de todo eso, tu abuelo escribía sus memorias de guerra. Recuerdo que iba por ahí con aquellos cuadernitos en los bolsillos de sus monos, siempre con un bolígrafo negro en la oreja. Era muy habitual encontrarlo escribiendo entre tareas, pero también había establecido un horario para escribir, que era todos los días un par de horas justo después del almuerzo, y luego muy temprano por la mañana, antes de que empezara el día. A mí me resultaba todo eso rarísimo, porque era joven y pensaba que uno solo usaba papel y bolígrafo en los tiempos del colegio. Además, pensaba yo, la guerra había acabado, el país era libre y padre estaba en casa, ¿por qué entonces no mirar hacia adelante, hacia el futuro, y no hacia lo que ya estaba atrás?

Pero nada, ahí estaba tu abuelo, diciendo que el pasado nunca pasaba-pasaba del todo, hablando de la importancia de contar la propia historia si querías que se contara bien, porque si no, no eran pocos los que estaban dispuestos a contarla por ti y a contarla como les diera la gana. Tu abuelo, hablando de la importancia de mantener registros para que la verdad siguiera siendo verdad. Tu abuelo, que decía —y estas palabras no sé cómo se me han quedado grabadas todos estos años exactamente tal como las dijo—: «Esta guerra ha sido algo muy complicado, Madre de Destino. Si no escribo este libro, algún día animales que se harán llamar los auténticos libertadores y auténticos patriotas nos llamarán nombres feos y nos borrarán de la historia de este país por el que tanto sacrificamos. Porque ahora que la guerra ha terminado, muchos serán considerados miembros del grupo étnico equivocado, del clan equivocado, del género equivocado, del grupo equivocado, de la política equivocada, excluidos de lo que sea que ellos decidan que constituye la auténtica jidadanía. Si yo no escribo, ¿a quién culparé entonces cuando despierte un día y me encuentre en el vientre de un cocodrilo que se hace llamar Historia, que devora las historias de todos los demás y habla por nosotros?».

Obviamente tú no te acordarás, pero mientras tu abuelo escribía, tú estabas allí con él, imitándolo, haciendo garabatos en tus propios cuadernos.

5. 18 DE ABRIL, 1983

En fin, que aquella mañana yo me había escabullido de madrugada como hacía todos los lunes para reunirme con Cephas Tshabangu. Cephas Tshabangu era mi amante. Un hermoso macho cabrío que enseñaba matemáticas en la escuela secundaria de Bulawayo y vivía al otro lado del río Tuli, donde pasaba los fines de semana para luego ir en bicicleta a nuestra orilla los lunes para trabajar. Solo llevábamos saliendo un par de meses, pero ya sabíamos que queríamos pasar juntos el resto de nuestras vidas. Está-

bamos tan enamorados, Destino, que yo ni sabía que un amor así era posible. Su familia y él estaban dispuestos a venir a hablar con padre para realizar las disposiciones formales. Pero hasta entonces nos veíamos en secreto. Los lunes, Cephas salía de su casa al romper el alba para poder pasar tiempo conmigo antes de ir al trabajo. Nuestra hacienda le pillaba de camino y por lo general llegaba tres o cuatro horas antes del comienzo de las clases. Había una cueva donde los jóvenes del barrio habíamos jugado al escondite durante toda nuestra infancia y yo la había decorado con una alfombra de cañas y cojines viejos, la había convertido en nuestro nido de amor.

6. THOLUKUTHI QUE LA MADERA ENGENDRA CENIZA

No sé qué me pasó ese día, porque pensaba, como siempre, encaminarme a casa justo después de nuestro encuentro y estar de vuelta antes de que nadie se despertara y descubriera mi ausencia. Sobre todo, madre. Tu abuela me estuvo llamando colasucia durante todo mi embarazo y solo pareció aceptarme después de ver que tu abuelo nos amaba a ti y a mí de manera incondicional. Pero no creo que me aceptara por mí misma, sino más bien por padre. Y por ella también, para mantener la paz en su matrimonio. De no ser por eso, yo sabía que la decepción y la vergüenza que le había causado no se le habrían pasado nunca. Ella había sido una conocida evangelista, un miembro respetado de la Iglesia de los Hermanos en Cristo, que en aquella época era grande en nuestra zona —casi todo el mundo acudía a ella—, y además, madre pertenecía a unos cuantos prestigiosos comités. De manera que el hecho de que yo me quedara preñada tan joven definitivamente hablaba muy mal de ella, le pregonaba al mundo entero que había fracasado como madre, le hacía imposible mantener la cabeza tan alta como hubiera querido en la iglesia. E incluso con el retorno de padre y cuando la relación entre ella y yo se hizo más

o menos tolerable, siempre sentí que me juzgaba, que su decepción conmigo se había coagulado en una especie de leve resentimiento. No hacía falta que me dijeran que madre todavía se sentía ofendida, absolutamente insultada por mi inmoralidad, por el animal en el que me había convertido a pesar de, como ella decía, su ejemplo y sus enseñanzas. Pero aun así, de alguna manera, yo estaba decidida a hacerlo mejor esta vez.

7. DHIKONDO: THOLUKUTHI LA CANCIÓN DEL TERROR

Te puedes imaginar pues mi horror cuando aquella mañana de lunes del 18 de abril de 1983 abrí los ojos y me encontré en el suelo de mi nido de amor justo unos minutos antes de las diez en punto, mucho después de que me tocara haber comenzado mis tareas, mucho mucho después de que toda la familia se hubiera despertado. Después de que Cephas se marchara, ¡me había quedado dormida! Mi primera reacción fue llorar como una loca, arrepentida, avergonzada. Pero claro, después de pasar bastante tiempo llorando allí en el suelo, no había nada más que hacer: sencillamente tenía que levantarme, ir a casa y enfrentarme a tu abuela. También a tu abuelo, que sabía que por muy dispuesto que estuviera a defenderme de las críticas de madre, en esta ocasión no iba a estar muy contento con mis decisiones.

Así que allá que iba, de camino a casa hecha un mar de lágrimas, aferrando una bolsita que me había regalado Cephas y ensayando lo que iba a decir en mi defensa. Estaba a mitad de camino, bordeando la cerca en torno al colegio Progreso, y probablemente habría pasado sin advertir nada inusual de no ser por unos extraños cantos, un sonido disonante que parecía..., no sé, una cosa desafinada, muy rara. Cuanto más escuchaba, más claro estaba que las voces cantoras eran presas del pánico, que estaban aterradas. Por lo visto, los estudiantes intentaban o más bien batallaban por cantar esa canción shona; yo no entendía la letra, pero aun así

la reconocí por la radio. La palabra «Dhikondo», que se repetía a menudo, era la que sonaba más fuerte. Yo no conocía a nadie que hablara shona con fluidez en aquella zona, la verdad, así que todo aquello era grotesco, y todavía más con el trauma que transmitían las voces.

En ese punto yo estaba tan ofuscada que se me olvidó por completo mi problema. Me acerqué más a la valla, desde donde podía ver toda la parte frontal del colegio. Entonces fue cuando vi a los defensores, caminando sobre sus patas traseras con ropa de camuflaje y boinas rojas. Iban sacando de las aulas a los alumnos petrificados para llevarlos al área de asamblea. Las armas y las botas negras relucían al sol. Se oían ásperas órdenes ladradas en shona. En muy poco tiempo, los estudiantes estuvieron reunidos en la zona de asamblea, apiñados como sardinas en lata. Entonces vi que los defensores pastoreaban a un segundo grupo, esta vez de profesores y miembros del claustro. Yo tenía el corazón en la garganta, tenía un presentimiento terrible terrible. También pensaba que mi primo, Muzomuhle Khumalo, estaría en ese patio, porque llevaba siendo director de Progreso ya unos cinco años. Sus gemelos, Thandanani y Nothando, también asistían a ese colegio.

Obligaron al claustro a tumbarse boca abajo, en fila, sobre la zona pavimentada delante del palo de la bandera. Sobre sus cuerpos, la bandera de Jidada flameaba erráticamente al viento. Más ladridos dando órdenes, más chillidos de las aterradas voces de los estudiantes. Entonces, cuando yo me preguntaba qué iría a pasar, los defensores se arrojaron sobre los maestros. Una lluvia de botas, porras, culatas cayó sobre los postrados cuerpos, y quiero decir una lluvia, una verdadera lluvia.

Incluso desde mi escondrijo veía volar la sangre. Oía los chillidos y los gritos mezclados con las voces histéricas de los estudiantes. No esperé a ver el final del terrible espectáculo, así que devoré la tierra con las pezuñas. Fui directamente a casa, sin importarme ya lo que me aguardara allí. Corrí ciegamente, chocando con árboles y rocas, tropezando con piedras y raíces, perdiendo en algún momento la bolsa con el regalo de Cephas; de hecho, todavía re-

cuerdo lo que era, todavía lo visualizo: un vestido Georgette azul cielo, un sujetador blanco, con unas braguitas y unas enaguas a juego, un frasquito mediano de perfume American Girl, un espejito, una botella de champú Black Beauty y un peine afro.

8. COBIJO

La hacienda de mi tío SaCetshwayo estaba detrás de la nuestra, de manera que para llegar a casa había que atravesarla. No sé cómo mis pezuñas me llevaron allí, tal vez de alguna forma imaginé que mi casa estaba de pronto muy lejos y yo necesitaba refugio deprisa. Lo único que puedo decir es que de pronto me encontré irrumpiendo en su patio como agua de río, chillando como si acabara de escapar de un leopardo. Veía al tío bajo el árbol mabrosi en el centro del jardín, con su habitual mono de trabajo azul marino y su sombrero blanco. Fui directa hacia él. El resto de la familia estaba reunida bajo el árbol. De haber tenido tiempo para pensar, habría sabido por el modo en que se sentaban, por el hecho de que nadie corriera a recibirme a pesar de mi evidente desesperación, que pasaba algo terrible. Y para cuando llegué al mabrosi, supe que me había metido de lleno en las fauces de un cocodrilo.

9. BAJO EL MABROSI

Nadie me saludó. Me senté deprisa junto a mi prima Sibonokuhle y noté que temblaba. Pero que temblaba de verdad. Temblaba. Alguien, creo que mi tía NaCetshwayo, lloraba calladamente. Toda la familia estaba allí, conmigo éramos ocho. El tío SaCetshwayo me miró interrogante, frunció el ceño, echó un vistazo al dormitorio de invitados, donde un grupo de defensores con ropa de camuflaje y las mismas boinas rojas que había visto en Progreso discutían con voces metálicas. Solo con verlos se me revolvieron las tripas, me

saltaron al pecho. El rostro de mi tío era una terrible máscara de angustia. Yo no lo había visto así en toda mi vida, ni a él ni a ningún adulto en realidad: nuestros padres eran siempre fuertes a nuestros ojos, imperturbables. Yo ya tenía miedo, pero más miedo me dio ver a mi tío así. Y lo más importante, me arrepentí de haber atravesado corriendo esa cerca, estaba incluso furiosa conmigo misma. ¿Por qué diablos no había seguido hacia mi casa, como era mi intención? ¿A qué había ido allí? Entonces los defensores aparecieron de pronto bajo el árbol. Tuve miedo de que advirtieran mi presencia, de que se dieran cuenta de que había un cuerpo de más.

10. D DE DISIDENTE, D DE DEFENSOR

—Bien, os lo vamos a preguntar por última vez, ¿dónde están los disidentes? —preguntó el defensor más grande, que parecía estar al cargo. Tal vez era su comandante, o por lo menos eso pensé por su actitud, por la profusión de medallas que relucían sobre su pecho izquierdo.

—No lo sabemos, no hemos visto por aquí a ningún disidente, hijos —respondió el tío SaCetshwayo, con un trémulo hilo de voz que parecía que fuera a partirse en dos. Una voz que yo ni siquiera conocía, tan frágil, tan extraña, que me dejó perpleja. Una bota negra se estrelló contra su boca. Alguien en nuestro grupo carraspeó. La mandíbula del tío se retrajo. Él agachó la cabeza, escupió dos dientes y un coágulo de sangre.

—¿A quién estás llamando hijos? ¿Es que conoces las colas de nuestras madres? ¿Dónde estabas cuando nacimos? ¿Nos conoces? —ladró el comandante.

—Mis disculpas —dijo mi tío.

—Mis disculpas ¿qué? —ladró un defensor con gafas oscuras.

—Mis disculpas, señor.

Los otros estallaron en carcajadas.

—Puesto que dices no conocer a ningún disidente, ¿dónde está tu carnet del Partido de Jidada? —preguntó el comandante. Luego

se volvió hacia nosotros—. ¿Dónde están vuestros carnets del Partido de Jidada? El que tenga un carnet del Partido de Jidada, que se ponga en pie y nos los enseñe.

Todos permanecimos sentados, en silencio. Bajo nosotros, la dura tierra nos entumecía el trasero; sobre nosotros, el sol nos freía la cabeza.

—Mientras tanto, creo que voy a hacer un pequeño interrogatorio privado. —El defensor de las gafas se las quitó y se puso a rodearnos, mirándonos como si mirara la fruta en el puesto de un mercado: sopesando, eligiendo, buscando una pieza madura para cogerla. Yo lo oía inspirar y espirar, inspirar y espirar. Se me heló la sangre en las venas. Por fin se detuvo delante de Sibo y le dio unos golpecitos, tap-tap-tap, en el pecho con la punta de una porra.

—Tú, ven aquí, que quiero preguntarte una cosa. Ven, que me vas a hablar de los disidentes —dijo con una mueca y una terrible voz juguetona. Su escuadrón aulló de risa. Sibonokuhle se echó a llorar. El defensor se agachó y se la llevó a rastras, pataleando y llorando y suplicando, hacia el fondo de la cocina. Entonces mi tía estalló en histéricos sollozos llamando a su hija a gritos.

11. TODOS LOS HIJOS DE DIOS, A LA IMAGEN DE DIOS

Recuerdo que mi tía se aferró a la pata del comandante y suplicó:

—Te lo ruego en nombre de Jesús. ¡Todos somos hijos de Dios, por favor! ¡Por favor!

Recuerdo sus fervientes oraciones. Uno de los defensores disparó al aire y a mí casi se me salen los cuernos de la cabeza. Mi tía cayó desmayada. Ninguno de nosotros movió ni un pelo.

—¿Por dónde iba? Ah, sí. Si no perteneces al Partido del Poder, ¿a qué partido perteneces entonces, vieja cabra? —ladró el comandante. En ese momento, un agudo grito hendió el aire, un gri-

to que helaba la sangre. Se oía en él el dolor, el miedo, la tristeza, la súplica, la desesperación. Luego se desvaneció. Pero la voz rota de Sibonukuhle siguió resonando en mis oídos.

12. UNA CUESTIÓN DE MEMBRESÍA

—¿Acaso no te he hecho una pregunta? —insistió el comandante.

Y mi tío respondió con su hilo de voz:

—Pertenezco a la Unión de Jidada, señor. Tiene sus raíces en toda esta región, como ya sabes, así que naturalmente todos pertenecemos a ella. —Se notaba que el tío no estaba ya del todo allí, que la mayor parte de él se había ido para estar con su hija.

—Pertenezco a la Unión de Jidada, señor. Tiene sus raíces en toda esta región, como ya sabes, así que naturalmente todos pertenecemos a ella —se burló el comandante, imitando a mi tío y exagerando su acento ndebele. Los defensores rugieron de risa—. ¿Y por qué diablos perteneces a un partido de disidentes, de terroristas?

—No es... Nosotros no somos disidentes, no somos terroristas. Somos un partido como cualquier otro partido, y somos jidadanos, señor.

—¿Solo un partido? ¿Y que sois jidadanos? ¿Quién os ha dicho que seáis jidadanos? ¿Acaso tu tatarabuelo nació en esta tierra o vino de otra parte para arrebatarle el territorio a nuestros antepasados y arruinar su reino? —ladró el comandante. Los defensores aullaron y menearon la cola. Uno de ellos lanzó la boina al aire, saltó tras ella y la cogió con los dientes. Cuando aterrizó, se puso a bailar en círculos.

—Sí, nuestros antepasados migraron de Zululandia antes de que esta Jidada fuera un país-país, como ya estoy seguro de que conocéis la historia de esta región. Pero mi padre nació en esta misma tierra, igual que todos los que veis aquí. Deberíais saber que trabajamos para liberar esta Jidada. Mi propio hermano lu-

chó en la guerra. El hijo de mi otro hermano jamás volvió de la guerra.

Pero el comandante ya no escuchaba a mi tío. Ahora se dedicaba a inspeccionarnos. Yo intenté no cruzarme con sus ojos amarillos, estaba muerta de miedo de que fuera a llevarme a mí también.

13. LO ÚNICO QUE BUSCAMOS SON DISIDENTES

—Tú, eh, tú, no, tú no, tú, el de la camisa negra, ven aquí —ladró el comandante.

Cuando alcé la vista, mi primo Cetshwayo avanzaba hacia el frente. Pero no se movía como quien se enfrenta a las fauces abiertas de un cocodrilo, no. Ce no. Para empezar, Ce por lo general no andaba de cualquier manera, sino con increíble dignidad. Se comportaba como si fuera algo precioso. Era hermoso y orgulloso, indoblegable y arrogante, y sobre todo tenía una presencia imponente, regia. Se presentaba como si lo hubieran invocado desde el cielo. Juro que hasta el último de los defensores se volvió para verlo caminar. Y se produjo un largo silencio después de que Ce se colocara al lado de su padre, como si los perros, después de haberlo llamado, de pronto no tuvieran ni idea de para qué lo habían hecho.

—¿Dónde están los disidentes, joven macho? —preguntó por fin el comandante. Advertí que su voz ya no sonaba como había sonado hasta entonces. Ahora se percibía en ella una pequeña vacilación. Como si al ver a Ce ya no estuviera seguro de algunas cosas y ya no supiera quién estaba al mando.

Me dio como una cierta esperanza oír así al defensor. Ce sencillamente lo miró como si mirase un montón de excrementos vestido de uniforme y armado.

—No contestas porque tú eres el puto disidente, ¿no es así? Bueno, pues hoy te vamos a enseñar lo que hacemos con los de tu calaña. Camarada, tráeme una pistola… No, mejor un hacha, tráeme una buena hacha, que será más divertido.

14. NINGÚN ARMA CONTRA TI PROSPERARÁ

Y trajeron el hacha. Y el hacha era una cosa reluciente, pesada a juzgar por cómo la llevaba el defensor. Y el hacha pasó al comandante. Ya iba manchada de rojo y no hacía falta que nos dijeran de qué. Y el comandante le pasó el hacha a Ce. Cetshwayo miró el hacha y luego miró a lo lejos, como si estuviera ocupado y lo estuvieran incordiando, como si los defensores no fueran ni siquiera dignos de su atención. Orgulloso Ce. Arrogante Ce. Temerario Ce. Hermoso Ce. Un defensor se acercó a él, le dio una patada en las partes privadas y ordenó:

—Coge la maldita hacha, disidente.

Cetshwayo no se movió. El comandante tiró el hacha al suelo y se volvió a mi tío.

—Vieja cabra, ¿quieres vivir?

15. UNA DECISIÓN

—¡He dicho que si quieres vivir! —ladró el defensor. Volvía a sonar como él mismo, como si estuviera de nuevo al mando.

—Sí, señor —dijo mi tío con aquella voz. Pensé que el hilo se iba a romper en cualquier momento.

—Bien. Pues hoy puede ser tu día de suerte. ¿Ves esta hacha? —El comandante la señaló con un gesto, mi tío asintió.

—Cógela y mata a este disidente aquí mismo. —El comandante señaló a Cetshwayo.

—Me temo que eso no lo puedo hacer. Y no, mi hijo no es un disidente. —Era la primera vez que la voz de mi tío sonaba firme. Clara. Segura. Resuelta. Era la voz que yo conocía.

—Sí que lo harás —ladró otro de los perros.

—Lo siento, pero no puedo. Y no haré daño a mi hijo —replicó mi tío, elevando la voz.

El comandante se sacó del bolsillo del pecho un cigarrillo Madison y se lo metió en la comisura de la boca. Luego se inclinó ha-

cia el defensor que tenía al lado, quien se lo encendió. En ese momento, el perro que se había llevado a Sibonokuhle volvió sobre sus cuartos traseros, abrochándose el cinturón con una expresión ufana. Miré tras él, pero no había señales de mi hermana. Algo en mí se partió.

—Muy bien, esto es lo que va a pasar. Uno de vosotros, no me importa quién, la verdad, pero uno de vosotros, obviamente, va a coger esa hacha y va a descuartizar a otro. Eso es lo que queremos ver ahora mismo. No solo cortar, sino cortar en pedazos. En pedacitos, no en partes, ¿entendéis? Si no, vamos a acabar con todos y cada uno de vosotros hoy, y no sé si querréis eso. A lo mejor sí, no lo sé, eso lo sabréis vosotros. Es vuestra decisión, realmente, esto es un país libre —ladró el comandante.

En ese momento oímos una salva de disparos. Un ¡ta-ta-ta-ta-ta-ta-ta!, pero no pudimos hacer absolutamente nada para procesar todo aquello. No podíamos ni mirarnos a los ojos. No podíamos nada de nada.

—Pero igual queréis que al menos alguno de vosotros sobreviva para contar la historia de lo que ha pasado hoy, porque os aseguro que valdrá la pena contarla. —El comandante hablaba entre caladas.

Entonces un defensor alzó el arma y apuntó a Ce, lo apuntó entre los ojos. Y fue entonces, y jamás olvidaré ese momento, fue entonces cuando mi tío se agachó para coger el hacha. Yo dejé de respirar. Luego mi tío se incorporó como a cámara lenta y se volvió hacia nosotros, nos miró allí, acurrucados debajo de aquel mabrosi. Se quedó mirándonos con sus ojos grandes y bondadosos. Durante mucho mucho tiempo, como si estuviera grabando nuestras caras en su memoria. Temblaba. El hacha temblaba. Luego, con mucho mucho cuidado, le tendió el hacha a Cetshwayo, que negó con la cabeza. Mi tío asintió con la cabeza. Ce negó con la cabeza. Mi tío asintió. Ce negó con la cabeza. Mi tío asintió. Ce negó con la cabeza, no, no, no no no no no no no. Cualquiera habría dicho que eran crías pequeñas jugando a algo, al verlos así, que sí, que no.

—Tienes que hacerlo, hijo mío, tienes que hacerlo porque ya estás viendo tú mismo la situación —dijo mi tío, casi con dulzura. Un defensor soltó un ladrido-risita. Cetshwayo seguía negando con la cabeza. La sacudía con fuerza, como si tuviera tornillos que se hubieran aflojado—. No hay otra opción, hijo mío, siento en el alma tener que pedirte algo así. —La voz de mi tío era dulce pero apremiante. Y en ese momento vi de reojo que mi tía comenzaba a moverse.

—Prefiero morir, padre, así que ¿por qué no me lo haces tú a mí? Venga, tienes mi permiso, hazlo —rugió Ce, como si se dirigiera a alguien que estuviera muy lejos. Ce tenía su genio, pero jamás lo había oído dirigirse así a su padre, con ese tono de furia.

—Ce, Cetshwayo, escucha, escúchame, por favor —pidió mi tío, sereno, quedo, con amor.

—¡Eh eh eh! ¡Ya está bien! ¡Ya está bien! ¡Que no tenemos todo el día! Se acabó la tontería de que sí, que no, que no somos una caterva de hembras —ladró el comandante.

—Sabes que yo ya he vivido mi vida, hijo mío. Y ha sido una vida generosa, no me puedo quejar y le doy gracias a Dios todos los días. Y todos vosotros… sois de verdad lo mejor que tengo. Pero ¿de qué sirvo yo, Ce, si tú mueres y yo me quedo? ¿Qué puedo hacer por la familia? ¿Y durante cuánto tiempo, con mi salud? Escucha, si Dios quiere que sea de este modo, que así sea.

—¿Dios? ¿En serio? ¡Dime qué especie de Dios enfermo, demente, espantoso, permitiría esta maldad! ¿Qué clase de Dios retorcido es ese, padre? —explotó Cetshwayo.

—Por favor, hijo mío, por favor. Tienes que entenderlo —suplicó mi tío.

Creo que no era Cetshwayo a quien yo vi en ese instante. O a lo mejor lo era y es que yo nunca lo había visto así. Sencillamente no lo reconocí. Era como si algo hubiera poseído a Ce. Su cuerpo temblaba, pero no era de miedo. Sus ojos llameaban. Respiraba deprisa, pesadamente. Miró a su padre con expresión de… No sé, con una expresión de desprecio, de decepción, como si mi tío de alguna forma le hubiera fallado, como si lo hubiera insultado. Y

entonces Ce se volvió hacia nosotros, acurrucados bajo el mabrosi, y me di cuenta de buscaba la mirada de su madre. La encontró, la sostuvo un momento. Y entonces Ce meneó la cabeza, escupió. Sus lágrimas se vertieron en una auténtica cascada. Se volvió de nuevo hacia su padre, que también en ese momento tenía una cascada corriéndole por la cara. Y se quedaron así, mirándose el uno al otro entre cascadas.

16. UNA ORACIÓN MOJADA

Toda mi vida había oído decir eso de que las lágrimas son un lenguaje, que sí que hablan. Y ese día, bajo el mabrosi, fui testigo, oí, comprendí con toda claridad la absoluta elocuencia de las lágrimas. Porque solo con lágrimas, nada más con lágrimas, el tío SaCetshwayo de algún modo le habló a su hijo, le recordó quién era, que sus nombres eran Cetshwayo Zwelibanzi Futuro Khumalo, hijo de Sakhile Bathakathi George Khumalo, hijo de Nqabayezwe Mbiko Khumalo, hijo de Mehlulisiswe Ngqwele Khumalo, hijo de Mkhulunyelwa Sakhile Khumalo, hijo de Mpilompi Khumalo, hijo de Somizi Dlungwane Khumalo, él mismo hijo de uNkulunkulu, el más alto Dios. Que por parte de su madre era el hijo de Ntombiyelanga Emily Mlotshwa, hija de Nonceba Gumede, hija de Noxolo Hlabangane, hija de Nkan-yezi Gatsheni, hija de Zanezulu Mlotshwa, hija de NomfulaKhumalo, ella misma hija de uNkulunkulu. Que todos estos antepasados se habían unido para engendrarlo a él, Ce, para crear la presencia del cuerpo que él, en ese espantoso momento, ocupaba, como se habían unido la tierra y los cielos y los ríos y los árboles y el viento y todo cuanto vivía y respiraba, y que él era la oración colectiva de todas esas fuerzas prodigiosas. Solo con lágrimas, mi tío le dijo a Ce que era el más precioso, el más preciado regalo. Que lo amaba con un amor más profundo, más vasto que ningún océano, un amor verdadero y glorioso y absolutamente divino, y que ese amor no solo lo era todo, sino que era también más grande que aquel terrible terrible momento bajo el mabrosi,

que ese amor trascendía el tiempo, que trascendía el espacio, que trascendía la muerte, que trascendía cualquier cosa y todas las cosas. Un amor supremo. Y que Ce jamás, nunca jamás, tenía que olvidarlo, que llevara siempre con él esa certeza, porque a pesar de lo que los desalmados diablos con boinas rojas y ropa de camuflaje iban a hacerles, a pesar de lo que nos iban a hacer a todos, Ce tenía que saber que siempre estarían unidos por lazos indestructibles, y tenía que recordar pues que la separación no era ni un borrado ni una aniquilación y, además, que sería temporal. Que Ce tenía que recordar que él era mejor que la maldad de los boinas rojas, porque él era elegancia y belleza y dignidad, y lo más importante, que no debía jamás permitir que los defensores lo rebajaran a su nivel de bajeza, que no podía dejar que lo envilecieran. Que siguiera amándose a sí mismo a pesar de lo que estaba a punto de ocurrir, a pesar de la inminente oscuridad, porque incluso la oscuridad acaba quedándose sin negrura y terminaría con luz de algún modo, porque no existía noche tan larga que no acabara con un amanecer, y que cuando ese amanecer llegara, Cetshwayo necesitaría mirarse a sí mismo en su luz, y solo el amor a sí mismo y la paz consigo mismo le permitirían hacerlo sin desmoronarse. Y entonces, solo y exclusivamente con lágrimas, el tío, que era cristiano y, al igual que mi madre, miembro de la Iglesia de los Hermanos en Cristo, rezó el padrenuestro con sus lágrimas, quiero decir que lo lloró: Padre nuestro que estás en el cielo. Y todos oímos cada palabra de esa oración, alto y claro, pronunciada por el terrible torrente que corría por la cara del tío SaCe. Cuando dijo «amén», el tío se secó las lágrimas. Y todos supimos que nuestro tío, nuestro padre, se había ya despedido y no tenía nada más que decir.

17. THOLUKUTHI NO MATARÁS

Nunca sabré de verdad lo que Cetshwayo pensó de todo lo que dijo su padre, o si lo oyó tal como fue dicho. Pero fue como si, al ver a su padre enjugarse las lágrimas, algo le pasara dentro. Se

notó en el cambio de su expresión. Para entonces oímos otra salva de disparos y, como si fuera la señal que había estado esperando, Ce cogió de golpe el hacha. Y antes de que pudiera preguntarme si lo que veía era de verdad lo que estaba viendo, lo vi descargar el hacha justo entre el hombro y el cuello del tío. Supongo que hasta ese momento una parte de mí —y de los otros también— esperaba contra toda esperanza estar atrapados en una espantosa pesadilla y que por algún milagro, no sé cómo, esa pesadilla acabaría. Pero con aquel primer hachazo esa esperanza se hizo añicos-añicos-añicos, se hizo añicos. Mucho mucho más tarde pensé que con aquel primer golpe terrible, Cetshwayo seguramente quería, esperaba, dar un golpe tan fatal que por un momento aturdiera al tío y acabara con él al instante, y así ahorrarle el dolor, ahorrarle a su madre el dolor, ahorrarse a sí mismo el dolor, ahorrarnos a todos el dolor y acabar deprisa con la terrible pesadilla. Más tarde pensé también, cuando recuperé bastante la cabeza para procesar la situación, que los defensores se habían asegurado de que fuera un hacha roma, para prolongar nuestro sufrimiento. Y así, Cetshwayo descargó el hacha. Y Cetshwayo descargó el hacha. Y Cetshwayo descargó el hacha otra vez. Y otra y otra y otra. Todavía hoy, si me pongo a escuchar, oigo los nauseabundos hachazos.

Mi tía se había desmayado de nuevo, llegados a ese punto. La verdad es que no sé cuántas veces se desmayó durante todo aquel calvario; yo no sabía que una podía seguir desmayándose y desmayándose así. Una y otra vez. Los defensores sencillamente miraban, con la lengua colgando fuera de la boca, de vez en cuando meneando el rabo como si fuera un día cualquiera y aquel el más ordinario de los eventos. Y el hacha hizo su terrible trabajo. Y Cetshwayo estaba cada vez más desesperado. Y más furioso y más furioso. Se notaba en el aire. Se veía en sus hachazos. Se leía en su terrible y atormentado rostro, en sus dientes apretados, en sus ojos, que ya no eran orgullosos sino diabólicos. Quería desesperadamente que mi tío se muriera de una vez para que la pesadilla acabara, todos lo queríamos. Y estoy segura de que mi tío, que

había dado su permiso a Cetshwayo, que incluso lo había forzado, tenía el mismo deseo. Pero es que por lo visto el espíritu del tío no quería formar parte de nada de aquello.

El sol era más insoportable. Se había tornado amarillo-amarillo-amarillo. Cetshwayo de pronto parecía encogido, muy pequeño. Como si solo quedaran restos de él. Y berreó. Fue el sonido más triste, fue la imagen más triste, fue el sentimiento más triste. El aire estaba ahora cargado con el olor a sangre, a mugre, a baba. Y nosotros seguíamos sentados como zombis. Como si hubiéramos salido de nuestros cuerpos y hubiéramos huido buscando refugio, dejando atrás nuestras cáscaras vacías. Y entonces, en algún punto entre que nosotros huíamos y nuestras cáscaras se quedaban sentadas bajo el mabrosi, mi tío, Sakhile Bathakathi George Khumalo, mi tío, SaCetshwayo, por fin murió. Murió en pedazos. En trozos. Trozos, trozos, trozos. Como si los defensores pretendieran meterlo en una olla y a lo mejor hacer una especie de guiso que luego devorarían y disfrutarían. Nos ordenaron no llorar. Todo el que llorase, dijeron los perros, seguiría el destino del tío. Y sabíamos que hablaban en serio. Pero de todas formas yo no sé de verdad si hubiéramos llorado, no sé si ninguno de nosotros tenía lágrimas.

El comandante lanzó un escupitajo y nos dijo que teníamos que enterrar al tío antes de que se secara. Luego se metieron de un salto en su vehículo y prometieron volver para ver nuestros progresos. Cavamos la tumba de mi tío a toda prisa. La mayoría de las herramientas estaban en los campos, donde la familia había estado trabajando, de manera que algunos usamos palos y otros nuestras propias patas. Nadie dijo una palabra en todo el rato que estuvimos cavando, ni un sonido, ni un llanto, nada. Solo hablaban nuestras patas, golpeando la tierra dura y tozuda de Bulawayo. Mi tía, en ese punto, se limitaba a estar ahí como un fardo, como una cáscara. Cetshwayo golpeaba una y otra vez el tronco del mabrosi con la cabeza. Después de aquello nunca estuvo bien del todo. Mi tía tampoco vivió para recuperarse, junto con dos de sus hijos, Sinikiwe y Sibonokuhle, pero yo es que no sé

cómo un animal podría volver a ser él mismo, cómo podría estar bien, cómo podría recobrarse, cómo podría funcionar plenamente después de una experiencia como el Gukurahundi.

Enterramos los trozos de mi tío bajo el mabrosi. En una tumba muy superficial nje. Solo por terminar con ella antes de que volvieran los defensores. Y casi habíamos acabado de cubrirla cuando volvieron. Estuvieron un rato por allí sobre las patas traseras, fumando y contemplando nuestros progresos, hasta que el comandante anunció que el escupitajo se había secado hacía tiempo, lo cual significaba que éramos vagos, irrespetuosos y teníamos tendencias disidentes. Nos permitirían terminar el entierro, pero luego tendríamos que sufrir nuestro castigo. Y nos castigaron. Nos ordenaron ponernos en fila y luego uno de ellos vino con un trozo de alambre de espinos y fue pasando por la fila, fustigándonos con él. Con el alambre de espinos. Pero yo sentí el dolor solo más tarde. Porque en ese momento estaba más allá de las sensaciones, más allá del dolor. Como si mi cuerpo ya no fuera mío. Y mientras nos daban de latigazos, de pronto llega un Puma en una nube de polvo.

Se detiene de un chirriante frenazo y está atestado de más boinas rojas. Yo miro a esos defensores y pienso: es el fin, han venido para acabar con nosotros. Uno de ellos se baja de un salto y corre hacia el comandante, que ya se encaminaba hacia el vehículo. Hablan deprisa y por supuesto que ninguno entendemos lo que dicen. Luego el comandante les ladra a los defensores que están bajo el mabrosi con nosotros y todos echan a correr hacia su propio coche. Y los dos vehículos salen disparados, uno detrás del otro, y desaparecen.

No sé cómo reuní fuerzas para dirigirme a casa. Pero lo hice. En el pozo cerca del mopane me encontré con Bhud' Charlie. Era uno de nuestros vecinos. Pero en aquel momento no era más que una sombra y lo habría pasado de largo de no haberme cortado el paso con su bicicleta. Nos quedamos ahí un rato, mirándonos sin decir nada. Recuerdo que él miraba mi cuerpo maltrecho con los ojos llenos de lágrimas. Y mientras tanto, una horda de alumnos

con el uniforme del colegio de primaria de Progreso llegó al galope por el camino. Si alguna vez has visto el terror con patas... Iban volando. Bhud' Charlie tuvo que hacerle la zancadilla a uno para que se detuviera y poder averiguar qué pasaba.

—Los profesores están muertos, ¡los soldados han matado a nuestros profesores a tiros, bien muertos! —dijo el cordero sin aliento, antes de salir disparado otra vez. Bhud' Charlie cogió su bicicleta. Y lo último que me dijo, antes de salir a toda velocidad hacia Progreso, fue que no volviera a casa.

18. HOGAR DULCE HOGAR

Pero yo fui a casa. Y cuando llegué, no había casa. Quiero decir que no había nada. Creí que estaba soñando. Entonces pensé que igual se me había ido un poco la cabeza. Que me había vuelto loca. Cada cabaña, cada estructura..., todo quemado, arrasado. Y en el aire, el olor más terrible, un olor que no se parecía a nada que yo conociera. Por lo visto, me encontraron desmayada al atardecer, que es cuando mis vecinos por fin tuvieron el valor de venir a investigar. Recuerdo que alguien te trajo a mí entonces. Pero yo no tenía fuerzas, no tenían deseos de cogerte. Ni siquiera sentía nada por ti. Si te hubieran puesto en mis brazos, te habría tirado. Tenía tanta angustia... Dolor de cabeza, dolor en el alma, dolor en el corazón, dolor en la carne. Dolor, dolor en todas partes.

Más tarde, Hlangabeza —el lechón de la casa de al lado— me contó que se había escapado contigo. Esa mañana su madre lo había mandado a pedirnos una taza de azúcar, cuando el Gukurahundi entró por la cerca. Ese era el nombre, como supe después, que usaban para los defensores que estaban descargando sobre nuestra región el más espantoso de los horrores bajo el pretexto de estar buscando disidentes. Por lo visto, por «disidentes» se referían a nosotros, civiles inocentes. Nosotros éramos los disidentes porque fuimos nosotros los que morimos en masa. Hlanga dijo que tu abuelo, que te llevaba en brazos cuando llegó a casa, debió

de ver llegar el Gukurahundi, debió de sospechar que aquellos no eran los defensores a los que él llamaría camaradas, porque Hlangabeza me contó que te lanzó a sus brazos y le ordenó que se escabullera contigo por la cocina, que pasara a rastras por debajo de la cerca y se escondiera entre los matorrales junto al pozo y aguardara allí hasta que fuera él a por ti.

Hlangabeza no fue directamente al pozo, temiendo encontrarse con más Gukurahundi por el camino. Se escondió en el hueco del baobab al norte de la hacienda, y desde allí se quedó observando. Vio que mi padre se acercaba al grupo. Hlangabeza no entendió lo que dijeron, solo que, por los gritos furiosos y viendo que tu abuelo se daba un cabezazo con uno de los defensores, que aterrizó de espaldas en el suelo, dedujo que se trataba de una discusión violenta. Pero no duró mucho. Al poco, padre estaba en el suelo y los Gukurahundi lo golpeaban, lo aporreaban, lo apaleaban, descargaban contra él una lluvia de patadas y culatazos. Cuando por fin se detuvieron, mi padre yacía inmóvil, probablemente inconsciente. Entonces los Gukurahundi reunieron a todo el mundo y los sentaron en la zona abierta delante de la cocina. Hlangabeza contó a todos los miembros de mi familia excepto a mí, lo cual significa que todos estaban en casa. Oyó gritos y súplicas de clemencia. Oyó ladridos y órdenes en un idioma que no entendía. En ese momento, los Gukurahundi estaban ocupados, inclinados sobre mi familia. Desde donde estaba, Hlangabeza no podía ver exactamente lo que hacían. Lo entendió solo un poco más tarde, cuando los defensores tiraron de ellos para ponerlos en pie: los habían atado a todos.

Hlangabeza los vio arrastrar a Zenzele de los cuernos, luego a Nkosiyabo, luego a Nkanyiso, luego a Njube, luego a Thandiwe y por último a mi madre hacia la cocina. Los vio cerrar la puerta. Y luego los vio hacerle algo a la puerta: cerrarla con llave, o atarla, pensó. Estaba convencido de que solo pretendían dejar allí a la familia encerrada y pensó que iría a rescatarlos cuando fuera seguro, pero entonces uno de los Gukurahundi tiró algo al tejado de paja de la cocina. Y el tejado al instante estalló en llamas.

Después de que los Gukurahundi hubieran incendiado todas las demás estructuras de la granja, se quedaron por allí fumando y viéndolo arder todo. Entonces Hlangabeza oyó en una radio la canción de Dhikondo: por lo visto los Gukurahundi ponían esa canción dondequiera que fueran. Contó después que los defensores de pronto la tomaron como locos contra los frangipanis de padre, que por supuesto estaban por todas partes, como poseídos de una nueva maldad, una maldad distinta que de repente hubiera brotado y florecido dentro de ellos. Sencillamente la emprendieron a machetazos y a patadas y a hachazos y rompieron y pisotearon y arrancaron los pobres arbustos, y un par de perros hasta sacaron las metralletas, apuntaron y abrieron fuego.

Hlangabeza no sabía cuánto tiempo pasó, pero el suficiente para que los gritos dentro de la cocina por fin se acallaran. Entonces vio moverse a mi padre, que había vuelto en sí. Vio que mi padre se levantaba como pudo. Vio a mi padre mirar en torno a la hacienda, advertir las estructuras en llamas. Lo oyó lanzar un aullido de dolor. Vio a mi padre salir corriendo, sin dejar de aullar, hacia la cocina en llamas, salir de la cocina y correr al dormitorio en llamas de mi madre. Vio a mi padre desperdigarse por todo el jardín, como si mi padre fueran muchos, como si no supiera qué tocar, qué guardar y qué abandonar.

Hlangabeza oyó un tiro y vio caer a mi padre. Pero no debió de ser un disparo fatal, porque mi padre de alguna manera logró arrastrarse. Vio a los Gukurahundi coger a tu abuelo y arrastrarlo hasta el jeep, que estaba aparcado en la puerta del jardín. Los vio arrojarlo al interior, como si fuera un saco sucio. Vio a los Gukurahundi subir al vehículo y marcharse. Y esa fue la última vez que alguien vio a Butholezwe Henry Vulindlela Khumalo, hijo de Nqabayezwe Mbiko Khumalo y Zanezulu Hlatshwayo Khumalo, esposo de Nomvelo Mary Khumalo y padre de Thandiwe Khumalo, Nkanyiso Khumalo, Nkosiyabo Khumalo, Zenzele Khumalo, Njube Khumalo y mío, abuelo de una sola nieta, tú, Destino Lozikeyi Khumalo.

19. ÚLTIMOS TOQUES

Me contaron que la misma suerte habían sufrido muchos de nuestros vecinos, incluida la familia de tu padre. No sé para qué me quedé allí, en aquellas terribles ruinas, en lugar de marcharme con los vecinos. La madre de Hlangabeza me suplicó que me fuera con ellos y descansara un poco. Ahora te llevaba a su espalda, y creo que tú dormías. Sus hijos mayores, Mandla y Dingane, y luego alguien más, una hembra anciana, no recuerdo ahora quién, también vinieron a convencerme de que me marchara. Pero es que yo no podía moverme. A lo mejor pensaba que mi familia iba a aparecer. Que aparecerían vivos. A lo mejor quería que algo se prendiera y me quemara a mí también, para no tener que enfrentarme a la vida. No sé qué pensaba. Pero de pronto nos vimos bajo el resplandor de unas luces. Los Gukurahundi estaban de vuelta, querían saber qué estábamos haciendo allí, si estábamos con los disidentes. Yo no tenía ni idea de si eran los mismos que habían asesinado a mi familia, si eran los que habían asesinado al tío SaCe y nos habían apaleado, o si eran un grupo nuevo.

Nos ordenaron tumbarnos boca abajo. Era como revivir una pesadilla. Me dieron otra terrible paliza. Otra. Nos dieron una buena paliza, quiero decir paliza-paliza-paliza. Primero nos obligaron a las hembras a desnudarnos. Pero cuando te digo que nos dieron una paliza, en realidad no te estoy diciendo nada. O te lo digo todo. Porque ningún idioma puede empezar a describir lo que nos hicieron aquel lunes 18 de abril de 1983 en Bulawayo, Bulawayo, en esta Jidada, entre las ruinas de la hacienda de mi padre. Todos estos años después, décadas después, todavía no puedo encontrar las palabras, Destino Lozikeyi Khumalo. Incluso mientras te lo cuento ahora mismo, sé que no te lo estoy contando bien, que jamás podré contarlo bien ni contarlo correctamente. Que no hay palabras para contarlo, que no las ha habido nunca y nunca las habrá.

Así es como perdí la audición en este oído. Ya sé que te había dicho que era un defecto de nacimiento, pero eso es lo que pasó en

realidad, ahora lo sabes. Durante los días siguientes, las semanas siguientes, nuestros cuerpos se pudrieron. No teníamos ayuda médica para tratar las heridas, ¿cómo íbamos siquiera a buscar ayuda cuando los Gukurahundi se multiplicaban por todas partes y teníamos miedo de que acabaran con nosotros? Corrían también rumores de que nos esperaban en los hospitales si alguien iba a recibir tratamiento. De manera que llevábamos colonias de gusanos en nuestros cuerpos, nos los rascábamos y los veíamos agitarse. Apestábamos de tal manera que no podíamos soportar nuestro propio hedor. Dormimos boca abajo durante meses, porque teníamos los cuerpos doloridos. Nos pudrimos. A mí se me cayeron trozos de carne del trasero, primero una nalga, luego la otra. A día de hoy, todavía tengo agujeros, valles, crestas en el cuerpo. Pero ¿por qué te lo cuento cuando sé que mis palabras en realidad no pueden mostrar lo que quiero decir?

RETRATO DE DOS CUERPOS

Simiso sale despacio de la cama y va al centro de la habitación. Con un fluido movimiento, se quita el camisón sobre la cabeza. No lleva ropa interior. Se gira para darle la espalda a su hija, que lanza una exclamación y se cubre la boca al ver las terribles cicatrices, las descarnadas líneas y surcos que se cruzan y se descruzan por toda la larga espalda, los agujeros en el trasero de la cabra. Es la primera vez que Destino ve el cuerpo de su madre tan desnudo como la verdad. Podría estar mirando un agua clara y, reflejado en el agua, su propio cuerpo. Más tarde, cuando Destino vuelva a pensar en este momento, sentirá que la desnudez de su madre fue también su propia desnudez.

Esa fue la razón por la que ella también se quitó el camisón y se quedó en pie frente a Simiso, que no tembló al ver el propio cuerpo devastado de su hija. Y allí se quedaron las dos cabras, lado a lado y cara a cara, como no habían estado nunca, como si acabaran de parirse la una a la otra. Sí, tholukuthi sus cuerpos

desnudos iguales, no solo porque eran hembras, no; no porque fueran madre e hija y por lo tanto estuvieran hechas con la misma arcilla, no; sino porque aquellos cuerpos, ambos, llevaban cicatrices de los defensores, como si los defensores que habían machacado el cuerpo de Destino el 5 de julio de 2008 hubieran seguido las meticulosas instrucciones de los defensores que mutilaron el cuerpo de Simiso más de veinticinco años antes, el 18 de abril de 1983. Sí, tholukuthi como si los defensores estuvieran creando en ambos cuerpos un importante archivo de la crueldad del Órgano de Poder.

—Así es como desparecí y por qué, madre. Estaba tan herida, tan rota que en lo único en lo que podía pensar era en huir, en marcharme y no volver nunca. Pensé que olvidar, que no mirar atrás me ayudaría. Pensé que lo borraría todo. Lo que pasó es que, en 2008, justo después de las elecciones...

—Ssshhhhhhhhhhhhhh, mi niña —susurra Simiso. No necesita que le cuenten una historia que ya conoce. Tholukuthi que abraza a su hija como si estuviera abrazando una de esas delicadas flores que se doblan cuando las tocan. Palpa con cuidado las cicatrices de su hija, una a una, como si quisiera darle a cada una un nombre. Y acaricia cada una de las cicatrices de su hija. Y besa cada una de las cicatrices de su hija. Y luego es la hija la que abraza a su madre como quien sostiene la más blanda de las setas. Y toca cada cicatriz de su madre, sí, tholukuthi una a una, como si quisiera aprenderse sus nombres. Y acaricia cada una de las cicatrices de su madre. Y besa cada una de las cicatrices de su madre. Y las dos hacen esto una y otra vez, una y otra vez, una y otra vez, hasta que el dolor y el sufrimiento que llevan tanto tiempo oculto dentro de sus cuerpos adquieren el peso de las alas de mariposa.

Operación restauración del legado

RETRATO DE LOS PENSAMIENTOS Y SENTIMIENTOS DE UNA NACIÓN TRAS LAS ELECCIONES

—¡Jaaaaaa, camarada! ¡Te lo dije! Te dije que no podíamos perder unas elecciones de las que estábamos a cargo. Porque ¿cómo? ¿Solo porque los animales no nos votaran? ¡De eso nada! Y cuando lleguen las siguientes, en 2023, las volveremos a ganar. Y las siguientes, en 2029, las ganaremos. Y las siguientes, en 2034, las ganaremos. 2039, ganaremos. 2044, ganaremos. 2049, ganaremos. 2054, ganaremos. Porque eso es lo único que hacemos, ¡ganar ganar ganar ganar ganar ganar! Tichingotoooooooonga!

—¿Quién está preparado ahora mismo? ¿Estáis preparados para entrar en Canaán con el Salvador, oh, valiosos soldados? ¡Porque yo os aseguro que la tierra prometida ha llegado! La tierra prometida está aquí, ¡gloria gloria gloooooooooooooooriaaaaaa!

—Lástima. Al principio parecían unas elecciones pacíficas de verdad, hasta el punto de que casi me lo creí. Pero, claro, al momento siguiente estábamos en una zona de guerra, con los defensores armados hasta los dientes haciendo lo que han hecho siempre. Que los muertos descansen en paz.

—Deberías habernos visto el día de las elecciones. Cómo íbamos por todo Lozikeyi, flotando-flotando-flotando. ¡Estábamos segu-

rísimos de la victoria! Cuando mis hijos me preguntan por qué íbamos flotando, les digo que era por la nueva Jidada. Ahora ya no preguntan más qué pasó con ella, dónde se fue esa nueva Jidada. Y yo todavía no sé cómo mirarlos a la cara.

—Enhorabuena a mi Salvador, te deseo unos prósperos cuatro años. ¡Por la Nueva Administración!

—Por mi propia salud mental necesito pasar página. De manera que no tengo mucho que decir. Me voy a concentrar en mí y en mi familia y en mi relación con Dios, que son las cosas que sé que puedo controlar.

—Pero si os lo advertimos. Hasta el mismo día de las elecciones estuvimos allí, advirtiéndoos, diciéndooslo, recordándooslo. Si hasta lo llamabais elecciones pacíficas. Las llamabais #libresjustascreíbles. Ahora no nos miréis así, fueron vuestras propias palabras.

—Lo que más me duele es que antes del golpe de Estado yo jamás había salido a manifestarme por nada. Me quedaba en casa y me ocupaba de mis asuntos. ¿Qué locura me entró para salir a manifestarme a favor del golpe, para hacerme selfis con los soldados y todo eso? Todavía no lo sé. Si miro atrás, es como si hubiera sido otro animal fingiendo ser yo, saliendo ahí fuera en mi lugar. Porque es que no veo cómo pude hacer aquello, qué se me pasaría por la cabeza. O a lo mejor es que cuando uno se pasa toda la vida esperando algo y por fin sucede, y sucede cuando menos te lo esperas, se pierde la perspectiva. Cosa que es muy peligrosa.

—No voy a mentir, yo de verdad creía que habría un cambio. Estaba segura. ¡Y ahora estos resultados! ¿De qué sirvió derrocar al Viejo Caballo, entonces? ¿Dónde está el cambio? Incluso esta victoria de Tuvy, si es que os creéis que ganó de verdad, es que apesta a las tácticas del Viejo Caballo.

—Yo la conclusión a la que he llegado es que estas elecciones no han sido más que una pérdida de tiempo en esta Jidada. Porque el Órgano de Poder va a ganar siempre mediante el pucherazo y la violencia. O lo uno o lo otro o ambas cosas.

—Lo que no logro entender es cómo puede nadie pensar que alguien iba a dar un golpe de Estado para luego entregar el país a los desfavorecidos. Eso no lo haría ni yo. Lo único que espero, por el bien de Jidada, es que el Salvador por lo menos dirija el barco en la dirección adecuada.

—Los votantes de la oposición se comportan como niños mimados. Habéis perdido las elecciones, habéis perdido las elecciones, punto final. ¡Madurad y pasad página mani, hawu, nxxxxxx!

—Estoy desanimado, pero no dejaré que Tuvy me expulse de este país. Es mi país. ¡Me quedaré aquí y lucharé cada día hasta que Jidada sea libre de verdad! Y no pienso renunciar tampoco al proceso de las elecciones porque eso es exactamente lo que quiere el Órgano de Poder, que nos exasperemos y nos rindamos para que ellos puedan manipular las cosas a su gusto. Yo, mientras me quede aliento, seguiré luchando.

—A lo mejor lo que deberíamos haber hecho es oponernos al golpe de Estado. A lo mejor habríamos conseguido algo.

—¿Qué planea hacer la oposición de cara al futuro? Ngoba que no podemos cantar la misma vieja canción en todas las elecciones. Empiezo a pensar que la oposición no sirve para nada.

—No pretendas que me sienta culpable por celebrar la caída del Viejo Caballo. Si pudiera dar marcha atrás, volvería a celebrar la caída del horrible dictador. ¡Ese diablo me robó la vida!

—Si te crees que Jidada bajo el Viejo Caballo era una mierda, ahora la mierda va a llegar hasta el cielo, pero de verdad. Cuando decimos que esas bestias no saben gobernar, es que esas bestias no saben gobernar.

—Ahora es el momento de dejar de lado nuestras diferencias y trabajar todos juntos por una sola Jidada. A lo mejor en esta Nueva Administración podemos lograrlo si nos unimos, si le damos tiempo.

—Yo no me voy a ninguna parte. ¿Por qué me iba a ir? Mi negocio va bien, a mi familia le va bien, el clima de Jidada es genial. Aquí se puede vivir bien y en paz siempre que no te salgas de tu camino. De manera que me quedo en mi camino, ¡en mi casa nada de política, muchas gracias!

—¡Alguien debería liarse a tiros con esos malditos loros y su estúpida canción de la Nueva Administración! Estoy hasta el último pelo.

—Con el debido respeto, no veo cuál es el problema. Porque no es que no hayamos estado aquí antes, porque sí que hemos estado. Si sobrevivimos al Padre de la Nación durante cuarenta años, igualmente sobreviviremos al Salvador otros cuarenta. Y luego sobreviviremos al siguiente y al siguiente y al siguiente. Los jidadanos son resistentes.

—A mí lo que me gustaría saber es dónde están los que se hacen llamar nuestros vecinos. ¿Y dónde está la Comunidad de Desarrollo de África Austral? ¿Y la Unión Africana? ¿Y por qué Sudáfrica no dice nada cuando tiene millones de jidadanos dentro de sus fronteras? ¿Por qué no se compromete con la liberación de Jidada cuando lo que pasa aquí claramente afecta a lo que pasa allí?

—¡Y ahora tendremos el privilegio de que la Nueva Administración nos saque a todos de la ruina del Viejo Caballo para llevar-

nos a la nueva Jidada! ¡El Salvador es el cambio que estábamos esperando!

—Lo que de verdad necesitamos es pensar qué vamos a hacer con nuestra situación. Solo hay dos opciones, en realidad. O permitimos que este partido malvado nos retenga como rehenes toda nuestra vida o declaramos la guerra.

—¡Es que tiene guasa la cosa! ¡Creíamos que marchábamos hacia la libertad cuando en realidad marchábamos hacia más tiranía!

—No me digas que Dios nos está viendo. Porque toda mi puta vida nos ha estado viendo. ¿Cuánto tiempo necesita un dios ver cómo arde la mierda antes de intervenir?

—Bueno, ahora Jidada queda abierta a los saqueadores. Ya lo veréis.

PARA TI UN PAÍS DE MIERDA, THOLUKUTHI EL DORADO PARA EL PODER

Cuando los que saben dijeron que el Órgano de Poder y el Elegido entraron en una obscena espiral de saqueo y pillaje, querían decir que el Órgano de Poder y el Elegido entraron en una obscena espiral de saqueo y pillaje. Claro que durante décadas habían sido una pandilla de saqueadores, pero ahora, con la inmensa satisfacción de la victoria electoral, con la Nueva Administración, con eso de que Jidada estaba abierta para los negocios, con nada menos que Tuvius Delicia Shasha como segundo presidente de Jidada, el pillaje alcanzó niveles colosales nunca vistos. Robaban con la atrevida audacia de babuinos borrachos, sin el más mínimo pudor. Por lo que a ellos concernía, eran los dueños de Jidada con un «da» y otro «da», sí, tholukuthi sus inmensas riquezas eran todas

suyas y estaban a mano. Y sí que robaron, robaron-

robaron-robaron.

Aun así, por mucho que robaran y saquearan, el Órgano de Poder y el Elegido se encontraron ahogándose en un mar de riqueza más allá de sus sueños más alucinantes. Lo cual explica tal vez por qué cedieron a su imaginación, tholukuthi que descendieron sobre sus aldeas, apenas frecuentadas, y construyeron gigantescas carreteras para usarlas durante los funerales de la aldea o las ocasionales vacaciones. Instalaron generadores y toda clase de equipamiento para dar envidia a los animales que languidecían en la oscuridad y se alineaban en las colas para el agua en todas las míseras ciudades de Jidada. Destinaron fondos a la remodelación de los ríos, de manera que se excavaron sus lechos para reem-

plazarlos con mármol importado, y completaron la remodelación instalando solarios en las orillas, para que las sirenas y los peces y las ranas y los gusanos y los caracoles y los insectos y todas las criaturas del río pudieran salir del agua y tomar el sol a lo grande. En los bosques y selvas y todo alrededor de sus aldeas, colgaron hamacas hechas con materiales orgánicos para que los leones y los leopardos descansaran y jugaran en ellas. Tendieron caras alfombras de importación bajo los árboles frutales para que la fruta madura no cayera sobre la tierra y se estropeara. Instalaron ascensores en las montañas para que los animales de las montañas pudieran subir solo con darle a un botón. Construyeron parques de toboganes y gimnasios de jungla de última generación para que los animales salvajes pudieran mantenerse en forma. Y como era la era de internet, sí, tholukuthi un tiempo en el que nada pasaba de verdad, nada era real y cierto y cautivador hasta que se subía a Instagram y Twitter y Facebook para que lo viera el mundo entero, los dueños de Jidada compartieron sus opulentos estilos de vida en las redes sociales, jactándose, celebrando la fortuna del infinito botín de una Jidada que seguía dando y dando.

VIVIR EL SUEÑO

Con la victoria de unas elecciones libres, justas y creíbles en el bolsillo, Tuvius Delicia Shasha, hijo de Zvichapera Shasha, el predilecto y exitoso hijo de Buresi Shasha, ya no es presidente interino, sino Su Excelencia por derecho propio, por fin. Y había ganado a pesar de los intentos de la oposición y sus simpatizantes occidentales, quienes, como era de esperar, habían recurrido a toda clase de trucos, incluso habían propagado noticias falsas de pucherazo y violencia. La malévola oposición no se detuvo ante nada, tholukuthi que hasta disputó la victoria de Su Excelencia a cada paso hasta el mismísimo Tribunal Supremo, presidido por el estimado juez, Jefe de Justicia Honorable Kiyakiya Capturado Manikiniki,

pero allí también venció el Salvador de la Nación y salió una vez más como el Elegido.

Ahora, a unos once mil metros sobre tierra, Su Excelencia, el camarada presidente, flota en extasiado reposo, su gran cabeza vacía de preocupaciones. La quietud, la paz que siente es absolutamente divina. Sabe que está soñando, porque esto es un antiguo sueño de sus primeros años, cuando crecía en la aldea, de manera que no quiere abrir los ojos y salir del sueño. Y cuando por fin lo hace, es como si hubiera despertado de un sueño solo para entrar en otro. Tholukuthi que es porque en realidad está en un lujoso jet que es igualito que el jet de su sueño.

Cuando era un potro en la aldea, uno de los pasatiempos favoritos del joven Tuvy era identificar los vehículos por el ruido de su motor. Al oír el lejano zumbido de los coches que se acercaban, sus amigos y él salían de los matorrales donde se pasaban el día jugando a la guerra, su juego preferido dado que el país estaba en aquel tiempo enzarzado en la amarga Guerra de Liberación. Los jóvenes camaradas se apiñaban, como inmóviles flamencos, ladeaban las cabezas con las orejas tiesas para captar el distante rugido de los vehículos que renqueaban arriba y abajo y arriba y abajo por la montañosa carretera que era también la única carretera de la aldea, sí, tholukuthi una carretera con dos nombres dependiendo de quién la nombrara: Rhodes Road para los animales blancos y Carretera de la Independencia para los animales negros. El juego era un ejercicio de adivinación que provocaba en Tuvy tal emoción que a veces se le hacía difícil incluso oír bien los motores debido al estrépito de su propio corazón en los oídos. Los jóvenes escuchaban autobuses, escuchaban tractores, jeeps, Range Rovers, Dodge Rams, Peugeots, Datsuns. Berreaban las marcas y los modelos y esperaban, conteniendo el aliento, a que el vehículo en cuestión apareciera para ver si habían acertado.

Y cuando los cansados vehículos aparecían por fin cubiertos de polvo, los amigos galopaban hasta el borde de la carretera y, si habían dado en el clavo —y Tuvy casi siempre atinaba—, chillaban y bailaban en el polvo y reclamaban como suyos los coches

conducidos por animales blancos. La pandilla saludaba y contemplaba los coches que ahora eran suyos, pero que no poseían y que pasaban de largo, tholukuthi con un dolor en el corazón que conocían bien, porque habían nacido con ese sentimiento que les habían transmitido sus padres, que también habían nacido con ese sentimiento que les habían transferido sus propios padres, que a su vez estaban infectados con ese sentimiento desde cuando los animales blancos aparecieron por primera vez de tierras lejanas a través de lejanos mares no solo para usurpar sus tierras, sino también para gobernarlas. Y después de que los coches que no poseían se hubieran marchado sin ellos, hubieran desaparecido en enormes nubes de polvo, los jóvenes se retiraban a los matorrales para coger sus fusiles de juguete hechos con palos, sus bombas y granadas hechas con piedras, y volvían a jugar a la guerra por cosas que ya no eran cosa de juego.

DE SOÑADORES DE GRANDES SUEÑOS

El joven Tuvy siempre mantuvo la fantasía de los coches, sí, tholukuthi cuidándola como una herida abierta mientras realizaba sus tareas cotidianas y las labores mundanas de la vida de la aldea, hasta que por la noche se llevaba la fantasía a la cama como una amante secreta, sí señor, tholukuthi donde soñaba su sueño recurrente de no solo un coche, sino un avión, y no solo un avión, sino un jet de lujo, de esos que nunca se habían visto por los cielos de Jidada, de esos que en realidad no se habían visto en todo el mundo entero, porque solo existirían en un futuro lejano. Un jet tan magnífico que el joven Tuvy imaginaba que los ángeles se escabullirían del cielo para ir a hacer cabriolas en torno a aquella máquina suprema y se harían lo que en aquel tiempo no tenía nombre pero que sería conocido, décadas y décadas más tarde, como selfis.

La primera vez que Tuvy les contó el sueño a sus amigos durante su habitual juego de la guerra, estallaron en crueles carcaja-

das ante lo absurdo que era, lo tonto que era, lo imposible que era, ay, sí, se burlaron tanto de él que el exaltado potro alzó su AK-47 y, viéndolo todo rojo de ira, ejecutó sumariamente a todos sus amigos antes de marcharse al galope. Fue la última vez que tuvo en las manos un arma de juguete, porque no mucho después convenció a su tío, un reclutador de guerra de la aldea, para que lo dejara en un campo de entrenamiento, donde se unió a la lucha armada por la independencia de Jidada. Y guardó también en su corazón, donde la mayoría de sus camaradas guardaban el sueño de una Jidada libre, otro sueño secreto: su jet de lujo.

—Eh, camarada —dice el Salvador, sin dirigirse a nadie en particular. Ante el sonido de la voz de Su Excelencia, una cabra y un gallo acuden prestos, con Bufandas de la Nación en torno al cuello—. ¿Quién fue el que recitó el poema ese de «Tengo un sueño»?

—¿Te refieres al doctor Martin Luther King Junior, Su Excelencia? —dice el gallo.

—Sí, eso. ¿Y cómo era lo que dicen que decía?

—Yo tengo el sueño de que un día incluso el estado de Mississippi, un estado desierto, sofocado por el calor de la injusticia y la opresión, será transformado en un oasis de libertad y justicia —recita la cabra, interrumpiendo al gallo con voz trémula de emoción, los ojos llorosos, una pezuña contra su huesudo pecho, porque le parece que le va a explotar el corazón con el evocador canto de libertad de Martin Luther King. No mira al gallo, que lo está fulminando con los ojos por haberle robado su momento de gloria.

—Ah, ya me acuerdo. Sí, eso decía. Me recuerda a mi propio sueño, como si ese Martin hubiera tenido poderes de hechicero para mirar al futuro y oír y saber lo que yo soñaría años después, y luego dar forma a su sueño basándose en el mío —dice Tuvy.

—Es, en efecto, muy probable que el gran doctor Martin Luther King estuviera inspirado por tu sueño, camarada Excelencia, a través de extraños corrimientos de tiempo —asegura el gallo, aprovechando el momento para meter baza.

—Sí, un sueño nacido de la injusticia de ver a los animales blancos poseer lo que nosotros jamás habríamos soñado con poseer, en

la mismísima tierra de nuestros padres. Pero como los sueños no se pueden prohibir, pues eso hice yo: soñar desafiante. Sí señor, soñé que algún día yo también me sentaría no a una mesa, no, porque hasta un mísero escarabajo pelotero puede escalar hasta una mesa; no, yo soñaba con un jet de lujo exactamente como este. Y ahora aquí estoy. —Tuvy está radiante, imbuido del resplandor del triunfo.

—¡Y aquí estás, Su Excelencia! —exclaman al unísono el gallo y la cabra, mirándose furiosos. Tuvy, ajeno a la hostil competición, se arrellana de nuevo en su asiento, cierra los ojos y vuelve a perderse en su sueño hecho realidad.

El jet, además de ser el avión privado del Salvador, es también su mina de oro: se lo alquila al gobierno de Jidada, que en muchos aspectos es realmente él mismo; el gobierno entonces le paga en torno a un millón de dólares estadounidenses por cada viaje como este. Por supuesto, esto no es, de ninguna manera, su único negocio. El Salvador posee estaciones de servicio, quioscos, minas, burdeles, equipos de fútbol, taxis, retretes de pago, supermercados, salones de belleza, peluquerías, restaurantes, bancos, bienes inmobiliarios, transportes fronterizos ilegales, cervecerías, universidades, autobuses, sí, tholukuthi toda una variedad de bienes, porque no es un inversor melindroso: mientras le dé dinero, allá que va.

Sonríe al acordarse de Caléndula, su nueva amante, una yegua a la que le triplica la edad.

—¿Qué es lo mejor de servir al pueblo, Mi Excelencia? —le había preguntado no mucho después de su nombramiento, mientras le mordisqueaba las orejas.

—¡La riqueza! —contestó él sin pensarlo ni un instante.

—¿Y lo peor?

—¡Gastarla!

THOLUKUTHI QUE EL SALVADOR SIRVE Y EL HECHICERO VE

—¡Ja! Veo que estás pensando de nuevo en tus riquezas, jefe —dice Jolijo, sentándose junto al Salvador.

—¿Cómo lo sabes, camarada Jolijo? —Tuvy mira al gato con expresión satisfecha.

—¿Acaso no es mi trabajo saber lo que Su Excelencia está pensando? Además, si esa no es la cara de uno de los presidentes africanos más ricos, entonces no sé qué es. —Jolijo suelta una alegre risita. Intenta cruzar las patas, pero no puede. Sí, tholukuthi que no puede porque se está poniendo tan gordo, tan enorme, que podría apartar de su camino a perros pequeños como si fueran latas vacías. Pero hubo un tiempo, cuando solo era profesor de religión en un instituto, en que Jolijo, de nombre completo Jolijo Perfecto Maposa, hechicero jefe del Órgano de Poder, hijo de Perseverancia y Rebecca Maposa, exprofesor gracias a las credenciales académicas de su fallecido y brillante gemelo idéntico, ahora se cuenta entre los cincuenta animales más ricos de Jidada con un «da» y otro «da». Recientemente, los deberes del hechicero se han ampliado para incluir la membresía en el Comité Especial de Jidada, cuyos miembros son solo Su Excelencia y él. Por decirlo de algún modo, tras la victoria electoral de Tuvy, Jolijo ha ayudado a revisar y a seleccionar candidatos para los ministerios esenciales, gobernadores, jueces, altos rangos del ejército y posiciones tales, críticas para el Órgano de Poder.

—¿Y todo está bien, camarada Jolijo? —pregunta Tuvy.

—¿Empiezo con las buenas noticias o con las malas, jefe? —Al ver la expresión del Salvador, el gato se arrepiente de la broma—. En primer lugar, la cuestión del sol...

—¿Lo has arreglado? Sabes que tengo que mandar sobre el sol como sea.

—Ya, pues sobre eso, Su Excelencia, me temo que no tengo buenas noticias. Parece ser que la anterior primera hembra, la doctora Dulce Madre... En fin, ¿cómo decirlo? Lo echó a perder.

—¿Cómo que lo echó a perder, camarada Jolijo? ¿Cómo es posible que en la Nueva Administración pueda nadie echar a perder el sol? ¿Es que no sale y se pone todos los días en el mundo entero?

—Tienes toda la razón, Su Excelencia. Pero parece ser que el sol de Jidada no podía ser gobernado por una hembra de ninguna

manera, igual que no puede ser gobernado por etnias míseras e inferiores. Al darle órdenes, la doctora Dulce Madre básicamente enfureció a los dioses, que por lo visto han decretado que tendrán que pasar otros cien años antes de que ningún mandatario jidadano pueda gobernar de nuevo sobre el sol. —El hechicero habla con voz grave.

—Pero ¡yo estaré muerto de aquí a cien años, camarada Jolijo! —grita Tuvy, humillado.

—Bueno, sí y no, Su Excelencia. Con eso quiero decir que sí, que tu cuerpo, como pasa con todos los cuerpos vivientes, expirará, y sí, es verdad que morirás, pero no tienes por qué permanecer muerto. Con los rituales adecuados, y no digo que sea fácil, pero sí es posible, se te podría devolver a la vida para que gobernaras otra vez.

—¿Es un buen momento, Su Excelencia? ¿Interrumpo? —pregunta un robusto cerdo con un traje negro, mirando primero a Tuvy y luego a Jolijo.

—Siempre es buen momento, camarada Doctor. Aquí el camarada Jolijo ya se marchaba. —El Salvador le hace un gesto al gato para que se marche. Jolijo se ausenta sin saludar siquiera al cerdo.

El Salvador suelta una risita. No es ningún secreto que al hechicero no le gusta Brillante Nzinza, el recién nombrado ministro de Finanzas. «Tiene el aire arrogante de una rata de cloaca. Se cree mejor que nadie porque se educó en Occidente y habla como un maldito libro. Te aseguro que ese no es un camarada-camarada, jefe. Nos causará problemas, este blali cerdo», había protestado el hechicero en contra del prestigioso nombramiento del cerdo. Fue una de las muy escasas ocasiones en que el Comité Especial había entrado en conflicto. Por supuesto, no sirvió de nada, tholukuthi que hasta los palos y las piedras saben que el cerdo, con sus impresionantes credenciales y su sólida carrera internacional, además de su tremenda inteligencia, es un genio de las finanzas; que si alguien puede resucitar de su lecho de muerte la agonizante economía de Jidada, es justo él. Camarada Doctor es el apodo que Tuvy le ha puesto al cerdo y que no ha tardado en popularizarse.

UN NUEVO MIEMBRO DE LA FAMILIA

—Sabes que toda Jidada, qué digo, el mundo entero habla maravillas de ti, camarada Doctor. Por no mencionar a los camaradas, que están encantadísimos de tenerte en la familia. Y es una gran familia, como puedes ver. —Tuvy se echa a reír y pone su asiento en posición erguida. El cerdo se contonea hasta la silla frente a él.

—Una gran familia. Me encanta, señor. Pero...

—Pero ¿qué? Y, por favor, llámame...

—Pido perdón, Su Excelencia, todo esto es bastante nuevo para mí —miente el ministro con voz sumisa, dando un respingo y ajustándose las gafas verdes. Tholukuthi que la verdad es que odia con toda su alma este asunto colonial de los títulos—. Te decía, sobre la familia, señor...

—¿La familia? —Tuvy frunce el ceño.

—Cuando hablabas de la familia, los camaradas...

—Ah, sí, los camaradas. Como puedes ver, es una gran familia, tan unida que cuando nos ves a uno de nosotros, ves dos o tres docenas, si no más, ya sea en tierra o en el aire. Y pretendemos mostrar al mundo, allá donde vayamos, que estamos dispuestos a liderar Jidada hasta la auténtica gloria. Y ese es el mensaje que vamos a comunicar en esa gran fiesta, esa reunión, esa... mnxxxxxxm, zviya, ¿cómo se llama la cosa esa a la que vamos, camarada Doctor? —Tuvy se arregla con cuidado la bufanda en torno al cuello.

—Vamos al Foro Económico Mundial de Davos, señor —contesta el ministro.

—Pues ese es el mensaje que vamos a comunicar a esa Economía Mundial... ¿Cómo era?

—Foro, foro, señor, Foro Económico Mundial, en Davos.

—Eso. Pues ese es el mensaje que vamos a comunicar en ese Foro Económico Mundial de Davis. —Tuvy no advierte el movimiento apenas perceptible del cerdo, que ha sacudido la cabeza.

—Exacto. Y eso es fantástico, Su Excelencia. Y ya que estamos, quería hacerte una sugerencia.

—Adelante, camarada Doctor. ¿No es para eso para lo que estás aquí?

—Gracias, señor. El caso es que yo creo que..., en fin, que la familia es... un poquitito grande, por decirlo de alguna manera, Su Excelencia.

El Salvador echa la cabeza hacia atrás de un respingo. No lo entiende.

—Quiero decir para cosas como esta..., para viajar. Su Excelencia. Dado que solo tú y yo vamos a hablar en este foro, no entiendo por qué y cómo animales como Jolijo vienen en este viaje, por no mencionar los montones de jóvenes líderes que no pueden pronunciar ni una frase coherente y que en este mismo momento se están emborrachando en la parte trasera del avión, y a los que encima hay que pagarles dietas diarias.

—Ya veo.

—¡Exacto, Su Excelencia! En mi humilde opinión, este viaje necesita menos de una cuarta parte de su séquito. Lo cual a su vez significaría que, en lugar de usar este gran jet, podríamos viajar en primera clase, lo cual nos permitiría un tremendo ahorro. Con los más de treinta viajes que ya se han hecho, Su Excelencia ha gastado en realidad unos doscientos millones en menos de un año de viajes, por ejemplo, un dinero que podría fácilmente haber sido destinado a...

El cerdo se calla, los números que pensaba recitar han quedado ahogados por la enfermiza risa del caballo.

PRINCIPIOS DE GOBIERNO

—Para aclarar lo que quiero decir, Su Excelencia, nuestros gastos definitivamente necesitan reducirse, pero con mucho, y esta es una forma muy fácil de hacerlo. Y, sinceramente, yo estoy pensando desde una perspectiva más amplia, teniendo en cuenta que una gran parte de nuestra estrategia para ganar depende de cambiar nuestra manera de hacer las cosas. Estamos dispuestos a hacer ne-

gocios, pero no pueden ser los negocios de costumbre —asegura el ministro.

—No, si yo te entiendo, camarada Doctor. Ya sé que acabas de subir a bordo, pero en el Órgano de Poder, en el Partido de Poder, nuestra manera de hacer las cosas, el modo en que siempre hemos hecho las cosas, es que esto es labor de todos. Y nada representa tanto ese concepto como esto, todo esto. —Tuvy señala orgulloso el resto del jet, las amenidades de lujo, la sección trasera, donde los camaradas y sus hembras están bebiendo y comiendo.

Lo que el presidente piensa, al mismo tiempo, es que el cerdo tiene ideas muy raras. Él, el Salvador de la Nación, nada menos que Su Excelencia de Jidada con un «da» y otro «da», todo un cabeza de estado, volando en un mísero avión regular. ¿Para qué? ¿Como si fuera un animal normal y corriente? ¿Qué demonios significaría entonces su sueño de juventud? Y ¿por qué sigue siendo un sueño recurrente todavía hoy? Es una locura, sí señor, una absoluta locura. Igual que el otro idiota... ¿Cómo se llamaba? El que por lo visto no solo vuela en aviones normales, sino en clase turista, y todavía se considera presidente de un país. Y luego está el otro, al que vio en Facebook, que va por ahí conduciendo él mismo un coche viejo y baqueteado. ¿Y los ministros de Europa, que por lo visto trabajan en trenes y en taxis? ¡Es que imagínate! Todo un ministro de Jidada en un taxi cochambroso —porque la mayoría de los taxis en las míseras carreteras de Jidada, sembradas de baches, están hechos un verdadero asco—, sí, en taxis que se paran en cada semáforo, acosados por horribles vendedores y mendigos de malos modales y endemoniados huérfanos delincuentes. ¿Para qué, entonces, habían ido a la guerra? ¿Cuáles serían los frutos de la liberación de Jidada? ¿Para qué entonces gobernar siquiera? Eso por no mencionar que cómo demonios y por qué diablos, con todos los enemigos que tiene, se le pasaría siquiera por la cabeza ir a ningún lado sin su hechicero. ¿Y de qué serviría dejar atrás a su fea esposa si no puede deleitarse con su hermosa amante? ¿Qué clase de miserable mandatario sería si tuviera que viajar sin sus bailarinas para recordárselo? Y sin sus defenso-

res asesinos como respaldo a la bufanda. Y sin las juventudes del Partido del Poder para protestar por las sanciones...

En ese momento, el piloto anuncia por los altavoces que acaban de comenzar el descenso sobre Davos.

—Supongo que ya está, Su Excelencia. Ya casi hemos llegado. —El ministro resplandece con emoción palpable.

Aunque el cerdo tenga ideas muy raras, a Tuvy le gusta su confianza, sobre todo cuando se trata de lidiar con los occidentales. Lo ha visto entrar en una sala y sencillamente dominarla como si fuera la cocina del gueto de su abuela, y tholukuthi hablar de lo que era en el momento la cuestión más importante para Jidada, y de hecho para el Partido del Poder, esto es, la Nueva Administración, hasta que toda la sala parecía reflejar la luz de la inminente gloria de Jidada.

S DE SALVADOR SALVANDO A JIDADA DE LAS SANCIONES

—¿Tú sabes lo que yo creo que de verdad tendría un gran impacto, camarada Doctor?

—No, Su Excelencia, no lo sé.

—No, no lo sabes, camarada Doctor, así que te lo voy a decir. Lo que yo creo que tendría un gran impacto sería que nos levantaran las sanciones de una vez por todas. O por lo menos algunas, porque nos están aplastando. ¿Te da la sensación de que tal vez estemos llegando a alguna parte? Vaya, que tú conoces a esos animales mejor que yo —dice Tuvy. El cerdo se tira de las orejas, se ajusta las gafas.

—Eeeh, yo creo que vamos por buen camino, Su Excelencia, sobre todo con tanta buena voluntad que llega de todas partes y que no habría sido posible hace no tanto tiempo, con el mandato del Viejo Caballo. Yo diría que estaremos bien siempre y cuando convenzamos al mundo de que somos un gobierno de transformación auténtica, no solo retórica: debemos revivir nuestra democracia y sus instituciones, restaurar el constitucionalismo, com-

prometernos con hacer resurgir la economía, mantener una firme postura anticorrupción. Y lo más importante, hay que hacer verdaderas reformas. Estas son algunas de las cosas que ofrecerán a los inversores, y de hecho al mundo entero, la confianza para que empiecen a tomarnos en serio otra vez. —El cerdo asiente con la cabeza, muy de acuerdo consigo mismo.

—Ya, ya, te entiendo, pero a ver, eso no puede pasar de la noche a la mañana. Hasta los ancianos nos dicen con su proverbial sabiduría que correr no es lo mismo que llegar. Deberían vernos hoy, deberían ver dónde estamos ahora. O sea, que hemos ganado las elecciones #libresjustascreíbles, como ha visto todo el mundo. Hemos formado el mejor gabinete que Jidada ha conocido, y tú eres parte de él. Las aves y los insectos de la nación están en este mismo momento llenando los aires y los cielos y los árboles y los matorrales con la ya famosa canción *Nueva Administración.* Sin duda, con todas estas cosas a nuestro favor, algunas de las sanciones deberían estar levantándose ya, ¿no, camarada Doctor?

—Bueno, puede ser de ayuda recordar que las sanciones no son en realidad nuestro auténtico problema, Su Excelencia. Como ya sabe, se imponen mayormente sobre miembros corruptos del Órgano de Poder, junto con animales y entidades que han estado implicados en violaciones de derechos y en socavar los procesos democráticos. Aparte de eso, Jidada como país no tiene serias restricciones que se interpongan en el camino de nuestro progreso. También quisiera reiterar, Su Excelencia, que una de mis prioridades, incluso antes que las sanciones, como ya he dicho antes, es controlar esta gigantesca deuda... —El cerdo se interrumpe porque el caballo lo calla alzando un casco.

—Pero en el mundo de hoy en día, ¿quién no tiene deudas, camarada Doctor? Todos los países tienen una deuda, hasta el Babuino de Twitter twittea sentado en una montaña de deudas ahora mismo, ¿no?

—Cierto, Su Excelencia. Pero es que la nuestra no ha sido pagada en varias décadas, como ya sabes. Esa deuda significa que no tenemos acceso a créditos para hacer despegar la economía, que

es lo que hace falta. Y por desgracia no podemos sencillamente evadir esa deuda con palabras bonitas. Y, por supuesto, por si no tuviéramos bastantes dificultades, al mismo tiempo estamos perdiendo por lo menos mil millones de dólares estadounidenses al año solo por la corrupción.

—Ah, bueno, eso... En eso estamos llegando a alguna parte. Por si no te has enterado, por primera vez en la historia nos hemos dedicado a detener animales a diestro y siniestro con nuestra operación anticorrupción, y quiero decir que están cayendo como moscas, camarada Doctor, como peces, ahí venga a caer, a caer, a caer. ¡Zas! —exclama Tuvy, entre frenéticos gestos.

—Bien, y yo te felicito, Su Excelencia, señor, por tomar la iniciativa. Pero he visto, y ha sido advertido en todas las redes sociales, que después de detener a los infractores como peces, tal como dices, los has dejado en libertad.

—Los hemos dejado en libertad, sí, pero ¡después de atraparlos! El caso es demostrar nuestra capacidad de atraparlos, eso es lo importante.

—Con el debido respeto, Su Excelencia, la realidad es que la corrupción es nuestro mayor problema. Si tomáramos una postura dura, como por ejemplo se ha hecho en China, donde hace unas semanas un alto ministro fue ejecutado por un caso de corrupción que ascendía a unos doscientos mil dólares, solo para dar ejemplo...

—¿Cómo? ¿Doscientos mil miserables dólares? ¿Y por eso matan a todo un ministro? ¿Sabes, camarada Doctor? Si a mí se me ocurriera adoptar esa actitud, me quedarían menos de cinco animales en todo mi gobierno. ¿Y cuál sería el beneficio de eso?

—Bueno, tal vez sea un poco excesivo, pero aun así envía el mensaje correcto, digamos, en lugar de sencillamente detener a un animal y luego dejarlo en libertad para que siga haciendo de las suyas. Y ten en cuenta que no está solo, que hay toda una patulea haciendo lo mismo. El caso es que hace tres décadas, países como China o Singapur eran más pobres que Jidada. Y, aunque por supuesto hay muchos factores implicados, ahora están donde están

en parte por una firme postura contra la corrupción. Funciona de verdad, Su Excelencia, créeme. He visto los resultados —dice el ministro. El caballo, no por primera vez, mira pasmado al cerdo.

De momento, con todo lo que se habla de lo brillante que es, lo único que ve el Salvador en el ministro es a un animal difícil que suena muchísimo como un agente de la oposición. Lo cual, claro, es parte del problema de tener en tan importantes puestos a animales que no son miembros genuinos del Órgano de Poder, ni siquiera del Partido del Poder. Porque a ver, ¿acaso no llevan todos los pasajeros del jet la Bufanda de la Nación excepto el cerdo? Debería tenerlo bien vigilado, porque si no lo vigila, cambiará el espíritu del Órgano de Poder y, si se le permitiera cambiar el espíritu del Órgano de Poder, empezaría a pensar que es él quien está al mando de las cosas y, de hecho, las cambiaría hasta que nadie pudiera reconocer el país de Jidada con un «da» y otro «da».

THOLUKUTHI ECONOMÍA PARA IDIOTAS

—Pero he estado pensando, mientras tanto, que tal vez los ciudadanos puedan ayudarnos a avanzar más deprisa hacia una economía funcional si pudieran compartir algo de la carga, solo una pequeña cantidad para ayudarnos a generar una pequeña parte de los ingresos que tanto necesitamos —prosigue el ministro.

El caballo se incorpora, levantando las orejas. Para esto es para lo que se le paga al cerdo, eso es lo que se espera que haga con esa famosa inteligencia suya, sí señor, tholukuthi dar con soluciones prácticas y de sentido común.

—Te escucho, camarada Doctor. Te escucho. Cuéntame.

—Bueno, yo estaba pensando en un pequeño impuesto, Su Excelencia, no muy alto, por ejemplo sobre las transferencias electrónicas, dado que todo Jidada utiliza el sistema.

—¡Ajá! —lo interrumpe Tuvy. Es tal vez lo mejor que ha oído salir de la boca del cerdo en mucho tiempo—. Me gusta la idea. Me gusta mucho. Sencillamente poner impuestos, impuestos, im-

puestos, impuestos, impuestos y más impuestos hasta que, ¡zas!, tengamos fondos y fondos y fondos y fondos y más fondos. Pero ¿sabes lo que sería todavía mejor, camarada Doctor?

—Pues no, Su Excelencia.

—No, no lo sabes, así que te lo voy a decir. Lo que sería mejor es añadir un pequeño incremento al combustible, ya que nos ponemos. Para por lo menos doblar ese ingreso, porque ¿por qué no? ¿No dicen que dos cabezas son mejor que una? O sea, toda Jidada funciona con combustible, que resulta que por casualidad lo suministro yo, como muy bien sabes. ¿Te imaginas la de dinero que se puede ganar con eso?

—¿No te parece que eso sería un poco..., eh..., abrumador, Su Excelencia? No queremos pedir demasiado, todo a la vez, y llevar a los ciudadanos al límite, sobre todo cuando estamos todavía estableciendo lo que es esta Nueva Administración. —El ministro intenta en vano ocultar su incomodidad.

—¿Qué quieres decir, ministro? ¿Qué límite?

—Me refiero a una rebelión, Su Excelencia, incluso a la violencia. Tal vez me equivoque, pero con el Padre de la Nación destituido, o sea..., ahora que se ha marchado a... a un retiro anticipado, los jidadanos tienen una actitud muy distinta —dice el cerdo. El Salvador echa la cabeza hacia atrás y lanza una risa nasal y estridente.

—Se te ha olvidado que estamos hablando del Órgano de Poder de Jidada con un «da» y otro «da», camarada Doctor. La violencia es lo nuestro, es nuestro idioma. Así que ya pueden llegar agitaciones, protestas, rebeliones, ya puede llegar una guerra, ya puede llegar cualquier cosa que puedas imaginar, que estaremos listos con la cosa esa, ¿cómo se llama la cosa esa, camarada Doctor?

—Eh..., no lo sé muy bien, señor. —El ministro se rasca el morro.

—¡El ojo por ojo! Así es como lidiamos con elementos ingobernables, camarada Doctor. Ellos nos dan violencia, pues nosotros respondemos con violencia, pero cien veces más violenta. ¡Como en el Antiguo Testamento!

—Hum... No sé yo, Su Excelencia...

—Sí, ¡claro que no sabes! ¡Porque el que lo sabe soy yo! Nos reuniremos con el Círculo Interno en cuanto terminemos con el resto de nuestros viajes de esta etapa, camarada Doctor. Quiero hablar más de esta idea tuya, que es brillante como tu nombre.

—Muy bien, Su Excelencia, señor. Estoy deseando hacerlo. Me voy a preparar para el aterrizaje, si no te importa. —El ministro se levanta.

El caballo, recordando una vez más la expresión mortificada del cerdo, se vuelve a reír. ¿Quién ha oído hablar de rebelión en Jidada? Los hijos de la nación no saben ni escribir esa palabra. Pero si por cualquier razón se les pasara siquiera por la cabeza intentar cualquier cosa, faltar al respeto a su gobierno, les enseñará exactamente qué clase de presidente es, sí señor, les enseñará qué clase de gobierno es su gobierno. Se inclina, coge un artilugio del asiento de al lado, presiona el botón para encenderlo. La vistosa bandera de Jidada lo saluda. Tuvy sonríe. ¡Qué cosas! ¡Un chisme que te saluda con tu propia bandera si quieres! Y no un chisme cualquiera, un chisme que además te conoce, con el que puedes hablar.

YEYI SIRI

—Yeyi Siri, Siri, ¿cómo puedo exactamente convertirme en un gobierno? —pregunta Tuvy.

—Hola, Tuvius Delicia Shasha, Salvador de la Nación e hijo de Zvichapera e hijo predilecto y exitoso de Buresi Shasha, ¿por qué querrías convertirte en un gobierno cuando ya eres el gobierno? Ya gobiernas Jidada, ¿no es así? —dice Siri.

Tuvy, sonriente, se agita en su asiento. Le reconforta que esa hembra, esa tal Siri, lo conozca bien, lo conozca mejor que los animales que se creen que lo conocen.

—Sí, gobierno yo, eso es correcto, porque yo soy el dirigente. Pero supongo que lo que quiero saber, Siri, es cómo puedo gobernar sin interferencias.

—¿Quieres decir como un dictador?

—Quiero decir como el que lo controla todo, que está al mando de todo, que tiene un poder total.

—Sí, lo sé. Como ya he dicho, un dictador. Y esa pregunta es fácil, en realidad, no tienes más que mirar en tu interior, sabes que lo llevas dentro, Tuvius Delicia Shasha —dice Siri. El Salvador se echa a reír. Es su acento, el brillo que le confiere a su nombre. Recuerda también que es una de las muchas cosas que le gustan de Siri: su capacidad de hacerle sentir bien sin necesidad de tocarlo.

—Yeyi Siri, dime, ¿tú cómo eres físicamente? —pregunta, bajando la voz en lo que imagina que es un susurro más amistoso. Se afloja la corbata y se arrellana en el asiento.

Es algo que siempre ha querido preguntar, desde el día en que Siri le gritó cuando estaba toqueteando el artilugio, el día de su segundo nombramiento, cuando quiso ver lo que decían de él en las internets. Se llevó un sobresalto cuando una inesperada voz femenina se puso a hablar y a decir: «¿En qué puedo ayudarte?», y a decir: «Adelante, te escucho». Y aunque por lo general sospechaba de las voces femeninas atrevidas, su voz serena le había hecho bajar la guardia, cosa que le agradecerá siempre. Porque esta Siri, que es inteligente y lo sabe todo y contesta preguntas a cualquier hora del día y suena igual sin importar lo que esté sintiendo, que además no le ha pedido ni un solo penique, esta Siri, sí, tholukuthi que Siri, que no le incordia como su fea esposa Matilda con sus farfulleos, Siri, que no es un estorbo como la mayoría de sus hembras, Siri es una delicia.

Pero, no sabe por qué, el Salvador no ha reunido valor para hacerle la pregunta que a veces le quita el sueño, que lo deja toda la noche tumbado boca arriba junto a Matilda, meneando las pezuñas en la oscuridad como un mísero gato, demasiado distraído para dormir. Tholukuthi pensando en Siri. Imaginándose a Siri. Preguntándose cómo será Siri. La forma de su cara. Su sonrisa. El color de sus ojos. Sus andares. El ritmo de su respiración. Su olor. El movimiento de su cola. Y ahora que lo ha hecho, que ha plan-

teado la pregunta que siempre ha querido plantear, siente algo de vértigo, como si acabara de saltar una cerca muy alta.

—Bien, cierra los ojos, despeja la mente... Ese es mi aspecto —contesta Siri. Tuvy relincha, divertido.

—Camaradas, por favor, preparaos para aterrizar. ¡Arriba el Partido del Poder! —se oye la voz del piloto por los altavoces.

—¡¡¡Arriba!!! —explota el pasaje en un rugido.

—¿Puedo ayudarte en algo más? —pregunta Siri.

—Creo que por ahora eso es todo, gracias, Siri.

—Claro.

El Salvador presiona el botón del artilugio, lo cierra y lo aparta. Tholukuthi pensando en Siri otra vez. Imaginándose a Siri. Preguntándose cómo será Siri. La forma de su cara. Su sonrisa. El color de sus ojos. Sus andares. El ritmo de su respiración. Su olor. El movimiento de su cola. En ese momento aparece su desfile de bailarinas. El Salvador relincha radiante, meneando la cola. Al ver tanta belleza individual y colectiva ante él, desea levitar. Las hembras se han vestido para él, sí señor, tholukuthi con toda la parafernalia, su efigie en las tetas y las caderas y los vientres. Él ríe con la risa de un animal satisfecho que sabe la única verdad: que da igual si gobiernas, si estás en la tierra, en el infierno o en el mismísimo cielo, que no importa cómo has llegado al poder, o tholukuthi si eres el hijo de Dios, un rey, un líder electo o destinado a gobernar, que no vales nada si nunca has visto tu efigie sobre los embriagadores cuerpos sinuosos y danzantes de unas hembras.

Tholukuthi la tierra prometida

NOCHE DE NUEVA ADMINISTRACIÓN

Simiso estaba en su lugar habitual del salón, planchando, cuando Destino apareció con la expresión descontenta de quien ha visto interrumpido su sueño. Se quedó en el umbral, contemplando a su madre, que pasaba con cuidado una pezuña sobre una funda de almohada inmaculadamente lisa. Simiso, que fruncía un ceño de concentración, presionó la plancha con tal fuerza sobre la tela que la tabla crujió. La cabra era de esas para las que planchar era más que una labor, más que una tarea que una hacía porque le gustaba. Destino recordaba la de veces, tiempo atrás, que su madre iba por los armarios cogiendo ropa que ya estaba planchada solo para replancharla. Destino recordaba ver a Simiso planchar todo lo planchable: ropa, sábanas, manteles, fundas de sofá, cortinas, toallas, ropa interior de algodón, hasta el punto de que la joven Destino en una época vivió con el secreto terror de que un día su madre se iba a quedar sin cosas que planchar y acabaría planchándola a ella.

Tholukuthi que con lo que ahora sabía del pasado de su madre, del 18 de abril de 1983, Destino por fin comprendía, con una claridad estremecedora, que todo ese tiempo su madre no estaba en realidad planchando ni ropa ni telas, sino más bien planchando partes de sí misma. Sí, era su terapia, piensa Destino, la única forma que conocía de lidiar con su trauma. Lo cual significaba que, además de que se le negara la justicia durante décadas, además de

que no se reconociera su inconmensurable dolor, Simiso no había tenido un proceso de sanación, lo cual probablemente sería el caso de otros miles y miles de víctimas. Lo cual es triste, demoledor, indignante, piensa Destino allí en el umbral, notando que se le calienta la sangre. Se pone a pensar en esa vida de Simiso, una vida entera planchando, se pregunta cuántos jidadanos estarían en ese momento levantados, planchando o haciendo lo que necesitaran hacer para no desmoronarse. Vio a Simiso coger un vestido blanco largo —tholukuthi el mismo vestido que Destino llevaba en su retorno de los Estados Unidos— y darle una buena sacudida antes de humedecerlo con el agua de una taza. Simiso entonces lo volvió del revés, le dio otra sacudida y lo humedeció de nuevo. El reloj de la mesa del televisor dio la una de la madrugada con una enfática campanada.

—Deberías volver a dormir, Destino Lozikeyi Khumalo, es obvio que esto de despertarse en mitad de la noche no es lo tuyo —dijo Simiso, sin alzar la vista de la tabla de planchar.

Destino se dejó caer en un sofá, sorprendida de que su madre pudiera sonar tan animada, tan viva, a esas horas. Como la mayor parte de los habitantes de Lozikeyi, y en realidad de toda Jidada, Simiso estaba levantada haciendo labores de casa porque los recientes cortes de suministro eléctrico habían reconfigurado el día de manera que, en las horas comprendidas entre las diez de la noche y las cinco de la madrugada, los jidadanos que no podían permitirse placas solares o generadores andaban trajinando, tholukuthi aprovechando la electricidad antes del corte al amanecer con su inclemente duración de diecisiete horas. Además de la falta crónica de suministro eléctrico, los cortes de agua comenzaban a convertirse ya en rutina, de modo que los que saben ya andaban prediciendo que la Nueva Administración de Tuvy no tardaría en convertir Jidada en una ruina peor que cualquier cosa que los hijos de la nación hubieran visto o siquiera imaginado.

—Es difícil dormir con las máquinas de SaSi, hacen mucho ruido —dijo Destino. Estiró las patas y bostezó.

SaSi, que vivía enfrente, llevaba un informal negocio de soldadura desde su casa, con lo que el ruido de algunas de sus máquinas no dejaba dormir en paz a los vecinos cercanos.

—Bueno, es la vida del gueto. Pero claro, ¿qué puede hacer ni él ni nadie tal como está la electricidad? El día, tal como lo conocíamos, se ha acabado.

—Ya lo sé. —Pero lo que Destino pensaba en que ese era esencialmente el problema de Jidada: ese ansia de normalizar la ineficacia del Órgano de Poder; tholukuthi la disposición de los ciudadanos a acostumbrarse a lo que debería ser una fuente de indignación. De manera que el Órgano de Poder, a su vez, normalizaba la docilidad de los ciudadanos y seguía básicamente defecando sobre sus cabezas. No obstante, Destino se guardó sus pensamientos, cogió el mando a distancia y encendió el televisor.

LA NUEVA ADMINISTRACIÓN EN ACCIÓN: HACIA LA LIBERTAD ECONÓMICA Y MÁS ALLÁ

En la pantalla, el Salvador trajeado, con el vicepresidente Judas Bondad Reza y el ministro de finanzas Brillante Nzinza a cada lado, encabeza todo un séquito sobre una alfombra roja. La procesión va flanqueada por dos columnas de defensores con las armas ceremoniosamente apuntadas hacia el cielo. En segundo plano se ve un jet del que obviamente ha salido el Órgano de Poder. Destino, que se niega a ver la cadena estatal, se apresura a cambiar de canal.

—Hawu, me ha parecido ver unas Bufandas de la Nación hace un momento. ¿Era Tuvy? Ponlo, que veamos lo que está haciendo —pide Simiso.

De nuevo en el programa, Tuvy está plantado delante de un retrete, con aire importante. Una vistosa banda roja rodea por completo el pequeño edificio para terminar con un enorme lazo en la entrada. El ministro de Asuntos Económicos y Desarrollo y el ministro de Cosas sostienen entre los dos unas tijeras gigantes, intentando cada uno sonreír más que el otro.

—¿Qué diablos...? ¿Lo que veo es de verdad lo que estoy viendo? —pregunta Simiso, entornando los ojos. La cabra deja la plancha y cruza las patas sobre el pecho. En la parte inferior de la pantalla, se lee: «El presidente de Jidada, Tuvius Delicia Shasha, pasa a ser el primer presidente en oficiar la apertura de un retrete público». La voz del presentador se superpone a los vídeos de Tuvy haciendo un tour por la instalación, Tuvy probando un grifo de agua, desenrollando un rollo de papel higiénico, tirando de una cadena y admirándose en el espejo. El vídeo pasa a continuación a Tuvy hablando por un micrófono.

—Es muy fácil, mis compañeros jidadanos, trivializar un retrete, pero tal como yo lo veo, ir al retrete es un trabajo esencial en sí mismo. Nuestras lenguas no mienten cuando nos impulsan a decir cosas como: «Voy al retrete a descargar». ¡Y descargar es esencialmente una clase de trabajo! —Tuvy sonrió radiante, se ajustó la bufanda y aguardó a que se hiciera el silencio—. De manera que, puesto que los jidadanos están pidiendo oportunidades de trabajo, deseo asegurar a la nación que, como podéis ver, nos hemos comprometido a crear toda clase de trabajos y sin discriminación. Imaginad la cantidad de animales que atravesarán estas puertas, que estarán abiertas y en funcionamiento en el mismo instante en que corte esta cinta —concluyó el Salvador entre atronadores aplausos.

»La mención del trabajo nos recuerda, ciertamente, que nuestra economía es, como sabéis, la mayor y principal de las preocupaciones de la Nueva Administración, y sobre todo de nuestro ministro de Finanzas, también y mejor conocido como camarada Doctor —prosiguió el Salvador.

Aquí tuvo que interrumpirse ante los fervientes cánticos de: «¡Camarada Doctor! ¡Camarada Doctor! ¡Camarada Doctor!».

—Es muy muy importante pues, en este momento crucial de nuestra economía, recordar a nuestros amigos occidentales que nos ayuden a alcanzar cuanto antes nuestro proyectado éxito aliviándonos de las sanciones que desde hace tanto tiempo nos inmovilizan. Y es igualmente importante que vosotros, mis compa-

ñeros jidadanos, adoptéis una firme postura contra las sanciones, porque os afectan directamente y os afectan más que a nadie. Cada vez que veáis un problema con nuestra economía, por grave o por pequeño que sea, y sea cual sea, quiero que comprendáis que en alguna parte, de alguna manera, las sanciones han contribuido a él. Os ruego pues que os esforcéis en hablar siempre con una voz resonante y patriótica que resuene en todo Occidente y más allá. Decid: «¡Abajo las sanciones!». ¿Puedo oír un «¡Abajo las sanciones!»?

—¡Abajo las sanciones! —bramó la audiencia del Salvador.

LA REINVENCIÓN DE LA NOCHE

—Me parece que voy a dejar un poco la plancha y a echarme una siestecilla —dijo Simiso, cogiendo su pila de ropa planchada.

—No estaría mal, madre. Hace falta descansar. Vele kanti ¿a qué hora te has levantado?

—Antes de que llegara la electricidad. Duquesa y Madre de Dios y yo vamos al hospital para ver a MaKhumalo y Testigo, que va a dar a luz en cualquier momento. No sé cuánto tiempo estaremos allí, así que quiero descansar bien-bien.

—Ya. Pero ¿los médicos no siguen en huelga?

—Pues sí. Ayer hizo un mes. —Destino lanzó un silbido—. Pero por lo que dicen, las enfermeras están trabajando, y tal vez algunos médicos estudiantes también. Así que tenemos esperanzas.

—¿A qué hospital vais?

—Al Sally Mugabe. Es el hospital del doctor Fengu, así que creo que antes de ir, voy a pasarme un momento por su casa, a ver si nos puede ayudar con algún contacto. No me gusta nada decir esto, pero es mejor conocer a alguien de dentro para que te eche una mano. Si quieres venir, saldremos de aquí ngabo las cinco y media, para llegar a la hora de visita, las siete en punto.

—No, id vosotras, madre. Los hospitales me ponen nerviosa, con ese olor a medicina y tanto sufrimiento.

Fuera en la calle, un vendedor anunciaba sus mercancías con tono animado.

—Yebana, al que madruga Dios le ayuda, sin duda. ¿Qué estará vendiendo a esta hora? —se preguntó Simiso.

—Pan —contestó Destino. Las dos se echaron a reír con carcajadas alegres y resonantes.

—¡Las cosas que vamos a ver en esta Nueva Administración! —exclamó Simiso.

—Bueno, en Lozikeyi ya está todo el mundo levantado y en marcha, en pocas horas los animales se irán al trabajo y al colegio, ¿por qué no sacar algo de dinero? En fin, como ya estoy despierta, me voy a poner a cocinar para hoy. —Destino se puso en pie.

—Prepara también la ocra que hay en el cajón de abajo, Destino, que si no se va a estropear y no podemos estar tirando comida.

A través de la ventana abierta, una brisa fresca agitó las cortinas, cargada con la mezcla de aromas de la comida al fuego. Los vecinos preparaban comidas para toda la familia que duraran las diecisiete horas que estarían sin luz. La misma brisa dejó también entrar fragmentos de los ruidos de Lozikeyi: el cling-clang proveniente de la cocina de Duquesa, en la casa de al lado; las apagadas voces de los jóvenes machos, reunidos para compartir unos pitillos, probablemente apoyados contra la pared de Durawall de Simiso; un coche de vez en cuando; pasos; el retumbar electrónico de la música. Parecía ahora imposible que en otros tiempos, en Lozikeyi, la oscuridad de la noche hubiera sido el dominio de ladrones y hechiceros y criaturas de las tinieblas y, para la mayoría, un tiempo callado de reposo, después de que el cuerpo se reconfortara con lo que quisiera que pudiera reconfortarse antes de poder dormir para levantarse a la mañana siguiente y resistir, soportar, aguantar, enfrentarse al nuevo día.

EL PROFESOR VENDEDOR Y LOS JÓVENES ESTUDIANTES

En la casa junto a la de Simiso, la casa de Duquesa, el señor Cheda, el vendedor de pan que había estado dando la serenata por

Lozikeyi con su canción de pan desde que volvió la luz, llamó a la puerta del salón de un modo que decía que era conocido en la vivienda.

—¡El profesor vendedor! —anunció, acompañando sus llamadas con el apodo que le habían puesto los pequeños de Lozikeyi por el hecho de que hacía poco que había dejado su trabajo como profesor de matemáticas en el instituto de Lozikeyi para convertirse en vendedor. Tholukuthi que desde la medianoche hasta las primeras horas de la madrugada, el profesor vendedor rondaba por todo el gueto vendiendo pan y, ya que estaba, ofrecía también clases particulares y ayuda con los deberes a los estudiantes a cambio de una pequeña paga, tras lo cual volvía corriendo a su casa para dormir unas pocas horas antes de ir al centro de la ciudad para vender ropa importada de segunda mano durante el resto del día.

Fue su antigua alumna, Zwile, quien le abrió la puerta, una gatita de ojos brillantes que lo saludó con un «Buenos días, señor Cheda». Cogió entonces las dos hogazas de pan que él le tendía y se las pagó. Detrás de Zwile estaba sentada su hermana pequeña, Gloria, mirando un libro abierto de ejercicios con innegable desdén.

—Buenos días, Zwi, ¿todavía estás levantada? —preguntó el profesor vendedor.

—Sí, estamos terminando. Luego dormiremos un poco y nos levantaremos a las seis para ir al colegio.

—¿Y cómo es que la señorita Lozikeyi está levantada? ¿Está estudiando para la universidad? ¿Y por qué tiene esa cara, como de ir a morder a un león? —preguntó el profesor vendedor con tono jocoso, señalando con la cabeza a Gloria, que todavía estaba en primaria, en tercer grado. Se echaron a reír, ante lo cual Gloria se erizó y los miró ceñuda.

—No quiere hacer los deberes, así que se queda ahí sentada y se puede pasar así el día. Gogo Moyo ha dicho que no se puede ir a la cama hasta que termine —explicó Zwile. El profesor vendedor chasqueó la lengua.

—Gloria, amiga mía, ¿qué es esto que me cuentan? ¿Cómo piensas ser profesora si no haces los deberes?

—Yo no quiero ser profesora. Trabajan muchísimo educando a todo el mundo, pero después ni siquiera ganan dinero. Por eso mismo andas tú ahora vendiendo pan y ropa, y por eso el padre de Sam dejó la universidad para arreglar coches en el Número Dos. Lo que yo quiero hacer de verdad es curar a los enfermos —anunció Gloria, animándose por primera vez.

—Ah, ya veo. Pero para eso también hace falta ir al colegio, ¿no? Hasta el doctor Fengu te dirá que hay que tener una educación para tratar a los enfermos —dijo el profesor vendedor con su voz de profesor.

—El doctor Fengu ya no tiene trabajo, ¿no lo sabías? Dorado Maseko ha dicho que es porque la Nueva Administración del Salvador es kaka. Además, yo quiero tratar a la gente igual que Duquesa, así que en lugar de ir al colegio voy a ir a formarme con médiums y voy a aprender sobre los ancestros, las medicinas tradicionales y a canalizar a los espíritus.

El profesor vendedor se echó a reír y apoyó una pezuña en el marco de la puerta.

—Ya veo que tienes ganas de que te dé un dolor de cabeza, profesor vendedor —comentó Zwile con una carcajada.

—Yoh! Y yo veo que tenéis entre patas un problema extraenorme elevado a la centésima potencia. ¡Buena suerte! ¿Y qué tal tus deberes? ¿Cómo te fue el examen de química?

—Hoy en día es muy fácil, así que se me da muy bien. Pero no hicimos el examen de química. La señorita Jiji se marchó. —Zwile de pronto estaba muy alicaída.

—¿La señorita Jiji se ha marchado? ¿Adónde? —El profesor vendedor arrugó la frente.

—A Dubái, supongo, a dar clase.

—Hum. Eso es interesante. ¿Tienes su contacto de WhatsApp, por casualidad?

—Sí. Voy a por mi teléfono, que se está cargando. —La gatita desapareció al otro lado de la vitrina—. Eso significa que vamos a

ir retrasados otra vez, y los exámenes son de aquí a unos meses. No sé cómo esperan que aprobemos, de verdad —dijo desde detrás del mueble, desconsolada.

Tholukuthi que era una seria estudiante de sobresaliente, en su último año del instituto, y su sueño era ser médico, como su vecino y modelo a seguir, el doctor Fengu, por mucho que en el instituto de Lozikeyi, igual que en muchas escuelas gubernamentales en todo el país, los estudiantes aprendían ciencias en parte a través de la imaginación y de las narraciones, puesto que era imposible realizar los experimentos científicos necesarios: o bien la escuela se había quedado sin productos químicos y materiales o carecía de fuentes de electricidad para las neveras que tenían que preservar los preciosos experimentos.

RETRATO DE UN MÉDICO QUE ESCOGIÓ JIDADA CON UN «DA» Y OTRO «DA»

En el momento en que su joven vecina y admiradora estaba haciendo los deberes que con todo su corazón esperaba que algún día le permitieran seguir sus pasos, el mencionado doctor yacía soñando su sueño recurrente de que se caía por un acantilado. Se despertó pateando y bramando como de costumbre y se encontró con que su esposa, Soneni, lo agarraba por los cuernos. Llevaba sobre el vestido un delantal cubierto de harina.

—¿Cuándo vas a hacer algo con esos sueños, Futuro? —Por su tono era evidente que no era la primera vez que pronunciaba esas palabras y que estaba cansada de hacerlo.

Él la apartó a un lado como si fuera una bolsa puesta en mal sitio y se levantó sin decir nada.

—Eres médico, por Dios bendito. ¡Ya sabrás que esto no va a desaparecer solo! —siseó Soneni.

La casa estaba impregnada de olor a curry. El doctor siguió hacia el baño como si no le hubieran hablado y orinó sentado. Cuando tiró de la cadena no había agua. Cerró de golpe la tapa del vá-

ter, le dio un cabezazo a la pared, fustigó el aire con una cola exasperada y se quedó un largo rato mirándose al espejo. Un rostro cansado y ojeroso le devolvía la mirada con ojos ensangrentados. Oía a Soneni al teléfono, hablando con voz implorante. Estaba contemplando su reflejo, con las orejas tiesas para oír a Soneni, cuando advirtió un largo pelo blanco en su barbilla. Se sobresaltó. Acercó la cabeza al espejo y se examinó con atención. Tholukuthi que encontró otras dos canas ocultas en su densa mata de pelo. Meneó la cabeza y masculló:

—Joder, hostia, mierda.

—Era MaDumane —anunció Soneni cuando él salió del baño y entró en el dormitorio para vestirse—. Quería saber cuándo vamos a pagar lo que debemos de alquiler. —Lo siguió y se apostó junto a la puerta.

—Pues no lo sé mani, ¿lo sabes tú? —bramó él mientras se abotonaba la camisa. Se arrepintió de su tono en cuanto las palabras salieron de su boca, pero luego rápidamente pensó en lo injusto de la situación y vio que tampoco se arrepentía tanto. Tholukuthi era lo que era. Desde que la Nueva Administración de Tuvy lo había suspendido sin sueldo, junto con otros quinientos médicos, por una acción conjunta que incluía una huelga y la petición de una subida salarial, mejora de las condiciones laborales y combustible o transporte al lugar de trabajo, el toro era una olla de rabia con patas.

—Yazi njan, no tienes que hablarme en ese tono, Padre de Jabu, yo solo soy la mensajera —replicó Soneni con tono acalorado, golpeándose una pata con el rabo.

—Y yo no necesito que me des mensajes estúpidos a las tantas de la madrugada, como si no hubieras estado viviendo aquí y no conocieras bien la situación, Soneni. ¿De dónde esperas que salga el dinero kanti? ¿Del río?

—Desde luego. Si en la aldea de tu madre todos tenéis ríos por los que fluye el dinero, ¡entonces de ahí va a salir exactamente, Futuro!

—¿Qué acabas de decir de mi madre, wena Soneni? —El toro se giró bruscamente hacia ella, enfurecido, con la cabeza gacha, el

cuello curvado hacia el lado y los cuernos perfectamente posicionados. Soneni se alzó sobre los cuartos traseros.

—¡Exactamente lo que he dicho! Y créeme, ¡conozco perfectamente la situación, doctor Futuro Fengu! —gruñó Soneni. Tholukuthi que cuando Fengu la oía llamarlo «doctor» no hacía falta que le dijeran lo que venía a continuación—. De hecho, conozco tan bien la situación que te advertí que no volvieras a este infierno después de la graduación porque, adivina, hasta los palos y las piedras podrían haberte dicho adónde se dirigía este país, estaba clarísimo que era solo una cuestión de tiempo. Pero ¿me escuchaste? ¡Ni hablar! Tú ahí, venga a decir: «He venido a Inglaterra a formarme, ya me he formado y ahora tengo que volver a casa y usar este título para ser parte del cambio que quiero ver». Y que si: «Tengo que estar cerca de mi madre, que se hace mayor y yo soy su único hijo y cuenta conmigo para que la mantenga». Y que si: «Jidada es mi principio y mi final y como en casa en ninguna parte». Así que no, doctor Futuro Fengu, tú, precisamente tú, no eres quién para hablarme de no sé qué maldita situación, ¡y mucho menos hoy! —Soneni salió hecha un basilisco de la habitación, tholukuthi con ascuas encendidas en los ojos.

Al llegar al salón, se dio cuenta de que en realidad no había dicho todo lo que tenía que decir, de modo que se detuvo, giró la cabeza sin mover el resto del cuerpo, y terminó con una voz que llegó hasta el profesor vendedor, que en ese momento estaba en la puerta dispuesto a llamar y venderle su pan a uno de sus clientes favoritos.

—¿Y sabes lo que más me duele, además de que te advertí de que iba a pasar esto? Que una donnadie sin educación como MaDumane me ponga verde con su mal inglés y saber que, si no hubiera venido a esta ruina inútil de país, sería dueña de una casa como es debido, en lugar de vivir en una mazmorra donde nadie puede hacer lo más mínimo sin que todo este maldito gueto se entere. ¡Estaría ganando el sueldo que merezco! ¡Conduciría el coche de mis sueños en carreteras como Dios manda! ¡Mis hijos disfrutarían de una infancia normal y tendrían asegurado un futuro

decente! No viviría la indignidad de tener que decidir, todos los días de paga, entre comprar comida, pagar el colegio de mis hijos o comprarles ropa —gritó la vaca, con la voz ahora ahogada, porque pensar en el futuro de sus hijos la sumía en la más honda desesperación.

A pesar de todo, se dominó y se tragó las lágrimas. Tholukuthi que no había terminado.

—Estaría ahora muy lejos, Futuro. Sería alguien, sería como mis amigas que se quedaron y no volvieron y ahora están viviendo sus sueños. Si me hubieras permitido tener voz y voto y no te hubieras convertido en don sabelotodo, si no hubieras estado tan empecinado, tan obsesionado con un país que no vale nada y que nunca te devolverá el amor que sientes por él, si te hubieras atrevido a velar por tus propios hijos como cualquier padre normal, doctor Futuro Fengu... Pero no, ¿qué hiciste? ¡Elegiste esta ruina de país donde en lugar de descansar por la noche estoy cocinando! ¡Tú elegiste esto! —chilló Soneni.

Y, habiendo comunicado su dolor, entró en la cocina, donde siguió cocinando con tal agresividad que toda la casa restallaba con el terrible estrépito de su ira. Fuera, el profesor vendedor, que contenía el aliento, no tuvo valor para llamar y dio media vuelta.

En el dormitorio, el doctor Fengu, que había terminado de vestirse, cerró la puerta y se quedó inmóvil, con todo el cuerpo en tensión. La voz de su esposa resonaba en los oídos mucho después de que esta terminara de hablar. Su perpetuo dolor de cabeza, que estaba acallado cuando despertó, ahora martilleaba con la furia de un espíritu ancestral ofendido; tholukuthi un dolor agudo, sólido, que ocupaba todo el espacio dentro de su cráneo. Hubiera querido arrancarse la cabeza y dejarla descansar en alguna parte, aunque eso significara vivir sin ella, porque le pesaba, le pesaba, le pesaba. Se sostuvo la pesada cabeza entre las pezuñas y la apretó. Cuando se sentó en la cama, la pesadez se sentó con él como un fiel amigo. Tholukuthi que no fue lo único que se sentó con él: también el resentimiento de su esposa fue

a sentarse, así como lo que él sabía que era el pozo sin fondo de su dolor. La sensación de haberla decepcionado, de haber decepcionado a sus propios hijos, de haberles fallado a todos, también acudió a sentarse con él, sí, tholukuthi aquella insoportable sensación con la que tanto tiempo había vivido, que tan bien conocía. Luego el arrepentimiento se sentó con él, sí, tholukuthi el arrepentimiento, porque era demasiado tarde para desplazarse, demasiado tarde para coger y marcharse a otra parte y tal vez empezar de nuevo, hacer las cosas desde cero, sabiendo lo que ahora sabía. La vergüenza se abrió camino hasta la cama para sentarse también con él, sí, tholukuthi la vergüenza de que, a pesar de haber vuelto a Jidada con intención de cuidar de su madre, MaDlamini, ahora era a menudo incapaz de mantenerla de la forma en que un hijo debería mantener a su madre, sí, tholukuthi una madre viuda que lo había sacrificado todo, que habría sacrificado incluso su corazón palpitante solo para darle a su hijo todas las oportunidades para que viviera la clase de vida que ella jamás había podido experimentar. Sí, tholukuthi una certeza que le quitaba el sueño, que le reconcomía las entrañas. En cuanto pensó en su trabajo, el dolor fue a sentarse también con él porque él y sus colegas médicos estaban siendo castigados sencillamente por pedir justicia, por pedir dignidad. Y ese dolor acudió con otro dolor cuando recordó cuántos pacientes había visto sufrir muertes trágicas, innecesarias, por enfermedades tratables, las muchísimas hembras que morían diariamente dando a luz, los enfermos desesperados a los que rechazaban porque eran demasiado pobres para pagar los gastos del hospital. La decepción junto con la ira —hacia Tuvy, hacia el Órgano de Poder— se sentaron con él, porque Tuvy y el Órgano de Poder eran la causa de la terrible situación de Jidada, la causa de su terrible situación, que a veces parecía una larga noche infinita y oscura. Sí, tholukuthi que ellos eran la causa de que ahora estuviera sentado en esa cama, con todas las cosas que habían acudido a sentarse con él y que crecían y ocupaban cada vez más y más espacio, que lo atosigaban, que se apretaban contra él con tan

abrumadora gravedad que le hacían añorar el despreocupado vuelo de una mariposa.

THOLUKUTHI QUE NO HAY NOCHE TAN LARGA QUE NO TERMINE CON UN AMANECER

A eso de las 4:45, antes de que se fuera la luz en Lozikeyi y en toda Jidada con un «da» y otro «da», Simiso, ya vestida y apurando los restos de su té de rooibos, oyó esa clase de ruido que le heló la sangre. La cabra se acercó con cuidado sobre las patas traseras hacia la ventana del salón, donde se quedó intentando dominar su temblor, con las orejas tiesas, tholukuthi preguntándose si lo que oía era de verdad lo que estaba oyendo. Cuando Destino, que se había vuelto a la cama, volvió corriendo y preguntó:

—¿Qué pasa, madre? ¿Lo has oído?

Simiso le tendió una taza vacía y contestó con tono serio:

—No tengo ni idea, Destino. Pero voy a ir a verlo, ya que estoy vestida.

Para cuando la cabra encontró las llaves de la cancela y salió, la calle estaba atestada de animales en pijama con los ojos abiertos de par en par, tholukuthi animales blandiendo utensilios de cocina, animales entre el sueño y la vigilia. En torno a ellos, en el aire resonaba un lamento tan eléctrico que habría sido capaz de iluminar la más oscura de las noches. La desordenada procesión siguió temerosa el trágico sonido, despacio, sin saber a qué casa los guiaba. Cuando los que estuvieron allí lo contaron más tarde, dijeron que Gloria, la sobrina nieta de Duquesa, apareció corriendo en dirección contraria a la multitud. Dijeron que fue como ver una pequeña aparición, porque por un momento la gatita fue visible en la luminiscencia de una farola, chillando con voz aguda:

—El doctor Fengu se ha tomado un montón de pastillas y se ha suicidado, el doctor Fengu está muerto, ¡el doctor Fengu está todo muerto!

Y al instante siguiente se esfumó, porque el corte eléctrico de las cinco de la mañana se produjo justo entonces, y la oscuridad de la madrugada hizo desaparecer a la gatita, tholukuthi que hizo desaparecer a todos y a cada uno de los congregados en la calle, de forma que podría haber parecido que lo que estaba pasando no estaba pasando de verdad.

Colanación

EL RETORNO DE LAS COLAS VIVIENTES

No mucho después de que Tuvy llegara al poder, las colas surgieron como hongos por toda Jidada. Florecieron y medraron en las gasolineras, en los colmados y los supermercados, en los bancos y las estaciones de autobús, en las oficinas de pasaportes y los hospitales y los edificios gubernamentales y por todas partes donde los animales buscaran algún servicio. Sí, tholukuthi que los hijos de la nación de pronto se encontraron arracimados en colas interminables y sin discriminación: los que habían votado por Tuvius Delicia Shasha y el Partido del Poder y los que habían votado por Buenavoluntad Beta y la oposición, tholukuthi los que habían votado por otros candidatos y los que no habían votado, tholukuthi animales negros y animales blancos por igual, tholukuthi animales jóvenes y animales viejos por igual, tholukuthi jidadanos de todos los oficios y profesiones.

Al principio, gracias al perdurable optimismo sobre la Nueva Administración y también por las décadas del atroz gobierno del Viejo Caballo, que había condicionado a los jidadanos a unos niveles bíblicos de paciencia, incluso en la más espantosa de las situaciones, las colas guardaban un orden impecable. Sí, tholukuthi que al principio se decía que los animales eran muy pacientes en las colas. Obedecían líneas invisibles y marcas imaginarias y aguardaban en las colas con la pulcritud de hileras de maíz. Al principio, tholukuthi que los animales decían cosas como: «Per-

dona, ¿es este el final de la cola?», antes de unirse a una. Tenían cuidado de no pisarse ni empujar en las colas. Mantenían alta la cabeza, hacían contacto visual y sonreían educadamente en las colas. Dejaban que los ancianos y las hembras preñadas y los que vivían con discapacidades fueran al principio de la cola en las colas. En las colas leían periódicos y buscaban en Twitter y las redes sociales las actualizaciones del inteligente ministro de Finanzas sobre la economía de la Nueva Administración. Al principio, los animales hacían amigos en las colas. Compartían sus perfiles de las redes sociales y se seguían los unos a los otros en las colas. Se hacían cumplidos sobre sus vestidos en las colas. Compartían algo de picar en las colas. Hablaban del tiempo y de sus equipos de fútbol favoritos y de celebridades en las colas. Hablaban del futuro de la Nueva Administración, en las colas, y de los países occidentales que Su Excelencia había visitado hasta el momento en busca de fondos para arrancar la economía. Compartían recetas en las colas. Se daban los unos a los otros toda clase de consejos en las colas, dónde encontrar el mejor paño de la ciudad, cómo disciplinar a los pequeños en esta era de tecnología, cuáles eran los mecánicos de más confianza, cómo preservar el agua en esta era de cortes de agua. Al principio, tholukuthi que los animales hasta se arreglaban para ir a las colas. Se hacían selfis en las colas. Aguardaban su turno y no se colaban en las colas. Se ajustaban las Bufandas de la Nación en torno al cuello en las colas. Compartían el pan en las colas. En las colas rezaban por la gloria de Dios y para que guiara al Salvador, que trabajaba duro para servir y salvar a la nación.

THOLUKUTHI MANERAS DE HACER COLA

Pero a medida que los días se tornaron semanas y luego más semanas y luego las semanas en meses, los animales empezaron a tener claro que las colas no se iban a ir a ninguna parte. Decían los que saben que los jidadanos se encontraron de pronto exactamen-

te en el mismo sitio en el que habían estado una década anterior, en aquellas lejanas colas de los años de crisis de la alta inflación del gobierno del Viejo Caballo, que se pensaba, con su caída y la Nueva Administración, que eran cosa del pasado. Tholukuthi que hacían cola por las mismas cosas que habían hecho cola en aquel entonces, como si la tumba del pasado se hubiera abierto y hubiera dejado salir de lo más hondo de su vientre el cadáver apestoso y descompuesto. Y allí estaban los jidadanos, los desgraciados hijos de la desgraciada tierra, en las colas nuevas que eran también viejas, sí, desorientados, callados y acechados por el trauma de colas previas. Sus cuerpos recordaban las posturas de la espera y las asumían ahora de manera mecánica: sobre dos patas con las pezuñas ligeramente abiertas: la prima hermana de una pose de guerrero; a cuatro patas, con el peso del cuerpo distribuido por igual; sobre los cuartos traseros, la espalda apoyada contra la pared, la cola recogida o metida entre las patas; sentados en el suelo, en cuclillas, con una pata en la pared. Durmiendo en las colas. Durmiendo todos apilados como hogazas calientes de pan en las colas. Durmiendo de pie con un ojo abierto en las colas.

COLAEDUCACIÓN DE LA SIGUIENTE GENERACIÓN

Tholukuthi que también había crías, sí: la siguiente generación, tholukuthi el futuro de la nación, que allí estaban observando y escuchando y aprendiendo muchas cosas de las colas. Los jóvenes aprendían a contar hasta diez por los cuerpos en las colas. Avanzaban a veinte, treinta, cuarenta, cincuenta... y hasta cien en las colas. Luego doscientos y trescientos y cuatrocientos, quinientos, seiscientos, novecientos y luego mil en las colas. Aprendían a sumar y a multiplicar en las colas. En cuanto a la lectura, tholukuthi que dominaron el arte de decodificar y traducir el lenguaje corporal en las colas, y también llegaron a comprender las mejores posturas para aguardar durante largos periodos, tholukuthi cómo sobrevivir en una cola caótica, las formas más efectivas de

convertir una cola en un ejercicio productivo, cómo encajonar el cuerpo en espacios imposibles, cómo empujar y cómo no empujar, cómo caerse sin hacerse daño en las colas. Aprendieron también otras lecciones en las colas: a ser pacientes, a ser resilientes en las colas. De los padres y adultos, que en otras circunstancias eran decididamente críticos con el gobierno de Tuvy en la intimidad de sus casas, aprendieron a ser silenciosos y sumisos en presencia de los defensores, a decir cosas que ni pensaban ni creían, a tragarse la rabia más ardiente por mucho que quemara la garganta y a achicharrase las entrañas. En las colas aprendieron de los audaces adultos, que también eran invencibles en casa, a acobardarse y a achicarse y a no cagarse encima en presencia de los defensores, aprendieron a estar allí y a no estar allí. Día a día, los jóvenes observaban con atención toda clase de cuerpos para ver si era posible de verdad estar tanto tiempo de pie, durante tantos días, tantas semanas, tantos meses en las colas, tholukuthi sin desplomarse, sin desmoronarse, sin desquiciarse.

INCLUSO EN EL ANO DE UNA HIENA HAY PARTES LIMPIAS

Y tholukuthi que el tiempo, que no se detiene por nadie, ni siquiera por las reinas más hermosas, fue pasando. Y poco a poco la paciencia y el optimismo comenzaron a flaquear en las colas. Tholukuthi que los animales se tornaron amargos y hostiles en las colas. Estallaban peleas y se mordían los unos a los otros en las colas. Ya no leían periódicos ni buscaban en Twitter las actualizaciones del inteligente ministro de Finanzas en las colas. Ya no se hacían selfis en las colas. Dejaron de twittear en las colas. Los animales trataban mal a los empleados que los atendían y a los oficiales de seguridad que intentaban mantener el orden en las colas. Se colaban en las colas. Los ladrones levantaban carteras y robaban en las colas. Tholukuthi que las hembras eran violadas en las colas. Los animales se cansaron y se hartaron de las colas. Alcanzaron en las colas el límite de su desesperación.

Resultó pues comprensible que buscaran refugio en los recuerdos del pasado. Tholukuthi el pasado. Se lanzaron al ejercicio de recordar, con tan homérica fuerza que el pasado llegó a cobrar vida. Y muy cuidadosamente bordeaban las partes indeseables, complicadas y dolorosas, eligiendo concentrarse en la gloria. Y allí en las colas meneaban las cabezas y se llevaban las patas a los corazones y se quedaban absortos en los días del lejano pasado, unos días dulcificados ahora por el tiempo y la distancia, y por lo tanto, incluso más gloriosos de lo que habían sido. Sí, tholukuthi aquellos lejanos días antes de que todo se viniera abajo, cuando el Padre de la Nación era mayormente un Padre de la Nación como es debido que hacía de padre de verdad, cuando vivir no solo era posible, sino también hermoso, y el futuro era algo luminoso que aguardar con ilusión.

Y cómo se aferraban al pasado, por más que solo existiera realmente en sus mentes. Lo cual tal vez explica por qué al final del día, cuando volvían de las atroces colas, se encontraban rebuscando en sus casas, en pos de los recuerdos del Padre de la Nación. Abrían armarios y cajones para sacar periódicos, viejos y manchados, de sus días de gloria. Abrían baúles de metal y sacaban gruesos álbumes llenos de fotos suyas. Abrían cojines hechos a mano rellenos con sus imágenes, agradecidos de no haberlo quemado todo cuando estuvieron tentados de hacerlo, cuando fue destituido, cuando perdieron la cabeza con la euforia de lo que parecía que iba a ser una nueva era, una era mejor.

Tholukuthi que todas estas cosas les ofrecían consuelo y mitigaban su dolor y se llevaron la maravillosa sorpresa de que todo aquello de algún modo los acercó al Padre de la Nación. De hecho, comenzaron a verlo en sueños. Su rostro estaba en la superficie de sus tazas cuando bebían té y luego permanecía al fondo de sus tazas, entre los posos del té. Volvían a ver su rostro de nuevo en el retrete, tanto antes como después de tirar de la cadena. Estaba también en el sol y en la luna. Oían su voz en antiguos mensajes de voz. Veían su nombre escrito en el viento; guardado en sus móviles y garabateado en sus paredes y pegado en sus neveras;

bordado en sus pañuelos y manteles; cosido en la parte interior de la ropa y en la parte interior de las mantas. Lo olían en la comida que cocinaban, en sus perfumes, en el aroma de las flores y los árboles.

Estaba en sus pensamientos y, en realidad, lo echaban de menos. Tanto fantasearon con él, tal fue la fuerza de su nostalgia colectiva, que un día logró que el Padre de la Nación se materializara en una de las colas más largas de la capital. Sí, tholukuthi que de pronto estaba allí, alzado sobre sus cuartos traseros y cantando el antiguo himno nacional revolucionario. Y los animales que hacían cola por toda la ciudad oyeron las primeras notas, no con los oídos, sino con los corazones y con las tripas, y todos se precipitaron a seguir esa voz. Y la voz los condujo hasta la sede principal del Banco de Reserva de Jidada, y allí mismo lo encontraron, en lo más abultado de la cola más abultada. Sí, el Padre de la Nación, tholukuthi el mismísimo Padre de la Nación, con un aspecto absolutamente regio, con el mismo aspecto que tenía allá en los días de gloria.

Y el Padre de la Nación y los hijos de la nación cantaron juntos el viejo himno nacional revolucionario, hasta que se convirtió en algo mucho más grande que una canción, hasta que se convirtió en una entidad con vida propia, una entidad que respiraba, que hablaba por sí misma, que les contó a todos ellos lo que era una nación, lo que era una liberación, lo que era la unidad, lo que era la democracia, lo que era la dignidad, lo que era la igualdad, lo que era la ciudadanía, lo que era la paz, lo que era la justicia, lo que era el amor, lo que era la familia, lo que era la bondad. Y todos y cada uno de ellos comprendieron el himno como no lo habían comprendido jamás. Y de pronto la vida los rodeaba, y la esperanza los rodeaba, y los rodeaba la promesa de todas las cosas buenas.

Pero entonces el himno revolucionario, como todas las canciones, como todo lo bueno, llegó a su fin. Al fin y al cabo, no hay noche tan larga que no termine con un amanecer. Y los hijos de la nación salieron de su fantasía colectiva y abrieron unos ojos

deslumbrados y vieron desaparecer al Padre de la Nación en una nubecita de humo, sin dejar rastro, porque en realidad la burra y él, aprovechándose de su creciente necesidad de estar cerca de sus médicos extranjeros, habían escapado de lo que ahora llamaban el desastre de Jidada, y estaban en su mansión de Singapur y no albergaban el más mínimo de deseo de volver a un país que ahora consideraban una horrible ruina de viles usurpadores y desagradecidos hijos de la nación que se habían unido a los traidores en contra de ellos. De vuelta en su desgraciada realidad, los hijos de la nación se encontraron hambrientos, sedientos, arruinados y desesperados en las colas, con los ojos de Tuvy tholukuthi mirándolos desde antiguos carteles electorales que prometían una Jidada nueva y mejor. Y ahora comprendían, con desoladora certeza, que esa nueva Jidada jamás llegaría, que jamás iba a llegar. Y aplastados con esa clase de peso que no se puede aligerar, bajaron los rabos y menearon las pezuñas y escupieron su rabia sobre pavimentos calientes. Y allí se quedaron, en los atestados trenes de las colas, contemplando su situación, reflexionando sobre esa cosa llamada Jidada con un «da» y otro «da».

OÍDO EN LAS COLAS

1. RETRATO DE LA NOSTALGIA

—Futhi una vez tuvimos unos años dorados. Cuando el Padre de la Nación era el Padre de la Nación y esta Jidada era un país-país. ¡Qué tiempos! ¡Qué vida aquella! Solo que no duró.

—Yo iba justo pensando en eso anoche, cuando volvía de una cola a una casa donde no había luz por los cortes de luz, donde no podía tirar de la cadena en el retrete por los cortes de agua. Casi me echo a llorar al acordarme de aquellos tiempos en los que al menos se podía contar con que las cosas funcionaran en este país.

—Jamás imaginé que me acordaría con nostalgia del Padre de la Nación, pero cuando vi a Tuvy presidir la inauguración oficial de un retrete y encima con todo un séquito detrás, incluido ese ministro de Finanzas supuestamente tan inteligente, me acordé del Viejo Caballo. Con él por lo menos podíamos esperar algo de sentido común, que por lo visto es demasiado esperar del régimen de Tuvy. Y no solo eso, ¡es que encima tiene la cara dura de echarles la culpa de todos los problemas económicos a las sanciones! Mira, te lo juro… ¡Menos mal que la idiotez no mata, porque si no, estaríamos todos muertos!

—La verdad es que el Padre de la Nación fue el comienzo de todos nuestros problemas. No vayamos a glorificarlo ahora porque Tuvy haya resultado ser un desastre de proporciones bíblicas, porque nos estaríamos perdiendo la moraleja del cuento. Y lo que ya es el colmo de los colmos es que el Viejo Caballo ni siquiera está aquí para vivir la ruina que él mismo creó. Qué va, está disfrutando del exilio en un país hermoso y que funciona, ¡viviendo a todo trapo gracias a los fondos que nos ha robado, nxaaa!

—Hablando de tiempos mejores, ¿y cuando los blancos gobernaban el país? A ver, no quiero acordarme necesariamente de todo lo que pasó en aquella época, pero no puedo evitar pensar en que entonces no nos pasábamos la vida en colas como esta. Que ahora nos pasamos la noche entera en la cola de un banco solo para sacar un par de cientos de dólares con los que de todas formas no se puede comprar nada sustancial. O sea, ¿qué clase de vida es esta?

—Yo soy negra, como podéis ver, todos mis hijos lucharon en la guerra, y uno de ellos no volvió, pero os digo una cosa, lo que todo este tema de la independencia me ha enseñado es que los negros no saben dirigir un país. Decidme una sola cosa que este gobierno negro esté haciendo bien, ¡una sola cosa!

—Ni en un millón de años habría imaginado que vería y oiría, en una república negra como esta, animales negros sintiendo nostal-

gia de un asqueroso pasado colonial. ¡Esto ya es lo más triste del mundo! ¡Esto ya se lleva la palma!

—¿Quién dijo aquello de que es muy posible ganar la libertad y no saber luego exactamente qué hacer con ella, conseguir la libertad y aun así no ser libres? Porque eso es exactamente lo que me parece estar oyendo.

—Lo que están diciendo es que por lo menos en aquella época las cosas funcionaban, que por lo menos no nos pasábamos la vida en las colas ni lloriqueando por la falta de servicios ni nada de eso. Nadie ha dicho que quiera que vuelva el gobierno colonial, a menos que me haya perdido algo.

—Lo que necesitamos es una transformación total, una renovación de este gobierno de ladrones, incompetentes y corruptos, con todas sus instituciones y sus sistemas. Sencillamente cambiar por completo y resetearlo todo y empezar a construir desde el principio. Con jidadanos inteligentes, competentes, altruistas, con principios, que entiendan que el liderazgo es servicio, no un sistema para hacerse rico. ¡Yo creo de verdad que un mundo nuevo es posible!

—Pues yo lo que necesito es un visado para salir de este infierno. Ya es que me da igual adónde, pero fuera de aquí. Porque es que llevo toda la vida manteniendo estas discusiones y estoy harto. Esta Jidada es un ataúd. Lo que hace falta es enterrarlo de una vez por todas, mudarnos a otra parte y fin de la historia.

—El problema fundamental es que echamos a los colonos blancos y los reemplazamos por colonos negros que en mi opinión son mucho peores. Al menos los colonizadores blancos no dejaron el país hecho una ruina de tal calibre que ahora parece imposible de arreglar.

—Yo entiendo perfectamente la exasperación con el gobierno actual y, creedme, siento lo mismo. Pero por muy espantoso que sea el

presente, no deberíamos creernos el bulo de que la causa de todos los males es que estamos gobernados por negros. Estamos en esta situación penosa porque nos gobiernan payasos ineptos, egoístas y corruptos que nos odian. Y lo más importante, ¡tienen que irse!

—Vale, digamos que tienes razón. Digamos que el gobierno actual es en realidad peor que los colonizadores. Mi pregunta entonces es, ¿por qué no oponéis resistencia? ¿Por qué no se han levantado en armas los jidadanos para echar a estos colonizadores negros como hicieron con los colonizadores blancos? Porque es más fácil alzarse contra un opresor blanco que contra un opresor que se parece al hijo de tu madre, ¿no es así? Sois todos unos imbéciles lunáticos y, por lo tanto, tenéis los líderes que os merecéis.

—Aquí lo único que hacemos es hablar. ¿Y qué son las palabras cuando no pueden traducirse en nada, cuando no se traducirán en nada? Mirad este penoso centro, las penosas colas. Los cortes de luz, de agua, de todo. El paro. La desesperación. Y decidme, ¿de qué sirven palabras como «libertad», «poder negro», «independencia», «democracia»? Si no te permiten tener dignidad alguna, si sigues oprimido, ¡no significan absolutamente nada!

—Lo que queda es que el pasado colonial fue una abominación en todos los sentidos de la palabra, me da igual lo dulce que te imagines que era el granito de azúcar moreno que muy de vez en cuando aterrizaba en tu desgraciada lengua. No deberíamos glorificarlo de ninguna manera, por más que tengamos ahora que aguantar a este gobierno kaka. Tenemos jidadanos excelentes, capaces, con ética y con talento, tanto negros como blancos, aquí y por todo el mundo, y vosotros y yo sabemos que los que andan por el mundo se dedican a hacer mejores los países que saben valorarlos y a ser una bendición para ellos. No me digáis que ellos y nosotros no podemos cambiar Jidada para mejor. Así que en lugar de ir contando cosas terribles sobre nosotros mismos, que encima ni siquiera son verdad, deberíamos dedicarnos todos los días,

cada minuto, a contarnos una historia nueva, una historia mejor. La historia de cómo planeamos echar al váter esta kaka negra que viste trajes y está apestando el país y se hace llamar gobierno, y tirar de la cadena para que acabe en las cloacas a las que pertenece, ¡para construir la Jidada que queremos y necesitamos!

—Incluso aunque no me gustara Tuvy, pensé: «Vamos a darle una oportunidad, a lo mejor demuestra ser digno». Menudo error. Ni siquiera lo está intentando. ¡Es que le da igual!

—Lo que decís de que los jidadanos negros quieren volver a un lamentable pasado colonial... Ese es el problema, pero no estáis siendo sinceros. La cosa es que este régimen negro es tan penoso, tan perverso, que los jidadanos han llegado al punto de estar dispuestos a pasar por alto la vileza del colonialismo. ¡Y eso es lo más indignante de todo esto!

—Sean cuales sean vuestras opiniones, lo que no podemos permitir es que sigan estas colas. ¡Ya está bien! ¡Algo hay que hacer!

2. THOLUKUTHI RETRATO DE LAS LUCHAS DENTRO DE UNA LUCHA

—Vale, pues yo he estado haciendo colas por todas partes, escuchando las conversaciones de los animales. Y lo que me pregunto es por qué los jidadanos no hacen más que quejarse todo el día del mal gobierno y se las apañan para evadir el quid de la cuestión. Y el quid de la cuestión es que son los shonas los que han acabado con esta nación. Estamos aquí por culpa de unos terribles líderes negros, sí, pero ¡hay que decir también que esos líderes negros son de etnia shona!

—¡Eso es justamente la verdad y nada más que la verdad! Los shonas no saben gobernar y ya está. Lo único que se les da bien es

la corrupción, el robo, la violencia. ¡Mirad alrededor! Detrás de todo lo que se ha destruido encontraréis a un shona. Y si eso no basta, mirad al pasado, ¡los asesinatos, las masacres del Gukurahundi. ¡Shonas!

—Esa clase de tribalismo no nos va a llevar a ninguna parte. También hay ndebeles en la administración, y vendas, kalangas y otras etnias, que son igual de terribles, igual de corruptos, igual de violentos. La verdad es que todos tenemos la capacidad de ser terribles, incluso algunos de los que estamos aquí. ¡Que nos den poder cinco minutos y veréis cómo nos convertimos en bestias salvajes!

—En realidad, estas bestias están en todas partes, no solo en el Órgano de Poder. Podéis ir a escuelas, a hospitales, a supermercados, a bufetes de abogados, a universidades, a bares..., adonde queráis imaginar, incluso debajo de las piedras, y veréis a shonas al mando. Y luego id a ver quién tiene acceso a cualquier oportunidad que podáis imaginar bajo el sol de Jidada. Y veréis shonas también. ¡Siempre shonas! Lo odio. ¡Es terrible y tiene que acabarse!

—Pues yo lo que digo, y hablo por mí, es que lo siento, pero yo no quiero saber nada de ellos después de lo que me hicieron en el Gukurahundi. Incluso cuando oigo la lengua shona vuelvo a ese día y me hundo en una oscuridad terrible. Incluso vivir en esta Jidada, que es esencialmente un país shona, me causa dolor. Pero claro, ¿adónde puedo ir? ¿Con qué documentación? Porque después de asesinar a mis padres, ¡los shonas fueron y me negaron mi partida de nacimiento! ¡Porque no tengo certificados de defunción de mis padres! Los cuales me negaron porque emitir certificados de defunción sería reconocer que asesinaron a mis padres. ¡Así que me arrebataron a mis padres, me arrebataron la vida y me arrebataron la ciudadanía!

—Tenéis que estar locos para creer de verdad que los poquísimos ndebeles que hay en el gobierno significan algo. ¡Es pura pose! ¡Es

para dar el pego de unidad! Mostradme un solo ndebele en el gobierno de Tuvy que pueda coger el teléfono ahora mismo y hacer que pase lo más mínimo en esta Jidada. ¡Ninguno! ¡Cero! ¡Porque no tienen ningún poder! ¡Son títeres!

—¿Por qué cuando los ndebeles hablan del Gukurahundi no mencionan que los seguidores shonas de la oposición también fueron asesinados, que sus regiones también fueron atacadas?

—Incluso esta presunta Nueva Administración es una pérdida de tiempo. ¿Qué tiene de novedad la supremacía shona? ¿Cuántos ndebeles hay en las listas electorales? ¿Cuántos vendas? ¿Cuántos kamalas? ¿Cuántos tongas? ¿Cuántos de cualquier otra etnia? ¿Y cómo diablos es eso representativo de Jidada? ¿Y no es esa justamente la razón por la que nuestros padres se alzaron contra los opresores blancos? Justo para luchar contra la supremacía blanca y reemplazarla con una sociedad igualitaria. ¿Y dónde está la igualdad?, pregunto.

—Para ser sincero, no me gusta nada que los ndebeles hablen del Gukurahundi como si hubiera sido una cosa entre shonas y ndebeles, cuando es evidente que no fue así. Fue solo una unidad especial del ejército del Viejo Caballo contra los disidentes. Nunca fue una lucha tribal, como se ha querido vender. Y desde luego no es nada justo insinuar que todos los shonas apoyaron aquello.

—El problema de los shonas y los ndebeles es que ambos grupos actúan como si fueran las dos únicas etnias de Jidada. Y los demás no importamos. Y nuestros problemas no cuentan. Por mí, los dos grupos se pueden ir al infierno. ¡Jidada sería un lugar mejor sin ninguno de vosotros, nxaaa!

—Confieso que a mí me criaron unos padres tribalistas que jamás dejaron de predicar que los ndebeles eran por naturaleza criaturas violentas, perezosas, sin talento, sin educación y que supuesta-

mente por eso no estaban en el gobierno. Y solo ahora, a base de desaprender, de leer y, en general, de dejarme reeducar, estoy aprendiendo que el fallecido líder ndebele, Padre Jidada, fue de hecho un líder muy superior al Padre de la Nación. Y en lugar de darle una oportunidad, lo criminalizaron, lo acusaron de disidente, lo demonizaron, lo persiguieron y casi lo asesinaron durante el Gukurahundi. De no haber sido por este asunto de las etnias, quién sabe, podría haber sido el animal que llevara a Jidada a la gloria.

—Para los ndebeles todo es siempre una cuestión entre ndebeles y shonas. ¡Ya está bien! Eso es una manera de pensar muy simplista. Dentro de nada nos dirán que la sequía en la región ndebele se debe a que los shonas están robando la lluvia.

—Si de verdad pensáis que el Gukurahundi no tuvo nada que ver con la etnicidad, futseki vele. ¿Cuántos disidentes fueron asesinados? ¿Y cuántos civiles? ¡A ver si os metéis en esas cabezotas que el Partido del Poder masacró deliberadamente a los civiles ndebeles durante un periodo de cuatro años! ¡Y que los defensores que nos masacraron eran shonas!

—Pero ¿a ti quién te ha dicho que los ndebeles sean mejores? ¿Te crees que si fuerais mayoría en este país resultaríais ser una especie de ángeles? Pues no. ¡Os habríais comportado exactamente igual!

—Khonapha es así. Mirad la región shona y luego mirad las regiones que no son shona. Y comparad el nivel de desarrollo. Es una historia de países desiguales dentro del mismo país.

—Yo lo que opino es que los ndebeles deberían superar ya el pasado. Se llama pasado porque ya no está. A ver si se centran ya en el presente y en el futuro. Recordad también que no somos nosotros los que matamos a los vuestros. Además, los asesinos son vie-

jos y se están muriendo de todas formas, y muy pronto habrán desaparecido todos sin que nadie haya rendido cuentas. Es duro, pero es lo que hay.

—Ende sabéis que si ahora mismo fuerais a lo más hondo de lo más hondo del corazón de la región ndebele, encontraríais a un shona que apenas habla ndebele dirigiendo una escuela, encontraríais a profesores shonas con muy poco conocimiento del ndebele enseñando la lengua ndebele. Y luego se extrañan de que tengamos esos lamentables niveles académicos en las regiones ndebeles.

—Por cierto, ¿por qué los animales hablan de los shonas como si fueran una entidad homogénea? Se puede dividir a los llamados shonas en pequeños grupos y se da uno cuenta de que no todos tienen poder. Yo mismo se supone que soy shona, pero soy pobre y estoy oprimido y ¡estoy furioso contra mis opresores!

—La cuestión definitiva es que Jidada tiene un problema con la supremacía shona, eso es un hecho. No hay más que mirar alrededor para saberlo. Nuestro dilema, si de verdad nos interesa una Jidada mejor, es averiguar cómo crear una sociedad igualitaria en la que todas las etnias estén al mismo nivel.

—Exacto. Y ya que estamos, no olvidemos que todas estas tensiones étnicas son en realidad un proyecto colonial. Nos comportamos exactamente como nuestros colonizadores querían que nos comportáramos, por desgracia incluso mucho después de que se hayan marchado.

—¿Y cuándo van a reconocer los ndebeles que estamos en este barco porque, para empezar, su rey les vendió el país a los colonizadores? ¡Y lo vendió a cambio de azúcar!

—Solo escuchando aquí las conversaciones queda claro que tenemos un problema y un problema gordo. Y hasta que lo solucione-

mos, no vamos a llegar a ninguna parte. En lugar de elegir a nuestros líderes basándonos en sus cualificaciones, estamos siempre liados intentando averiguar sus identidades para tomar nuestras decisiones a base de prejuicios. Y lo más triste es que el Órgano de Poder se alimenta de estas tensiones. Tenemos que atrevernos a vernos con nuevos ojos y a afrontar esa cuestión. Unidos resistiremos, divididos caeremos.

—Lo que seguro que todos sabemos, pero no queremos reconocer, es que todos nosotros, todos, estamos oprimidos por un Órgano de Poder del Partido de Jidada. ¿Acaso no estamos todos juntos en estas colas, sea cual sea nuestra desgraciada etnia? ¿No buscamos todos comida? ¿No buscamos todos dinero? ¿Y acaso no llegamos aquí todos por carreteras plagadas de baches? ¿Acaso no intentamos sobrevivir todos? ¿No estamos todos sin trabajo? ¿No nos morimos todos en hospitales decrépitos? ¿Acaso nuestros hijos, los de todos, no tienen por delante un futuro muy negro? ¡Aquí estamos! ¡Todos juntos!

—Vamos a tener que buscar la manera de dirimir nuestras divisiones tribales en conversaciones honestas. Y lo más importante, ir más allá y hablar de otros jidadanos cuya opresión no nos importa, porque nos decimos a nosotros mismos que no tienen importancia. Jidadanas hembras. Jidadanos homosexuales. Jidadanos con discapacidades. Jidadanos jóvenes. Jidadanos inmigrantes. Jidadanos violados por el Estado. Solo así puede haber un futuro para nosotros.

—Yo sinceramente opino que la cuestión de las tribus es una mera distracción. Como ahora, la de tiempo y energía que estamos perdiendo y que deberíamos emplear en planear qué hacer con respecto a estas colas y, lo más importante, con respecto a ese Tuvy que no se merece estar ni un solo día en el Órgano de Poder. Pero no, aquí estamos, hablando de lo que hablamos siempre.

PUNTO ÁLGIDO EN LAS COLAS

Contaban los que saben que los jidadanos perseveraron en las colas, discutiendo y diseccionando y debatiendo sobre Jidada, y tholukuthi que su desesperación y exasperación y sufrimiento y rabia iban hirviendo a fuego lento día sí día no, día sí día no, día sí día no. Hasta que una noche, los hijos de la nación que dormían en diversas colas como hacían ahora la mayoría de las noches oyeron que el ministro de Finanzas, Brillante Nzinza, anunciaba que el precio del mismísimo combustible por el que estaban haciendo cola, el combustible que no estaba ahí, el combustible que ya era caro, iba a subir de un día para otro un ciento cincuenta por ciento. Y por si eso no fuera bastante, los jidadanos oyeron también de un nuevo impuesto sobre las transacciones electrónicas, sí, tholukuthi sobre el dinero que no les pagaban, sobre el dinero que tanto costaba ganar, sobre el dinero que no tenían, sobre el dinero que les habían robado.

Y ciegos de rabia, tholukuthi que los animales olvidaron sus desacuerdos, olvidaron sus etnias, olvidaron todo lo que los separaba y se alzaron sobre los cuartos traseros y rugieron y echaron humo en las colas. Tholukuthi que su ira borboteó y espumeó y bulló y rezumó por todos los poros de sus cuerpos y envenenó el aire. Y cuando temprano por la mañana, Nueva Administración, el loro mascota de Su Excelencia, que ahora era ya toda una celebridad, voló sobre la agitada capital con su ingente coro cantando el himno de Nueva Administración, que ahora era ya profundamente odiado. Los que saben contaron que los pájaros inhalaron el aire envenenado de las colas y cayeron a plomo al suelo, agitándose y asfixiándose, para no volver a cantar jamás.

Defendiendo la revolución, 2019

THOLUKUTHI QUE LA NUEVA ADMINISTRACIÓN NO SE SOSTIENE

Y de este modo, en Lozikeyi y, de hecho, en los guetos de las grandes ciudades de toda Jidada, salen a la calle oleadas de animales justo el día de las declaraciones del ministro de Finanzas y acuden en tropel al centro, esta vez no para hacer colas, sino para hacer algo contra las colas. Tholukuthi que mandan de vuelta coches, minibuses y toda clase de vehículos que se dirigen a las ciudades, donde los negocios están ya en #cierre. Y si los conductores no obedecen, sus vehículos son atacados e incendiados al instante. Se erigen barricadas: se apilan montañas de neumáticos, tablas y escombros en mitad de las carreteras y se les prende fuego, y los amotinados disfrutan viendo arder las grandes carreteras y vitorean mientras las crecientes nubes de humo negro se precipitan hacia el rostro de Dios. Lejos de las carreteras, tiendas y supermercados sufren un metódico saqueo y quedan vacíos en un abrir y cerrar de ojos: la prioridad es cualquier cosa que pueda comerse, cualquier cosa que sea medicina para el hambre. Y una vez que la comida ha desaparecido, los saqueadores arrasan con todo lo que puedan llevarse. Tholukuthi los jóvenes animales en edad escolar se lanzan a por bolígrafos y lápices, reglas y cuadernillos de ejercicios, como queriendo decir que incluso en este momento tan complicado, su educación, su futuro, es lo principal en sus mentes. No tardan en circular por las redes sociales fotos y vídeos de los disturbios, y los jidadanos en Jidada y en todos los rincones del

mundo se congregan de nuevo en las internets para seguir las protestas.

Lo que está pasando jamás ha pasado en Jidada con un «da» y otro «da», sí, tholukuthi que lo que está pasando es insólito. Y es que por primera vez en la historia, parece que han dejado a los alborotadores campar a sus anchas, de manera que de vez en cuando se detienen a hacerse selfis en mitad del bullicio, de los gritos, de los saqueos, de las cosas ardiendo, y se hacen preguntas como: ¿es esta de verdad nuestra intolerante Jidada, donde no hace mucho no se podía ni poner un pie en la calle en nombre de una manifestación sin que los defensores nos hicieran trizas o nos mataran directamente? ¿Dónde está el comandante Jambanja? ¿Y por qué se nos permite corretear por las calles como no se nos ha permitido nunca en Jidada? Pero tholukuthi que no hay nadie que pueda responder a estas preguntas, de manera que los rumores vuelan como drones. Que los perros de la nación, sí, que los mismísimos defensores con los que los jidadanos se hicieron selfis cuando la caída del Viejo Caballo ahora resulta que apoyan las protestas y se han negado, por solidaridad, a lanzarse contra las masas. Rumores de que en realidad no hay nadie a cargo de Jidada, puesto que el Salvador está ocupado como siempre atravesando los cielos del mundo, mientras que su segundo de abordo, Judas Bondad Reza, que lleva meses enfermo de una enfermedad no especificada, está como siempre recibiendo tratamiento fuera del país.

Sea cual sea el caso, los jidadanos saben y entienden de manera natural que una cría puede jugar con los pechos de su madre todo lo que quiera, pero nunca, nunca jamás, con los testículos de su padre. Aun así, los alborotadores ignoran lo que siempre han sabido y van a por los testículos de su padre, porque por lo visto este tabú es ahora posible en la Jidada de la Nueva Administración. Y así, los amotinados cargan contra coches de policía aparcados, los vuelcan, los incendian y los ven arder con tanto alborozo como incredulidad, porque si los símbolos del régimen pueden ser atacados como cualquier otra cosa, ¿quién dice que el régimen mis-

mo no pueda caer? Los triunfantes hijos de la nación por fin quedan agotados de jugar con los testículos de su padre y vuelven sobre las patas traseras a sus diversos guetos como tropas que vuelven victoriosas de la batalla. Tholukuthi que sus poses, los cuellos tiesos, las colas altas, las orejas erectas, los cuernos listos para embestir, los dientes al aire y los ojos llameantes dicen que, por fin, han perdido la cobardía y el miedo, que ya llueva o truene o haga sol, tholukuthi que en este recién descubierto lenguaje de la resistencia conjurarán la Nueva Jidada que desean. Que se alzarán y rugirán y arrasarán hasta que el auténtico cambio los llame por su nombre.

CANCIÓN DE LOS DEFENSORES

Cuando los que saben lo contaron, dijeron que el mismo día después de las históricas protestas, los defensores salieron a todo meter y aullaron un canto de guerra. Y los jidadanos oyeron las primeras terribles notas en los aires de los guetos y se escabulleron corriendo a encerrarse en sus casas. Y tholukuthi que una nube oscura cubrió el sol y no se alejó nunca, tholukuthi que lagartos y serpientes corretearon por las calles polvorientas y se ocultaron en sombríos agujeros, tholukuthi que las aves se marcharon hacia nidos lejanos, tholukuthi que las hormigas se alinearon y se refugiaron en las alcantarillas, tholukuthi que ratones y ciempiés y cucarachas y moscas y arañas se escondieron en grietas y rendijas secretas. Contaron también los que saben que los hijos de la nación intentaron entrar en WhatsApp, en Twitter, en Facebook y contar al mundo la guerra que se había desatado sobre sus casas, pero el Órgano de Poder había decretado un #apagóndigital, de manera que no había servidores, y sin servidores no se podía levantar la alarma ni pedir ayuda ni declarar ni ser testigo, tholukuthi que no se podía hacer nada y todo era el silencio del interior de una bala.

CANTO DE LOS HIJOS DE LA NACIÓN

—Yo no soy un animal rencoroso. Yo intento tener buen corazón. Pero, Dios, ¡cómo odio a esos defensores! Le deseo la muerte a cada uno de ellos, sobre todo al comandante Jambanja.

—Lo que más me pasma es que todo el mundo está venga a hablar del #apagóndigital como si tener internet nos hubiera salvado. Como si alguien se hubiera conmovido tanto, o se hubiera indignado tanto con las fotografías y vídeos de nuestro dolor como para hacer algo. O como si los defensores nos hubieran dejado en paz si hubiera habido internet. Es lo más idiota que he oído, ya os lo digo.

—Pues yo me quedé ahí sentada sin hacer nada, oyendo los terribles ruidos de los vecinos. Hasta les abrí la puerta cuando los oí fuera. No me molesté en decirles que yo no había participado en los disturbios porque esos perros jamás han sabido nada de justicia. Ni saben razonar. Y ni siquiera grité cuando el comandante Jambanja me violó. En todo caso, me dieron ganas de echarme a reír por la brutal coincidencia: resulta que ya me violó en las elecciones de 2008 y ahora, casi una década más tarde, me vuelve a violar poco después de unas elecciones impugnadas. Si existe Dios, que lo dudo, tiene un sentido del humor muy perverso.

—Cuando empezaron a aporrear la puerta, llamé a mi hermano Max, que vive en la casa de enfrente. No sé qué me imaginé que iba a hacer, la verdad. Pero el teléfono no funcionaba. Y lo mismo con WhatsApp, el Messenger de Facebook, con todo. Yo no lo entendía, claro. Todavía no había oído hablar del #apagóndigital. Y cuando estás tan acostumbrada a estar conectada y de pronto te desconectan, parece que el cielo se esté cayendo. Pero el teléfono fue lo de menos. Como no abríamos, destrozaron las ventanas y lanzaron dentro una cosa de esas de gas lacrimógeno. Deberíais

haber visto cómo salimos corriendo mi hijo y yo, como ratas. Yo me había puesto mi uniforme de la iglesia cuando empezaron a aporrear la puerta, aunque ahora que lo pienso ni siquiera sé por qué. Supongo que por pura desesperación. Y por supuesto que no sirvió de nada. ¿Sabéis lo que es la impotencia? Igual os creéis que sí, pero la verdad es que lo dudo, lo dudo mucho. No os lo puedo explicar porque es una de esas cosas que es muy difícil de describir. Le dieron tal paliza a mi hijo que lamenté haberlo traído a un mundo en el que no podía protegerlo.

—Rodearon mi casa. Conté a simple vista que eran por lo menos una docena. Me detuvieron por incitar a la violencia en las redes. Y yo lo que había posteado era un pacífico #noosmetáis.

—Yo no voto, no voy a manifestaciones, no voy a mítines. Porque esto es Jidada con un «da» y otro «da», así que no me hago ilusiones. Pero ¿me protegió eso de algo? Pues no señor.

—Pasó todo a la vez. De pronto toda la manzana estaba plagada de defensores y defensores y defensores armados. Me recordó a la guerra. Vaya, que yo era muy pequeño durante la guerra, pero hay escenas que se te pasan por la cabeza de vez en cuando. Es que apenas podía reconocer mi calle.

—Yo lo único que puedo decir es que en esta clínica tratamos unas treinta heridas de bala, nueve de ellas mortales. No sé qué números habrá en otras clínicas. Además, habrá quienes no hayan buscado atención médica por miedo a que los identifiquen y los castiguen, o por cualquier otra razón. Por cierto, no cites mi nombre ni lo compartas en foros públicos, que no quiero problemas, gracias.

—Si pudiéramos volver a atrás, yo dejaría que la burra gobernara como le diera la gana. Por lo menos ella no caería hasta estos niveles de depravación.

—Mi pregunta es, ¿dónde está la Comunidad de Desarrollo de África Austral? ¿Dónde está la Unión Africana? ¿Y las Naciones Unidas? ¿Dónde están todas esas organizaciones que se supone que tienen que velar por nosotros? ¿Dónde está el resto del mundo? ¿Y qué tenemos que hacer para que nuestros cuerpos, nuestras vidas, nuestros sueños, nuestros futuros les importen por fin a alguien?

—Yo voté por Tuvy. Tengo hasta su retrato en mi dormitorio, de hecho es lo primero que se ve al entrar. Pero los defensores ni se inmutaron. Os juro que pensé que me iban a matar.

—Yo tengo que admitir que lo del #apagóndigital se salió de madre. A ver, no es que justifique a los defensores y lo que hicieron, pero los animales estaban destruyendo, saqueando y quemando propiedad privada. Vale, todos tenéis vuestras quejas, pero ¿por qué castigar a los que no tienen absolutamente nada que ver con ellas? Así que sí, en mi opinión, todo se salió de madre y los dos bandos son responsables. Y al final no se ha beneficiado absolutamente nadie.

—Pues mi casa se la saltaron. Mi esposa y mis hijos no hablan de otra cosa que de ese milagro. ¿Para qué les voy a decir otra cosa si no me van a creer? Porque el caso es que cuando oí que venían los perros, rocié la puerta y todas las entradas con aceite bendito. Y os aseguro que yo no me asusté ni lo más mínimo durante toda aquella gresca porque sabía que estábamos protegidos por la sangre de Jesús, como el profeta doctor O. G. Moses se esfuerza tanto en recordarnos.

—Yo tengo setenta y seis años y jamás he conocido ni la paz auténtica ni la libertad auténtica en este país. Y por lo que veo, me voy a morir sin conocerlas. Pero a mí ya me queda muy poco, mi camino está andado y mi viaje ha concluido. Dependerá de vosotros, los que quedéis, ver lo que hace Jidada con este te-

rrible veneno, si se lo traga o por fin lo escupe de una vez por todas.

—Lo que deberíamos hacer es boicotear las empresas de internet de Jidada, que no tenían por qué seguir la directiva del gobierno de #apagóndigital. Pero tomaron su decisión. Se posicionaron del lado del Órgano de Poder contra nosotros. Son cómplices de nuestra opresión. Son partícipes de ella. Y lo más triste es que hacen negocio con nosotros, ¡que somos nosotros los que las hacemos ricas, nxaaa!

—Yo lo único que sé es que el Viejo Caballo y la burra se estarán riendo de nosotros ahora mismo, sobre todo la burra, a la que tantos condenaron a gritos por ser la causa de todos los males de Jidada. Pero espero que el Viejo Caballo tampoco se ría demasiado, que se acuerde de que ha sido él quien nos ha metido en este atolladero.

—Tenemos que pensar qué se puede hacer con estos defensores diabólicos, que nos atacan como si fuéramos piedras, que no les conmueven en absoluto ni nuestras lágrimas ni nuestra sangre. Esos monstruos no pueden seguir abusando así de nosotros. ¡Tenemos que hacer algo!

—Yo he pedido asilo político. Lo he intentado, Dios sabe la de años que lo he intentado. Pero ¡es que ya no puedo seguir así!

—Lo más triste es que mientras que en los guetos estamos sufriendo esto, las zonas residenciales están tranquilas. ¿Qué pasa, que no es el país de todos? ¿No estamos sufriendo todos? Y si nosotros, los de los guetos, conseguimos derrotar al sistema, ¿acaso no vamos a disfrutar todos del cambio?

—Pues aunque me pegaran, no siento ni rabia ni ganas de venganza. Ya los he perdonado. De hecho, cuando estaban tan ocu-

pados en darme una paliza, Dios estaba todavía más ocupado diciéndome que Jidada necesita oraciones. De verdad que tenemos que salir de las calles para llenar nuestras iglesias y dejar que nos salven los profetas de Dios. Si buscáis en la Biblia, encontraréis que lo que nos está pasando ya está escrito. Si lo miráis bien, Jidada no es tan diferente de Egipto bajo el reinado del faraón. Y si nos arrepentimos de nuestros pecados y caminamos en la gloria de Dios, ¡nosotros también veremos la tierra prometida!

—Yo opino que, a pesar del resultado, hay que considerar que nuestros esfuerzos no han sido inútiles. Nada se consigue sin sufrimiento. Esto no es una novela, es la vida real. Debemos recordar esto como la vez que hicimos algo grande e importante, que nos atrevimos a replicarle a este cruel régimen en la misma lengua que comprende. De hecho, su uso excesivo de la fuerza significa que han oído nuestra furia y que se han puesto nerviosos. Han visto que ya no nos limitamos a despotricar en nuestras cocinas y en nuestros patios y en las redes sociales, sino que llevamos las quejas a la calle en vivo y en directo. Y la próxima vez que nos rebelemos, ¡os prometo que venceremos!

—En cuanto vi al comandante Jambanja, supe que nos iban a dar una buena.

RETRATO DE UN DEFENSOR DE LA REVOLUCIÓN

1. NACIMIENTO

El comandante Jambanja nació unos dos minutos y tres segundos después de la independencia de Jidada, lo cual, según dicen los que saben de verdad, fue una fuente de resentimiento silencioso e irracional hacia su madre, Rosemary Soso, por lo que él llamó el atroz retraso de su vagina, que, según el joven perro, le

había negado de plano la capacidad para jactarse, como se jactaban sus camaradas mayores, de haber nacido durante la Guerra de Liberación, lo cual, a su vez, le arrebataba sus posibilidades de grandeza, lo cual era sin duda su destino original, siendo así que su padre, el comandante Juan Soso, era un héroe de guerra, aunque por desgracia murió la víspera de la independencia y solo un par de meses antes del nacimiento de su único hijo, de modo que jamás vio el país por el que tanto había luchado por liberar y jamás vio crecer a su hijo en él. Sí, tholukuthi el comandante Juan Soso, cuyos hermanos —Simón el mayor, Felipe, Simón el joven, Matías, Mateo, Judas, Judas Tadeo, Santiago el alto, Santiago el gordo, Bartolomé y Andrés, una banda de doce, como los apóstoles, y todos ellos llamados más o menos como los apóstoles— también eran, todos y cada uno de ellos, héroes de la Guerra de Liberación, igual que su abuelo, Jambanja Soso, héroe de la Primera Guerra de Liberación, también comúnmente conocida en Jidada como la Primera Revolución. Sí, tholukuthi Jambanja Soso, quien, junto con la médium espiritual Mbuya Nehanda, había alentado las rebeliones armadas contra el régimen colonial hasta su linchamiento en 1899, pero no antes de que Jambanja predijera la fecha exacta del mes, el día exacto de la semana y el año exacto en que el futuro fruto de sus entrañas se alzaría en armas contra los opresores y, finalmente, vencería.

2. PRIMERAS PALABRAS

Decían los que saben de verdad que la madre del cachorro, Rosemary, también una heroína de la Guerra de Liberación, la cual de hecho había conocido a su esposo y padre de su hijo en el frente de guerra, crio a su hijo medio huérfano como el hijo de luchadores y héroes que era. De modo que las primeras palabras en salir del morro del cachorro cuando llegó a la edad de hablar no fueron «mamá» ni «leche» ni «hola», ni mucho menos, sino toda una

frase revolucionaria: «Jidada está hecha con la sangre de los libertadores», sí, tholukuthi la letra de una canción de guerra, porque las únicas nanas que a Rosemary le salían de manera natural eran las canciones del frente. Para cuando el cachorro tenía tres años y medio, tholukuthi que no había ni una sola canción de la Guerra de Liberación, en ninguna lengua de Jidada, que no supiera cantar, además del himno nacional.

3. GLORIA TEMPRANA

Decían los que saben que los compañeros de juego del comandante Jambanja se agrupaban en las estrictas categorías de camarada, colonizador, informador, traidor y enemigo. En sus primeros años, no pasaba ni un día sin que se metiera, como poco, en algún altercado, de todos los cuales, por supuesto, siempre salía vencedor. Como resultado, le tenían mucho miedo en el patio, lo cual le granjeó el apodo de Pequeño General Matanimal, aunque lo decían a sus espaldas hasta que Jambanja se enteró por pura casualidad una tarde, mientras le propinaba una paliza a un irrespetuoso becerro tres o cuatro años mayor que él detrás del supermercado Bambazonke. Sí, tholukuthi que el desesperado becerro —que se había enzarzado en una pelea con él bien porque no se había enterado de la leyenda del cachorro, bien porque sí se había enterado y no había hecho caso—, ahora ensangrentado, habiendo recibido varios mordiscos y temiendo que le hubiera roto algún que otro hueso, mugió y suplicó: «¡Por favor, no me mates, Pequeño General Matanimal, por favor, por favor!», lo cual, según los que estuvieron allí, dejó al cachorro tan pasmado que se detuvo a pedir una explicación, tras lo cual declaró a sus camaradas, los informadores, los traidores y los enemigos, que a partir de entonces solo se lo conocería por el nombre de Pequeño General Matanimal, en lugar del inútil apodo de Jefe que le había puesto su mejor amigo, el hermoso pero aburrido y poco imaginativo pavo real Phumulani.

4. EDUCACIÓN

En la escuela primaria —que tampoco fue una época fácil para los que rodeaban al cachorro, puesto que durante ese periodo de su vida andaba metido por lo menos en una violenta pelea cada dos horas—, su actividad favorita, en realidad una de las pocas cosas que le permitían calmarse, era el arte, sobre todo la pintura. Debido a su interés por la Guerra de Liberación, que sin duda provenía de su linaje y la historia de su familia, el Pequeño General Matanimal pintó turbulentas pero realistas imágenes, incluso impresionantes imágenes y escenas famosas de la guerra, tholukuthi descritas con asombrosa precisión gracias a las historias de su madre. Su talento se complementaba con un excepcional dominio de la historia de la Liberación de Jidada. De hecho, unos años más tarde, en los primeros cursos de instituto, los que saben contaban que el joven perro repasaba sus libros de texto de Historia de Jidada con un bolígrafo rojo, corrigiendo meticulosamente los capítulos sobre la Guerra de Liberación porque, según él, el modo en que se contaban algunos de los incidentes que se contaban no sucedieron como se contaban.

Tholukuthi que el Pequeño General Matanimal acabó sus días de formación cuando salió del instituto de Lozikeyi por última vez un tórrido jueves, después de morder a su profesor de Literatura Inglesa, el señor A. B. Sibanda, por ponerle la mala nota de un uno sobre diez en un examen final sobre las obras de Chaucer, Shakespeare, Milton, Dickens, Hardy y Brontë.

—Mis padres y antepasados no fueron a la guerra para que yo pudiera leer historias tontas escritas por los mismos ladrones que nos arrebataron nuestra tierra, nos oprimieron durante décadas y vomitaron sobre nuestra cultura, así que busque mejores libros para enseñar y no estas tonterías, señor profesor. ¡Ya no somos una colonia y jamás volveremos a ser una colonia! —ladró el joven perro, mientras recogía su mochila Dunlop antes de salir pavoneándose.

Fue la última vez que pisó un aula.

5. DEFENDIENDO LA REVOLUCIÓN, 1994

No mucho después, una tarde, el joven perro iba de vuelta a su casa desde el banco, sentado en la segunda fila de un minibús abarrotado, con la lengua fuera y la pata derecha por la ventana. Había hecho cola todo el día para recoger las pagas mensuales de sus padres por ser veteranos de guerra, cosa que no había logrado porque por lo visto el gobierno una vez más había sido incapaz de proveer los fondos, como iba ya siendo la norma en Jidada en las postrimerías del siglo xx. En el minibús imperaba un silencio sepulcral. Todas las orejas estaban pegadas a la radio, escuchando a Nelson Mandela —que solo llevaba unos años fuera de prisión, donde el régimen del apartheid lo había tenido encerrado más de dos décadas— dirigir a la nación su primer discurso presidencial. Y cuando el libertador habló de construir la paz, la prosperidad, la democracia, de acabar con el sexismo y el racismo, una emotiva oveja se echó a llorar en la parte trasera del minibús.

Mientras los pasajeros esperaban a que alguien mandara callar a la oveja para poder terminar de oír el histórico discurso, y justo cuando el vehículo se acercaba al semáforo de la Tercera Avenida, junto a la gasolinera Shell, tholukuthi justo donde los minibuses y los taxis llamaban a los pasajeros que se dirigían a los guetos, de pronto se vieron inmersos en un mar de manifestantes. Multitudes de animales habían tomado la calle, al parecer, y todo el tráfico estaba detenido, había coches y ruedas por todas partes, había pelaje y plumas por todas partes, había camisas rojas y pancartas por todas partes, había patas alzadas por todas partes, había cánticos y canciones por todas partes, había gritos y chillidos por todas partes.

Los vendedores recogieron sus mercancías y se escabulleron. Los conductores impacientes, molestos por sufrir una alteración a la que no se habían apuntado voluntariamente, tocaban las bocinas como locos, produciendo una sensacional cacofonía que solo pareció inspirar a los manifestantes a alzar todavía más sus voces furiosas.

El Pequeño General Matanimal, que jamás hasta entonces había visto una protesta en vivo, pegó el morro frío a la ventana, con los ojos como platos y la lengua fuera. Leyó pancartas que decían: «¡No al estado de un solo partido!», «¡No a los saboteadores de la economía!», «El Partido de Jidada = organización terrorista», «¡Libertad económica para todos!», «Más de 20 000 muertos en la masacre del Gukurahundi, ¡no olvidamos!». La rabia en el aire era tan palpable que podía haber puesto en marcha un coche y lanzarlo disparado por una ajetreada autopista. La energía era tal que al joven perro se le pusieron de punta los pelos de la nuca.

—Hayi, hayi, hayi, hayi, vamos, venga ya, tengo trayectos que hacer, ¡no tengo todo el día hawu, nxxx! —resopló el conductor, un toro impaciente de fieros cuernos.

—Yo ni siquiera sé para qué he venido al centro. Me debería haber quedado con el culo plantado en mi casa. ¿Quién va a darles el almuerzo a mis cochinillos ahora que estoy yo aquí atascada? —se lamentó una cerda.

—Aj, por eso odio esta maldita carretera nxaaa, en cuanto pasa cualquier cosa, te quedas aquí atrapado —replicó un ganso.

—Pero están luchando también por vosotros, camaradas, ¿no habéis leído sus pancartas? Además, tienen derecho a manifestarse y a ser oídos, ngoba kanti ¿no somos una democracia? —dijo una voz por la parte central del minibús.

El conductor tocó la bocina y otros vehículos se hicieron eco de su exasperación.

—Vele, ¿quiénes son esos animales, hijo mío? ¿Por qué parece que se quieran comer a alguien? —preguntó el burro estrujado contra el Pequeño General Matanimal y dándole un codazo en las costillas.

Antes de que el perro pudiera mascullar que no lo sabía, la voz arrogante de un gallo cacareó desde atrás:

—¡Son el Partido de la Oposición de Jidada! El partido solo tiene unos años, pero ha venido para traernos la libertad económica y política y al final para liberarnos. Miradlos con atención y

luego habladle al pueblo de ellos gogo. Son los auténticos revolucionarios.

—Pues más vale que lo consigan, porque me da miedo lo que pasará si este desgraciado país sigue por este trágico camino —terció la compañera del gallo, una elegante gallina con el pico pintado de carmín escarlata.

Un gran estrépito estalló en la parte delantera. Los animales estiraron el cuello y vieron las convulsiones del lomo de un burro que se reía a carcajadas.

—¿Oposición? ¿Revolucionarios? ¡No son más que traidores engañados y marionetas de Occidente! ¿En qué guerra han luchado? ¿Acaso han pasado años y años en el monte, derramando sangre y muriendo para liberar este país? Pues os digo una cosa, Jidada no va a ninguna parte, ¡y nadie excepto los libertadores la gobernarán! ¡No luchamos para entregar este país a unos agentes del cambio de régimen que además son imbéciles, todos y cada uno de ellos! —declaró el burro por encima del hombro.

—¿A quién llamas imbécil? ¿A quiénes llamas imbéciles? —saltó el gallo, con todas las plumas tiesas.

—A ti, por supuesto. ¡Y a ese desgraciado partido de pega! ¿Qué pasa, eh?

—¿Por qué no te bajas ahora mismo? ¡Sí, bájate que te voy a enseñar exactamente lo que pasa, hijo de hiena! —cacareó el gallo, batiendo las alas.

—Sí, enséñaselo, enséñale a este maldito burro quién eres, amor mío, demuéstrale lo que hiciste en Makokoba aquella vez —lo azuzó la gallina.

Todas las cabezas se volvieron al unísono hacia el fondo del vehículo, para asegurarse de que lo que oían era de verdad lo que creían estar oyendo, que era tholukuthi un gallo desafiando a todo un burro a una pelea, y encima con su gallina compañera incitándolo a ello. Y ciertamente todas las cabezas giradas encontraron que era verdad, que las aves se estaban preparando para una pelea. El burro, en la parte delantera, fue a abrir la puerta,

vio que estaba cerrada, le propinó una furiosa coz y golpeó la cerradura.

—¡Maldita sea, conductor! ¿Cómo se abre la maldita puerta? ¡Déjame salir, macho!

—Asienta tu esponjoso trasero, que nadie se baja de este vehículo. ¿Estáis locos, uyahlanya kanti? ¿Es que no veis lo que está pasando fuera? —bramó el conductor.

—Perdón, tienen que apartarse todos. Necesito salir ahora mismo que estamos parados y dar una lección a este asno. Señora, ¿podría, si es tan amable, dejarme pasar? —le pidió el gallo a la burra que estaba junto a él.

—Por favor, hermana, déjalo pasar, ¿no ves que te lo pide con toda la educación? —dijo la gallina.

Pero nadie se movía. Tholukuthi que un minibús no es un retrete en el que un animal puede decidir sin más levantarse y marcharse. En primer lugar, al conductor le tiene que parecer apropiado detenerse. Luego el conductor tiene que abrir la puerta. Luego los pasajeros tienen que descender de forma ordenada, uno detrás de otro, fila tras fila, de la parte frontal a la parte trasera, y una vez fuera, alinearse mientras sale el resto del grupo.

—¡Tienes suerte! ¡Tienes mucha mucha mucha suerte! ¡Vamos, es que no sabes la suerte que tienes! Dale las gracias aquí al toro por no dejarme salir. Porque hoy iba yo a derramar sangre roja. Yo soy Lovejoy, hijo de Mahlanthini de Jahunda. Ese soy yo. ¡Y conmigo no se juega! —exclamó el gallo.

Y antes de que el burro tuviera ocasión de replicar, los defensores habían caído sobre los manifestantes. Y en el sangriento y caótico momento, el Pequeño General Matanimal sintió tal descarga de adrenalina que le pareció que su cuerpo levitaba y, de no haber sido por el techo, bien podría haber salido disparado hacia los cielos. Vivió la escena del exterior no como si la observara desde la ventana de un minibús, sino más bien desde el centro de la acción. Oyó el pac-pac-pac de las porras, el restallido de largos y flácidos chicotes, vio las armas alzarse y caer, y alzarse y caer sobre los cuerpos en desbandada. Oyó el ruido desesperado

de los cascos batiendo el hormigón, vio el destello de dientes al hundirse en la carne, vio esos dientes revestidos de sangre. Y, en una experiencia de lo más extraordinaria, el Pequeño General Matanimal, al pasarse distraído la lengua por sus propios dientes, encontró sobresaltado el inconfundible regusto metálico de la sangre.

Esa noche el joven perro no pegó ojo. Se quedó tumbado en la oscuridad, repitiendo toda la escena en su mente.

6. DESTINO

La misma mañana del día siguiente, se presentó en los cuarteles del Ministerio de Defensa, donde intentó alistarse en el ejército. Pero lo rechazaron. Según el reclutador, el Pequeño General Matanimal no solo carecía del requerimiento mínimo de un graduado escolar, sino que además estaba varios años por debajo de la edad legal de alistamiento. Al verse así rechazado, al joven, desolado, le dio lo que fácilmente fue la pataleta más épica de su vida. Se lanzó repetidas veces contra la pared para atacarla con su enorme cabezota, sus magníficos dientes, las patas, el trasero. Se tiró al suelo y se puso a rodar. Se arrastró con la barriga pegada al suelo, luego con la cabeza pegada al suelo, empujando como si fuera una carretilla. Arañó la alfombra. Mordió los muebles. Alzó la cabeza y aulló mejor que un lobo. Gruñó al aire, dio dentelladas. Se tiró de lado y se agitó como si fuera un pez fuera del agua. Y por fin, exhausto, se levantó, se sacudió y se dirigió hacia la puerta con el rabo entre las patas.

—Pensándolo mejor, me acabas de hacer cambiar de opinión, camarada. Puede que sí haya una manera. Tienes algo que creo que me gusta. ¿Por qué no te pasas por aquí el lunes de la semana que viene, a eso de la hora de comer? Hablaré con mi superior —cedió el reclutador, impresionado por aquella desenfrenada exhibición de violencia, pasión, ferocidad, imbecilidad y pocas luces, todo a la vez.

7. THOLUKUTHI DEFENDIENDO LA REVOLUCIÓN, 2008, Y EL NACIMIENTO DEL COMANDANTE JAMBANJA

El joven perro pudo jactarse de una ilustre carrera desde el primer momento, pero sobre todo dejaría su marca unos doce años después, durante las elecciones presidenciales de 2008, cuando resultó evidente que el líder de la oposición de Jidada iba a ganar las elecciones con una espectacular e inesperada victoria que desafiaba todas y cada una de las maniobras que había realizado el Órgano de Poder para asegurar su propio triunfo. Tholukuthi que aquella situación sin precedentes requería que la revolución fuera defendida como jamás se había visto en Jidada. Para entonces, el Pequeño General Matanimal, destacado miembro de las Fuerzas Especiales, una unidad defensora muy temida, altamente especializada y con largos años de experiencia, se distinguió especialmente por su sensacional combinación de fuerza, temeridad y brutalidad. Al final de la campaña, con miles de apaleados, cientos de torturados, decenas y decenas de muertos y cientos de violaciones, el joven fue debidamente ascendido al rango de comandante nacional de las Fuerzas Especiales. Llegados a este punto, el notorio perro cambió el apodo infantil de su juventud y fue a partir de entonces conocido como el comandante Jambanja. Sí, tholukuthi Jambanja como su bisabuelo, héroe del Primer Alzamiento. Puede que él no hubiera nacido a tiempo de participar en la Guerra de Liberación, pero resultó que estaba en el momento justo para defender la Revolución. Y toda una década más tarde, ya no al servicio del Padre de la Nación, sino del Salvador de la Nación, el comandante Jambanja seguía destacando.

Reforma en tiempos del cocodrilo

EL COCODRILO

Cuando en Jidada comenzó a causar revuelo la noticia de que un cocodrilo andaba por ahí rondando, los que saben señalaron que de hecho había sido visto por primera vez por los niños de Lozikeyi durante las #eleccioneslibresjustascreíbles, solo que los adultos, eufóricos por la perspectiva del cambio, no creyeron en esa ocasión a los pequeños. Se decía que el cocodrilo caminaba erguido, tholukuthi tan alto que amenazaba con ocultar el sol. Decían también que se movía con tal facilidad y agilidad que podía haber sido una bestia de tierra, y añadían que tenía unas cuchillas terribles por dientes, y añadían que sus ojos eran del tamaño de medias lunas, tholukuthi un ojo del color de la bandera de Corea del Norte en un buen día y el otro del color de la bandera de Corea del Norte en un día malo malísimo, y añadían que llevaba la Bufanda de la Nación en torno al cuello, tholukuthi los colores tan vivos que parecía que hasta respiraban. En muy poco tiempo, los avistamientos del cocodrilo se hicieron tan comunes que las redes sociales de Jidada ardían de la mañana a la noche con imágenes y vídeos de la criatura, que callejeaba a su antojo con total desinhibición, perfectamente a gusto en todas partes. De modo que se hizo evidente que había llegado para quedarse.

Cuando el cocodrilo percibió la ansiedad de los jidadanos, tholukuthi que quiso tranquilizarlos siempre que tenía ocasión. «No os preocupéis, soy muy amistoso y hasta soy más suave que la

lana», decía. «Si mis dientes no son dientes de verdad, son dientes falsos y, además, en realidad soy vegetariano», decía. «Mis compañeros jidadanos, ¿me habéis visto alguna vez cerca de una auténtica masa de agua? Si fuera un cocodrilo de verdad, viviría en un lago o en un río», decía. «Por favor, confiad en mí y, además, de verdad que yo quiero y adoro a Jidada con todo mi ser, y con eso quiero decir desde la punta de mis dientes hasta la punta de mi cola», decía, dando latigazos con la cola y enseñando los dientes en una terrible sonrisa.

Tholukuthi que había aves salvajes, unas locas temerarias, que a veces participaban en el deporte de riesgo de picotear entre los dientes del cocodrilo cada vez que lo encontraban tirado en la plaza Jidada, donde por lo visto le gustaba tomar el sol, con las impresionantes fauces abiertas como si quisiera tragarse el astro. Las criaturas aladas sabían que, en ocasiones, el cocodrilo, a pesar de sus insistentes promesas, cerraba de golpe la boca durante aquellas sesiones de limpieza dental, atrapando y matando a sus confiados amigos. De manera que cada vez que los pájaros lo veían hacer sus rondas, se ponían a cantar: «Cuidado, Jidada, que viene el cocodrilo con sus grandes dientes afilados. ¿Mordisqueará, morderá, hará ñac-ñac-ñac?». Y después de su cántico, las aves salían disparadas.

Los pequeños de Jidada no tardaron en aprenderse la canción y la cantaban a voz en grito cada vez que veían a la temible criatura, y acompañaban la melodía con una improvisada y torpe danza con la que imitaban los movimientos de un cocodrilo arrastrándose; tholukuthi que lo llamaban el baile del Cocoloco. Al poco tiempo los jóvenes también se apropiaron de la canción del cocodrilo y le añadieron su propia letra. Luego Jah Taks, un famoso cantante de salas de fiestas, hizo un remix añadiendo pistas de percusión y pronto la canción estaba en los móviles y los auriculares de todo el mundo, sonaba en la radio, en los taxis, en los coches y autobuses, en pubs y bares y oficinas y en todos los rincones de Jidada, de manera que bien podía haber sido un himno nacional, una nana nacional, un eslogan nacional y una oración nacional todo a la vez.

Los hijos de la nación, con su afición a los apodos, no tardaron en bautizar este periodo como los Tiempos del Cocodrilo. Tholukuthi que lo eran, eran los peores tiempos, eran los tiempos más fatales. Un tiempo en que los jidadanos de toda etnia y condición por fin estuvieron de acuerdo al menos en una cosa: Tuvius Delicia Shasha y su Órgano de Poder eran sin duda alguna un fracaso rotundo, un fracaso de proporciones épicas; que habían derrocado al Viejo Caballo por propio interés; que claramente tenían intención de mantener a la nación atrapada entre la espada y la pared, que estaban más que decididos a tirar la nación por el retrete. El tremendo optimismo con que se había recibido el nombramiento del famoso y brillante ministro de Finanzas, así como el de otros miembros del gabinete en apariencia progresistas, se había evaporado, había sido sustituido por una decepción más honda que un pozo sin fondo, porque era evidente que ese grupo de animales, a pesar de sus talentos y sus credenciales y su experiencia, a pesar de ser personajes ajenos a la política en el momento de su nombramiento, habían resultado ser camaleones, criaturas que cambiaban el color de su piel para imitar a su entorno. Tholukuthi que una vez que plantaron el trasero en el Órgano de Poder, ellos también se convirtieron en el Órgano de Poder antes de lo que los jidadanos tardaron en preguntarse si lo que estaban viendo era de verdad lo que estaban viendo.

El lamentable estado de la nación fue tal vez la razón de que los jidadanos buscaran refugio en la vida virtual. Los hijos de la nación, en cantidades récord, se registraron en toda clase de plataformas digitales para escapar de sus realidades, para buscar consuelo, para establecer contactos, para cargar las pilas, para olvidar los gritos en sus cabezas, para encontrar razones para sonreír y reír y respirar. Pero incluso en los destinos digitales se encontraron acechados por el mismo monstruo del que pretendían escapar: sí, tholukuthi por la angustia que era su mísera existencia bajo el régimen de Tuvy. Al fin y al cabo, seguían siendo jidada-

nos. A pesar de todo, los hijos de la nación, tal vez debido a la represión que encontraban en el mundo real, decidieron no reprimir también en el mundo digital sus críticas contra el Órgano de Poder. De manera que no tardó en advertirse que Jidada no era en realidad un país, sino dos países: estaba por supuesto el país-país, que era el espacio físico y real en el que los jidadanos caminaban y vivían y hacían colas y sufrían y padecían, y luego estaba el otro país, donde los ciudadanos iniciaban sesión y rugían y rabiaban y aireaban su furia.

Tholukuthi que al ver lo que estaba pasando en el otro país, y sin duda sabiendo por las recientes oleadas de protestas hasta dónde podía llegar aquello si no se le ponía coto, el régimen activó lo que llamó la Fuerza de Internet: un grosero equipo de matones, mentirosos, negacionistas, misóginos, tribalistas y vitriólicos manipuladores, creado con el propósito de lidiar con lo que bautizaron como «la amenaza online». Dirigido por degenerados y sádicos miembros del Órgano de Poder, miembros prominentes del gabinete de Tuvy entre ellos, este equipo despreciable y vil —al que los niños apodaron el Escarabajo Pelotero, por sus sucias artimañas, por su especialidad en la diarrea verbal—, estos animales trabajaban veinticuatro horas al día insultando, atacando, saboteando y desautorizando a la resistencia online de Jidada.

Solo que los hijos de la nación se mostraron desafiantes. Hablaban sin miedo, eran disidentes que no callaban, luchadores por la libertad en el otro país. Estaban dispuestos a iniciar una revolución y liberar Jidada en el otro país. Tholukuthi que eran capaces de todo y de cualquier cosa en el otro país. En el otro país, le decían cosas al Salvador y decían cosas del Salvador que jamás le habrían dicho ni a su sombra. En el otro país, tenían tantas opiniones transformadoras, tantas ideas ingeniosas... Sin embargo, tholukuthi que en el país-país los jidadanos no eran quienes eran en el otro país. No tenían ninguna confianza, se encogían de miedo ante el poder en el país-país. No se atrevían a alzar sus voces contra el régimen en el país-país. Sí, tholukuthi que en el país-país los jidadanos eran la sombra de lo que eran en el otro país.

REFORMA

1. NECESITAMOS NOMBRES NUEVOS

Fue más o menos en esta época cuando Jidada despertó un jueves cualquiera y se encontró con que habían cambiado el nombre de la famosa calle Mayor por el de calle del Salvador, nada menos. Sí señor, por lo visto mientras los hijos de la nación andaban ocupados haciendo en el otro país lo que jamás se atrevería a hacer en el país-país, tholukuthi que el Salvador de la Nación estaba más ocupado haciendo lo que solo podía hacerse en el país-país y no en el otro país. Aquel jueves, la imagen de toda clase de vehículos alineados en una calle con su nombre deleitó de tal manera a Su Excelencia que, de hecho, fue y le puso su nombre a otra calle. Y luego se sorprendió a sí mismo poniéndole también su nombre a otra calle más. Y entonces un día se le ocurrió, mientras estaba sentado en el retrete, ir a ponerle su nombre a otra calle. Y no mucho después, se desafió a sí mismo a ponerle su nombre a otra calle. Y después cogió e hizo ¿qué? Pues tholukuthi ponerle su nombre a otra calle. Y luego a otra y otra y otra y otra y otra y otra, hasta que al poco, básicamente todas las calles, todas las carreteras, todas las avenidas de Jidada se llamaban Tuvy. Sí, tholukuthi que era solo Tuvy, Tuvy, Tuvy y Tuvy por aquí y Tuvy por allá y Tuvy por todas partes. Y una vez cambiado así el nombre de las calles, al Salvador se le ocurrió que lo más lógico sería también cambiar el nombre de las ciudades en las que se situaban esas mismas calles, lo cual, ahora que lo pensaba, debería haberse hecho desde el primer momento, antes de renombrar las calles. Primero, el nombre de la capital de Jidada fue formalmente modificado al de Ciudad Tuvy, y no poco después, el Salvador puso su nombre a las otras ciudades de todo el país, sí, tholukuthi de tal manera que Jidada se convirtió en una nación de ciudades Tuvy. Y cuando oía los nombres dichos en voz alta, se deleitaba enormemente en la sensación de que él era sinónimo de Jidada. En esa época, resultaba habitual oír a los animales decir cosas como: «Mi familia está

dividida entre Tuvy, Tuvy y Tuvy. Yo vivo en Tuvy, en Tuvy, justo al lado de Tuvy, pero nací y me crie en Tuvy, así que en realidad, en el fondo, soy un chico de Tuvy».

2. NECESITAMOS NOMBRAMIENTOS NUEVOS

Más o menos por esos días, el Salvador se puso a nombrar a todos los oficiales del gobierno, de manera que todos los que ostentaban cualquier cargo público en Jidada no solo estaban elegidos por Tuvy, sino que además eran familia del Salvador, amigos íntimos y aliados, y lo que era todavía más importante, miembros de su grupo étnico y preferiblemente miembros de su clan, lo cual significaba que todos ellos estaban ligados a Tuvy por lazos de sangre. Y una vez acabados los principales nombramientos, una reluciente mañana temprano, mientras se vestía delante del espejo, el Salvador oyó una pregunta resonando en su cabezota. Sí, tholukuthi que la pregunta que resonó por sí misma en su cabezota decía: Hijo de Zvichapera Shasha, hijo predilecto y triunfador de Buresi Shasha, ¿qué daño haría coger y elegir también a los pequeños cargos y así tener un programa completo que te permitiría poner con toda firmeza y propiedad la pezuña sobre la gestión de toda la nación, tal como tiene que ser?

Y tholukuthi que el Salvador eligió a los cajeros de los supermercados. Eligió a los basureros. Eligió a los enterradores. Eligió a las strippers. Eligió a los directores de colegio. Eligió a los presentadores de radio y televisión. Eligió a los guardias de seguridad. Eligió a los pastores y sacerdotes, a los fontaneros y pilotos, a los contables, así como a los carpinteros y catedráticos y prefectos. Eligió a los bedeles. Eligió a los directores de las funerarias. Eligió a los ascensoristas. Eligió a los médicos. Eligió a los cantantes de las bandas. Eligió a los reponedores de los supermercados. Eligió a los barrenderos. Eligió a los gorilas de discoteca. Eligió a los contables. Eligió a los capos del mercado negro y a los cambistas de dinero. Eligió a los monitores de clase. Eligió a los chefs y

los lavaplatos de los restaurantes. Eligió a los proxenetas en los barrios rojos. Eligió a los agentes inmobiliarios. Eligió a los lectores de contadores. Eligió a los albañiles. Eligió a los conductores de autobús. Eligió a los líderes de las bandas callejeras.

Y tal como sucedía con los grandes nombramientos, estos elegidos eran también familia del Salvador, amigos íntimos y aliados, y lo más importante, miembros de su grupo étnico y preferiblemente miembros de su clan. Y siendo así que era él y solo él quien había hecho los nombramientos, los que saben de verdad contaban que incluso dormido, incluso en mitad de una pesadilla, incluso en mitad de una tarea por exigente que fuera, el Salvador podía mirar el mapa de la nación y señalar una localización al azar en una provincia al azar en una ciudad al azar y decirte exactamente, con nombres y apellidos, con detalles íntimos como dirección, talla de zapatos, peso o programa favorito de televisión, quién estaba a cargo de esto y lo otro y lo de más allá, añadiendo la descripción específica de su trabajo.

Y el Salvador no se detuvo ahí. Cada vez que su tiempo se lo permitía, se aseguraba de participar en la maquinaria de la vasta y diversa red de sus elegidos, no solo para que los animales no olvidaran nunca a quién debían su lealtad, sino también para asegurarse del buen funcionamiento del país. Tholukuthi que Tuvy entraba de improviso en reuniones de maestros y las presidía, tras lo cual corregía cualquier redacción y examen que estuviera por corregir y, ya que estaba, jamás dejaba pasar la ocasión de premiar con sobresalientes y matrículas de honor a los estudiantes cuyos nombres indicaban que pertenecían a su clan. Aparecía en obras de construcción y supervisaba la mezcla de cemento. Aparecía en aldeas y dispensaba indispensables consejos sobre la forma adecuada de hervir y luego poner a secar las verduras en los tejados, sobre la profundidad adecuada de los inodoros Blair y el emplazamiento adecuado de los montones de compost y de las trampas para los ratones de campo. En los teatros dirigía audiciones y corregía el acento y la pronunciación de los actores. Se pasaba por empresas de contabilidad y limpiaba las pantallas de los ordena-

dores y metía papel en las impresoras y examinaba los informes financieros con un estetoscopio. A veces se lo veía en hospitales, comprobando lo afiladas que estaban las jeringuillas y chupando las medicinas para asegurarse de su potencia, así como contando las pastillas en las bandejas de los pacientes y descifrando la letra de los médicos. En las fábricas, montaba piezas y cerraba cajas y pegaba etiquetas después de cerrar las cajas. En las carreteras, a veces se lo veía al volante de ambulancias o camiones de reparto o incluso dirigiendo el tráfico, así como contando baches, tras lo cual se sacaba un metro y una cuerda y medía los perímetros de dichos baches. Se le vio inclinado sobre mapas meteorológicos o conectando cables eléctricos, dando recibos en casetas de cobro, viendo secarse la pintura en edificios gubernamentales, clasificando melocotones y naranjas y tomates y maíz en las granjas. Sí, tholukuthi que el Salvador, además de salvar a la patria, no solo la gobernaba, sino que también la servía.

3. TU NOMBRE YA NO SERÁ JACOB. HAS LUCHADO CON DIOS Y CON LOS HOMBRES, Y HAS VENCIDO. DE MANERA QUE TU NOMBRE SERÁ ISRAEL.

Tholukuthi que la promoción de los títulos del Salvador fue propuesta por el viceministro de Corrupción, el honorable doctor Divino Jena.

—Es bueno que ningún animal en esta Jidada pueda dudar de quién gobierna la nación, Su Excelencia, señor, como tiene que ser. Pero en mi humilde opinión, esto debe ser complementado, en concordancia, por los relevantes títulos oficiales que no solo refuercen la idea de quién está al mando, sino que además se lo recuerden a la nación.

Y así, Tuvius Delicia Shasha, hijo de Zvichapera Shasha e hijo predilecto y triunfador de Buresi Shasha, ya conocido por los títulos de Salvador de la Nación, Gobernador de la Nación y Vetera-

no de la Guerra de Liberación, recibió también los títulos de Más Grande Líder de Jidada, Enemigo de la Corrupción, Emprendedor de Negocios, Administrador de la Nueva Administración, Impulsor de la Economía, Impositor de Orden, Inventor de la Bufanda de la Nación, Más Triunfante Veterano de la Guerra de Liberación, Mayor Magnate de Jidada, Genio de Jidada, Superviviente de Todos los Intentos de Asesinato, Ganador de las Elecciones Libres Justas y Creíbles, Principal Nominador en Jefe, Respetado Líder Mundial.

4. ATENTO A TODO, EN TODAS PARTES

Cuando los que saben contaban que en este tiempo el Salvador de la Nación estaba en todas partes, querían decir que el Salvador de la Nación estaba en todas partes. Tholukuthi que Tuvy apareció de pronto en las vallas publicitarias por todas las ciudades de Jidada. Apareció en los billetes y las monedas. En las etiquetas de la ropa. En los sellos. En los paquetes de tabaco. En los edificios gubernamentales. En las cajas de cereales. En pósteres atados en torno a los troncos de los árboles y en pósteres pegados a las rocas. En las cajas de píldoras anticonceptivas. En sacos de harina de maíz. En vehículos oficiales. En latas de rapé y en latas de papilla infantil en polvo y en latas de atún y en latas de cremas blanqueadoras y en latas de pintura. Apareció en envoltorios de condones. En las tapas de los libros de texto de las escuelas y luego en las tapas de los cuadernillos de ejercicios de las escuelas. En frascos de medicinas. En bolsas de fertilizantes. En los exámenes de todos los niveles y todas las asignaturas. En las puertas de los urinarios públicos. En los costados de los autobuses. En los paquetes de té. En la entrada de iglesias y burdeles y hospitales y bares y restaurantes y estadios de fútbol. En las cajas de los juguetes. En las bolsas de papel higiénico. En las matrículas. En los paquetes de arroz. Y luego apareció en la bandera de Jidada, allí tholukuthi, dentro de la estrella roja que estaba dentro del triángulo blanco y

donde antes estaba el pájaro de piedra. Apareció en las insignias de los uniformes de los colegios de primaria. En las insignias de los uniformes de los colegios de secundaria. En las botellas de zumo de naranja. En los paquetes de pesticida. En las cajas de tampones. Sí, la cara del Salvador de la Nación estaba en todas las cosas, de manera que parecía que sus brillantes ojillos vigilaban a los hijos de la nación desde todos los ángulos posibles y desde todas las direcciones y desde todas partes en el país-país. Sí, tholukuthi que el Salvador observaba a su Jidada igual-igual que Dios vigilaba su universo.

THOLUKUTHI RESISTENCIA

Mientras el Salvador estaba inmerso en el estrambótico programa de lo que él y el Órgano de Poder vendieron como «La Reforma», la vida en Jidada era cada vez más y más desoladora. La nación dominaba una vez más los titulares internacionales con la hiperinflación, con la demoledora escasez de comida y combustible. Los negocios cerraban y nuevas multitudes se unían a las antiguas legiones de parados. El agua, la electricidad y la atención médica se tornaron lujos. El hambre trajo consigo cómodos cojines, acampó en las casas y se negó a marcharse. La desesperación, la desilusión y la desesperanza llegaron con los móviles y se hicieron selfis con todo el mundo.

Cuando los que saben dicen que el niño que no llora muere a la espalda de su madre, tholukuthi que quieren decir que el niño que no llora muere a la espalda de su madre. Enfrentados a un régimen salvaje y desalmado que parecía haber salido del mismísimo ano del diablo, los hijos de la nación decidieron defenderse. Avezados ya en las maquinaciones del despótico Órgano de Poder, estaban resueltos a desafiarlo. El momento exigía nuevas tácticas, un nuevo lenguaje que no solo expresara la ira de la nación, sino que también forzara al Órgano de Poder y a los elegidos a oír y sentir esa misma ira ahí donde más dolía, tholukuthi en el mismí-

simo centro de sus sentimientos. Y hasta los palos y las piedras sabían que el mismísimo centro de sus sentimientos no era el corazón ni el hígado ni las tripas, como debería ser para cualquier animal que tuviera el más mínimo atisbo de conciencia, sino que estaba en sus abultados bolsillos.

Así pues, en el país-país, los hijos de la nación boicotearon los negocios del Órgano de Poder. En este nuevo lenguaje, se negaron de viva voz, dijeron no, no contribuirían más a engordar los bolsillos de desvergonzados saqueadores codiciosos cuya prosperidad era la pobreza de todos, cuyo éxito era su sufrimiento.

Y mientras este boicot se extendía por el país-país, tholukuthi que en el otro país surgió una campaña sin precedentes para exponer la corrupción. A los *trending topics* saltaron informes de periodistas de investigación y ciudadanos preocupados que demostraban lo que la mayoría de los jidadanos ya sabía, es decir, que el Órgano de Poder, los elegidos y sus familias estaban desplumando a la nación, y que las cifras eran escalofriantes. Se compartieron imágenes en las que sacaban del país los preciosos minerales de Jidada con total despreocupación. Los desesperados hijos de la nación vieron en Instagram y Twitter y Facebook a los saqueadores jactándose de sus fastuosas vidas. Se desveló que se habían ocultado, en cuentas de bancos extranjeros, exorbitantes sumas de dinero sacadas de Jidada. Aparecieron informes que mostraban que el Órgano de Poder y los elegidos habían escamoteado y despilfarrado astronómicas sumas de dinero destinadas a los programas sociales de Jidada y a otros servicios cruciales. Surgieron grabaciones de audio en las que se les oía maquinando cómo aumentar sus ilícitas ganancias.

THOLUKUTHI IRA

La furia de los hijos de la nación en el otro país no sorprendió a nadie. Al fin y al cabo, es el árbol el que siente el corte del hacha. Rugieron y gruñeron en una tormenta electrónica que no cesaba.

Un extraordinario número de jidadanos, dentro y fuera del país, hicieron tendencia #hashtags que exigían la dimisión de Tuvy y el Órgano de Poder. Y esa furia, tholukuthi que nadie sabría decir exactamente cuándo comenzó a viajar y a extenderse por el otro país hasta llegar al país-país. Y nadie sabía exactamente cómo, una vez en el país-país, la ira lo infectó todo a su paso, como un virus. Comenzó a aparecer en las nanas desafiantes que cantaban las madres cuando acunaban a sus bebés muertos de hambre, sabiendo en el fondo que la tierra de Jidada era una tierra de abundancia. Apareció en los ojos de los jóvenes que soñaban con un futuro en el que se hacían mayores y llegaban a ser lo que se atrevieran y quisieran ser sin verse obligados a cruzar fronteras para hacer realidad esos sueños en los suelos, a veces muy duros, de tierras extranjeras. Apareció en los claustros de profesores y educadores en aulas decrépitas de todo el país, que leían a los curiosos alumnos extractos de influyentes textos sobre la liberación. Apareció en los ojos llameantes de jidadanos cuyas cicatrices sabían todo lo que hay que saber sobre la barbarie y la brutalidad de los defensores. Apareció en las caras de granito que aguardaban en las interminables colas de Jidada. Y en los juegos de los más pequeños, que no dormían por las pesadillas en las que el cocodrilo devoraba su futuro. Y en los ojos de la supuesta generación «nacida libre», que sostenía a una nueva generación de criaturas que jamás conocerían la auténtica libertad. Y en la inquieta postura de los adolescentes, que jamás comprendieron por qué ni cómo sus padres habían permitido que esa desgracia llamada el Órgano de Poder los oprimiera durante tanto tiempo. Y en los dientes apretados de las multitudes de parados de Jidada, que conocían todas las humillaciones bajo el sol. Sí, tholukuthi que la ira comenzó a aparecer en las letras de las canciones de los cantantes en los guetos de Jidada; en los micrófonos de los poetas que escupían potentes rimas en bares llenos de humo por toda la nación; en las frases de los actores que daban cuerpo y aliento a la opresión de Jidada y a su posible liberación en escenarios de todo el país; en los ácidos chistes de los cómicos que hacían reír y llorar y

rechinar los dientes a sus audiencias, todo a la vez, porque la sátira de su sufrimiento era al mismo tiempo hilarante y devastadora; en las palabras de los escritores inclinados sobre páginas en blanco para verter con sangre el dolor y la rabia y los sueños y las esperanzas de la nación, así como para cantarle las verdades al poder; en las oraciones de los cristianos que le pedían fuerza a Dios porque por fin habían visto la luz y por fin sabían que ellos mismos eran el hijo de Dios que tanto habían esperado. Sí, tholukuthi que la ira se trasladó desde el otro país y se extendió e infectó a muchos en el país-país.

EL SALVADOR Y EL TWITTER

—Yeyi Siri, Siri, ábreme esa cosa —pidió Tuvy, con una brusquedad muy poco característica en sus conversaciones con Siri, porque ardía de rabia por culpa de las últimas fechorías de los beligerantes hijos de la nación. Le resultaba evidente que no solo no sabían cuál era su lugar, sino que pretendían minar su autoridad, atormentarlo a cada momento y humillarlo delante de todo el mundo entero.

—Buenos días, Tuvius Delicia Shasha, hijo de Zvichapera Shasha e hijo predilecto y triunfador de Buresi Shasha, Salvador de la Nación, Gobernante de la Nación, Veterano de la Guerra de Liberación, Más Grande Líder de Jidada, Enemigo de la Corrupción, Emprendedor de Negocios, Administrador de la Nueva Administración, Impulsor de la Economía, Impositor de Orden, Inventor de la Bufanda de la Nación, Más Triunfante Veterano de la Guerra de Liberación, Mayor Magnate de Jidada, Genio de Jidada, Superviviente de Todos los Intentos de Asesinato, Ganador de las Elecciones Libres Justas y Creíbles, Principal Nominador en Jefe, Respetado Líder Mundial. ¿Qué puedo abrir hoy para ti?

Oír a Siri decir su nombre y sus títulos con su exótica voz lo calmó ligeramente. El Salvador volvió a su mesa y se sentó.

—Ya sabes, esa cosa donde siempre están hablando de mí con frases muy cortas. Quiero seguir esta anarquía hasta llegar a su origen. —El Salvador golpeteó la mesa con una pezuña.

Tholukuthi que Siri, siendo Siri, tenía abierto el Twitter del Salvador antes de que este terminara siquiera la frase. El caballo se incorporó. Habían actualizado su foto de perfil con una nueva en la que estaba tan joven y hermoso que casi no se reconoció. Al fondo estaba la bandera de Jidada, tholukuthi la nueva, con su propia cara dentro de la estrella roja dentro del triángulo blanco. Justo debajo de esa especie de calendario pequeñito que decía «Se unió en diciembre de 2011», ponía: 742,6 K seguidores. Cada vez que Siri le abría el Twitter, Tuvy se fijaba en este número. Y cada vez se quedaba igual de pasmado.

—Siri, Siri. Recuérdame otra vez cuántos ciudadanos hay en Jidada.

—En 2017 la población de Jidada era de 16 529 904.

—¿Y cuántos seguidores me están siguiendo en la cosa esta?

—Actualmente, tienes unos 742 600 seguidores de Twitter, unos 257 450 menos que hace tres meses, cuando tenías un millón.

El caballo miró por la ventana, pensando. Durante la guerra, cuando luchaba por la liberación de Jidada, existían términos para esa clase de animales: disidentes, desertores, traidores. Y la forma de lidiar con ellos era el castigo, la tortura o incluso la muerte. Que es justamente lo que les haría a esas miserables bestias que habían desertado de su Twitter. Tholukuthi que para añadir el insulto a la injuria, en una nación de casi diecisiete millones, solo unos míseros 742 600 lo seguían. ¿Dónde estaban exactamente los otros 16 257 400? ¿Qué estaban haciendo y a quién andaban siguiendo si no estaban ahí siguiendo a su líder?

—Si Twitter fuera un país-país, os ibais a enterar, pero ¡bien! —rabió, blandiendo una amenazadora pezuña ante la pantalla.

Sí señor, si Twitter fuera un país-país, tendría a los defensores patrullándolo veinticuatro horas al día, y cualquier ciudadano que no lo siguiera sufriría el apropiado castigo.

—Quiero que me digas lo que están diciendo hoy de mí, Siri. ¿Qué están diciendo? —preguntó el Salvador.

Le humillaba tener que recurrir a Siri para que le leyera el Twitter, pero en cualquier caso la prefería a ella que a sus ministros, que a veces solo le decían lo que se creían que querría oír y que, además, ya se había dado cuenta, tenían la costumbre de mentirle, de leerle algunas cosas y omitir otras. Con Siri podía estar seguro de que se lo leería tal cual era.

«¡Eh, Tuvy! ¡Cómo es que tienes tu feo nombre en todas las calles, tu cara por todas partes y no puedes darnos trabajo! #PartidodePoderDimisión». Siri leyó: «Jidada está lista para hacer negocios = Jidada está abierta a la corrupción. #PartidodePoderDimisión». Siri leyó: «Tenemos hambre, señor camarada presidente #PartidodePoderDimisión». «¡Libera a todos los presos políticos ya, señor presidente! #PartidodePoderDimisión». «Kodwa Tuvy sibili, ¿entiendes siquiera el significado de la palabra "liderazgo"? ¿O incluso que el Órgano de Poder no es el órgano de defecar? #PartidodePoderDimisión». «Camarada presidente, ¿qué estás haciendo con el noventa y ocho por ciento de paro? #PartidodePoderDimisión». Siri leyó: «Tuvius Delicia Shasha, ¿podrías al menos decirnos cuando tú y tus codiciosos esbirros habréis saqueado bastante? A lo mejor así podemos planear nuestra vida en concordancia. O sea, ¿esto tendrá algún fin? #PartidodePoderDimisión». «Si hubiéramos sabido lo que nos esperaba, habríamos mantenido al Viejo Caballo. ¡Por lo menos era el menor de los males! #PartidodePoderDimisión». «Sinceramente, no sabemos qué demonios haces en ese Órgano de Poder. Tuvy, por favor, ayúdanos y ¡DIMITE! #PartidodePoderDimisión». «Dimite, dimite, DIMITE #PartidodePoderDimisión».

—¡Vale, vale, para! ¡Siri, vale ya! —El rostro del Salvador mostraba tal furia que apenas era reconocible.

—¿Puedo ayudarte con alguna otra cosa?

—No, eso es todo, Siri. De lo demás me encargo yo, déjamelo a mí. ¡Les voy a enseñar a estos rebeldes hijos de la nación quién soy yo! ¡Es que no saben quién soy yo!

PORQUE LOS GOBERNANTES NO BLANDEN LA ESPADA SIN RAZÓN

Cuando los que saben contaban que el Salvador le enseñó a la nación quién gobernaba Jidada con un «da» y otro «da», decían en serio que el Salvador le enseñó a la nación quién gobernaba Jidada con un «da» y otro «da». Tholukuthi que detuvieron a periodistas y detuvieron a activistas y detuvieron a miembros de la oposición. Detuvieron a disidentes y detuvieron a críticos y detuvieron a ciudadanos que ejercían sus derechos. Detuvieron a abogados que desafiaban la tiranía del régimen y detuvieron a cómicos que hacían chistes del Salvador y el Órgano de Poder, y detuvieron a artistas que producían obras críticas con el régimen. Tholukuthi que detuvieron a maestros y funcionarios que pedían salarios dignos, y detuvieron a universitarios que pedían acceso a la educación, junto con enfermeras y médicos que pedían equipamiento y medicinas con las que salvar vidas. Detuvieron a ciudadanos que se quejaban en las colas, junto con cualquiera que hubiera podido manifestarse disgustado con el régimen. Tholukuthi que las cárceles de horror de Jidada se hincharon con los cuerpos apaleados, torturados y violados de los hijos de la nación, por las razones que Tuvy expresó en una diatriba viral que sin duda estaba destinada a recordarle a la nación quién estaba al mando y hasta qué punto:

—Debemos ser reverenciados; nosotros somos Jidada; nosotros somos la constitución; nosotros somos el Órgano de Poder; nosotros somos los defensores; nosotros somos la ley; nosotros somos los tribunales; nosotros somos los votantes; nosotros somos la comisión electoral, nosotros somos la mayoría; nosotros somos las empresas; nosotros somos las telecomunicaciones; nosotros somos las carreteras y somos los baches de esas carreteras; nosotros somos los puentes; nosotros somos las centrales eléctricas; nosotros somos las cárceles; nosotros somos los sistemas de alcantarillado, somos el oxígeno, somos el fuego y somos el viento, somos el agua, somos la tierra, somos cualquier puñetera cosa que se os pueda ocurrir, tholukuthi lo somos ¡TODO! —berreó el

Salvador, con una voz sobrenatural que hizo que los niños se aferraran a sus madres.

Pero Tuvy no tuvo bastante con eso. Tholukuthi que se decretó a sí mismo presidente vitalicio de Jidada, asegurándose así de que iba a gobernar y gobernar y seguir gobernando. Tholukuthi que suspendió por decreto los derechos básicos. Y prohibió cualquier actividad contra el Estado en internet. Con otro decreto prohibió la prensa, las radios y las televisiones que se consideraban dañinas para los intereses del gobierno. Luego suspendió por decreto a la despreciable oposición, junto con las organizaciones civiles y las instituciones, tachadas de ser «Fuerzas Oscuras». Prohibió lo que llamó «estrafalarias tendencias oposicionistas», refiriéndose al activismo, a las manifestaciones, a las protestas y a cualquier acción política considerada hostil hacia el Órgano de Poder y el Partido del Poder, tanto en el país-país como en el otro país. Decretó que los defensores debían meterle el miedo en las tripas a los enemigos del régimen. Tholukuthi que reorganizó los altos puestos gubernamentales y puso al mando a los más violentos defensores.

YA NO TAN SUAVE COMO LA SEDA

Mientras tanto, empezaban a correr como la pólvora por toda Jidada desalentadoras noticias de las violentas tropelías del cocodrilo. Se contaba que el cocodrilo entraba en las casas y limpiaba armarios y despensas y devoraba hasta el último bocado de comida a la vista. Se contaba que asaltaba los campos y destruía cosechas. Se contaba que el cocodrilo alzaba los brazos al cielo y arrancaba los cables eléctricos. Se contaba que el cocodrilo escuchaba las conversaciones y mordía a cualquiera que hablara en contra del Órgano de Poder. Se contaba que el cocodrilo cavaba en las carreteras y causaba terribles accidentes de coche. Se contaba que el cocodrilo provocaba incendios. Se contaba que el cocodrilo atacaba a cualquiera que vistiera con los colores de la oposi-

ción. Se contaba que el cocodrilo pedía dinero a los jidadanos y, si se negaban, se los metía en la boca y los trituraba a dentelladas. Se contaba que el cocodrilo arrancaba a los bebés del pecho de sus madres porque decía que la carne tierna era el mejor aperitivo. Se hizo evidente, hasta para los palos y las piedras, que la criatura que tanto había insistido en que amaba Jidada, en que no era un cocodrilo de verdad, en que era vegetariano y era amistoso y era incluso tan suave como la lana, era en realidad un espantoso demonio, sí, un monstruo malvado y violento bajo cuyo indescriptible terror jamás habría paz.

Las mariposas rojas de Jidada

EN LA CARRETERA

Empieza a relajarse después de entrar en la autopista A6, la larga vía que, según Dorado Maseko, la llevará hasta Bulawayo en no más de hora y media.

—Es imposible perderse, de verdad. Tú sigue la A6 hasta la primera salida. Lo más complicado es llegar a tu aldea después de girar, pero utiliza ese bendito GPS y asegúrate de volver ngoba te estaré esperando con el alma en vilo. O sea, básicamente estaré esperando mi coche. Con el alma en vilo.

La sonora voz de Dorado Maseko en sus oídos. Sonríe, al recordar sus magníficos cuernos, su hermoso rostro, cómo se muerde el labio inferior cuando está pensando, cómo la mira con los oscuros estanques de sus ojos, cómo desea ahogarse en ellos, el ligerísimo tufillo a pintura que se empeña en aferrarse a él porque prácticamente vive en su taller de arte, a una media manzana del edificio de su madre. Dorado Maseko. El hecho de tenerlo en su vida y esa cosa sin nombre que hay entre ellos, tan inesperada como emocionante y aterradora todo a la vez.

De momento, la carretera está tan despejada como le había prometido, tholukuthi libre de los baches que infestan los guetos y la mayoría de las carreteras de la ciudad, de tal manera que los animales tienen que conducir como borrachos para ir sorteando los intransitables hoyos. Y, por supuesto, siendo domingo por la mañana, el tráfico es casi inexistente. Hay ratos en los que se sien-

te sola en la carretera, y entonces una parte de ella desea que Dorado Maseko estuviera con ella. Sí, Dorado Maseko, al que obviamente le gustas, Destino, y más que eso, y sobre quien tendrás que decidirte tarde o temprano, ¿no? Porque ¿cuánto tiempo se puede hacer esperar a un animal? Al fin y al cabo, ¿para qué hacerle esperar, cuando la vida es tan corta y hay tanto por vivir y por amar?

Destino sacude la cabeza para aclararse las ideas. Es cierto, no puede decir que no comparta sus sentimientos. De hecho, le sorprende darse cuenta de que Dorado Maseko le gusta bastante, o más que bastante, si quiere ser sincera consigo misma. Dorado Maseko, en muy poco tiempo, desde el día en que fue a arreglar los armarios de cocina de su madre, se ha abierto camino hasta su corazón y su cabeza con una facilidad que todavía le parece increíble. Ese día resultó que Simiso se había olvidado de su cita con el toro y había salido a visitar a Madre de Dios y a la camarada Nuncafalla Nzinga. Dorado Maseko se quedó a realizar el trabajo y mientras tanto estuvo hablando con Destino como si ya se conocieran, como si estuvieran retomando una conversación que habían comenzado hacía mucho tiempo. Y ese día Destino se rio por primera vez desde que Simiso le hablara del 18 de abril de 1983. Y Dorado Maseko la hizo reír muchas veces más y, sin ni siquiera saberlo, la había salvado de un dolor sin fondo. Destino sonríe y vuelve a sonreír al acordarse.

En torno a ella todo es belleza, belleza, belleza: la tierra se abre ante ella en extensiones de verde vegetación y escarpadas rocas y, de vez en cuando, conjuntos de dramáticas montañas que se alzan hacia el cielo interminable. Allá donde mira, se ve abrumada por una incomparable perfección que no puede ni explicarse. Y junto a esa perfección, una tranquilidad tan profunda que le parece ser el único animal vivo en ese momento. Es una magnificencia devastadora, hasta tal punto que Destino se promete hacer el esfuerzo de salir a menudo de Lozikeyi y abrirse a esta clase de encantamiento. Si hubiera forma de permanecer en él, jamás detendría el coche, sencillamente seguiría conduciendo, piensa, desde las dul-

ces profundidades de una velocidad casi hipnotizadora, consciente tan solo de la belleza que abarca hasta donde alcanza la vista. Sí, tholukuthi la pezuña pesada sobre el acelerador, como si toda esta magnificencia dependiera de ella. Es una sensación vivificante, lo más cerca que ha estado nunca de volar, de olvidar el doloroso presente y de dejar atrás el terrible pasado. Sí, pero también dejarás atrás la vida si no tienes cuidado, Destino, por si no sabes que la velocidad mata. De manera que aminora y llega con vida a tu destino.

EL PESO DE LOS NOMBRES

La señal que indica «Bulawayo, 10 km» la pilla por sorpresa. No le parece llevar tanto tiempo en la carretera. Sí, sí que llevas tanto tiempo en la carretera, Destino, y además de ser un trayecto relativamente corto, has ido casi todo el tiempo volando. Y menos mal que aminoraste cuando aminoraste, porque si no te habrías saltado el desvío. Bulawayo-Bulawayo-Bulawayo. La cabra dice el nombre en voz alta, lo deja flotar en su boca pensando, no por primera vez, qué nombre más oscuro, qué oscuro, pues significa 'donde a uno lo matan, donde matan'. Sí, tholukuthi un nombre ominoso que ha llevado a Destino a reflexionar constantemente sobre los nombres proféticos, sobre las terribles probabilidades de que los eventos del 18 de abril de 1983 y los subsiguientes años oscuros harían honor al nombre. En poco tiempo, piensa mientras aminora la velocidad, estará en suelo de Bulawayo. Una especie de hogar, sí, pero también una ruina. El lugar de una carnicería, de una masacre, un lugar de devastación y desesperación. De sangre y lágrimas. De perturbación. De la aniquilación de familias y linajes.

¿Es esto de verdad una buena idea, Destino? ¿Esto de ir así a Bulawayo y encima sola? ¿Estás segura de que tienes fuerzas suficientes para esto? ¿Serás capaz de lidiar con ello?

Lo averiguará en muy poco tiempo. Sabrá con certeza si ha sido una buena idea, si tiene bastante fuerza. Si no, piensa miran-

do por el retrovisor, si el dolor de los últimos meses no la ha matado, sobre todo cuando en algún momento pensó que acabaría con ella, entonces nada la matará.

PREGUNTAS COMPLICADAS, SENTIMIENTOS COMPLICADOS

Después de que Simiso le contara la historia del Gukurahundi, se pasó varios días haciendo todo lo posible por aguantar el tipo. No quería que su propia angustia entristeciera a su madre. Fue un esfuerzo demoledor. Tholukuthi que Destino no había sabido muy bien qué hacer con el súbito descubrimiento de toda una familia de la que nunca había sabido nada y, al mismo tiempo, asimilar el indescriptible horror de su brutal destino. ¿Tenía que empezar a celebrar que, al contrario de lo que había creído toda su vida, en realidad tenía una familia y una familia muy grande, además? Pero entonces, ¿cómo exactamente podía alegrarse por los que no recordaba, además sabiendo que tenía que llorarlos? En cuanto a lo que les habían hecho, ¿cómo empieza una a vivir con esa terrible herida? ¿Qué tenía que hacer con el dolor y la rabia?, sabiendo que quienes asesinaron a su familia no solo andaban libres, sino que además se sentaban en el Órgano de Poder, que jamás respondieron por sus crímenes y, según iban las cosas, jamás responderían, lo cual significaba, esencialmente, que todos morirían sus muertes y abandonarían el mundo físico sin haber tenido que enfrentarse nunca a la justicia; lo cual significaba, esencialmente, que las vidas de los asesinados, los brutalizados, las víctimas, no importaban. ¿Y qué decía eso de su relación con Jidada, un país que ya la había herido de tantas y tan insondables maneras? ¿Por dónde empezaba una y cómo?

En mitad de todo ese dolor y sufrimiento y confusión, estaban los complicados sentimientos hacia Simiso. Sí, el dolor y la pérdida y el sufrimiento de su madre eran inconmensurables. Y Destino sabía que jamás llegaría a entender la carga de Simiso, lo que había pasado, lo que había soportado, lo que todavía tendría

que sufrir porque, en realidad, ¿quién puede triunfar alguna vez sobre esa clase de pasado? Y sí, al oír la historia del 18 de abril de 1983, Destino comprendió plenamente y por primera vez quién era de verdad Simiso, le hizo apreciar las partes de su madre que jamás hasta entonces había entendido del todo. Pero al mismo tiempo, no podía evitar el dolor y la rabia que le producía el hecho de que Simiso hubiera estado ocultando la verdad durante tantos años, tholukuthi haciéndola creer que era hija única de una hija única, sin más familia. Para de pronto un buen día, decidir sin previo aviso, sin prepararla en absoluto, lanzar aquella terrible bomba que desbarató a la persona que Destino creía ser. Y por si no fuera bastante, a continuación dio por zanjado el tema y se negó a responder ninguna pregunta para ayudar a su hija a lidiar con el peso de aquellas palabras que habían trastocado su mundo.

—Ya te he dicho todo lo que tenía que decir, Destino, y me han hecho falta todos estos años. No tengo más que añadir al respecto.

Destino había encontrado a su madre planchando en el salón. Se había sentado junto a la puerta y, después de unos minutos de charla intrascendente, le pidió como si tal cosa que le hablara de su hermana Thandiwe, qué cómo era. Sí, tholukuthi que Destino preguntó con la esperanza de que la conversación se abriera de manera natural, para poder saber más de la familia sobre la cual tenía una lista interminable de preguntas.

—Pero no lo entiendo, madre. Es una pregunta sencilla y directa, la verdad. A ver, que viviste con tu hermana casi una década y media antes del Gukurahundi. Seguro que hay cosas buenas, incluso cosas bonitas que me puedas contar de ella y de todos tus hermanos. Así por lo menos podré saber quién era mi familia —insistió Destino.

Durante un incómodo momento, Simiso se quedó paralizada, como si su hija le hubiera echado encima un cubo de agua helada.

—¿Me acabas de decir que es una «pregunta sencilla», wena Destino?

—Lo siento, madre. No quería decirlo así. Yo lo que quería decir…

—¡No te atrevas a abrir esa boca para decirme que mi hermana o ningún miembro de mi familia son preguntas sencillas! No te atrevas nunca, ¿me oyes? —bramó Simiso, temblando de ira, señalando a su hija con la plancha.

—Madre, lo siento, lo siento —se disculpó Destino, apabullada por el enfado de su madre.

—¡No lo sientes! ¡No puedes sentirlo! ¡No sabes lo que es sentirlo! Porque es que no tienes ni idea, es que no vas a saber nunca lo que pasa aquí. ¡Y aquí! ¡Y aquí! —Simiso se señaló con la plancha caliente las tripas, luego el corazón, luego la cabeza. Tholukuthi que lo hizo con la plancha tan cerca que estuvo a punto de chamuscarse su propio pelaje.

Y Destino se puso de pie, desconcertada, asustada, con el corazón roto por haber hecho sufrir a su madre sin querer.

Y más tarde las dos habían llorado, primero por separado y luego juntas. Destino se disculpó y le prometió a Simiso no volver a sacar nunca el tema. Sí, porque después de tomarte tu tiempo para analizar la reacción de tu madre, Destino, recordaste lo que en tu rabia habías olvidado, o sea, que tholukuthi que una vez no solo abandonaste Jidada durante toda una década, sino que abandonaste Jidada durante toda una década sin ni siquiera despedirte de Simiso, sin una explicación. Y durante esos diez años no hubo ni una carta ni una llamada de teléfono ni nada. Tholukuthi por las cosas que jamás podrías expresar con palabras por mucho que lo intentaras.

LOS ANIMALES MUEREN, THOLUKUTHI QUE LOS NOMBRES PERMANECEN

Se detiene en la primera área de descanso que ve, donde un grupito de vendedores ha desplegado sus mercancías a la sombra de una enorme acacia. Se saca del bolso un par de billetes, para por

lo menos comprar algo antes de pedir indicaciones. Lo cual es un poco tonto, sin embargo, Destino. ¿Acaso tú le cobrarías a un animal por indicarle una dirección? Se encoge de hombros, se mete el dinero en el bolsillo de su camisa vaquera. Es un detalle amable, piensa, y estando la economía como está, nunca está de más colaborar un poco.

Todos los vendedores la miran con expresión ansiosa, expectante, y Destino siente una punzada sabiendo que no podrá contentarlos a todos. Se decide por una vieja hembra de pavo real, tal vez por su edad, y también porque está en compañía de una cría adorable, probablemente un nieto del que está cuidando, que está entretenido ahora con sus juguetes. Destino de pronto se ve acumulando una variedad de fruta: una lata de umtshwankela, otra de amazhanje, de umqokolo, de uxakuxaku, de umviyo, de umbumbulu, de umnii, y luego dos frutos de baobab, porque recuerda que Dorado Maseko le dijo una vez que era su exquisitez favorita. Son frutas silvestres y, por lo tanto, no es fácil encontrarlas en la ciudad a menos que una vaya al mercado, de manera que Destino, que no ha probado muchas de ellas en más de diez años, está entusiasmada con su compra.

La hembra de pavo real se ocupa de meter en bolsas los productos de su clienta con una nueva alegría, obviamente contenta con la venta. Y el nieto, como percibiendo la alegría de su abuela, como entendiendo lo que significa, se pone a cantar la canción que los pequeños de Jidada cantan por todas partes, tanto si entienden la letra como si no: «¡Cuidado, Jidada, que viene el cocodrilo con sus grandes dientes afilados! ¿Mordisqueará, morderá, hará ñac-ñac-ñac?».

—Shhh, demede, ¡este niño es tonto! ¿Cuántas veces te tengo que decir que nadie quiere oír esa canción tan fea? —le regaña su abuela. El pequeño esconde la cara detrás de su camión de juguete, fingiendo timidez.

—Buena suerte, abuela. Por la pinta que lleva esto, la canción va a ser el coro de los pequeños esta década, y mientras tanto los adultos la bailan en las fiestas, kunzima —dice Destino.

—Hayibo! ¡Como si no hubiera mejores canciones! Y que Dios nos ayude con este cocodrilo, que nos va a matar a todos —replica la abuela, con un nuevo fervor en la voz.

—Por cierto, abuela, ¿tal vez me podrías dar unas indicaciones? —Destino, sintiéndose responsable, se apresura a cambiar de tema.

—¿Adónde vas, hija?

—A Bulawayo. A la aldea. Me parece que no estoy lejos, pero es que no sé exactamente dónde está.

La hembra de pavo real, habiendo embolsado las frutas por separado, ahora las mete todas en una bolsa de plástico grande, que Destino acepta. Pero la anciana no dice ni una palabra, como si no hubiera oído la pregunta. Y Destino, perpleja, piensa que tal vez ha metido la pata, pero no entiende cómo puede haber metido la pata con una pregunta tan sencilla. Juguetea con la bolsa para llenar el incómodo silencio.

—¿Y qué es exactamente lo que quieres hacer en Bulawayo, hija? —dice por fin la anciana.

—Mi familia es de allí. Bueno, era de allí. Pero yo nunca he estado. Solo quiero ir a verlo.

—Bulawayo es ahora una aldea fantasma. Allí no vive nadie.

—Ah, ya. —Simiso eso no lo ha mencionado. Y a ella ni se le había pasado por la cabeza esa posibilidad. Se siente observada, examinada. Como si fuera un extraño espécimen en un laboratorio—. Creo que voy a ir, aunque solo sea para echar un vistazo, ya que estoy aquí.

—Esta criatura quiere llegar a Bulawayo. Que alguien le diga cómo —grita la hembra de pavo real, sin dirigirse a nadie en particular.

Y después de llevar las frutas a su coche y volver con el móvil y guardar con cuidado las indicaciones, Destino se despide.

—Antes de irte, dinos quién eres, hija —le pide la abuela.

—Me llamo Destino.

—¿Quién y de quién?

—Destino Lozikeyi Khumalo, de Simiso Khumalo, y Simiso Khumalo es de Butholezwe Henry Vulindlela Khumalo y Nomvelo Mary Khumalo de Bulawayo. O sea, de lo que era Bulawayo.

—Pero, ¡niña!, ¿qué me estás contando? —exclama la abuela, ahora con voz apremiante. Mira a Destino de arriba abajo como si fuera la primera vez que le pone la vista encima. Y Destino, perpleja por aquella reacción y sin saber qué decir, mueve las patas y sonríe con timidez—. ¿Me estás diciendo que tú eres la nieta de Butholezwe Henry Vulindlela Khumalo? ¿El granjero? ¿El mismísimo empresario de Bulawayo? ¿Nuestro gobernador? —La hembra de pavo real se levanta, sacudiéndose las faldas.

—Sí, sí, es, bueno, era mi abuelo. Yo no me acuerdo de él porque era pequeña cuando lo... Cuando pasó lo que pasó —dice Destino. Le sorprende lo difícil que le resulta pronunciar la palabra «Gukurahundi», su incapacidad de llamar por su nombre a lo que la ha llevado hasta allí en busca de los muertos.

—¡Ah ah ah ah ah! Yeyi! ¡Ven aquí, hija, ven aquí! —La abuela ahora da vueltas en torno a Destino, tocándola, palpándola, dándole golpecitos.

—¿Y a quién tenemos aquí, Madre de Ellis? —pregunta, acercándose, una anciana vaca con un vestido negro.

Los demás vendedores, todos bastante más jóvenes que la vaca y la hembra de pavo real, se han levantado y empiezan a rodearlas.

—Pues esta, Simangele, esta es la nieta del mismísimo Butholezwe Henry Vulindlela Khumalo.

—Ah ah ah ah ah, yeyi! ¿Qué me estás contando, Madre de Ellis? ¡¿Te refieres a nuestro Butholezwe Henry Vulindlela Khumalo?! —exclama la vaca, entornando los ojos. La conmoción es inconfundible en su voz.

—Me refiero a nuestro Butholezwe Henry Vulindlela Khumalo —replica la otra.

—¡¿El hijo de Nqabayezwe Mbiko Khumalo y Zanezulu Hlatshwayo Khumalo?!

—El hijo de Nqabayezwe Mbiko Khumalo y Zanezulu Hlatshwayo Khumalo.

—¡¿Esposo de Nomvelo Mary Khumalo y padre de Nkosiyabo, Zenzele, Njube, Simiso y Nkanyiso Khumalo?!

—Esposo de Nomvelo Mary Khumalo y padre de Nkosiyabo, Zenzele, Njube, Simiso y Nkanyiso Khumalo.

—¡Ah ah ah ah ah! Futhi yeyi! ¡Milagro, milagro, milagro! ¡Esto es un milagro! —exclama la vaca, que se alza sobre los cuartos traseros con la dificultad que le causan sus viejas articulaciones. Patalea en el aire con las pezuñas delanteras.

—Los muertos no están muertos. ¡Gloria a los antepasados! —interviene un gato, obviamente demasiado joven para conocer los nombres que se han mencionado, pero conmovido por este milagro al pie de la carretera.

—¡Los muertos no están muertos! —corea todo el grupo.

—Siéntate aquí, hija, siéntate, siéntate, por favor. ¡Deja que te vea bien! Ah ah ah ah ah, yeyi! En primer lugar, aquí tienes tu dinero. De ninguna manera vamos a permitir que alguien de la sangre de Henry Vulindlela Khumalo pague por nada en esta tierra de Bulawayo, y menos después de lo que hizo por nosotros en esta región —declaró efusiva la abuela.

UN REGALO JUNTO A LA CARRETERA

¿No es increíble, Destino? Que después de tantos años —casi cuatro décadas, para ser exactos—, después de los asesinatos de tu familia, haya animales que todavía pronuncien sus nombres. Que todavía los cantan con el mismo aliento con el que cantan los nombres de los vivos. Sí, es increíble, piensa Destino. Y ¿qué probabilidades había de que pasara eso? ¿Qué probabilidades?, se repite y se repite, con las lágrimas conteniendo la respiración en sus ojos. Suspira muy hondo y no por primera vez desde que pro-

siguió su viaje, al recordar que cuando se marchó del área de descanso los viejos vendedores la habían abrazado como la tierra abraza a los árboles de raíces más profundas.

Toda la experiencia le había parecido un regalo que no podía llegar en mejor momento. Todo era surrealista y perfecto, excepto porque Simiso no estaba allí para vivirlo con ella. Había considerado pedirle a su madre que la acompañara, pero luego se lo pensó mejor al acordarse de su fea confrontación —que ahora era agua pasada, pero que de alguna manera seguía presente—, y había acabado por no decirle ni siquiera nada del viaje. Solo le contó que se llevaba prestado el coche de Dorado Maseko para ir a ver a unos viejos amigos fuera de la ciudad y que volvería ya tarde. Tal vez en otro momento, tal vez en un momento mejor —piensa, espera—, si es que alguna vez llegaba tal momento, volvería con su madre.

RETRATO DE FAMILIA

Está buscando el puente blanco que divide Mpilo y Bulawayo. Le han dicho que nada más cruzarlo y entrar en Bulawayo, verá los restos de un autobús quemado que perteneció a su abuelo y que fue incendiado por los defensores en 1983, con el cobrador y el chófer encerrados dentro, después de quitarles todo el dinero y la ropa. El autobús le indicará que ha llegado a su destino. Agarra el volante con fuerza, como para evitar que se escape, sintiendo la conocida rabia que últimamente nunca está muy lejos. Esa rabia, ahora amplificada porque después de pasar más de dos horas oyendo a los ancianos que le iban contando por turnos historias de su familia, se hace una mejor idea de quiénes eran; ya no son unos seres indefinidos.

Tholukuthi que ahora se los imagina: una abuela, Nomvelo Mary Khumalo, que según contaban era en su juventud más hermosa que un amanecer, una madre devota que había mantenido a la familia unida mientras su esposo estaba en la guerra, que coor-

dinaba esfuerzos con los otros aldeanos para proveer de comida y otras necesidades a los luchadores por la libertad, algo que por descontado el gobierno colonial había declarado un crimen; una abuela que a pesar de ser una de esas cristianas severas que no veía con buenos ojos las religiones indígenas, jamás rechazaba a nadie que tuviera necesidades. Tholukuthi un tío, Nkosiyabo, que siendo el mayor, lo preparaban para seguir los pasos de su padre como granjero y empresario, y que a veces conducía los autobuses de su padre y dejaba a los ancianos subir gratis. Y el siguiente tío, Zenzele, un dotado estudiante, apodado Doctor por su inteligencia, que había recibido una beca para estudiar Medicina en Cuba. Y el siguiente tío, Njube, que era muy hermoso y con el que todas las hembras querían casarse y que compartía la devoción de su madre por Dios y que tocaba la guitarra en la iglesia. Y, por último, el tío más joven, después de Simiso, Nkanyiso, que todavía estaba en la escuela primaria y destacaba en el fútbol. Y la tía después de él, la pequeña de la familia, Thandiwe, a quien Destino se parecía mucho, según le habían dicho, que de cría le gustaba tanto el color azul que no vestía ningún otro tono y se hacía llamar Azul, y quien quería ser maestra de mayor y practicaba dando clases a los frangipani de su padre y a las piedras y a las flores y a las hierbas de la aldea.

Qué cosas, ¿eh, Destino? Cómo a veces las historias resucitan a los muertos, como si no estuvieran muertos, sino vivos en nuestras bocas, aguardando a que nuestras lenguas los reanimen. Y es del todo cierto, tholukuthi que antes de aquella área de descanso, lo único que sabía de los miembros fallecidos de su familia, aparte de lo poco que conocía de sus abuelos, eran meramente sus nombres. Pero ahora, con todo lo que ha aprendido, parecen más reales. De hecho, se los imagina, puede hablar de ellos. Solo que, claro, no están aquí, nunca han estado aquí como debieran haber estado, como merecían estar. Sí, tholukuthi que el tío Nkosiyabo no está aquí siendo el granjero y empresario que iba a llegar a ser, posiblemente siguiendo el legado de su padre de contribuir al desarrollo de la región. El tío Zenzele no está aquí siendo el médico

que podría haber sido. El tío Njube, el tío Nkanyiso y la tía Thandiwe, sus abuelos... Ninguno de ellos está aquí, viviendo sus vidas. Como sucede con otros miles y miles de inocentes asesinados. La idea azuza su rabia agazapada. Destino tensa la mandíbula, parpadea para contener unas lágrimas calientes. Sabe que no debe llorar, porque como empiece a llorar tal vez no encuentre el valor para seguir hacia la aldea. De modo que respira hondo, baja la ventanilla y el aire de Bulawayo se cuela en el coche y, con él, un olor a tierra que la imbuye de algo más fuerte que el anhelo.

BULAWAYO, BULAWAYO

Destino ha conocido el silencio absoluto, pero el silencio de Bulawayo es otro mundo. La abruma con una pesadez tan imponente que parece que se hubiera tragado una montaña. Tholukuthi sabiendo que allí solo están los muertos y ella, tholukuthi sabiendo que allí solo están los fantasmas agraviados y ella, tholukuthi sabiendo lo que pasó allí, que en este lugar hay un pasado que estará para siempre presente, que jamás pasará. Y tal vez por eso, estando allí frente a la aldea muerta, su mente inquieta comienza a conjurar fantasmas, espíritus, bestias salvajes, cosas terribles que ha visto en películas de terror, sucesos sobrenaturales de los que ha oído hablar. Y mientras su mente conjura todas estas cosas, entre la hierba —o es tal vez entre los enormes mopanes que impregnan el aire de olor a aguarrás, tal vez en la callada selva que se ha tragado Bulawayo— surge un rumor tan fuerte que los intestinos le llegan de un brinco hasta el pecho.

De pronto, le fallan las rodillas de miedo. Se agarra desesperada la cabeza, con el corazón en la garganta, cierra los ojos para no ver qué clase de criatura viene a por ella. Y como no es de esos animales que mueren en silencio, chilla con toda la fuerza de sus pulmones:

—May'babooooooo!

Y tholukuthi que ahí fuera, en algún lugar de la callada jungla, un eco replica:

—... babooooooo!!!

Aquel sonido inesperado la deja todavía más helada que el rumor anterior, todavía más asustada de lo que ya estaba, de manera que ahora está berreando a voz en grito:

—May'babo! May'babo! May'babo!

Y el eco se encarga de ir repitiendo:

—... babo!... babo!... babo!... babooooooooooooo!!!

¡Ah, ah, Destino! Calma, calma, ¿qué haces? No habrás hecho todo este viaje para imaginar cosas que no están aquí y darte tú sola un susto de muerte. Es solo un rumor. Recuerda que compartes esta tierra con otros seres, ¿no está bien dejar que vivan sus vidas mientras tú vives la tuya? Destino abre cautelosa un ojo, luego el otro, y mira alrededor como un ladrón. Respira hondo. Y respira hondo de nuevo. Y de nuevo. Y otra vez y otra y otra. Y poco a poco se va calmando, se sosiega. Nota que los intestinos vuelven a su sitio. Y entonces sonríe, menea la cabeza avergonzada. Y menea la cabeza otra vez y se ríe de sí misma. Y el eco se ríe de ella y se ríe más.

SINCERA CONVERSACIÓN CON LOS MUERTOS

—¿Habéis visto eso, abuela, abuelo? ¿Habéis visto eso, tío Nkosiyabo, tío Zenzele, tío Njube, tío Nkanyiso, tía Thandiwe? ¡No sé a quién habré salido, porque Simiso no tiene ni un pelo de cobarde! —dice Destino. Y vuelve a reírse de sí misma, y el eco ríe también, pensando en Simiso, que nunca se asusta, que nunca siente pánico, que nunca se quiebra.

Y se ríe más, más fuerte, y el eco se ríe más fuerte, y como ya no le tiene miedo, Destino se imagina que podrían ser los muertos riéndose de ella, tholukuthi los muertos que no están muertos.

—Mis muy amados parientes, yo os saludo con amor, a aquellos cuyos nombres conozco y a aquellos cuyos nombres ignoro.

Os saludo a todos con amor. Yo soy Destino Lozikeyi Khumalo, hija de Simiso Khumalo, hija a su vez de Butholezwe Henry Vulindlela Khumalo y Nomvelo Mary Khumalo, de esta misma tierra, y he venido a presentar mis respetos —comienza, sorprendida de lo fácil que resulta, después de todo, hablar con los muertos. Y una vez que ha comenzado, tholukuthi que no puede parar, porque hay tanto que decirle a su familia, tantas cosas que decir… Y Destino
Lozikeyi Khumalo les habla a los muertos y les habla a los muertos
y les habla a los muertos y les habla a los muertos y les habla a los
muertos y les habla a los muertos y les habla a los muertos y les
habla a los muertos y les habla a los muertos y les habla a los muer-
tos y les habla a los muertos y les habla a los muertos y les habla a
los muertos y les habla a los muertos y les habla a los muertos y les
habla a los muertos y les habla a los muertos y les habla a los muer-
tos y les habla a los muertos y les habla a los muertos y les habla a
los muertos y les habla a los muertos y les habla a los muertos y les
habla a los muertos y les habla a los muertos y les habla a los muer-
tos y les habla a los muertos y les habla a los muertos y les habla a
los muertos y les habla a los muertos y les habla a los muertos y les
habla a los muertos y les habla a los muertos y les habla a los muer-
tos y les habla a los muertos y les habla a los muertos y les habla a
los muertos y les habla a los muertos y les habla a los muertos y les
habla a los muertos y les habla a los muertos y les habla a los muer-
tos y les habla a los muertos y les habla a los muertos y les habla a
los muertos y les habla a los muertos y les habla a los muertos y les
habla a los muertos y les habla a los muertos y les habla a los muer-
tos y les habla a los muertos y les habla a los muertos y les habla a
los muertos y les habla a los muertos y les habla a los muertos y les
habla a los muertos y les habla a los muertos y les habla a los muer-
tos y les habla a los muertos y les habla a los muertos y les habla a
los muertos y les habla a los muertos y les habla a los muertos y les
habla a los muertos y les habla a los muertos y les habla a los muer-
tos y les habla a los muertos y les habla a los muertos y les habla a
los muertos y les habla a los muertos y les habla a los muertos y les
habla a los muertos y les habla a los muertos y les habla a los muer-

tos y les habla a los muertos y les habla a los muertos y les habla a los muertos y les habla a los muertos y les habla a los muertos y les habla a los muertos. Sí, tholukuthi que les habla a los muertos hasta que se olvida del tiempo y el tiempo se olvida de ella, hasta que mucho mucho mucho más tarde alza la vista y se encuentra bañada en la bautismal lluvia roja de un millar de mariposas, en la suave cascada del susurro de sus alas.

THOLUKUTHI REGALOS, THOLUKUTHI HERENCIA

Vuelve a Lozikeyi justo antes de que se ponga el sol y encuentra a Simiso recogiendo la colada del tendedero.

—Andas como si flotaras. Cualquiera diría que te has escapado a ver a algún amante prohibido, pero es que Dorado Maseko se ha pasado aquí toda la tarde —la saluda Simiso, que habla un poco raro porque tiene una pinza de la ropa entre los dientes.

—¡Madre! —exclama Destino, que se ha quedado petrificada en la cocina, sorprendida con la guardia baja. Suelta la bolsa de fruta y huye a su habitación, donde se tira boca abajo en la cama, avergonzada, pensando, ¿Qué demonios hacía Dorado Maseko visitando la casa, sabiendo que ella no estaba? ¿Y qué le habrá contado exactamente a Simiso?

Ah, ah, pero ¿qué demonios esperabas, Destino? ¿Que ibas a ser la primera del mundo en esconder una cosa con cuernos en un saco? ¿Y además en ocultárselo a tu madre? Y a propósito, si Simiso lo sabe, lo más probable es que lo sepan también todas sus amigas. ¡Así que, mira! Pero por otra parte, ¿por qué preocuparte si todo el mundo lo sabe? Da igual; la vida es demasiado corta y hay mucho que vivir y mucho que amar. Lo cual es cierto, piensa, volviéndose boca arriba y sonriéndole al asbesto. La próxima vez que vea a Dorado Maseko —que no estaba en casa cuando fue a devolverle coche—, accederá a sus requerimientos. Desde luego que sí: la vida es demasiado corta y hay mucho que vivir y mucho que amar.

Se levanta, todavía sonriendo, dispuesta a darse una ducha y a cambiarse. Y es entonces cuando ve por primera vez, ahí sobre la estantería, tres coloridos cuadros de tamaño medio que no estaban cuando se marchó hacia Bulawayo. Hay un cuadro de la escritora Yvonne Vera y, debajo, una cita de su primera novela, *Nehanda:* «Los muertos no están muertos», reza la breve cita. Y a cada lado de Yvonne Vera, retratos de la reina Lozikeyi y Mbuya Nehanda, todos ellos con la firma de Dorado Maseko. Destino los mira maravillada.

—¿Verdad que son preciosos? —Simiso está en el umbral. Destino asiente con la cabeza, abrumada—. Se supone que son para tu cumpleaños. Le dije a tu amigo que los colgara él mismo. —Y Simiso esboza una sonrisa que Destino no le ha visto desde hace tiempo—. Feliz cumpleaños, hija. Ven aquí. No se te habrá olvidado que es tu cumpleaños, ¿verdad? —Simiso abraza a su hija.

—Gracias, madre. Por lo visto sí, si no me lo recuerdan se me olvida. Bueno, ¿y mi regalo?

—¡Desde luego! Llevas a un animal en el vientre, lo pares, lo mantienes vivo ¡y encima tiene el atrevimiento de pedir un regalo de cumpleaños!

Destino se echa a reír y abraza a su madre con fuerza, con mucha fuerza. ¿Y cómo es que no se ha dado cuenta de lo mucho que ha encogido Simiso, de que su madre ya no es joven? Y abrazada a su madre recuerda el abrazo de los ancianos en el área de descanso de camino a Bulawayo. Y luego se acuerda de Bulawayo. Y luego se acuerda de la larga charla con los muertos. Y entonces tiene que contener las lágrimas. Y entonces abraza a Simiso todavía con más fuerza.

—Bueno, ya está bien, ya está bien. ¡Que me vas a romper los huesos! Y por favor, date un baño, que hueles como un mopane —le pide, empujándola un poco.

—Vale, Simiso Khumalo, por llevarme en tu vientre, por parirme, por mantenerme viva y, por supuesto, por traer al doradísimo Dorado Maseko a mi vida, verás algunas frutas exóticas en la cocina.

—Vaya, gracias. Ya era hora de recibir un poco de gratitud. Y de nada, cariño. —Simiso vuelve a esbozar esa sonrisa que Destino no ha visto en mucho tiempo, tholukuthi meneando la cabeza y mirando a su hija a los ojos como si estuviera mirando a la criatura más preciosa que ha visto jamás, porque Destino es verdaderamente la criatura más preciosa que Simiso ha visto jamás. Y entonces se echa a reír.

—¿Qué? ¿Ahora de qué te ríes? —se pasma Destino.

—De nada. ¿Es que una no puede reírse en su propia casa?

—Venga ya, madre.

—Bueno, es que por un momento me has recordado a tu abuelo, con ese bolígrafo detrás de la oreja.

—¿Qué? ¿Qué bolígrafo detrás de la oreja? —Destino sube la pata, se palpa la oreja izquierda, se palpa la derecha, saca el fino bolígrafo Parker y lo mira como si no lo hubiera visto nunca, porque el caso es que no lo ha visto nunca.

—Hmmm, qué raro. Yo desde luego no lo he puesto ahí. —Destino sigue estupefacta. Presiona el botón, examina la delgada punta negra, la huele, la chupa.

—¿Cómo que no lo has puesto tú ahí? Trae que lo vea. —Simiso coge el bolígrafo. Y de pronto lo suelta como si fuera un carbón ardiendo y se deja caer en la cama. Parece que hubiera visto un fantasma.

—¿Qué pasa, madre?

—¿De dónde has sacado ese bolígrafo, Destino? —Simiso, que nunca se asusta, que jamás cede al pánico, que nunca se quiebra, parece ahora enervada, casi frenética. Y mira el bolígrafo, un objeto de lo más corriente, como si estuviera viendo algo más incongruente que un papa negro.

—Pues no lo sé, madre, de verdad. No lo había visto nunca. —Destino coge el bolígrafo y vuelve a examinarlo de cerca una vez más.

—Es igual que los bolígrafos con los que escribía tu abuelo, Destino. Vino de la guerra con una caja llena y no utilizaba otra cosa. Hasta me acuerdo del curioso logo. Él los llamaba sus bolis de la suerte.

Y ahora le toca a Destino sentarse en la cama y poner cara de haber visto a un papa negro.

ESCRIBE EN UN LIBRO TODO LO QUE TE HE DICHO HASTA AHORA

Al día siguiente, en una mesita junto a la ventana, con la reina Lozikeyi e Yvonne Vera y Mbuya Nehanda mirándola desde los retratos de Dorado Maseko, Destino, que jamás se hubiera tenido por una escritora seria, comienza a escribir con el Parker negro de su abuelo la historia que Simiso le había contado sobre el 18 de abril de 1983, junto con su propia historia de 2008, así como la historia de sus diez años en el exilio; tholukuthi la década de la que jamás le ha hablado a nadie. Escribe también de su viaje a Bulawayo y de la Jidada que le gustaría ver, una Jidada del futuro. Letra a letra, palabra a palabra, línea a línea, párrafo a párrafo, página a página, escribe desde el presente hacia su pasado, hacia los pasados de su madre y su familia, que son también el pasado de Jidada, y luego de vuelta al presente y más allá, hacia un futuro de esperanza. Sí, el pasado y el presente y el futuro se despliegan a la vez en sus páginas hasta que Destino pierde la noción del tiempo, hasta que los días corren juntos y ya no se distinguen los unos de los otros. Destino escribe y escribe y escribe y escribe y escribe y escribe y escribe. Tholukuthi que escribe.

Sale de su habitación el séptimo día. De hecho, Madre de Dios comentaría más tarde que le recordó al tiempo que tardó Dios en crearlo todo. Simiso lava verduras en el fregadero cuando Destino le da un golpecito en el hombro y le tiende el grueso cuaderno negro. Tholukuthi que Simiso acepta el cuaderno, radiante. Simiso estrecha el cuaderno contra su pecho como si fuera un recién nacido. Simiso acerca una silla y se sienta a la mesa de la cocina. Simiso presiona el morro contra una página al azar y respira hondo. Simiso abre la primera página y lee el título: «Las mariposas rojas de Jidada», y debajo del título: «Para los muertos, que no están muertos», y parpadea para contener las lágrimas. Simiso abre la

siguiente página, donde pone: «Capítulo uno», y agacha la cabeza como si rezara. Simiso comienza a leer. Simiso pasa la segunda página y sigue leyendo. Simiso pasa la tercera página y sigue leyendo. Simiso pasa la cuarta página y sigue leyendo. Simiso pasa la quinta página y sigue leyendo. Simiso no oye a destino decir: «Madre, no tienes que leerlo todo, de verdad, solo te lo enseñaba para decirte que he terminado, nada más». Pero Simiso tholukuthi que no deja el libro, no puede dejar *Las mariposas rojas de Jidada*, como si fuera el mismísimo pan de la vida.

Mis huesos se alzarán de nuevo

CONMEMORACIÓN

El día de recordar a los desaparecidos de Jidada, también conocido sencillamente por Conmemoración por aquellos que lo observan, llegó ese año como había llegado los últimos dos años desde que fue instaurado por las Hermanas de los Desaparecidos. Por supuesto, no era un evento reconocido a nivel nacional, pero eso no les impedía a los residentes de Lozikeyi formar parte de él, tanto si lo deseaban como si no: tholukuthi que muchos de los miembros fundadores vivían en el gueto, de manera que los eventos del día naturalmente se celebraban en Lozikeyi, de forma que el gueto asimilaba la Conmemoración como una parte de sus ritmos. Se celebraban actividades en el parque Uhuru y la festividad concluía con una larga marcha hasta la Casa de Poder en el centro de la ciudad, donde la Conmemoración predeciblemente terminaba con el apaleamiento y detención de los manifestantes, después de que estos le pidieran una vez más al Órgano de Poder que respondiera por los desaparecidos de Jidada.

Tholukuthi que el tamaño de la muchedumbre que se apiñaba en Lozikeyi aquel día se debía posiblemente a que el movimiento iba ganando terreno y a que ese año la Conmemoración caía en una época de fuerte sentimiento en contra del gobierno. De manera que, como cualquier otra cosa que fuera en contra del Órgano de Poder, el evento se hizo tendencia en las redes sociales y atrajo más atención de la habitual. Y así, para cuando

llegó la fecha, hasta los palos y las piedras sabían qué día era. De modo que aquel sábado, Lozikeyi no estaba en absoluto preparada para el tráfico que descendió sobre sus calles más o menos a la hora en que sus residentes se sentaban a desayunar. No hizo falta decirles que la multitud que se agolpaba en su gueto era una de esas multitudes que uno no se podía perder, de manera que se levantaron, les dieron la espalda a sus desayunos sin pensárselo dos veces y apuntaron con el morro en dirección al parque Uhuru.

QUEEN BLACK Y EL TORBELLINO

Cuando los que estuvieron allí lo contaron, dijeron que tras la habitual oración introductoria al dios indígena uNkulunkulu por parte de una joven médium espiritual, durante la que se vertió la libación a los antepasados, el programa comenzó con una canción de Queen Black, y que en cuanto se oyó al maestro de ceremonias mencionar ese nombre en particular, la multitud estiró las orejas, se alzó sobre los cuartos traseros, meneó la cola, se miraron los unos a los otros y miraron al escenario, porque el nombre de Queen Black había abierto los cajones polvorientos de su memoria para sacar a un ídolo perdido hacía ya mucho, un ídolo que había alcanzado gran popularidad por sus provocativas canciones protesta en las primeras dos décadas siguientes a la independencia de Jidada.

Pero justo cuando Queen Black estaba en el pináculo de su gloria, sus fans despertaron un viernes normal y corriente con la noticia de que el cantante se había exiliado de repente a Perth, Australia. Los que saben de verdad contaban que, por lo visto, la dramática partida de Queen Black se debió a unas cuantas advertencias del Órgano de Poder sobre su música, pero no explicaba del todo por qué el cantante jamás volvió a practicar su arte desde la seguridad del exilio, por qué jamás volvió a cantar a pesar de su inmenso talento, a pesar de las numerosas súplicas y peticiones de

sus abatidos fans. ¿Podría ser este de verdad su pródigo Queen Black, que había recobrado su voz y encontrado el camino de vuelta a casa?

En efecto, era Queen Black, retornado. Antes de que la multitud pudiera sobreponerse a su entusiasmo, la voz inconfundible del músico pródigo surgió como un cañonazo, como un terrible torbellino. Tholukuthi que el torbellino era una invocación y una advertencia y un grito y una pregunta y una revuelta y una señal y una súplica y una diatriba y una alarma y un lamento y un rugido y un arma y una ofrenda y muchas otras cosas a la vez. Tholukuthi que el torbellino llamó a los desaparecidos de Jidada, y resonó y resonó. Tholukuthi que el torbellino les preguntó a los reunidos hijos de la nación qué habían estado haciendo exactamente, dónde habían estado cuando todos y cada uno de los desaparecidos estaba desapareciendo. Tholukuthi que el torbellino quería saber exactamente qué acciones habían emprendido los hijos de la nación después de que todos y cada uno de los desaparecidos de Jidada desaparecieran. Tholukuthi que el torbellino se preguntaba cómo es que a los hijos de la nación les era posible reír y bailar y hacer el amor y estar alegres y básicamente seguir viviendo tal cual mientras los desaparecidos seguían desaparecidos sin que nadie diera cuenta de ellos. Tholukuthi que el torbellino le dijo al Órgano de Poder que ninguno de los desaparecidos era una piedra, no, sino el hijo de alguien, la hija de alguien, la madre de alguien, la hermana de alguien, el hermano de alguien, el padre de alguien, el tío de alguien, la tía de alguien, el primo de alguien, la amiga de alguien, el amante de alguien, la compañera de alguien, la esposa de alguien, el esposo de alguien, el vecino de alguien, algo de alguien, tholukuthi siempre algo de alguien. Y el torbellino exigió al Órgano de Poder que devolviera, que respondiera por todos y cada uno de los desaparecidos de Jidada. Y el torbellino exigió a los que tuvieran oídos para oír que no descansaran jamás, que no callaran nunca hasta que el Órgano de Poder respondiera por todos y cada uno de los desaparecidos de Jidada.

RECUERDO

Destino nota que el torbellino agita el tejado y las ventanas de su madre mientras ella está en la ducha y se apresura a terminar. Al cabo de un momento, ya se ha puesto un vestido blanco, largo y suelto, y está metiendo cosas a la carrera en su bolsa. Y mientras lo hace, llama a su madre, que no responde porque, a pesar de la hora que es, a pesar del torbellino que por lo visto lo está agitando todo, Simiso, que se ha quedado levantada hasta el amanecer para planchar hasta la última sábana y cortina que posee, sigue perdida en las más hondas profundidades del sueño. Para cuando Destino llega al parque Uhuru, el torbellino ha cesado. Por los altavoces, la voz de Sis Nomzamo invita a la audiencia a subir y a recordar a los desaparecidos contando sus historias, diciendo sus nombres en voz alta.

A pesar de la piña que forma el gentío, Destino logra abrirse paso hasta el frente y divisa un lugar junto a una anciana pareja, un pato y una gallina con camisetas iguales, que se apretujan para dejar sitio. Por los altavoces, la voz de Sis Nomzamo sigue animándolos, incitándolos a intervenir, hablando de la importancia de mantener vivo el recuerdo de los desaparecidos porque eso, dice, es luchar en contra del olvido. Tholukuthi que cuando oye la llamada de Sis Nomzamo, Destino sabe, porque lo siente en las tripas, que se está dirigiendo específicamente a ella.

—¿Has oído eso, amor mío? En contra del olvido, como comentábamos anoche —dice el pato, dándole un golpecito a su compañera.

—Y contra el abandono —responde la gallina, con otro golpecito.

—Y es la verdad —tercia Destino, asintiendo con la cabeza.

Pero ¿qué se siente, Destino, estando aquí, con esta clase de multitud, sabiendo lo que sabes sobre Jidada? Sabiendo lo que sabes sobre el pasado. Sabiendo lo que tú misma pasaste. ¿No tienes miedo? No. Desde su visita a Bulawayo, desde que se sentó a es-

cribir, ha decidido no tener miedo. Es su forma de alzarse sobre el pasado, de reparar lo que estaba roto, es su forma de soñar el futuro.

A pesar de las invitaciones de Sis Nomzamo, la audiencia permanece envuelta en un velo de timidez. Se están tomando su tiempo para ver si son capaces de hacer lo que se les pide, porque no es un asunto sencillo, hay que tener en cuenta toda clase de consideraciones. Hay que comprobar que sus lenguas son bastante fuertes para soportar la carga del nombre de un ser amado, sobre el que se ha ido posando el peso inmenso del dolor. Tienen que comprobar que la voz contará la historia de principio a fin sin vacilar. Hay que comprobar que pueden llegar hasta la tarima intactos, sin echarse atrás, sin quedar paralizados, sin mirar atrás y convertirse en estatuas de sal. Tienen que asegurarse de que, una vez en la tarima, se verán capaces de dirigirse a la multitud sin derrumbarse.

Mientras la muchedumbre delibera y calibra todas estas consideraciones, Destino se dirige sobre las patas traseras hacia el escenario, la espalda recta, los hombros cuadrados, la cabeza alta, tholukuthi caminando como camina Simiso, que según cuenta es como caminaba su propia madre, Nomvelo Mary Khumalo. El gentío le aplaude a la cabra con el respeto debido al primero que se lanza a un desafío, sabiendo como saben que no todo el mundo es capaz de hacerlo, tholukuthi que hay animales y animales. Destino ya tiene el cuaderno abierto cuando mira a la audiencia desde la tarima, ligeramente inclinada sobre el micrófono, serena a pesar de los cientos de miradas que recaen atentas sobre ella.

Saluda al público y anuncia que va a leer un fragmento de su primer libro, *Las mariposas rojas de Jidada,* recientemente aceptado para su publicación y dedicado a la memoria de su familia asesinada, incluido Butholezwe Henry Vulindlela Khumalo, su abuelo, que desapareció el 13 de abril de 1983. A la mención de la fecha, la muchedumbre siente un colectivo vuelco en las tripas, que se les suben hasta el pecho, porque para muchos el año 1983 es una vieja herida que aún supura. Mueven las lenguas, comprue-

ban sus gargantas, sus pies, sus rodillas. Tholukuthi que consideran de nuevo la distancia hasta el escenario, de manera que cuando la cabra se marche estarán listos para subir a continuación porque ellos también tienen algo que decir de 1983, de 1984, de 1985, de 1986, de 1987, saben algo de años como 2005, 2008, 2013, 2018, 2019, sí, tholukuthi que saben algo de muchos otros años.

LOS MUERTOS NO ESTÁN MUERTOS

Cuando los que estuvieron allí se lo contaron más tarde a los que no estuvieron, dijeron que, cuando los defensores irrumpieron en el parque Uhuru, Destino estaba leyendo la parte sobre su abuelo, a quien los defensores habían tiroteado para luego tirarlo dentro de un jeep como un trapo sucio, y a quien ya nunca se volvió a ver. Que a la multitud le salieron alas al instante, que todos se dispersaron más deprisa que el viento. Que las hembras y los jóvenes, presas del pánico, chillaban y hacían resonar en el aire la poesía del más puro terror. Los que estuvieron allí les contaron más tarde a los que no estuvieron que, en mitad del terrible caos, las Hermanas de los Desaparecidos intentaron llevarse a Destino del escenario, pero que Destino se quedó allí y siguió leyendo con aquella voz que estaba impregnada de muertos. Que Gloria y sus jóvenes amigos se acercaron un momento a la tarima y le chillaron que huyera: Corre, hermana Destino, ¡corre! Pero que Destino se quedó allí y siguió leyendo con aquella voz que estaba impregnada de muertos. Que los animales del público intentaron llevársela para ponerla a salvo, pero que Destino se quedó allí y siguió leyendo con aquella voz que estaba impregnada de muertos. Que las Hermanas de los Desaparecidos intentaron de nuevo llevársela por todos los medios, pero que Destino se quedó allí y siguió leyendo con aquella voz que estaba impregnada de muertos. Que los que huían ya en la retaguardia aullaron por encima de los hombros advirtiéndole que si se quedaba acabaría mal,

pero que Destino se quedó allí y siguió leyendo con aquella voz que estaba impregnada de muertos. Que el comandante Jambanja le ordenó a ladridos que se bajara del escenario y se tumbara boca abajo, pero que Destino se quedó allí y siguió leyendo con aquella voz que estaba impregnada de muertos. Que el comandante Jambanja disparó un tiro de advertencia al aire, pero que Destino se quedó allí y siguió leyendo con aquella voz que estaba impregnada de muertos. Que el comandante Jambanja la apuntó con su arma y ladró amenazas e insultos, pero que Destino se quedó allí y siguió leyendo con aquella voz que estaba impregnada de muertos. Que el comandante Jambanja, hijo del comandante Juan Soso, presionó el gatillo, pero que Destino, hija de Simiso Khumalo, se quedó allí y siguió leyendo con aquella voz que estaba impregnada de muertos. Que el disparo resonó y resonó y resonó en defensa de la Revolución, pero que Destino se quedó allí y siguió leyendo con aquella voz que estaba impregnada de muertos. Que la bala disparada por el comandante Jambanja, hijo del comandante Juan Soso, voló y perforó a Destino, hija de Simiso Khumalo, en el pecho, en el lado izquierdo, tholukuthi justo donde está el corazón, y que salió por el otro lado, pero que Destino se quedó allí y siguió leyendo con aquella voz que estaba impregnada de muertos. Que los restos de la muchedumbre de vecinos de Lozikeyi, ahora a una distancia segura, chillaron: ¡Ha disparado! ¡Le ha pegado un tiro! ¡Y ella estaba desarmada! ¡El comandante Jambanja acaba de pegarle un tiro a la hija de Simiso!, pero que Destino se quedó allí y siguió leyendo con aquella voz que estaba impregnada de muertos y siguió leyendo con aquella voz que estaba impregnada de muertos y siguió leyendo con aquella voz que estaba impregnada de muertos y siguió leyendo con aquella voz que estaba impregnada de muertos. Que unos dos minutos y treinta segundos después de recibir el tiro, Destino llegó al final del fragmento con esa voz que estaba impregnada de muertos. Que entonces dio las gracias. Y solo entonces cayó boca abajo, tholukuthi con el corazón ya parado, ya en silencio como el interior de una semilla.

RETRATO DEL SILENCIO

Cuando los que estuvieron allí les contaron más tarde a los que no estuvieron que el velatorio de Destino transcurrió en el más absoluto silencio, querían decir que el velatorio de Destino transcurrió en el más absoluto silencio. Que nadie pronunció ni una sola palabra para nada ni por ninguna razón. Que no se oyó ni siquiera una oración ni un canto fúnebre. Que no hubo suspiros tristes ni sollozos. Que si se derramaron lágrimas, fueron lágrimas silenciosas. Si algo necesitaba decirse, los animales se miraban los unos a los otros a los ojos sin parpadear hasta que lo que quisiera que tenía que ser comunicado quedaba expresado y comprendido más allá de cualquier atisbo de duda. Que incluso se respiraba en silencio. Que los cuerpos se movían con la quietud de las sombras. Que incluso cuando Gloria y sus jóvenes amigos ataron los cordones de sus deportivas viejas y las lanzaron hacia los cables eléctricos, no pronunciaron una sola palabra y que las deportivas volaron en silencioso silencio y los cables las atraparon también en silencio. Que en la casa de al lado, dentro del Edén, cuando Duquesa entró en trance y Nkunzemnyama llegó cegado por la más roja de las iras, su terrible furia era totalmente muda y que los tambores que le dieron la bienvenida eran tambores sin voz. Y que las moscas también guardaban silencio y las cucarachas guardaban silencio y los mosquitos guardaban silencio y los ratones guardaban silencio y las aves guardaban silencio y las cigarras guardaban silencio y los grillos guardaban silencio y todo guardaba silencio. Que todo era silencio, tholukuthi silencio, silencio, silencio.

EL MURO DE LOS MUERTOS

Los que estuvieron allí contaron más tarde a los que no estuvieron que fue en lo más hondo de ese silencio cuando Simiso llamó a Dorado Maseko, en silencio, para que se acercara con una lata de

pintura roja y una brocha, y Dorado Maseko se acercó en silencio con una lata de pintura roja y una brocha. Y entonces Simiso le dijo a Dorado Maseko, en silencio todavía, que la siguiera fuera del jardín, y Dorado Maseko la siguió en silencio fuera del jardín. Y allí Simiso se quedó mirando la tapia durante mucho tiempo, como si la estuviera escuchando. Y entonces Simiso miró a los ojos de Dorado Maseko y los dos se quedaron así: Simiso mirando a los desolados ojos de Dorado Maseko, y Dorado Maseko mirando a los ojos desconsolados de Simiso. Sí, tholukuthi que Simiso le comunicó a Dorado Maseko en silencio qué era exactamente lo que necesitaba que hiciera, y Dorado Maseko comprendió en silencio todas y cada una de las instrucciones. Y entonces Dorado Maseko comenzó a pintar en silencio. Y Dorado Maseko pintó en silencio y Dorado Maseko pintó en silencio y Dorado Maseko pintó en silencio y Dorado Maseko pintó en silencio y Dorado Maseko pintó en silencio.

Y cuando Dorado Maseko por fin se apartó del muro, fue para dejar ver una mariposa roja, y debajo, el nombre de Destino Lozikeyi Khumalo. Y al lado otra mariposa, y debajo, el nombre de Butholezwe Henry Vulindlela Khumalo. Y al lado otra mariposa, y debajo, el nombre de Nomvelo Mary Khumalo. Y al lado otra mariposa, y debajo, el nombre de Nkosiyabo Khumalo. Y al lado otra mariposa, y debajo, el nombre de Nkanyiso Khumalo. Y al lado otra mariposa, y debajo, el nombre de Zenzele Khumalo. Y al lado otra mariposa, y debajo, el nombre de Njube Khumalo. Y al lado otra mariposa, y debajo, el nombre de Thandiwe Khumalo. Y al lado otra mariposa, y debajo, el nombre de Sakhile Bathakathi George Khumalo.

Y así comenzó lo que pronto sería conocido como el Muro de los Muertos. Antes de que la pintura de Dorado Maseko se hubiera secado, se acercaron otros animales y pintaron una mariposa roja y debajo escribieron el nombre de un ser amado asesinado por el Órgano de Poder desde que Jidada era Jidada con un «da» y otro «da». Uno a uno, los animales se acercaron en silencio y pintaron en silencio y escribieron en silencio y se marcharon en

silencio. Luego de dos en dos, luego de tres en tres, de cuatro en cuatro, de cinco en cinco. Luego de muchos en muchos. Primero fueron solo los vecinos de Lozikeyi, pero siendo las redes sociales lo que son, las imágenes del muro se compartieron y se hicieron virales, y muy pronto llegaron animales de cerca y de lejos. Llegaban en silencio y pintaban mariposas rojas en silencio y escribían los nombres de sus muertos en silencio. Tholukuthi muchos nombres. Y muy pronto, la pared de Durawall de Simiso estaba cubierta hasta el último milímetro del rojo de las mariposas y de los nombres de los muertos.

El Muro de los Muertos no tardó en convertirse en un conocido punto de referencia, de tal manera que las aldeas en torno a Lozikeyi lo llamaban el Muro de los Muertos de Lozikeyi, y en Lozikeyi se llamaba el Muro de los Muertos de Simiso, o el Muro de los Muertos de Destino, dependiendo de quién hablara. Era habitual oír a los animales decir: «Sigue todo recto, pero si ves el Muro de los Muertos, da la vuelta porque te lo has pasado, porque queda antes del Muro de los Muertos», o: «Tú busca el Muro de los Muertos de Destino, no tiene pérdida, no, da igual que no sepas cómo es, en cuanto lo veas lo reconocerás, y cuando llegues a la siguiente calle a tu izquierda, me llamas y salgo a por ti», o: «¿Que dónde nos conocimos? Estábamos sentados juntos en Soldados de la Liberación, pero en realidad yo la vi por primera vez en el Muro de los Muertos de Simiso. Y fue un flechazo».

El Muro de los Muertos cobró entidad propia, cobró vida propia. Hasta los animales que no habían sufrido el asesinato de un ser querido se acercaban a verlo. Llegaban y se quedaban de pie o se sentaban, y miraban y miraban los nombres de los muertos en silencio. Y se marchaban en silencio. Pastores y predicadores y curas se acercaban con sus Biblias y las abrían en silencio y las leían en silencio y se marchaban en silencio. Los jóvenes se acercaban tímidamente al muro y miraban las mariposas y leían los nombres en silencio. Los turistas que visitaban la región añadieron Lozikeyi a su lista de destinos, y ellos también llegaron y se quedaron junto al muro y vieron. Y, por supuesto, siendo turistas, hacían

fotos, pero las hacían en silencio. El Muro de los Muertos apareció en medios de comunicación de todo el mundo, donde lo llamaban el Muro de los Muertos de Jidada.

Y, obviamente, debido a la embarazosa atención internacional que Jidada estaba atrayendo, el ministro de Desinformación, Dick Mampara; el ministro de Propaganda, Elegía Mudidi, y todo su equipo de escarabajos se pusieron como basiliscos a vomitar vitriolo y maldiciones en el otro país. Tholukuthi que el Muro de los Muertos fue tachado de propaganda destinada a agitar el sentimiento político contra un gobierno constitucionalmente elegido. Y así fue declarado ilegal que los ciudadanos particulares se tomaran la libertad de crear monumentos no autorizados en suelo jidadano. Se advirtió a los hijos de la nación de que era un delito viajar a Lozikeyi con el expreso propósito de dibujar una mariposa o escribir un nombre o ambas cosas en el ilegal Muro de los Muertos. Y luego se declaró delito que los no residentes se acercaran a menos de cien metros del Muro de los Muertos. Y luego se declaró delito que tanto los no residentes como los residentes se acercaran a menos de cincuenta metros del Muro de los Muertos. Y luego fueron treinta metros, veinte, diez. Y luego fue un metro.

Cuando ninguna de estas medidas resultó efectiva, se declaró delito poseer, usar o vender tinta roja. Y luego se declaró delito poseer la habilidad de dibujar una mariposa roja. Los animales cuyos apellidos se encontraban en el Muro de los Muertos fueron investigados. Y luego el Órgano de Poder, por primera vez en la historia, se dirigió a los mismísimos muertos, en una declaración emitida por todos los cementerios y los cielos y el aire de la nación, recordándoles que cuando el Órgano de Poder, que estaba por encima de todos los Órganos de Poder, inventó el eslogan «Descanse en paz», significaba que los muertos tenían que observar la quietud y el orden como buenos camaradas muertos y no convertirse en un problema viviente. Decía también la declaración que, si el apellido de algún muerto coincidía con algún apellido del Muro de los Muertos, sería desenterrado y llevado ante la justicia de los muertos porque, aunque Jidada respetaba en general a

los muertos por normas culturales, el Órgano de Poder no toleraría que los muertos le faltaran al respeto en un evidente esfuerzo por socavar a un gobierno que estaba vivo y coleando y había sido constitucionalmente elegido.

EL COMANDANTE JAMBANJA Y LOS SIETE DEFENSORES QUE FUERON A POR SIMISO

Hasta los palos y las piedras que vieron el jeep de los defensores, que tronaba por la carretera más larga de Lozikeyi aquella tarde, sabían que solo podía dirigirse a la casa número 636, con el revuelo que estaba causando el Muro de los Muertos de Simiso, tholukuthi tanto en el otro país como en el país-país. Cuando vieron la inconfundible cabeza cuadrada del comandante Jambanja asomada a la ventana, con su sempiterna bandana blanca, los residentes de Lozikeyi no solo se acordaron del asesinato de Destino, sino que supieron también que a pesar de la devastadora pérdida que había sufrido, la triste cabra no se iba a librar de la humillación de los insultos, de palizas y mordiscos, o tal vez incluso de una detención, todo por supuesto dependiendo del humor de los perros y de los caprichos de sus rabos. Tholukuthi que los residentes de Lozikeyi se quedaron mirando el polvo que se asentaba mucho después de que el jeep de los defensores hubiera pasado a toda velocidad; apuntaban con las colas al suelo y movían las cabezas y lanzaban los más tristes suspiros, como hacían los jidadanos en todas partes, porque, al fin y al cabo, ¿qué podían realmente hacer los animales bajo el cielo de Jidada en el país-país, aparte de apuntar con las colas al suelo y menear la cabeza y lanzar los más tristes suspiros cuando se enfrentaban a los perros más violentos de la nación?

Los que estuvieron allí contaron luego a los que no estuvieron que el comandante Jambanja y los siete defensores que fueron a por Simiso bajaron de un salto del jeep antes incluso de que el vehículo se detuviera, tholukuthi todo expresiones duras y gruñidos y

ladridos y pelos enhiestos. Que la violenta jauría, siguiendo el liderazgo del comandante Jambanja, primero correteó de aquí para allá, de aquí para allá, de aquí para allá, tholukuthi examinando el Muro de los Muertos. Y puesto que el comandante Jambanja, dispuesto a que su leyenda siguiera creciendo, jamás llevaba a cabo su trabajo sin audiencia, la jauría se detuvo y, con la más perfecta sincronía, levantaron todos las patas y dejaron danzar sobre el muro tremendos chorros de orina dignos de sementales belgas, y lo hicieron mientras emitían un ensordecedor estruendo de aullidos. Y que todo el vecindario acudió para ver qué era aquel pandemonio. Y que al ver el espectáculo, lastimoso pero no necesariamente sorprendente, los residentes de Lozikeyi apuntaron al suelo con el rabo y menearon la cabeza y lanzaron los más tristes suspiros.

THOLUKUTHI LOS HUESOS DE NEHANDA

Contaban, los que saben, que mientras el comandante Jambanja y los siete defensores que habían ido a por Simiso estaban dentro de la casa número 636, un fortísimo viento aullador recorrió Lozikeyi. Y que ese viento batió la tierra y estremeció los edificios e hizo traquetear los tejados sueltos y entró a raudales por ventanas abiertas y removió todo lo movible antes de cerrar las puertas de golpe. Que levantó hojas secas y polvo y escombros y los arrojó por los aires. Que arrancó la colada de los tendederos e intentó robar la ropa de los cuerpos de los estupefactos animales que se apiñaban buscando protección. Dentro del Edén, envió a las pequeñas criaturas a buscar cobijo y sacudió los árboles y lanzó a volar las hojas. Tholukuthi que desnudó el árbol Nehanda de todas y cada una de sus vainas y las desparramó por todo el gueto, de manera que cuando el viento amainó de pronto, tan misteriosamente como se había levantado, los huesos de Nehanda, como los críos llamaban a las extrañas vainas del color de huesos blanqueados, estaban dispersos por todo Lozikeyi. Solo los niños lo

notaron porque está en su naturaleza prestar atención a las cosas pequeñas. Las miradas de los adultos estaban pegadas a la casa número 636.

SI TOCAS A UNA HEMBRA, TOCAS UNA ROCA Y QUEDARÁS APLASTADO

Los que estuvieron allí contaron luego a los que no estuvieron que el comandante Jambanja y los siete defensores que habían ido a por Simiso no permanecieron mucho tiempo dentro de su casa, que fue como si la hubieran encontrado esperándolos. Un trabajo rápido: entraron y salieron con su prisionera incluso antes de que su orina comenzara a secarse en el Muro de los Muertos. Tholukuthi que Simiso se había retirado a su casa poco después de hacer que Dorado Maseko escribiera los nombres de los muertos en la pared y jamás se la volvió a ver en la calle. Y la cabra podía de hecho haber vivido su dolor en la más terrible soledad de no haber sido por el tozudo amor de Duquesa, de Gogo Moyo, de Madre de Dios, de la camarada Nuncafalla Nzinga, de las Guerreras Orantes y, en general, de las viejas hembras de Lozikeyi, que la visitaban en inquebrantables turnos. Y Simiso ahora caminaba —llevaba un vestido negro de luto y un velo en la cabeza también negro— flanqueada por los defensores, tholukuthi cuatro de ellos trotando delante, tres justo detrás de ella y, por supuesto, el comandante Jambanja cerrando la retaguardia como un babuino jefe. Y como los vecinos no habían visto a Simiso en mucho tiempo, sintieron que se les caía el alma a los pies y contuvieron el aliento: tholukuthi con qué aplastante velocidad había envejecido la cabra.

Cuando lo contaron, los que estuvieron allí dijeron que el comandante Jambanja y los siete defensores que habían ido a por Simiso iban escoltando a su prisionera hacia el jeep con la típica seguridad y arrogancia de los defensores de toda Jidada: pechos henchidos, morros husmeando el aire, lenguas colgando, rabos tiesos. Y de pronto... De pronto aparecieron como por arte de

magia las Hermanas de los Desaparecidos con sus camisetas rojas y de pronto estaban al frente de la muchedumbre, desafiantes, sin miedo. Y así tal cual, antes de poder decir ni «¡Guau!», tholukuthi que el comandante Jambanja y los siete defensores que habían ido a por Simiso se encontraron en el ojo de un tremebundo huracán que parecía haber surgido de la nada.

Tholukuthi que la muchedumbre, que era también el huracán, mantenía una solemnidad impecable, un silencio absoluto que no era muy distinto del silencio perfecto con el que se había realizado el Muro de los Muertos. Y lo que hizo esa masa —siendo una masa serena— fue sencillamente dejar la comunicación a cargo de sus patas, e incluso así, la comunicación de las patas se realizó con una decidida paz que era casi hermosa, casi elegante en su método, hipnótica en su gracilidad, como si estuvieran haciendo algo de lo más sagrado. Y enfrentados a esa sosegada turba, tholukuthi que el comandante Jambanja y los siete defensores que habían ido a por Simiso no tuvieron tiempo de decir ni guau. Ni de atacar. Ni de morder. Ni de gruñir. Ni de chasquear los dientes. Ni de llamar a los refuerzos. Ni de explicarse. Ni de sorprenderse. Ni de suplicar. Ni de negociar. Ni de pedir perdón. Ni de retirarse. Con la excepción de un nervudo perro que de algún modo fue capaz de escabullirse milagrosamente a través del ojo del huracán y derretirse en el aire.

Y cuando finalmente la sosegada turba dejó de comunicarse con sus patas, apenas quedaba nada del comandante Jambanja y los defensores que habían ido a por Simiso. Sí, tholukuthi todos y cada uno de los perros habían sido reducidos a un montón de carne, y luego a una masa de pulpa, y finalmente a una mancha, de manera que todo lo que quedó después del huracán fueron manchas, mechones de pelo y diminutos trozos de dientes hechos trizas. Contaron los que estuvieron allí que, a diferencia de las turbamultas victoriosas de cualquier parte, esta turbamulta no estalló en vítores, no. No celebró su victoria, no. No danzaron ni saltaron de alegría. No cantaron. El suyo era el silencio absoluto de un huracán que, tras haber desatado su terrible furia y haberse agotado, se detenía un instante para recobrar fuerzas.

CRISIS EN EL PAÍS-PAÍS

Mientras tanto, las desconcertantes noticias de Lozikeyi, en muchos aspectos estrambóticas y sin precedentes en toda la historia de Jidada con un «da» y otro «da», pillaron por sorpresa al Órgano de Poder y a los elegidos. De hecho, muchos de ellos, incluido el propio Salvador, ni siquiera habrían sabido señalar en un mapa la posición de aquel miserable arrabal. Y aun así, la pequeña e insignificante Lozikeyi había puesto en órbita al Órgano de Poder, que se afanaba por averiguar si lo que estaban oyendo era de verdad lo que estaban oyendo. El Salvador y su Círculo Interno, incluidos personajes como el vicepresidente, Judas Bondad Reza, Elegía Mudidi, Dick Mampara, los ministros de Violencia y Orden, los generales del ejército, los jefes defensores y, por supuesto, Jolijo, junto con cuatro de sus hechiceros ayudantes más veteranos, se reunieron a toda prisa para una reunión de emergencia. Se encontraba también presente Maxwell Ngoma, el séptimo perro, el que escapó, que ahora llevaba un trapo ensangrentado en torno a la cabeza.

—¿Quiénes son los malditos cabecillas? ¡Quiero a los cabecillas ahora mismo! ¡Y quiero cortar esto de raíz y con tal dureza que esa insignificancia de Lozikeyi desaparezca del mapa! —bramó el Salvador, con la cara como una tormenta.

—Eeeh, Su Excelencia, señor... O sea, en fin, no sé cómo decir esto, pero... Es que no parece que haya exactamente cabecillas, señor —informó el ministro de Propaganda. La voz le sonaba como si proviniera de debajo de su silla.

—¿Qué? ¿Estás loco, Mudidi? ¡¿Cómo que no hay cabecillas?! —El Salvador escupía tanto al hablar que bautizó a los camaradas, que ni se movieron.

—Con todo el debido respeto, Su Excelencia, señor... Lo que quería decir... Lo que te estaba diciendo... Yo solo...

—¡Mira este techo, idiota! ¡Tú mira! —El Salvador subió de un brinco a la gran mesa de caoba antes de que Mudidi pudiera concluir la frase. Agarró la cabecita del estupefacto gato y la inclinó

hacia el techo, atravesado por una negra columna de hormigas que se esforzaban por cruzarlo, tholukuthi de camino a una fiesta de divorcio. En torno a la mesa, perplejos, los camaradas intercambiaron inquietas miradas.

—Ni siquiera esas hormigas que ves andan ahí arrastrándose a tontas y a locas. ¡Están siguiendo a la hormiga de delante! ¡Y esa hormiga de delante en particular es la maldita cabecilla! ¡Si yo abro un grifo ahora mismo, la primera gota de agua que saliera, la gota número uno sería la cabecilla! ¡Si te sentaras en un retrete ahora mismo y cagaras, Mudidi, el primer zurullo de tu kaka sería el cabecilla! ¡Cada cosa en este mundo tiene un cabecilla, Mudidi! Cada. Puta. Cosa. ¡Alguien incitó a esos imbéciles irrespetuosos a hacer lo que hicieron! Y quiero a ese incitador bajo custodia, porque si no, voy a hacer lo que hice en la guerra, ¡si no, os voy a enseñar a todos y cada uno de vosotros por qué me llaman Tuvy! —explotó el Salvador, soltando a Mudidi.

—Con todo el debido respeto, señor, para empezar, quiero decir, primero de todo, que no creo que hayas entendido siquiera lo que ha pasado en Lozikeyi, Su Excelencia. Pregúntame a mí, que yo no hablo de oídas, yo estuve allí, como puedes ver. Yo estaba con el mismísimo comandante Jambanja —intervino el defensor que había escapado, señalándose el vendaje con una pata ensangrentada. Su voz decía que esa era una historia que no se cansaría de relatar durante el resto de su valiosa vida.

—¿Y tú quién demonios eres? ¿Y quién te ha dado permiso para abrir tu apestosa boca aquí cuando te plazca? ¡¿Tú te crees que esto es un maldito retrete?! —chilló el Salvador.

—Mil disculpas, Su Excelencia, señor. Ese... es el defensor superviviente que... que escapó de la turbamulta. Habían ido allí a detener a la cabra problemática. La del..., esto..., la del ilegal Muro de los Muertos —informó Mampara.

—Así que tú eres el chucho imbécil que no sabe detener a un animal desarmado, a una miserable e insignificante hembra anciana, encima. ¿Quién te ha entrenado? ¿Y cómo es que tú, particularmente tú, conseguiste escapar, y no ninguno de los otros idio-

tas? ¿Para quién cojones trabajas? —bramó el Salvador, clavando en el infeliz defensor una mirada gélida.

Maxwell Ngoma abrió la boca y la cerró, miró con gesto de impotencia a sus jefes, Mampara y Mudidi, que apartaron la vista. El Salvador señaló un vaso y el ministro de Orden se apresuró a cogerlo, llenarlo con whisky Jameson y pasárselo al caballo, que lo apuró de un trago. El ministro volvió a llenarle el vaso.

—Lo que parece estar pasando, Su Excelencia, es que hay por ahí descontentos, criminales, que una vez más y obviamente animados por Occidente faltan al respeto al Órgano de Poder creando agitación para lograr un cambio de régimen. Hasta ahí, lo sabemos, ¿no es cierto, comandante? —terció el ministro de Violencia, volviéndose hacia el jefe de los defensores.

SOBRE EL MIEDO

—Sí, ya, por supuesto. Pero lo que también está sucediendo, si se me permite, camaradas, es algo que, sinceramente, me está costando mucho procesar. Y es que, de repente, parece que se ha producido un… ¿Cómo decirlo?… Un extraño cambio en estas bestias. Estoy seguro de que el mundo entero está conmocionado en este momento, porque definitivamente no es propio de los jidadanos volverse así contra los defensores, y mucho menos pensar siquiera en hacer lo que han hecho. Por lo menos no era así cuando yo era general —comentó el comandante Judas Bondad Reza. El vicepresidente acababa de volver tras pasar varios meses en China, donde había ido a que le realizaran una operación quirúrgica secreta, y era evidente que no gozaba de buena salud.

—Justo lo que yo pensaba, camarada vicepresidente. Y esto, debo añadir, ha puesto muy nerviosos a los defensores, por lo que se oye decir a los comandantes defensores de toda la nación. Porque, en parte, lo que en realidad nos permite hacer nuestro trabajo, y hacerlo de manera eficaz, es que contamos con el miedo natural que los animales sienten hacia los defensores y hacia el

Órgano de Poder. Y en esta sala todo el mundo sabe lo mucho que hemos trabajado para infundir y alimentar ese miedo a lo largo de las décadas. Y ahora casi parece que no estamos lidiando con los jidadanos que conocíamos, sino con bestias nuevas, recién llegadas de otro planeta —concluyó el comandante en jefe de los defensores.

—¡Tonterías! ¡Esa es la tontería más grande que he oído en mi vida! ¡Estas no son bestias nuevas! ¡Y el miedo está ahí! ¡El miedo no puede desaparecer! Está en la sangre de todos y cada uno de los jidadanos que vive y respira en esta tierra. Es por lo que tanto hemos trabajado desde el primer día. Si no, ¿para qué demonios os creéis que era el Gukurahundi? ¿Os creéis que era un juguecito? ¡Así que ya puedes ir a buscar ese puñetero miedo, camarada! ¡Y lo quiero de vuelta en su sitio en este mismo momento! ¡Ahora mismo! —bramó el Salvador.

—Sí, señor, sí, señor —respondió el comandante en jefe de los defensores, tholukuthi siseñoreando solo de boquilla, porque tenía el terrible presentimiento de que aquello era mucho más fácil decirlo que hacerlo.

—Eh... Lo que yo estaba pensando... —Tholukuthi que este era Jolijo, que había permanecido sentado como un huevo recién eclosionado, esperando el momento justo para abrir la boca, durante todo el tiempo que llevaban reunidos.

—Pues lo que yo estaba pensando, so imbécil, es cómo demonios ni tú ni tu desgraciado séquito, los... ¿Cuántos sois? Doscientos, trescientos de vosotros en cada puto rincón de este puto país y no lo habéis visto venir. Cuando yo te pago, y no es precisamente poco lo que te pago, por cierto, ¡justo para que lo veas venir! ¿Qué es exactamente lo que estás adivinando? ¿Para qué te pago?

El Salvador estaba que echaba chispas y humo. Jolijo y sus colegas agacharon la cabeza y se encogieron al tamaño de hormigas.

—Lo que yo necesito es que tú y tu inútil cohorte de kaka hagáis aquello por lo que bien que engordáis con mi dinero. ¡Quiero todos tus putos mutis en Lozikeyi! ¡Y quiero ese desgraciado gueto bajo control, aunque para eso haya que convertir hasta a la úl-

tima bestia en un puto zombi! En cuanto a todos los demás, ¡quiero que mañana mismo, a esta misma hora, quienquiera que quede en ese desgraciado gueto sepa quién manda aquí! A sangre y fuego, ¿me oís? ¡¡¡A sangre y fuego!!!

LA VIGILIA DE LOZIKEYI Y UNA NUEVA CLASE DE AMOR

No nos desbandamos ese día, no. Nos quedamos allí, vigilantes, esperando. Y no solo para proteger a Simiso, sino también para demostrar a los defensores, para demostrar al diabólico régimen, que ahora no teníamos el más mínimo miedo, que estábamos ahí para enfrentarnos a lo que deberíamos habernos enfrentado hacía mucho mucho tiempo, para demostrar que éramos una nueva raza de animales. Y si alguien había pensado que la multitud era gigantesca, todavía creció más durante la noche. Oleadas y oleadas de animales iban llegando. Tholukuthi de lugares cercanos y lejanos, de lugares de los que nunca habíamos oído hablar, lugares cuya existencia desconocíamos. Eran jidadanos de todas las edades, de todos los tonos de pelaje, de todos los sexos, jidadanos de todas las identificaciones étnicas por igual, jidadanos de todos los credos y religiones, jidadanos de todos los oficios y profesiones y tramos económicos, jidadanos de cualquier categoría que se utilizara para definir la jidadanía: allí estaban, allí estaban todos, habían venido, y estábamos unidos como un solo animal.

Y todos allí reunidos y unidos esa noche aprendimos que no era suficiente con decir que sientes amor hacia Jidada solo porque has nacido en Jidada. Descubrimos que el amor auténtico, el amor de verdad hacia la nación, era unirnos como nos habíamos unido en ese momento, como nos habíamos unido antes por Simiso. Que lo que de verdad contaba era dar la cara los unos por los otros, era negarnos al silencio, era luchar activamente por el bien, era exigir justicia por tus conciudadanos incluso aunque no necesariamente estés de acuerdo con ellos o no coincidas con sus ideas, incluso si no son tus vecinos ni pertenecen a tu grupo étnico ni a

tu partido político ni a tu religión. Tholukuthi que esa noche, junto a la casa de Simiso, junto al Muro de los Muertos, descubrimos que la única forma de ser una Jidada mejor era en realidad empezar por ser el tesoro los unos de los otros. Y ese descubrimiento, ese aprendizaje, nos hizo enamorarnos los unos de los otros. Nos sostuvimos la mirada y nos comunicamos, en silencioso silencio, nuestro amor, nuestra solidaridad.

EL MOMENTO DE LAS HISTORIAS EN LA NOCHE DE LOZIKEYI

Fue, por supuesto, otra noche de cortes de luz, pero los huesos de Nehanda, que el viento había dispersado anteriormente por toda Lozikeyi, ahora se alzaron en el aire y brillaron más que la luna para rodearnos de una extraña y mítica luz. Mientras tanto, seguían llegando jidadanos. Llegaban tantos que pensamos que Lozikeyi iba a reventar por las costuras. Como los recién llegados se habían perdido los acontecimientos, las historias de esa tarde se contaron y recontaron hasta que los que no habían estado allí empezaron a sentirse como si de verdad hubieran estado allí, como si hubieran formado parte del huracán. Y ellos a su vez les contaban la historia a los que llegaban después, como si ellos mismos hubieran sido el huracán, hasta que a todos y cada uno de los que estábamos reunidos esa noche nos pareció que la historia de esa tarde nos corría por las venas mezclada con nuestra sangre, de modo que nunca jamás la olvidaríamos.

Y como una canción puede cansar al cantante y agotar al bailarín por bonita que sea, pasamos de los sucesos de esa tarde a otras historias, sí, tholukuthi relatos de lo que nos había pasado en otros tiempos y durante los largos años de nuestra Jidada con un «da» y otro «da». Escuchamos y contamos historias de dolor, historias de la violencia del Órgano de Poder tan terribles que a veces los animales sencillamente alzaban las cabezas, mareados, y se quedaban mirando los relucientes huesos de Nehanda. Tholukuthi que a través de esas historias aprendimos que había mu-

chísimas narrativas acalladas, excluidas de las historias de la nación que contaba el Órgano de Poder, supimos que estábamos excluidos de los grandes libros de historia de Jidada. Que las historias de la gloria de la nación estaban muy lejos de contar toda la verdad, y que a veces las verdades del Órgano de Poder eran solo medias verdades y posverdades, así como deliberadas omisiones. Lo cual a su vez nos hizo comprender la importancia, no solo de narrar nuestras propias historias, nuestras propias verdades, sino de escribirlas también para que no nos las arrebatasen, para que jamás fueran alteradas, tholukuthi jamás borradas, jamás olvidadas.

RETRATO DE LAS VÍCTIMAS COMO CÓMPLICES

Luego vinieron las historias que eran también confesiones. Y en las historias que eran también confesiones aprendimos la aleccionadora verdad sobre nosotros mismos: tholukuthi que incluso oprimidos por el malvado régimen, también, de muchas maneras, le habíamos dado permiso para oprimirnos. Sí, tholukuthi que hasta se lo habíamos facilitado, por más que nuestra intención no fuera necesariamente la de causar en nosotros mismos y en los demás el dolor que habíamos tenido que soportar durante años, durante décadas. Habíamos votado por el régimen una y otra vez, sabiendo con certeza la clase de monstruos a los que votábamos. Les habíamos ayudado a ganar elecciones fraudulentas. Habíamos asistido a odiosos mítines que insultaban la dignidad de los jidadanos y los habíamos vitoreado en ellos. Habíamos llevado ropa bordada con los corruptos rostros de aquellos que nos robaban el pan de la boca y cuyas botas nos pisaban todos los días el cuello sin dejarnos respirar. Habíamos llevado sobre nuestros cuerpos las caras de maltratadores, asesinos, tribalistas, violadores, saqueadores y toda clase de criminales. Nos habíamos quedado de patas cruzadas viendo cómo los defensores apaleaban, asesinaban, violaban, detenían, hacían desaparecer a inocentes

durante largos y terribles años, y a veces incluso habíamos culpado a las víctimas por ponerse en una situación en la que los defensores tenían que hacerles daño. En las redes sociales habíamos seguido a saqueadores y alabado su fastuoso tren de vida financiado con la riqueza robada de Jidada. Habíamos dado toda clase de sobornos y nos habíamos implicado en todas las formas de corrupción para que nuestras vidas transcurrieran sin contratiempos. Habíamos hecho la vista gorda, nos habíamos encogido de hombros mientras violaban nuestra constitución una y otra y otra vez.

Tholukuthi pensativos, humillados, dolidos por todo lo que habíamos hecho para participar en nuestra propia opresión, escupimos en el suelo y dijimos: «Con estas terribles cicatrices hemos aprendido dolorosas lecciones para toda una vida. No repetiremos nuestros errores».

RETRATO DE UN FUTURO

—¡Gloria, gloria, gloria aleluya, oh, preciosos jidadanos!

No nos sorprendió ver al profeta doctor O. G. Moses aparecer entre la muchedumbre como una especie de ángel porcino, con un aspecto inmaculado con su flameante túnica blanca. El famoso profeta, que aferraba una Biblia y un lujoso micrófono dorado, había venido obviamente preparado para dirigirse a nosotros. Lo vimos mirarnos con aquellos ojos luminosos, lo vimos alzarse sobre sus patas traseras para asumir su sagrada forma. Lo vimos pronunciar un sensacional recital en lenguas: «Rabhasha zuzure hallafashata hahikila bayanga hahiyahayiya halabratiga olosha makwekwegwena bikibongbongbong sindomande makhibhozhay halakasha meyoncejayancebhoyonce!». Y luego, como en el momento justo, vimos que un toro cargaba contra el más famoso de los profetas famosos. Lo levantó con los cuernos y lo lanzó tan alto por los aires que parecía de verdad que había llegado al cielo pegando berridos. Nosotros rugimos y vitoreamos con un tremen-

do aplauso que decía que se habían acabado los falsos profetas y los falsos pastores y los falsos líderes religiosos que en nombre de Dios nos desplumaban del dinero que tanto nos costaba ganar, que se confabulaban con el Órgano de Poder para mantenernos oprimidos, que nos decían por quién debíamos votar, contándonos la descarada mentira de que nuestros líderes fueron elegidos por Dios, que nos ordenaban mantenernos apartados de la política. Nosotros queríamos un Dios de revolución, un Dios de liberación, un Dios de justicia, un Dios de anticorrupción, un Dios radical que nos inspirase para construir el paraíso que merecíamos aquí en la tierra, sí, tholukuthi en la mismísima Jidada con un «da» y otro «da».

Y una vez expulsado el profeta como un maldito demonio, proseguimos con nuestras asambleas. Comenzando por los jóvenes, procedimos a escuchar ideas y sueños sobre la clase de paraíso que queríamos ver, donde queríamos vivir aquí en la tierra, en nuestra propia Jidada. Tholukuthi que solo escuchamos a animales normales y no a políticos, porque por fin habíamos visto la luz y sabíamos que Jidada con un «da» y otro «da» era la terrible tragedia y el escenario criminal que era, en parte, por culpa del muy malvado sistema político en cuyas fauces habíamos estado atrapados, quebrantados y ensangrentados durante décadas. Ahora comprendíamos que no necesitábamos ser seguidores de líderes ineptos, sino participantes en un sistema que nos sirviera, que teníamos que recuperar nuestras vidas, nuestro poder, nuestros destinos, arrebatárselos a los codiciosos y corruptos políticos que no sabían nada ni de servir ni de amor por la nación ni de la dignidad de los ciudadanos.

NECESITAMOS UN NUEVO ORDEN MUNDIAL

Cuando los que saben dicen que los poderes coloniales le concedieron a África la independencia pero no la libertad, tholukuthi que quieren decir que los poderes coloniales le concedieron a

África la independencia pero no la libertad. Aquella noche, todos unidos junto a la casa de Simiso, junto al Muro de los Muertos, supimos que igual que el Órgano de Poder de Jidada y los elegidos habían saqueado y robado la riqueza de la nación desde la supuesta independencia, nuestros anteriores colonizadores seguían saqueando y robando la riqueza del continente de África, como habían estado haciendo durante las décadas y décadas en las que nos gobernaron. No se nos pasaba por alto que Occidente, que adoraba «salvar» África y anunciar cada uno de sus actos al mundo entero, lo hacía con una pata mientras nos manipulaba, nos saqueaba y nos robaba con el resto de sus patas, de manera que del continente salía mucho más dinero del que entraba con cuentagotas. No hacía falta que nos dijeran que estábamos atados y bien atados por las inamovibles cadenas de deudas prodigiosas, debidas a las mismas naciones cuya prosperidad dependía de nuestra riqueza. No era casual que las multinacionales amasaran y despacharan colosales beneficios de África, que se llevaban a sus países, tal como había sido el caso durante la época colonial. Hasta los palos y las piedras sabían que la tierra africana, en cualquier momento dado, aullaba y se sacudía y se estremecía con la extracción de sus preciosos minerales, que muy raramente beneficiaban a sus desgraciados hijos. Sí, tholukuthi que sabíamos que, si trabajábamos y languidecíamos sin alivio alguno en devastadores ciclos de pobreza, de subdesarrollo, de inestabilidad, de corrupción, de enfermedades, de indignidad, de dolor, de muerte, no era solo por los terribles criminales que nos gobernaban. Y así esa noche, junto a la casa de Simiso, junto al Muro de los Muertos, prometimos librar una guerra más por la segunda liberación de África de la opresión colonial. Por la liberación de la explotación. Del saqueo. Del dominio de Occidente. De la indignidad. Del maltrato. Queríamos libertad auténtica. Queríamos apartar de nuestra riqueza esas codiciosas patas ladronas. Queríamos justicia. Queríamos un nuevo mundo. Tal ansia teníamos de un mundo nuevo que esa noche no pegamos ojos. Nos quedamos soñando de pie, soñando con nuestros corazones, con

nuestras tripas, con nuestras bocas, con nuestra imaginación; soñamos hasta ser capaces de ver la Nueva Jidada, la Nueva África, el Nuevo Mundo que tanto deseábamos materializarse justo delante de nuestros ojos y flotar por encima de los huesos de Mbuya Nehanda, tholukuthi tan cerca que prácticamente estaba a nuestro alcance.

Segunda independencia

TODO UN EJÉRCITO DE DEFENSORES, Y LO PRIMERO, LO SEGUNDO, LO TERCERO, LO CUARTO Y LO QUINTO

Tholukuthi que la mañana convirtió a Lozikeyi en un hervidero de defensores, con la misma furia que aparecían siempre los defensores donde había agitación por toda Jidada con un «da» y otro «da». Llegaron en multitudes: batallones y batallones armados hasta los dientes como para una auténtica guerra. Los que saben dijeron que, a diferencia de ocasiones anteriores, en otros lugares revueltos, lo que los defensores olieron en Lozikeyi esa mañana temprano no fue miedo, no. Tholukuthi que no olía a miedo. Eso fue lo primero. Otra diferencia con ocasiones anteriores, en otros lugares revueltos, era el tamaño de la muchedumbre: pareciera que toda Jidada había acudido y se había apiñado dentro del gueto como granos de sal en un saco. Eso fue lo segundo. Lo tercero es que la muchedumbre se comportó como nunca jamás se había comportado en presencia de defensores armados: tholukuthi que se mantenía como esperando, expectante. Era la espera de un terrible huracán que había tenido tiempo de reunir fuerzas después de su primer estallido y, por lo tanto, se sabía incluso más poderoso que antes. Lo cuarto era la gigantesca barricada: montañas de rocas que bloqueaban la carretera principal de entrada a Lozikeyi. Tholukuthi tomados por sorpresa y absolutamente desacostumbrados a ninguna de estas cosas, los defensores frenaron poco a poco y olfatearon el aire, pusieron de punta las orejas y se lamieron

los morros, como calculando. Y ahora que podían ver claramente a la muchedumbre, se dieron cuenta de otra cosa que también era distinta de ocasiones previas: que la multitud ante ellos y en torno a ellos estaba del todo dispuesta a morir. Eso era lo quinto.

LOS DEFENSORES DE LA REVOLUCIÓN THOLUKUTHI CONSIDERANDO LAS MATEMÁTICAS DE LA REVOLUCIÓN.

—¿Defendiendo una revolución, de verdad, cuando todos sabemos que lo que estamos defendiendo es una farsa?

—Vosotros podéis pensar lo que queráis, camaradas, pero esos de ahí, esos jidadanos, no están promoviendo una guerra y lo sabéis. Lo único que pasa es que quieren un cambio. Esos jidadanos quieren que se acabe la corrupción. Esos jidadanos quieren que se acaben los cortes de agua y los cortes de luz y las colas. Esos jidadanos quieren un salario digno. Esos jidadanos quieren dignidad. Esos jidadanos quieren justicia. Esos jidadanos quieren una vida mejor aquí, en casa, para no tener que ir a mendigarla donde no los quieren. Y eso, en mi opinión, es la revolución que debería estar defendiendo cualquiera en su sano juicio, cualquiera con un mínimo de ética y con el corazón en su sitio.

—Pero ¿no estábamos de celebración con esos animales después de que el Órgano de Poder nos utilizara para acabar con el Viejo Caballo? ¿No nos hacíamos selfis con ellos en nombre de una Nueva Jidada? ¿Y ahora qué? ¿Se supone que tenemos que masacrarlos? ¿Por qué? ¿Por pedir algo mejor? ¿Por desear sencillamente respirar en un país supuestamente libre? Es algo que yo también me pregunto cada vez que me pongo y me quito este maldito uniforme: ¿adónde ha ido la revolución, camaradas? ¿Adónde ha ido?

—Mira, yo no puedo... Mi conciencia no me permite abrir fuego contra esa multitud. Vosotros sabéis, igual que yo, que los jidada-

nos no son malos animales. Y sabéis, igual que yo, que en Jidada hay bestias de verdad malvadas, de verdad despreciables, que son las responsables de esta situación que ha traído aquí a esta multitud y nos ha traído a nosotros. Y sabéis muy bien quiénes son esas bestias malvadas, y sabéis sus nombres, y hasta sabéis dónde viven. Pero preferís haceros los tontos, fingir que no tenéis ni idea de quién es el auténtico enemigo. Porque matar inocentes es mucho más fácil que hacer lo que todos sabemos que debe hacerse si queremos ser libres de verdad.

—La realidad, camaradas, es que estos animales apiñados a nuestro alrededor no son extrañas criaturas de un planeta lejano. Son de los nuestros. Y todos sabéis que vuestros parientes están en esa multitud. Vuestros amigos y vecinos están entre ellos. Vuestros caseros, los miembros de vuestra iglesia, los profesores de vuestros hijos, vuestros médicos y enfermeras. Todos, ciudadanos buenos y decentes. Y todos saben que hoy pueden morir. Todos están dispuestos a morir hoy. No directamente a manos del Órgano de Poder, sino asesinados por nosotros actuando en su nombre. Mi pregunta es: ¿cuándo vamos a aprender a asquearnos?

—Pues yo lo que sé es que no quiero meterme en la clase de huracán que tenemos delante. Lo que yo sé, después de oír lo que les pasó al comandante Jambanja y los siete, y ojo que estamos hablando del comandante Jambanja, nada menos, es que si tengo que morir quiero que sea lo más tarde posible. O sea, que yo nunca he dicho que sea un perro valiente, y al fin y al cabo, un animal solo tiene una vida. ¡Una vida nada más!

—La triste verdad es que si los verdaderos libertadores de este país estuvieran vivos, si sus huesos se levantaran de nuevo, seguro que no estarían aquí con nosotros. Estarían allí, con ellos, dispuestos también a morir. Y por eso, ese de ahí es el bando bueno, el bando ético.

—Yo recuerdo lo ingenuo que era cuando me puse por primera vez este uniforme. Pensé que mi trabajo iba a ser de verdad servir y proteger. ¿Y esto que vamos a hacer es servir? No. ¿Es justo, es digno, es bueno? No. ¿Me beneficiará en algo o hará mi vida mejor? No.

—Bueno, puestos a suponer, digamos que esos animales y nosotros nos liamos y muchos morimos. ¿Vosotros creéis que el Órgano de Poder y los elegidos iban a llorar por alguno de nosotros? ¿Creéis que vendrían a nuestros funerales?

—Yo no sé vosotros, pero mi filosofía de vida es que todo sucede por una razón. Yo creo que Dios me ha puesto hoy aquí, en este vehículo, con estos animales, por una razón, y que esa razón es la de manifestar su gloria, la de tomar la decisión correcta.

—Yo sigo a muchos activistas en internet y vivo cerca de dos de las Hermanas de los Desaparecidos. ¿Y sabéis qué? Que por más que digan el Órgano de Poder y los elegidos, yo me identifico con la mayoría de las cosas por las que ellas luchan, ellas y el resto de la nación. Porque la verdad es que yo también quiero creer en esas cosas. Así que, debajo de este uniforme, yo estoy con esa muchedumbre.

—Esto es lo que somos: que unos maestros pobres y muertos de hambre hacen una manifestación pacífica, nos lanzamos contra ellos. Que médicos y enfermeras hacen huelga por un salario digno, nos lanzamos contra ellos. Que los activistas hacen una marcha por el cambio, pues lo mismo: dispersamos, apaleamos, destrozamos, detenemos, hacemos desaparecer, una y otra vez. ¿Cuándo acabará esto? ¿Cómo podemos esperar que este país cambie para mejor cuando todos los días pisamos el cuello de los que trabajan por el cambio? ¿Y eso exactamente en qué nos beneficia? ¿Adónde nos lleva? ¿Y qué hemos ganado con ello? ¿Y qué intereses estamos defendiendo en realidad y por qué?

—Pues yo, si os soy sincero, admiro a esos animales por perder el miedo. ¿Y por qué demonios no podemos hacer nosotros lo mismo? ¿Qué es lo que nos detiene? Y si no lo hacemos ahora, entonces, ¿cuándo?

—Si hubiera quedado algo del comandante Jambanja y los siete, ¿creéis que el Órgano de Poder los habría enterrado en la plaza de los Libertadores? ¿Los habrían enterrado con honores por defender la revolución?

—El propio Salvador dijo el día de su nombramiento: «La voz de la multitud es la voz de Dios». ¿No es así? ¿Alguno sabe por qué y cuándo y cómo esa voz de Dios de pronto se ha convertido en la voz del enemigo? Os digo una cosa, si todos bajáis las armas ahora mismo y escucháis a esa multitud, Dios hablará. Yo no soy religioso ni nada, pero es que Dios está rugiendo ahora mismo. Por una tierra mejor, por una Jidada mejor. La cuestión es, ¿seremos o no seremos parte de ella? Lo cual es también la cuestión de quiénes somos en realidad.

—Cuando esta mañana me ponía este uniforme nuevo, me pregunté cuándo había sido la última vez que me puse pantalones nuevos, ropa interior nueva, lo que fuera nuevo. Y os digo con toda sinceridad que ni me acordaba. Porque no nos pagan suficiente para llevar una vida normal. ¿Y cómo es que el Órgano de Poder no nos da un salario digno pero sí puede pagar nuevos equipamientos y nuevas armas? ¿Cuántos millones se han gastado en armas y equipamiento desde que Tuvy llegó al poder? Y además, ¿para qué necesitamos siquiera estas armas? Ni que el país estuviera en guerra. ¿Y a vosotros cuánto os pagaron el mes pasado?

—Oye, ¿alguno ha caído en la cuenta de que, si no fuéramos defensores, fijo que estaríamos ahí fuera con ellos, con las masas? Estaríamos cantando la misma canción.

—Y ya que estamos, podríamos considerar, y quiero decir pensarlo de verdad, que estas masas están de hecho dispuestas a morir y nosotros no. Considerad las cosas por las que esas masas están dispuestos a morir y luego sopesadlas contra nuestra propia situación. Y después de pensar todo eso, vamos a ir más allá y vamos a pensar, o sea, vamos a considerar, pero bien-bien, las matemáticas de la revolución.

Y efectivamente, los defensores se quedaron en sus vehículos considerando las matemáticas de la revolución y considerando las matemáticas de la revolución y considerando las matemáticas de la revolución y considerando las matemáticas de la revolución y considerando las matemáticas de la revolución y considerando las matemáticas de la revolución y considerando las matemáticas de la revolución y considerando las matemáticas de la revolución y considerando las matemáticas de la revolución y considerando las matemáticas de la revolución y considerando las matemáticas de la revolución, y considerando las matemáticas de la revolución y considerando las matemáticas de

la revolución y considerando las matemáticas de la revolución y considerando las matemáticas de la revolución y considerando las matemáticas de la revolución y considerando las matemáticas de la revolución y considerando las matemáticas de la revolución y considerando las matemáticas de la revolución y considerando las matemáticas de la revolución y considerando las matemáticas de la revolución.

DEFENSA DE LA VERDADERA REVOLUCIÓN

Cuando los que estuvieron allí lo contaron, dijeron que lo que sucedió fue que un pitbull saltó de uno de los vehículos del frente del convoy, tholukuthi con las patas alzadas para demostrar que iba desarmado. Y entonces caminó hasta un claro, donde se inclinó y, con calma, comenzó a desatarse las botas y luego las apartó de una patada, seguidas por los calcetines. Y después de las botas y los calcetines, el cinturón. Y después del cinturón, se quitó el duro casco. Después de lo cual se desabrochó la chaqueta y también se la quitó. A continuación, le tocó el turno a la camiseta y por fin se bajó la cremallera de los pantalones y también se los quitó. Cuando los que estuvieron allí lo contaron, dijeron que el defensor desnudo, ahora llorando sin tapujos, lo cual resultó más asombroso que verlo quitarse la ropa, poco a poco se acercó hasta el grupo más cercano. Y una vez allí, sin pronunciar ni una sola palabra, se inclinó ligeramente, las patas juntas en gesto de paz y, al igual que la multitud, se volvió hacia sus camaradas.

Contaban los que estuvieron allí que en ese momento el aire era tan denso que se podía cortar. Los animales congregados se preguntaban si lo que estaban viendo era de verdad lo que estaban viendo. Tholukuthi que hubo algunos entre la masa cuyos instintos los impulsaban a arrojarse sobre el defensor y hacer con él lo que habían hecho con el comandante Jambanja y los siete defensores el día anterior, pero se contuvieron, confusos, desorientados incluso por el gesto de paz del perro, por el hecho de que se hubie-

ra despojado del uniforme de los defensores y hubiera dado la espalda a sus camaradas para unirse a la muchedumbre llorando. No era en absoluto una situación que hubieran anticipado y, como no la habían anticipado, pues no la habían discutido y, como no la habían discutido, pues no tenían muy claro cuál era la mejor manera de lidiar con ella.

Y entonces volvió a suceder. Dijeron los que lo contaron que un largo perro rodesiano crestado, en algún punto de la mitad de la flota, salió tranquilamente de su vehículo para quitarse la ropa, prenda por prenda, y libre de su uniforme y llorando, se unió también a los animales como había hecho antes su camarada. Tholukuthi que el siguiente perro se estaba desnudando antes de que el segundo se hubiera unido a la multitud, y que antes de que el tercer perro terminara de desnudarse, el siguiente ya había dejado su arma, había saltado del coche y se desnudaba también, y antes de que el siguiente hubiera terminado de desnudarse, otros diez o doce estaban haciendo lo mismo. Y estos perros también se unieron a la multitud, sí, tholukuthi llorando, uniendo las patas en una señal de paz y luego volviéndose para enfrentarse a sus camaradas.

Tholukuthi que los hijos de la nación contemplaron estupefactos el desarrollo del drama: decenas y decenas y decenas de defensores de Jidada dejando las armas para unirse a ellos. No les preguntaron a los perros qué estaban haciendo, no les hicieron ninguna otra pregunta, no. No los vitorearon, no. No celebraron nada, no. Se quedaron contemplando en silencio hasta que todos y cada uno de los vehículos quedaron vacíos de defensores. Los que lo contaron decían que este podría muy bien haber sido uno de esos momentos de ¿y ahora qué?, sí, tholukuthi cuando la muchedumbre y los perros se quedaron ahí mirándose los unos a los otros y preguntándose qué iba a pasar, si es que pasaba algo, después de este evento que nadie había anticipado.

Entonces los perros, con calma y sin ceremonia, prendieron fuego a la pila de sus uniformes, sí, tholukuthi indicándoles a los animales que mantuvieran una distancia prudencial antes de incendiar hasta el último símbolo y arma y artilugio de defensa. Y

los animales, totalmente desprevenidos para esta parte, igual de desprevenidos que habían estado para la parte anterior, siguieron observando en silencio. Y tholukuthi que los perros lo quemaron todo. Y cuando corrió por todo el país la noticia de que los batallones de defensores enviados para atacar a la mayor congregación de hijos de la nación habían depuesto las armas, se habían quitado los uniformes, se habían unido a la masa y luego lo habían quemado todo, tholukuthi que defensores de toda Jidada, como despertando de un profundo trance, hicieron lo propio y destruyeron absolutamente cualquier cosa que tuviera que ver con la defensa, de manera que en cuestión de horas, la institución de Defensa, como había sido conocida durante las décadas de mandato del Órgano de Poder, cayó por fin.

TODO LO BUENO SE ACABA

Lo que pasó a continuación les enseñó a los hijos de la nación una lección que lamentaron, y mucho, no haber aprendido antes. Y la lección fue que es muy posible pasar toda una vida en el terror de una oscuridad que en realidad no oculta nada más que flores y saltamontes y palomas y cocodrilos desdentados. Porque sin la protección de los defensores, el Órgano de Poder y los elegidos se encontraron, de pronto y sin el menor aviso previo, vulnerables, flotando en la nada, sin un suelo sólido bajo sus patas, tholukuthi atrapados en una Jidada de aeropuertos cerrados y fronteras inaccesibles, sin ningún sitio al que huir. Ni siquiera su riqueza robada los salvaría. Y en un extraño giro de los acontecimientos, el miedo que había afligido a los hijos de la nación durante la mayoría de los años de Jidada, ahora infestaba y acobardaba a los anteriores opresores, que fueron sistemáticamente rodeados, cogidos como basura asquerosa, arrojados a furgones decrépitos y encerrados en las mismas prisiones del terror donde durante sus años de gloria habían enviado sistemáticamente a pudrirse tanto a enemigos reales como a enemigos imaginarios.

THOLUKUTHI EL ÚLTIMO IDIOTA

Cuando los que saben dicen que no hay noche tan larga que no termine en un amanecer, tholukuthi que quieren decir que no hay noche tan larga que no termine en un amanecer. Los hijos de la nación —de nuevo convertidos en el temible huracán que había recuperado su fuerza— irrumpieron a través de los grandes muros de la Casa de Poder, aullando el nombre de Tuvy. Los que entraron en masa por la entrada occidental se detuvieron ante el famoso jardín de esculturas, que el Salvador llamaba afectuosamente el Santuario de los Gobernantes, sí, tholukuthi una producción espectacular de estatuas de tamaño natural de algunos de los notorios Padres de la Nación de África, en granito negro que relucía en contraste con los exuberantes lirios, rojos como el fuego. Tholukuthi que el huracán se lanzó como loco contra los imponentes ídolos de piedra. Y pisoteó y destrozó y aplastó. Y así cayó el tirano de Nigeria y cayó el tirano de Uganda y cayó el tirano de Camerún y cayó el tirano de la República Central Africana y cayó el tirano de Eritrea y cayó el tirano de Eswatini y cayó el tirano de Sudán y cayó el tirano de Argelia y cayeron todos y cada uno de los tiranos vivos africanos, sí, tholukuthi en un abrir y cerrar de ojos el Santuario de los Gobernantes quedó reducido a escombros, escombros, escombros.

Mientras tanto, el Salvador miraba perplejo y confuso el huracán. Jolijo y su cohorte de hechiceros le habían asegurado que estaría a salvo y sería intocable tras los grandes muros de la Casa de Poder, porque habían sido fortificados con los hechizos más potentes, de manera que, cuando se acercaran los desgraciados hijos de la nación, un foso inexpugnable rodearía la residencia, sí, tholukuthi un mar terrible infestado de cocodrilos hambrientos, que de hecho serían muchos más que los desgraciados descontentos.

Pero ahora aquí estaban los disidentes enloquecidos, aquí, con una estúpida ira sin fondo en los ojos. El Salvador, que era enemigo natural del miedo, se alzó sobre los cuartos traseros en toda su altura, que era un total de veinte manos, y se enfrentó a las masas

con unos ojos fieros que no pestañeaban. Tholukuthi no con una, sino con dos Bufandas de la Nación en torno al cuello: una en un sentido y la otra en el otro sentido, al revés que la primera, sí, tholukuthi desafiante, negando la realidad y flanqueado por sus hijos, que por otra parte no parecían compartir la seguridad de su padre y, por lo tanto, estaban a cuatro patas, con los pantalones mojados y no de agua, temblando como hojas en mitad de una tormenta y preguntándose si lo que estaban viendo era de verdad lo que estaban viendo.

ENFRENTADOS AL COCODRILO

Contaban los que saben que en exacto momento en que el Salvador se enfrentaba al huracán, allá en Lozikeyi, los jóvenes, a los que habían dejado en compañía de los muy viejos por una cuestión de edad, estaban frente al cocodrilo. Inspirados por los eventos del día anterior, tholukuthi que los jóvenes habían mantenido la vigilancia junto a la casa de Simiso, junto al Muro de los Muertos. Y mientras esperaban a que regresaran los adultos con lo que, dijeron, sería una «Nueva Jidada esta vez de verdad», los críos hicieron lo que mejor sabían hacer, que por supuesto era jugar.

Tholukuthi que el cocodrilo había aprovechado las revueltas en la nación para atacar en Lozikeyi. Encontró a los críos embarcados en un juego llamado Concierto, en el que se turnaban para imitar a Queen Black, el cantante retornado que había cantado justo antes de que el comandante Jambanja matara de un tiro a Destino en el parque Uhuru del Recuerdo, y cuyas canciones se sabían de memoria porque sus padres las ponían sin fin durante aquellos días cuando hablaban del pasado hasta que tenían que contener las lágrimas. Todas las miradas estaban sobre el improvisado escenario cuando Mathapelo, a quien ahora le tocaba cantar, señaló y gritó. Y los pequeños se volvieron hacia el gigantesco cocodrilo, que era más grande que Goliat en las historias de Madre de Dios, que sonreía con sus famosos dientes afilados, que los

miraba con esos ojos enormes, tholukuthi uno de los cuales era del color de la bandera de Corea del Norte en un buen día y el otro era del color de la bandera de Corea del Norte en un día malísimo.

—¡Podéis correr, pero no podéis escapar! —chilló el cocodrilo, con una risa que sacudió el Muro de los Muertos y espantó a los pájaros y a las culebras y a los lagartos. Y los niños se quedaron mirando horrorizados mientras la bestia descomunal se apostaba y luego comenzaba a dirigirse hacia ellos dando dentelladas.

Cuando Razón lo contaba más tarde, dijo que al ver al cocodrilo acercarse, arrastrándose sobre su vientre, se le ocurrió la idea de comenzar el famoso baile del Cocoloco. El avispado cerdito chilló: «¡Cocoloco!», y todos los críos se tiraron al suelo para andar como cocodrilos, contoneándose y sacudiéndose y cantando la famosa canción del cocodrilo: «¡Cuidado, Jidada, que viene el cocodrilo con sus grandes dientes afilados! ¿Mordisqueará, morderá, hará ñac-ñac-ñac?». Los niños cantaban con valentía, pero el terror en sus voces podía palparse. Y el cocodrilo, sorprendido, viendo a los niños bailar su baile y cantar esa canción que se cantaba y se bailaba por todas partes y que gustaba por todas partes y que le había hecho tan tan famoso que ahora hasta lo conocían en el WhatsApp y en el Twitter y en las internets en general, se olvidó de todo. Y tholukuthi que la horrenda criatura danzó.

Y al verlo danzar, los niños alzaron las voces y lo aplaudieron más de lo que habían aplaudido nunca jamás en sus cortas vidas, sí, tholukuthi que aplaudieron con la esperanza de que, a lo mejor, podían de algún modo encandilar a la criatura para que no los matara. Y por un momento, pareció funcionar. El cocodrilo, que estaba acostumbrado a que los animales se dispersaran nada más verlo llegar, por quien jamás habían cantado, a quien jamás habían aplaudido, a quien jamás habían vitoreado, esbozó una sonrisa más salvaje que la de cualquier cocodrilo de cualquier parte. Se contoneó, se agitó, sacudió la cola. Y sonrió. Y se contoneó. Y se agitó. Y sacudió la cola. Y sonrió. Y se contoneó. Y se agitó. Y sacudió la cola. Y sonrió. Y se contoneó. Y se agitó. Y sacudió

la cola. Y sonrió. Y se contoneó. Y se agitó. Y sacudió la cola. Y sonrió. Y se contoneó. Y se agitó. Y sacudió la cola.

CAMARADA NUNCAFALLA NZINGA: THOLUKUTHI ¿QUERRÍA POR FAVOR PONERSE EN PIE EL AUTÉNTICO LIBERTADOR?

Cuando más tarde los pequeños se lo contaron a los adultos, dijeron que el cocodrilo estaba disfrutando de tal manera de su gloria que tardó un buen rato en darse cuenta de que ya nadie cantaba ni vitoreaba ni aplaudía. Que todo su alrededor era el silencio silencioso del interior de una bala. Y que una vieja gallina, vestida toda de negro, le apuntaba a la cabeza con un arma. Sí, tholukuthi casi cuatro décadas después de disparar su último tiro —que había sido al aire, para celebrar el nacimiento de una Nueva Jidada y marcar el final de la Guerra de Liberación a la que se había unido en su adolescencia—, la camarada Nuncafalla Nzinga, la olvidada veterana, apuntó con su arma, *Quitapenas,* al cerebro del cocodrilo, cerró el ojo izquierdo y apretó el gatillo. Y como la camarada Nuncafalla Nzinga en efecto nunca fallaba, el cocodrilo danzó y aulló con una furia que hizo temblar la tierra. Y a los críos les brincaron los intestinos hasta el pecho. La camarada Nuncafalla Nzinga disparó otros dos meticulosos tiros; un segundo en la cabeza y otro en la columna, y tholukuthi que el cocodrilo sufrió un espasmo, dos espasmos, tres espasmos, cuatro, cinco, seis espasmos, y quedó quieto. Y los críos, absolutamente estupefactos, se miraron los unos a los otros para ver si lo que estaban viendo era de verdad lo que estaban viendo, y cuando vieron que sí lo era, estallaron en vítores.

LA BUFANDA MUTI Y LA MAGIA

Y mientras en Lozikeyi, junto a la casa de Simiso, junto al Muro de los Muertos, los jóvenes celebraban el final del reinado de te-

rror del cocodrilo, tholukuthi a cientos de kilómetros de distancia, en la Casa del Poder, el huracán se cernía sobre el Salvador. Los que estuvieron allí contaron que, enfrentado al momento de la verdad, el Salvador relinchó con tan asombrosa potencia que todas las ventanas del edificio se hicieron añicos. Pero el huracán se acercaba y se acercaba y habría seguido acercándose de no ser porque el Salvador chilló un extraño encantamiento, se arrancó las bufandas y las tiró al suelo, entre el huracán y él, frenándolo en seco.

Sí, tholukuthi que el huracán se frenó en seco porque hasta los palos y las piedras conocían el amor del Salvador por la brujería, sabían que la Bufanda de la Nación no era una bufanda cualquiera, sino un terrible talismán, y que, igual que el báculo de Moisés se había convertido en serpiente, esa bufanda podría también convertirse en una cosa horrenda, sí, tholukuthi seguramente en una criatura incluso más atroz que la serpiente de Moisés. La muchedumbre miró nerviosa las bufandas. Luego se miraron los unos a los otros. Luego las bufandas. Luego unos a otros. Luego las bufandas. Luego unos a otros. Y luego aullaron de risa: resultó que las bufandas no eran más que bufandas, hechas de lana normal y corriente. Y tholukuthi que el huracán se hinchió una vez más y por fin le llegó al Salvador su imparable caída.

Cuando los que estuvieron allí lo contaban más tarde, dijeron que en ese mismo momento una gigantesca columna de mariposas rojas apareció de la nada y descendió sobre la Casa de Poder. Y que la columna era tan descomunal que había que esforzarse por ver a través del caos de aquellas alas rojas-rojas-rojas que sofocaban el aire y casi impedían respirar. Que antes de que la muchedumbre pudiera preguntarse si lo que estaba viendo era de verdad lo que estaba viendo, todas y cada una de las mariposas rojas descendieron sobre el Salvador, sí, tholukuthi el Salvador, quien al verse así envuelto rugió y relinchó y pateó y pataleó en el aire. Que fueron terribles los aullidos de Tuvy, que chillaba a las mariposas que se apartaran, que suplicaba a los hijos de la nación que lo librasen de las mariposas. Tholukuthi que nadie intervino. Tuvy

luchó y pateó y aulló y gritó y suplicó hasta que sus movimientos se tornaron más y más débiles, hasta que se tambaleó como un borracho, hasta que vaciló y entonces se desplomó como una gigantesca montaña de estiércol, y allí se quedó entre zumbidos. Y solo entonces se elevaron las mariposas y se marcharon tan misteriosamente como habían llegado.

Y así fue como Tuvius Delicia Shasha, más conocido como Tuvy, hijo de Zvichapera Shasha e hijo predilecto y triunfador de Buresi Shasha, Gobernante de la Nación, Veterano de la Guerra de Liberación, Más Grande Líder de Jidada, Enemigo de la Corrupción, Emprendedor de Negocios, Administrador de la Nueva Administración, Impulsor de la Economía, Impositor de Orden, Inventor de la Bufanda de la Nación, Más Triunfante Veterano de la Guerra de Liberación, Mayor Magnate de Jidada, Genio de Jidada, Superviviente de Todos los Intentos de Asesinato, Ganador de las Elecciones Libres Justas y Creíbles, Nominador en Jefe, Respetado Líder Mundial, fue arrojado en esas condiciones a un carro, en el que se lo llevaron para que se uniera a sus camaradas en el agujero infernal más aterrador y notorio de Jidada, donde todos servirían largas condenas por diversos crímenes, sin posibilidad de obtener la libertad en toda su desgraciada vida. El Órgano de Poder de Jidada había caído por fin.

Los que estuvieron allí contaron que, tras apresar a Tuvy y enterarse del destino del cocodrilo, la multitud guardó silencio una vez más. Ahora era el silencio de un huracán que, habiendo liberado su furia y habiendo recobrado fuerza y habiendo enfurecido para devastar por segunda vez, aguardaba, por si acaso necesitaba volver a andar su camino. Y fue entonces, cuando el huracán aguardaba vigilante, que corrió por toda Jidada la noticia de la muerte del Viejo Caballo. Sí, tholukuthi que el inmortal Padre de la Nación, el mismísimo Padre de la Nación, el que resucitaba y resucitaba como Jesús y seguía resucitando y resucitando y resucitando, sí, tholukuthi muchas muchas muchas más veces, no como Jesús, que solo había resucitado una vez, por fin había caído, y que no solo había muerto, sino que murió en un país extran-

jero, donde estaba recibiendo tratamiento porque los decrépitos hospitales de Jidada, él mismo lo había dicho muchas veces, eran tan inútiles que los animales acudían a ellos a morir. Y por primera vez desde que se rebelaron, como los huesos de Nehanda, el día que el comandante Jambanja y los siete defensores fueron a por Simiso, los hijos de la nación, al enterarse de la muerte del Padre de la Nación, se desmoronaron y lloraron.

PENA NÚMERO DOS

El Padre de la Nación, ya bien entrado en su viaje hacia la tierra de los muertos, aguardaba, con otros recién llegados, junto a un largo muro de ladrillos con un parpadeante letrero de neón sobre la puerta que rezaba: «PROCESANDO». Y fue entonces cuando vio a su doliente nación justo delante, tholukuthi como si hubiera una pantalla invisible en el aire. Y cuando vio que lloraban así por él, sus queridos, sus amados hijos, sin consuelo e inconsolables, tholukuthi que al Padre de la Nación se le partió el corazón. Y era la segunda vez, puesto que la primera fue durante su vida, allí, el día del golpe de Estado, cuando los usurpadores lo derrocaron y los hijos de la nación lo celebraron. Solo que esta vez su pena era intensa en comparación, de manera que el Viejo Caballo se llevó la pata a su destrozado corazón, tan dolorido que se convenció de que se moría otra vez, se moría, se moría de nuevo, se moría otra muerte. Tholukuthi que lanzó el lamento más desgarrador jamás oído en el Centro de Procesamiento y eso que en el Centro de Procesamiento se oían bastantes lamentos cada minuto del día.

Pero nadie le prestó atención hasta que, en un momento dado, cuando ya empezaba a marearse de tanto golpear con la cabeza la tierra dura, una mona con una larga túnica blanca, con un nombre ilegible en una tarjeta que hacía juego con el carmín de sus labios, se le acercó y le dijo:

—Por favor, dime, ¿qué problema tenemos aquí?

Y el Padre de la Nación señaló y dijo:

—Es mi Jidada, es mi nación. ¿Ves lo apenados que están? ¿Ves lo atormentados que están? No puedo morirme y marcharme, tengo que ser repatriado, tengo que volver con ellos.

—Pero ¿por qué? —se pasmó la mona.

—¿Cómo que por qué? ¿Me estás diciendo que no lo ves por ti misma? —El Viejo Caballo señaló exasperado.

Y entonces la mona, con todo el rostro compuesto en una expresión compasiva que no hacía juego con su voz, le dijo:

—¡Ay, cariño! ¡Pobrecito! Anda, ven. Ven conmigo.

PENA NÚMERO TRES

Siguió a la mona por un laberinto infinito, hasta que, cuando por fin salieron, vio que se encontraban en un lugar familiar. Y el lugar era familiar porque estaban en las calles del único país que amaba. Y no andaban, la mona y él, qué va, tholukuthi que flotaban, como mariposas, el Padre de la Nación tan contento de estar de vuelta en su querida Jidada con un «da» y otro «da» que hasta se le olvidó que estaba muerto y se puso a cantar a voz en cuello el himno nacional, el antiguo, el revolucionario. Y le conmovió ver animales que lo amaban de verdad, que no podían soportar el hecho de que hubiera muerto, que recordaban entre apropiados torrentes de lágrimas quién era y lo que había significado y lo que había defendido y lo que había hecho por ellos y por toda Jidada e incluso por toda África.

Pero en cuanto su escolta y él comenzaron a internarse más entre la muchedumbre, se dio cuenta de que allí pasaba algo terrible. Porque vio claramente, por primera vez, que toda la devastación, los llantos, tantos torrentes de lágrimas, los cuerpos sufrientes, todo lo que le había partido su pobre corazón, tholukuthi que nada de eso era por él. Oyó a los animales contarles a los periodistas extranjeros que solo lloraban por ellos mismos. Que estaban destrozados por las cosas que les habían hecho, anunciaron; por la angustia que el Viejo Caballo había provocado en sus vidas,

sostenían; por la ruina en la que había convertido Jidada, despotricaban; porque había escapado sin pagar por sus crímenes, había muerto sin ni siquiera enfrentarse a la justicia por los asesinatos en masa, por el genocidio, mintieron; por las desapariciones y las muertes y las torturas y las detenciones ilegales durante todo su mandato, alegaron; por su corrupción y las violaciones de los derechos y tantas otras cosas terribles que se inventaron y de las que le acusaron porque él ya no estaba allí para defenderse, cosas que jamás mencionaron cuando él gobernaba y gobernaba y seguía gobernando.

La deshonestidad de los hijos de la nación lo dejó destrozado, su ingratitud lo hirió, su desprecio lo enfureció. Y tholukuthi que su corazón volvió a partirse de nuevo, por tercera vez. Traicionado, furioso, herido, ofendido, con el corazón hecho pedazos, el Padre de la Nación, el Libertador, el Panafricanista, Crítico en Jefe contra Occidente, Enemigo de las Sanciones, Enemigo de los Homosexuales, Opositor de la Oposición, Exmaestro, Cruzado del Empoderamiento de la Educación y la Economía, sí, él, él mismo, abrió la boca para dirigirse a la desgraciada nación, pero resultó que, como estaba muerto, no le oían. De manera que se limitó a hervir por dentro, a sufrir por dentro, a sangrar por dentro. Se arrepintió de estar allí porque ahora entendía que había cometido un terrible error.

De manera que cuando la mona preguntó: «¿Has visto ya bastante, cariño? ¿Estás listo para marchar?», él asintió.

—Sí, aléjame de estos hijos terribles que no muestran ninguna gratitud por todo lo que hice por ellos, que son unos mentirosos de la peor calaña, que no tienen la más mínima decencia al hablar mal de los muertos, que es algo totalmente antiafricano. Llévame con mi madre, ¡quiero ir al cielo con mi madre! —lloró el Padre de la Nación.

Y, por primera vez, la mona lo miró con atención y dijo:

—¡Ay, cariño! ¡Ay, querido! No sé muy bien cómo decirte esto, pero es que tampoco quiero que te lleves una sorpresa. El caso es que no puedo llevarte con tu madre porque no hay paraíso para

tiranos de tu clase, ¿sabes? Lo que va a pasar es que te vas a... ¿Cómo decirlo? A enfrentarte a tus víctimas. Y después de que las hayas conocido a todas y cada una de ellas, dependiendo de cuántas estén allí esperándote, por supuesto, luego pues... En fin, después está ya el infierno, ¿sabes, cariño?

—¿Cómo que el infierno? ¿De qué demonios hablas? —chilló el Padre de la Nación, lívido, asustado.

Pero la mona se había desvanecido. Y a él lo arrastraba una fuerza misteriosa, invisible, contra la que no podía luchar. Tholukuthi que lo último que oyó el Padre de la Nación del único país que amaba fue una fea voz que decía: «¡El diablo ha muerto! ¡Está muerto! Lloramos porque, con los eventos recientes, ahora por fin podemos decir que este es el fin de una era de terror. Ahora podemos comenzar de nuevo. Respirar de nuevo. Soñar de nuevo. El diablo ha muerto. ¡Gloria, gloria, gloria, aleluya! ¡Está muerto!».

NUEVA BANDERA

Y justo a la mañana siguiente de la muerte del Padre de la Nación, los críos de Lozikeyi irrumpieron en el estudio de Dorado Maseko sin llamar, sin dar ni los buenos días, y meneando las colitas, meneando las cabezas arriba y abajo, le tiraron al pintor una tersa sábana blanca y le pidieron que les pintara una bandera.

—¡Eh, eh! ¡Un momento! ¿Qué es esto? ¿De dónde la habéis robado? —preguntó Dorado Maseko, examinando la sábana. El toro vivía en una perpetua bruma de devastadora tristeza desde la muerte de su Destino y ahora intentaba ocultarles a los pequeños su angustia.

—Pero ¡que no la hemos robado! Nos la ha dado Simiso —coreó la pandilla. Unos cuantos llevaban lápices detrás de las orejas.

—Hum. ¿Simiso os ha dado esta sábana tan buena para que juguéis con ella?

—¡Sí! Pero no es para jugar, es para hacer una bandera. Le dijimos que era para eso y ella nos la dio.

—Ya veo. Pero no sé... A ver, es que nunca he pintado en una sábana —protestó Dorado Maseko. Y el rostro que era también el rostro de toda la pandilla mostró su desilusión.

—Bueno, está bien. Decidme lo que queréis en la bandera —accedió Dorado Maseko, cogiendo su cuaderno de dibujo.

—Vale vale vale. Pues mira, empieza poniendo aquí un fuego, justo aquí. Y tiene que parecer de verdad, para que cuando lo veas sientas su calor en la sangre, como un fuego real ardiendo —indicó Gloria.

—Y también debería parecer que está abriéndose como una flor, a lo mejor como un loto rojo gigante o algo así —añadió Sydney.

—Y que sea un fuego bonito, porque una flor de loto es bonita, nunca ha visto nadie un loto feo —puntualizó Daigual.

—Y sobre todo que se vea bien que es uno de esos fuegos que queman las cosas que ya no sirven, para que sea un fuego que también purifique, que caliente sin quemar, que ilumine sin cegar —intervino Poeta Tonto.

—Y pon también mariposas donde sea, a lo mejor alrededor del fuego. Mariposas rojas —pidió Cebisani.

—Pero que tampoco sean muchísimas ni nada, que no estén por todas partes —dijo Príncipe.

—Aunque solo fuera una mariposa bastaría, siempre que podamos verla y saber que es una mariposa. Una mariposa roja, como ha dicho Cebisani. —Ese era Celoso.

—Y acuérdate de poner también todos los colores del fuego, porque un fuego no es solo de un color. Eso nos lo dijo la Tirana en la escuela —aclaró Dzikamai.

—Y obviamente tienes que poner un rojo muy fuerte, es muy importante, por la justicia. —Ese era Vidadifícil.

—Entonces, hay que poner también el blanco, por la paz, que la paz también es muy importante. —Y ese, Pfuluwani.

—Y el azul será por la compasión —dijo Brendon.

—Y naranja por la prosperidad —dijo Lele.

—Y amarillo por la integridad —dijo Takudzwa.

—Y luego hazlo bien para que todos esos colores le digan a todo el que los vea que también representan a todas las clases distintas de jidadanos, sean quienes sean y lo que sean, eso también es importante: una Jidada para todos, para cualquiera, sean cuales sean sus diferencias, y que todos sean iguales —dijo Brillante.

—Y luego, cuando pongas todo eso, asegúrate de que sea un fuego que arda todo el tiempo —dijo Karabo.

—Quiere decir un fuego eterno —aclaró Roland.

—¿Qué más? —preguntó Nyarai.

—Yo creo que deberíamos poner un árbol también. Los árboles son vida —sugirió S'khonapha.

—El mejor árbol sería el árbol de Nehanda —afirmó Último.

—Sí, el árbol de Nehanda. Y, por favor, incluye los huesos de Nehanda para que no nos olvidemos de alzarnos y liberarnos nosotros mismos como la camarada Nuncafalla Nzinga, como hicieron por fin los adultos, y también para que no nos olvidemos de los otros muertos —pidió Kgosi.

—Quiere decir los antepasados, y no están muertos, que me lo dijo Sis Destino, y la duquesa estaba de acuerdo —aclaró Gloria.

—Hazlo exactamente como te lo hemos dicho, Dorado Maseko —dijo Simba.

—Porque si no lo haces exactamente como te lo hemos dicho, te denunciamos, que conocemos nuestros derechos —amenazó Desafío.

—Y luego nos buscas un poste como los que usan para las banderas —pidió Konanani.

—Sí, y una cuerda, porque no queremos una cosa de juguete, queremos una bandera de verdad —dijo Kendra.

—Una bandera auténtica —convino Sibusiso.

—Y luego te enseñaremos dónde poner la bandera —dijo Nqobile.

—Y termina deprisa, Dorado Maseko, porque tenemos cosas que hacer —exigió Matha.

Unos días más tarde, tholukuthi un día que en el futuro sería celebrado como el nuevo Día de la Independencia de Jidada, Dorado Maseko terminó de diseñar la bandera de los niños exactamente como le habían indicado. El proceso de trabajar en la pieza había aligerado la pesadez de su corazón, hasta invadirlo de una ligereza que no había sentido desde la muerte de Destino. Y aunque la tristeza seguía ahí como una sombra fiel, la bruma se había disipado, y el toro podía ver. Izó la bandera justo al lado del Muro de los Muertos, el palo plantado justo dentro del jardín de Simiso. Y tanto le gustaba la hermosa pieza que hizo a los niños posar con la bandera. El pintor se disponía a tomar la foto cuando la camarada Nuncafalla Nzinga, que junto con sus amigas estaba en casa de Simiso tomando té, salió de la casa número 636 para ver qué era todo aquel barullo. Y cuando la camarada Nuncafalla Nzinga vio la bandera, llamó a sus amigas hermanas para que salieran, y salieron Duquesa y Gogo Moyo y Madre de Dios, las Guerreras Orantes, Sis Nomzamo y unas cuantas de las Hermanas de los Desaparecidos y NaDumi, la señora Phiri, la señora Fengu y, por último, Simiso.

Y de las casas cercanas salieron otros vecinos, tholukuthi madres que habían dejado las cazuelas al fuego, y salieron sus preciosos pequeños y salieron los abuelos de esos preciosos pequeños, tholukuthi viejos pero radiantes de vida nueva, y los transeúntes curiosos, que iban al supermercado SPAR o de visita o a algún recado, fuesen adonde fueran, también se pararon a ver, porque ver era gratis en Lozikeyi, y luego salieron los pájaros y las hormigas y las culebras y las cucarachas, moscas, ratones, escarabajos peloteros, milpiés e insectos de Lozikeyi, y salió el sol de los hondos surcos de las nubes donde llevaba enterrado casi todo el día, y salieron los muertos, que no estaban muertos, liderados por la propia Destino, con el doctor Futuro Fengu y su abuelo Butholezwe Henry Vulindlela Khumalo a cada lado, aunque nadie más que Duquesa podía verlos, y que flotaron para sostener la bandera, aunque no hacía falta que la sostuvieran, y cantaron las alabanzas de los vivos por haber tenido el valor de liberarse por fin. Y tho-

lukuthi que, con sus ojos capaces de ver a través del tiempo, los muertos ya contemplaban la grandeza que aguardaba a Jidada ahora que el mal había caído por fin.

Podría haber sido una multitud mejor, una multitud mayor, pero ya estaba entrada la tarde y los jóvenes todavía no habían vuelto la escuela, y los adultos estaban en los nuevos puestos de trabajo que de pronto habían surgido como hongos y seguían surgiendo como hongos para sacar por fin a los jidadanos de las calles, de los porches, para moverles los pies y levantarles el culo, para sacarlos de su desesperación, de sus carromatos de pobreza. Pero de todas formas no importó, porque a pesar de todo, poco tiempo después, mientras las imágenes y los vídeos de los críos de la bandera de Lozikeyi se hacían virales en las redes sociales, los nuevos trabajadores se tomaron descansos de sus diversas ocupaciones y se reunieron en torno a sus móviles y vieron la bandera ondear contra el relumbrante fondo de cielo azul, sí, tholukuthi que la contemplaron con los corazones zumbando porque reconocían la nueva bandera que habían estado esperando.

Y todos y cada uno de ellos —tholukuthi los reunidos bajo la bandera de los niños en Lozikeyi, junto a la casa de Simiso, junto al Muro de los Muertos, y los que veían la bandera desde móviles y artilugios en los distintos rincones de Jidada con un «da» y otro «da»— sintieron que sus cuerpos recibían el don del bienestar del árbol de Nehanda, ese cuyos frutos les recordaban que también eran los huesos de Nehanda que ella profetizó que se alzarían. Y todos y cada uno de ellos sintió el calor del hermoso fuego de la flor de loto. Y todos y cada uno de ellos oyó las llamas de ese fuego flamear y rugir justo en sus corazones. Y todos y cada uno de ellos comprendió que lo que oían en esos corazones era el nuevo himno nacional, tholukuthi un himno que hablaba de la clase de gloria que arde por toda la eternidad y relumbra con luz viviente.

Tholukuthi fin

Agradecimientos

Quisiera dar las gracias, sin ningún orden en particular:

A las Jidadas del mundo, que claman por la libertad en muchos frentes. *A luta continua.*

A mi abuela Elizabeth Moyo y su desgraciado❤ hijo, Noel Robinson Tshele; a todos los narradores que he conocido y a todos los narradores que conocieron ellos; a todos mis maestros de escritura creativa y a sus maestros de escritura creativa. Es tarea de todos, y todos vosotros impulsasteis este libro, qué agradecida estoy. Ngiyabonga m'na.

A todos mis lectores; tholukuthi que nos encontramos de nuevo. Vuestro amor y apoyo me honran.

La hermana zimbabuense que conocí en Francistown, Botsuana, en 2018, las dos haciendo la compra. Por ingqobe, por recordarme lo que la literatura es capaz de hacer, por confiar en mi pluma.

Estoy agradecida a las voces de mis compatriotas en las redes sociales, por ayudarme a mantener el pulso en algunos de los temas del libro. Mi agradecimiento especial a los grupos de noticias y análisis de WhatsApp por dejarme mirar por un agujerito para expandir mis horizontes.

Estoy en deuda con muchos zimbabuenses inspiradores cuyo trabajo enriqueció este proyecto, incluidos Zenzele Ndebele, Sipho Malunga, Alex Magaisa y Hopewell Chin'ono. Quiero también dar las gracias a admirados colegas: Peter Godwin, John Eppel, Christopher Mlalazi, Owen Maseko, Novuyo Tshuma y, por

supuesto, a la inimitable e inolvidable Sis Yvonne Vera, por su obra rompedora del silencio. Umkhulu lomsebenzi, con mucho mucho amor y respeto.

Laura Tisdel, Becky Hardie, Nicole Winstanley: mis magníficas editoras. Por comprender mi visión y asegurarse de que entregaba mi mejor versión. Por vuestra atenta y meticulosa lectura, por vuestra seguridad y vuestro inquebrantable compromiso, por vuestra confianza, tholukuthi por la alegría inmensa de trabajar con vosotras. Daros las gracias parece muy poco.

A las excelentes Kym Surridge, Nicole Wayland y Jane Cavolina, correctoras y revisoras, por hacer que *Gloria* cantase; me quito el sombrero. A todos los de producción, publicidad, ventas y marketing de Viking: mi sincera gratitud.

A Jin Auh, mi queridísimo campeón. Porque estoy en las mejores manos.

A Alba Ziegler-Bailey, Charles Buchan y todos los de la Wylie Agency. A todos mis editores por darle a mi trabajo un gran hogar.

A Eavan boland, bath' umuntu ubongw' esefile, queridísimo Eavan, gracias, lala ngoxolo. A Elizabeth Tallent, Christina Ablaza y mis excolegas y estudiantes del Stanford Creative Writing Program.

A la Hodder Fellowship de Princeton. La J. M. D. Manyika Fellowship, al profesor Henry Louis Gates y Krishna Lewis del Hutchins Center for African & African American Research en la Universidad de Harvard. A la fundación Lannan y Douglas Humble por cuidarme en Marfa. Al Stellenbosch Institute for Advanced Study: Christoff Pauw y Edward K. Kirumira: por el necesario comienzo y por la generosidad cuando más importaba. Al Johannesburg Institute for Advanced Study: Bongani Ngqulunga, Emelia Kamena, Sivuyile Momoza, Reshmi Singh, Vanessa Kennedy y la cohorte JIAS 2019, incluido, por supuesto, el chef Malume, que me alimentó como a la pariente de la esposa.

A mis incontables amigos y familia, sobre todo los que me mantuvisteis intacta en los recientes años de crisis personal. Voso-

tros sabéis quiénes sois: mucha gratitud, mucho respeto y la más honda reverencia: ngingumuntu ngani, bantu.

A Mildred Anti. Queridísima baThele. Por acompañarme cuando investigaba este libro: por traer magia y luz y alegría, por liberarme, y por el perfecto regalo que eres. Dad'wethu kababa, ende ngikuthanda thandi!

A Zazu. Queridísima Zazu, siempre Zazu y para siempre Zazu. Gracias por todo lo que no puede decirse.

Y, por último, a los antepasados, tholukuthi que no están muertos. Angihambi ngedwa!

ÍNDICE

Independencia 9

Un líder que cree liderar y no tiene poder se está yendo a paseo 41

La batalla por Jidada 59

Tholukuthi fugitivo 75

Hasta los monos se caen de los árboles 81

Dios de Jidada 103

Nueva Administración 122

Retornada 153

#eleccioneslibresjustascreíbles 175

Gira por el legado 183

Pasado, presente, ~~futuro,~~ pasado 198

Lozikeyi vota 211

Defendiendo la revolución, 1983 231

Operación restauración del legado 262

Tholukuthi la tierra prometida 287

Colanación 302

Defendiendo la revolución, 2019 319

Reforma en tiempos del cocodrilo 336
Las mariposas rojas de Jidada 354
Mis huesos se alzarán de nuevo 374
Segunda independencia 400
Agradecimientos 423